MISS DOLITTLES GEHEIMNIS

BAND 16-18

MOLLY FITZ

KATZENGEHEIMNISSE

Übersetzung ins Deutsche: Ursula Mirwald
Cover-Designer: T.M. Franklin

PO Box 873543
Wasilla, AK 99687

ÜBER DIESES BUCH

Seit Angie Russo nur knapp einen unheilvollen Zusammenstoß mit einer defekten Kaffeemaschine überlebt hat, kann sie mit einem sehr verwöhnten Kater namens Octavius reden – und, was noch schlimmer ist, ihn auch verstehen.

Diese Sammlung umfasst die folgenden drei Bände: *Die schlitzohrige Sphynx*, *Der Fluch der Flitterwochen* und *Detektivisches Dilemma*. Man nehme eine beinahe verpatzte Hochzeit, ein altes Herrenhaus, das gefährliche Geheimnisse birgt, und eine ehrgeizige Social-Media-Influencerin, und schon kann es losgehen mit der Detektivarbeit!

Wenn du Katzendetektive und skurrilen Humor liebst, solltest du dir die Sammelbox mit den Büchern 16 bis 18 dieser *USA-Today*-Bestsellerserie auf keinen Fall entgehen lassen.

Viel Spaß beim Lesen!

ANMERKUNG DER AUTORIN

Hallo. Danke, dass du dieses Buch gekauft hast. Wenn du ebenfalls ein großer Fan von spannenden, schrägen Tierkrimis bist, sollten wir unbedingt Freunde werden.

Wie wäre es, wenn du direkt einmal meine Facebook-Seite besuchst, die ich speziell für meine treuen deutschen Leser eingerichtet habe? Hier der Link dazu: **Facebook.com/Katzengeheimnisse**

Oder melde dich für meinen Newsletter an und sichere dir als Abonnent gratis ein digitales Geschenkpaket, einschließlich einer exklusiven Kurzgeschichte über Octocat: **Katzengeheimnisse.com/Abonnieren**

Ich bin sicher, wir werden eine Menge Spaß miteinander haben. Also schnell umblättern ...

Wir sehen uns dann auf der nächsten Seite.

MOLLY

DIE SCHLITZOHRIGE SPHYNX

Alles begann damit, dass eine auf Rache sinnende Möwe mit zwielichtiger Vergangenheit mir androhte, meine Hochzeit zu boykottieren. Ab da ging alles ziemlich rasant den Bach runter.

Eigentlich hatte ich immer davon geträumt, wie perfekt mein besonderer Tag sich gestalten würde, aber jetzt hoffe ich nur noch, ihn ohne größere Katastrophen hinter mich zu bringen.

Was sich als relativ schwierig erweist, wenn man permanent vier übermütige Katzen um sich herum hat ... zwei davon dermaßen liebestoll, dass man es schon nicht mehr mit anschauen kann, und zwei weitere, die nicht gewillt sind, mich als ihre neue Stieftiermutter zu akzeptieren und sich nicht scheuen, mir das bei jeder sich bietenden Gelegenheit unter die Nase zu reiben.

Als dann auch noch eine gewisse Freundin samt Filmteam auf der Matte steht, um der nach wie vor erfolglosen Reality-Show ihres Katers zu weiterer Publicity zu verhelfen, möchte ich mich eigentlich nur noch verkriechen.

Wie wird dieser Tag wohl enden? Schaffe ich es vor den Alter, um dem Mann meiner Träume mein Jawort zu geben? Werde ich nicht nur *Ich will*, sondern auch noch *Ich kann* sagen und damit mein größtes Geheimnis preisgeben müssen ... meine Fähigkeit, mit Tieren sprechen zu können?

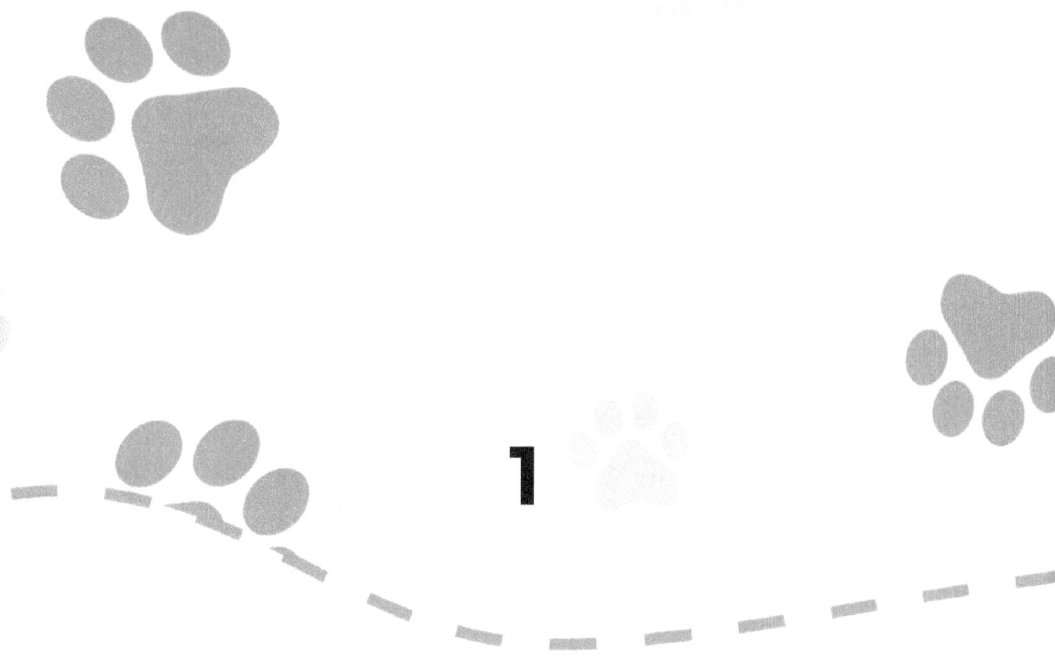

1

Mein Name ist Angie Russo, und in wenigen Tagen werde ich Mrs Charles Longfellow III. sein. Eigentlich kommt es mir wie eine Ewigkeit vor, seit ich in der Kanzlei auf den neuen, gut aussehenden Mitarbeiter aus Kalifornien traf. In Wirklichkeit sind seit jenem schicksalhaften Tag nur ein paar Jahre vergangen.

Und während ich mich sofort Hals über Kopf in Charles verliebte, brauchte er ein wenig länger, um zu begreifen, dass ich diejenige war, mit der er den Rest seines Lebens verbringen würde. Alles begann damit, dass er mich erpresste, ihm bei einem schwierigen Doppelmordfall zu helfen. Er war erst die zweite Person, die von meiner seltsamen Fähigkeit erfuhr, mit Tieren sprechen zu können – selbst ich hatte es damals noch nicht so richtig drauf –, aber anstatt mich anzugaffen oder sogar auflaufen zu lassen, beschloss er, sich diese zunutze zu machen.

Mittlerweile haben wir viele Fälle gelöst, sowohl gemeinsam als auch getrennt, und uns dabei unsterblich ineinander verliebt. Er ist inzwischen der Hauptpartner der Kanzlei. Und ich bin von einer kleinen Anwaltsfachgehilfin zur Vollzeit-Privatdetektivin mutiert ... zumindest theoretisch.

Praktisch lebe ich hauptsächlich vom Treuhandfonds meiner Katze, gebe jedoch mein Bestes, um stets neue Rätsel zu lösen, unabhängig davon, ob meine Hilfe erwünscht ist oder nicht. Erst im Frühjahr habe ich den Tod an meiner Nachbarin aufgeklärt ... das war abermals eine harte Nuss!

Glücklicherweise hatten wir in den folgenden Wochen nur wenig Arbeit, sodass ich mich voll und ganz auf die Hochzeitsplanung konzentrieren konnte.

So viel zu meiner Person – ehemalige Rechtsanwaltsgehilfin, derzeitige Privatdetektivin, zukünftige Braut. Ach so, ihr wolltet noch etwas über die Sache mit den Tieren wissen?

Nun, alles fing damit an, als ich bei einer eher ungewöhnlichen Testamentseröffnung auf Octocat traf. Das war allerdings noch, bevor Charles in die Kanzlei eintrat. Erst er bezog mich in die Ermittlungen seiner Fälle ein. Davor war ich nichts weiter als eine unbedeutende kleine Bürokraft und an jenem Tag war es meine Aufgabe, Kaffee zu kochen. Irgendwie liefen die Dinge ziemlich aus dem Ruder, denn das defekte alte Teil versetzte mir einen derartig heftigen Stromschlag, dass ich das Bewusstsein verlor. Seitdem habe ich eine völlig rationale und sicherlich nachvollziehbare Angst vor derartigen Geräten.

Wie auch immer ... als ich wieder zu mir kam, war nichts

mehr wie vorher. Plötzlich konnte ich mit Tieren reden, und das erste Exemplar, eine Katze mit großen bernsteinfarbenen Augen und nach Thunfisch stinkendem Atem, hatte es sich bereits auf meiner Brust bequem gemacht. Ja, der Hauptnutznießer bewussten Nachlasses war ein Kater, und als er merkte, dass ich ihn verstand, engagierte er mich vom Fleck weg, um den Mord an seiner Besitzerin aufzuklären.

Seitdem sind wir ein Herz und eine Seele ... Nein, lasst es mich lieber so formulieren: An den meisten Tagen kommen Octocat und ich ganz gut miteinander klar. Manchmal allerdings kann er ein richtiger Stinker sein. Trotzdem würde ich ihn oder irgendeinen Teil meines Lebens um nichts in der Welt missen mögen.

Meine wirklich beste Freundin ist meine Grandma. Sie hat mich großgezogen, während meine Eltern sich auf ihre Karrieren konzentrierten. Und dabei ist sie nicht einmal meine leibliche Großmutter, eine Tatsache, die ich erst kürzlich herausgefunden habe. Nach monatelanger Suche und mit ein wenig Hilfe eines militanten Möwenschwarms durftc ich cndlich mcinc Oma Lyn kennenlernen, die Mama meiner Mom.

Beide werden sich auf der Hochzeit das erste Mal begegnen, was hoffentlich nicht zu peinlich wird. Zumindest werden genügend andere Gäste anwesend sein, sodass wir die beiden so weit wie möglich auseinander halten können.

Grandmas Hund Paisley, ein dominierend schwarzer, dreifarbiger Chihuahua, den sie aus dem Tierheim gerettet hat, soll während der Zeremonie als Blumenmädchen fungieren. Pringle, der Waschbär, der in einem Baumhaus in meinem Garten wohnt, ist zwar nicht eingeladen, wird aber mit Sicherheit trotzdem auftauchen. Unsere Möwenfreunde Bravo und Abigull werden von einem Baum aus zusehen.

Eine weitere Möwe, Alpha, mit der wir nicht gerade im Guten auseinandergegangen sind, hat damit gedroht, die ganze Veranstaltung zu sabotieren. Außerdem hat er sich kürzlich mit Pringle angefreundet und ihn ermutigt, an einem Zwölf-Schritte-Programm teilzunehmen, das ihm helfen soll, seine Verhaltensprobleme in den Griff zu bekommen. Ich bin mir nicht sicher, was hinter diesem Motiv steckt, aber die Gruppentherapie zeigt bei dem kleinen Waschbären definitiv schon Wirkung.

Auf meiner Hochzeit möchte ich ihn trotzdem nicht dabeihaben.

Lieber kümmere ich mich um meine anderen Gäste, die von nah und fern anreisen werden. Das wären beispielsweise meine alte Freundin Bethany Peters und meine Cousine Maggie, Mags genannt, die den langen Weg aus Georgia auf sich nehmen, um den bisher glücklichsten Tag meines Lebens mit mir zu feiern.

Dann natürlich Charles‘ Familie aus Kalifornien, und auch unsere Freundin Sharon, die mit ihrem Wohnmobil durchs Land tourt, hat versprochen vorbeizuschauen. Genau genommen werden alle da sein, die uns etwas bedeuten ... alte Bekannte, liebe Verwandte, frühere Klienten ... sogar die Besitzerin der Freundin meines Katers will aus Colorado kommen, um uns ihre Glückwünsche persönlich zu übermitteln.

Anstelle von Trauzeugen werden unsere drei Samtpfoten mit

uns vor den Altar treten. Ich habe entzückende Fliegen für Octocat und Jacques und einen Miniatur-Spitzenschleier für Jillianne aufgetrieben. Charles besitzt noch nicht so lange Katzen wie ich, aber er ist ganz vernarrt in die beiden haarlosen Haustiger, die er von meiner ersten verstorbenen Nachbarin, Senatorin Harlowe, geerbt hat.

In den letzten Monaten habe ich den beiden nackten Fellnasen Sprechunterricht erteilt, um ihnen ihren seltsamen Dialekt auszutreiben – aber nicht aus reiner Herzensgüte, o nein, sondern auf Octocats Drängen hin. Der gab mir nämlich sehr deutlich zu verstehen, dass weder Charles noch seine tierischen Mitbewohner in unserem Haus willkommen seien, wenn die beiden nicht aufhören würden, nur in Rätseln und Reimen miteinander zu kommunizieren.

Das war eine ziemliche Herausforderung, aber ich bin es ja gewohnt, von meinem Kater herumkommandiert zu werden. Und diese Bedingung war für das, was er sonst so fordert, ausnahmsweise mal nicht völlig überzogen. Außerdem bot sich mir dadurch endlich die Gelegenheit, mich Jacques und Jillianne anzunähern, bevor wir alle eine große, glückliche Familie werden.

Zu Beginn waren sie nicht sonderlich angetan von mir, aber ich denke, ich habe es geschafft, sie für mich zu gewinnen ... Zumindest hoffe ich das.

· · ·

„Hast du schon meinen Schleier aus der Reinigung geholt?", fauchte ich Grandma an, während ich auf ein Klingeln hin die Treppe nach unten stürzte.

„Steht auf meiner To-do-Liste für heute Nachmittag!", brüllte sie zurück. Ich riss die Tür auf und knallte volle Kanne mit dem Gesicht gegen einen riesigen rosa Luftballon.

„Upps, tut mir leid. Der ist mir entwischt", stöhnte der Helium-Jongleur auf, verzweifelt bemüht, den Rest seines schwebenden Straußes mit beiden Händen festzuhalten. „Wo sollen die hin?"

„Nach hinten. Kommen Sie mit, ich zeige es Ihnen."

Der Ballonmensch trat einen Schritt zurück, und ich eilte hinaus auf die vordere Veranda und die Stufen hinunter, wobei ich zu spät bemerkte, dass ich vergessen hatte, mir Schuhe anzuziehen. Der kalte Morgentau ließ meine Zehen prickeln und mich frösteln, aber egal ... Ich war eine Frau auf einer Mission.

Nur noch achtundzwanzig Stunden bis zu dem großen Ereignis. Und ich würde nicht zulassen, dass sich irgendjemand zwischen mich und meinen zukünftigen Ehemann stellt. Schon gar nicht diese bösartige Möwe, die geschworen hatte, sich an mir zu rächen. Obwohl sie es selbst war, die ihren Schwarm zugrunde richtete und ich lediglich die Wahrheit ans Licht brachte.

Deshalb hatte ich beschlossen, den Garten, statt mit Blumen mit Hunderten von Luftballons zu schmücken, die am Himmel schwebten und so eine Art Baldachin bildeten. Der sollte unerwünschte gefiederte Gesellschaft fernhalten.

„Ist Ihre Hochzeit nicht erst morgen?", fragte der junge

Mann, während er die Ballons an der gewünschten Stange des massiven Metallgestells befestigte. „Wenn jetzt das Wetter schlecht wird, sind sie ruiniert."

„Keine Sorge, das wird nicht geschehen", erwiderte ich. „Ich habe bereits entschieden, dass das Wetter heute und morgen perfekt sein wird."

„Aber das können Sie doch gar nicht kontrollieren ..."

„Es bleibt schön, und damit basta!", fuhr ich ihn an. Natürlich hatte ich versucht, eine Firma zu finden, die die Dekoration erst am Morgen der Hochzeit aufbaute, was mir jedoch leider nicht gelungen war. So blieb mir nichts anderes übrig, als auf den Vortag auszuweichen, wenn ich die Feier nicht verschieben wolle – was natürlich überhaupt nicht in Frage kam. Nicht, nachdem ich so lange darauf gewartet hatte, um für immer und ewig Mrs Charles Longfellow III. zu werden!

„Wenn Sie meinen ..." Mit einem Schulterzucken machte er sich wieder an die Arbeit, aber seine Miene sprach Bände. *Der Kunde hat immer recht ...*

Ich rang die Hände, schaffte es aber zumindest, meine Zunge im Zaum zu halten. Normalerweise war ich nicht so unhöflich, aber es war eben mein großer Tag, an dem einfach alles perfekt sein musste. Und ein Damoklesschwert schwebte bereits über mir ... eine gewisse mordlustige Möwe und deren Drohung, alles zu ruinieren.

Hoffentlich konnte ich zumindest den Rest kontrollieren und vermeiden, dass sonst noch irgendetwas schieflief.

Ups. Ich hätte es besser wissen müssen, als das Schicksal

herauszufordern. Sobald ich das Haus umrundete, um wieder nach innen zu gehen, sah ich zwei riesige Wohnmobile in meine Auffahrt einbiegen.

Und schlagartig wurde mir klar, dass das nichts Gutes bedeuten konnte.

2

Mit wachsendem Entsetzen beobachtete ich, wie die Monster parkten und ein halbes Dutzend Männer, bewaffnet mit Mikrofonen, Kameras und Filmausrüstung, aus dem hinteren Fahrzeug kletterten.

„Entschuldigung", rief ich und schlag die Arme um mich, um der morgendlichen Kälte Herr zu werden – immerhin war ich nach wie vor barfuß. „Hören Sie? Was bittc hat das zu bedeuten?"

„Psst, wir fangen gleich an zu filmen", zischte einer der Kerle in meine Richtung, bevor er sich wieder seinem Team zuwandte. „Und in drei ... zwei ... eins ... Action."

In diesem Moment flog die Tür des vorderen Wohnmobils auf, und heraus trat meine Freundin Sharon, ihren weißen, langhaarigen Kater Chester im Arm haltend. „Oh, was für ein schöner Tag für eine Hochzeit!", rief sie aus, während ihr der fließende

Stoff ihres prinzessinnenartigen Abendkleids um die Knöchel flatterte. „Findest du nicht auch, Chessy?“

Die Gruppe der Männer bewegte sich um sie herum, bis einer brüllte: „Schnitt!“

„Ich glaube, hier liegt eine Verwechslung vor. Die Trauung ist erst morgen“, rief ich hilflos, während Sharon ihren Kater absetzte, zu mir herübergeeilt kam und mich in eine riesige Umarmung zog.

„Das wissen wir doch. Aber es ist einfach ein gewaltiger Akt, die richtigen Aufnahmen in den Kasten zu bekommen. Also dachten wir uns, wir reisen einfach schon einen Tag früher an, damit wir uns in Ruhe einrichten können. Nochmals tausend Dank, dass du dem zugestimmt hast. Das wird das perfekte Finale für die erste Staffel von Chessys Reality-TV-Show.“

Mir fiel die Kinnlade herunter. „Ich habe doch nicht – ich meine, ich … Wie bitte?“

Sie hob ihre offensichtlich frisch manikürte Hand und schlug sich schockiert auf die Brust. „Aber das stand doch auf meiner Antwortkarte. Hast du die denn nicht erhalten?“

„Du hast für eine Person plus eins reserviert“, stieß ich hervor und musste mich schwer zusammenreißen, um mir meinen Ärger nicht zu deutlich anmerken zu lassen.

„Ja, gefolgt von den Buchstaben *R* und *V*. Sharon plus ein zusätzliches RV, also Wohnmobil. Unsere Filmcrew.“ Sie unterbrach ihre törichte Erklärung und verzog das Gesicht. „Wir kommen doch nicht ungelegen, oder? Ich habe deine Hochzeit in den letzten Episoden bereits angekündigt. Das jetzt alles rauszuschneiden, wäre eine Menge Arbeit. Und wir müssten uns für den letzten Part erst einmal etwas ähnlich Gigantisches einfallen lassen. Wenn unser Finale nicht hammermäßig wird, gibt es womöglich keine zweite Staffel, und das dürfen wir nicht zulassen. Chessy hat sich bereits viel zu sehr an den Glanz und Glamour des Prominentenlebens gewöhnt. Außerdem wusstest du doch, dass ich bis Ende Juni filmen würde, also nahm ich an, dass deine Einladung meine Crew mit einschließt."

Tja, was sollte ich darauf erwidern?

„Natürlich erhältst auch du ein hübsches Sümmchen für deine Mitwirkung. Die Produzenten meinten sogar, sie würden die kompletten Kosten für deinen großen Tag übernehmen."

Ich schluckte den Angstknoten, der sich in meiner Kehle gebildet hatte, hinunter und zwang mich zu einem Lächeln. „Sharon, das ist wunderbar. Danke", erwiderte ich, obwohl ich ihr am liebsten etwas ganz anderes an den Kopf geworfen hätte. Das war's dann wohl. Sollte das Kamerateam mich im falschen Moment erwischen, könnte mein klcincs Geheimnis auffliegen, und ganz Amerika würde zusehen. Und damit wäre nicht nur mein Tag, sondern mein komplettes Leben ruiniert.

Wenn jemand außerhalb meines engsten Vertrautenkreises von meiner seltsamen Gabe, mit Tieren sprechen zu können, erfuhr, könnte ich mir die Kugel geben. Ich hätte keine Sekunde mehr Ruhe, und das war nicht die Zukunft, die ich mir vorstellen wollte, gerade am Morgen vor meiner Hochzeit.

„Was ist denn hier für ein Zirkus?", fragte in diesem Moment

Octocat, der dank der elektronischen Haustierklappe plötzlich hinter mir auftauchte.

Ich presste die Lippen so fest wie möglich zusammen, um nicht in Versuchung zu geraten, ihm zu antworten und bereits jetzt alles preiszugeben.

Glücklicherweise rettete Sharon die Situation, indem sie ihn in ihre dicken Arme zog. „Oh, mein süßes Pummelchen. Wie freue ich mich, dich wiederzusehen."

Mein Kater riss irritiert die Augen auf, und sein Entsetzen wuchs, als sie den Kopf zu ihm herabsenkte und ihm einen Kuss auf das schnurrbärtige Gesicht drückte.

„Das wirst du mir büßen, Angela, bis in alle Ewigkeit", zischte er, bevor er Sharon mit der Tatze eine saftige Ohrfeige verpasste, sich losriss und zurück ins Haus stürmte.

Da er derartige Drohungen schon tausende von Malen ausgesprochen hatte, machte ich mir diesbezüglich keine großen Sorgen. Über Sharons verfrühte Ankunft und die Anwesenheit der Kameraleute hingegen umso mehr. Letztere stellten ein großes Problem dar.

Ich starrte auf den Boden und überlegte verzweifelt, was ich jetzt tun sollte. „Gerade im Moment bin ich extrem beschäftigt …" Ich hob den Arm und warf einen Blick auf meine Smartwatch. „Nur noch siebenundzwanzig Stunden und achtzehn Minuten. Der Countdown läuft ", verkündete ich dann grinsend.

„Allerdings, die Uhr tickt", krächzte Sharon zustimmend. „Sag, was wir tun können. Chessy und ich helfen gerne."

„Nun, eigentlich …" Ich hielt inne und räusperte mich.

„Eigentlich wäre es einfacher, wenn ich es selbst tue. Sei mir bitte nicht böse, aber ich habe bereits alles minutiös geplant. Du kannst aber gerne Grandma zur Hand gehen, während deine Crew dreht. Sie würde sich bestimmt über etwas Gesellschaft freuen. Komm, ich bringe dich direkt zu ihr."

Sharon kurzzeitig säuerliche Miene erhellte sich. „Nur zu gerne möchte ich sie kennenlernen. Dann mal los, ich folge dir." Sie machte eine große, ausladende Geste, dann hob sie die Hände, um den Sitz ihrer Kurzhaarfrisur zu überprüfen. „Ich werde ein paar Aufnahmen mit Chessy machen müssen, sobald das Team die zusätzlichen Clips des Anwesens im Kasten hat. Aber glücklicherweise bin ich ja bereits fertig und passend gekleidet."

Ich nickte zustimmend, während ich meinen überpünktlichen Gast die Verandastufen hinaufführte. „Du siehst perfekt aus. Hey, vielleicht kannst du Großmutter ja zeigen, wie man deinen berühmten Preiselbeerkuchen backt. Sie ist immer ganz wild auf neue Rezepte."

Sharon zog die Stirn in Falten und schüttelte nachdrücklich den Kopf. „Besser nicht. Den habe ich nicht mehr gemacht, seit er Junetta das Leben kostete. Sicher, es war nicht meine Schuld, aber ihr Tod hat mir die Sache mit dem Backen gründlich verleidet, wenn du verstehst, was ich meine."

Das tat ich natürlich und respektierte auch ihre Entscheidung, hatte aber nicht wirklich Zeit, um für die beiden Frauen eine gemeinsame Basis zu schaffen. Ich war ohnehin schon im Verzug, was meinen straffen Zeitplan anbelangte.

Glücklicherweise war Großmutter genau dort, wo ich sie vorhin zurückgelassen hatte … in der Küche, wo sie eifrig herumwuselte und wer-weiß-was tat. „Grandma, das ist Sharon. Und das ist meine Großmutter“, stellte ich die beiden einander vor, bevor ich wieder nach draußen rannte, um einige Regeln für das Filmteam aufzustellen. So allmählich entwickelte ich mich zu einer richtigen Brautzilla, was aber nicht weiter verwunderlich war, wenn man bedachte, was man mir in den Stunden vor meinem großen Tag alles zumutete. Kurz fragte ich mich sogar, ob womöglich mein Vogelerzfeind Alpha etwas mit dieser ungeplanten Ankunft zu tun haben könnte, verwarf diesen Gedanken jedoch schnell wieder.

Abgesehen von mir war meine lang verschollene Oma Lyn die einzige ebenfalls mit Tieren sprechende Person, die ich kannte. Ach, du meine Güte … Und auch sie sollte bald eintreffen. Ich musste sie definitiv sofort zur Seite nehmen und ihr erklären, dass das Risiko, aufzufliegen, um ein Vielfaches gestiegen war. Oder am besten gleich umfassend informieren.

Eilig zog ich mein Handy aus der Hosentasche meiner Jeans und wählte ihre Nummer, aber sie ging nicht ran. Wahrscheinlich war sie bereits unterwegs, was bedeutete, dass ich doppelt wachsam sein musste.

Plötzlich fegte ein Wirbelsturm an schrecklichen Was-wäre-wenn-Szenarien über mich hinweg, sodass ich mich keinen Zentimeter mehr bewegen konnte. Das war nicht gut. Ganz und gar nicht gut.

War es eigentlich schon zu spät, um noch mit dem Bräutigam durchzubrennen?

Vielleicht sollte ich Charles anrufen und …

„Miss, Miss …“

Die Rückkehr des Ballon-Jongleurs riss mich aus meiner Erstarrung.

„Da bin ich wieder, mit der nächsten Ladung. Alles in Ordnung mit Ihnen?“

„Zumindest wird es das bald wieder sein“, entgegnete ich und hasste mich dafür, wie wütend meine Stimme klang. „Eine andere Option gibt es nicht.“

Er nickte verwirrt, machte einen vorsichtigen Schritt rückwärts und stürzte dann in Richtung Garten davon. Ich hätte gelacht, wäre mir nicht so sehr nach Weinen zumute gewesen.

3

Ich war gerade dabei, der Sitzordnung für den Hochzeitsempfang den letzten Schliff zu verpassen, als es leise an der Tür klopfte. Da Großmutter und Sharon vor fast einer Stunde aufgebrochen waren, um ein paar letzte Besorgungen zu machen, oblag es wohl oder übel mir, nachzusehen, wer jetzt schon wieder etwas von mir wollte.

Leicht genervt riss ich die Tür auf und sah ... niemanden.

Merkwürdig.

Gerade, als sie sie achselzuckend wieder schließen wollte, ertönte ein kleines Stimmchen:

„Bitte entschuldige. Ich hatte gehofft, wir könnten uns kurz unterhalten ... wenn es dir nichts ausmacht?"

Zu meinen Füßen kauerte Pringle, der Waschbär, einen winzigen Umschlag zwischen seinen Krallen haltend. Ich war noch nicht daran gewöhnt, wie höflich er in letzter Zeit auftrat, seit er sich den Anonymen Alkoholikern angeschlossen hatte. Es gefiel mir, wie eisern er deren Zwölf-Schritte-Programm durchzog, um sein zwanghaftes und oft verletzendes Verhalten zu ändern, obwohl ich mir ziemlich sicher war, dass der kleine Kerl in seinem ganzen Leben noch nie einen Tropfen Alkohol angerührt hatte.

Was mich jedoch beunruhigte, war die Tatsache, dass eine gewisse militante Möwe ihn auf diese Idee gebracht hatte. Da ich wusste, dass Alpha auf Rache sann, war ich allem gegenüber, was mein Waschbärnachbar sagte und tat, äußerst misstrauisch.

Und dann gab es ja auch noch einen weiteren Grund zur Sorge – eine Kameracrew, die gerade in meinem Garten filmte.

Ich trat hinaus auf die Veranda und spähte in alle Richtungen, um sicherzugehen, dass niemand in der Nähe war. Als ich mich vergewissert hatte, dass die Luft rein war, zog ich Pringle ins Haus und schloss die Tür hinter uns.

Er machte direkt einen Schritt rückwärts. „O nein, ich darf doch nicht rein. Du hast doch selbst gesagt, solltest du mich noch einmal hier drinnen erwischen, würdest du ein Davey-Crockett-Souvenir aus mir machen. Und ich glaube nicht, dass ich gerne ein Hut wäre."

Schuldgefühle machten sich in mir breit. Tatsächlich hatte ich ihm diese Worte an den Kopf geworfen, nachdem er Grandmas Chihuahua entführt, in seine Baumfestung verschleppt und in eine Lebendfalle gesperrt hatte, um ihn im Zuge seines imaginären Schnüffelspiels zu verhören. Aber das geschah mehr oder weniger im Affekt.

„Wenn man eingeladen wird, ist es in Ordnung“, sagte ich und bemühte mich um ein hoffentlich strahlendes Lächeln.

„Vielen Dank. Das werde ich mir merken“, antwortete er artig, und wieder einmal fragte ich mich, ob seine Veränderung tatsächlich echt war oder er nur wieder eine seiner Possen abzog.

Just in diesem Moment verbeugte er sich vor mir und hielt mir die mitgebrachte Karte entgegen.

Ich nahm sie ihm ab und studierte Vorder- und Rückseite. Es war eine der Antwortkarten, die Charles und ich mit den Hochzeitseinladungen verschickt hatten. Jede der Essensoptionen war angekreuzt, und ein riesiger schlammiger Pfotenabdruck bedeckte die komplette linke Hälfte.

„Als meine Einladung nicht ankam, vermutete ich, sie müsse wohl in der Post verloren gegangen sein. Allerdings wollte ich dich mit dieser Kleinigkeit nicht behelligen und wartete einfach ab. Irgendwann habe ich dann die hier im Abfall entdeckt und ordnungsgemäß ausgefüllt, damit du weißt, dass ich ebenfalls anwesend sein werde. Ich würde mir doch nie deinen großen Tag entgehen lassen, Miss Angela.“

Dieser kleine Müllpanda schaffte es doch stets aufs Neue, mich zu überraschen. Ich hatte ihm absichtlich keine zukommen lassen, zum einen, weil er ein Waschbär war, der in einem Baumhaus auf meinem rückwärtigen Grundstück wohnte, aber auch, weil ich stark vermutete, dass Alpha ihn für seinen Plan benutzen könnte, meinen Tag zu ruinieren. Gerade im Moment jedoch tat er mir so richtig leid, wo er sich doch so große Mühe gab, ein guter Zeitgenosse zu werden.

„Danke, Pringle, das ist nett von dir. Wie ich sehe, hast du dich für alle drei Optionen entschieden, Hühnchen, Fisch *und* vegetarisch."

Sein Lächeln wurde breiter und entblößte seine scharfen kleinen Schneidezähne. „Ja, denn du hast ein perfektes Menü zusammengestellt und ich wollte mir nichts davon entgehen lassen."

Anstatt ihn darauf hinzuweisen, dass der Sinn von Wahlmöglichkeiten darin bestand, dass man sich das aussuchte, was einem am besten zusagte, schmunzelte ich nur.

„Angela!", ertönte plötzlich der panische Schrei meines Katers aus der Küche. „Komm sofort her!"

Pringle bedachte mich mit einem wissenden Lächeln. „Ich sehe schon, die Pflicht ruft. Mach mir einfach kurz die Tür auf, ich finde selbst hinaus."

Ich nickte und tat, wie mir geheißen, als Octocat erneut meinen Namen brüllte. „Angelaaaaaaaa!"

„Ich bin ja schon unterwegs", schrie ich zurück und eilte so schnell wie möglich in seine Richtung.

„Wie kommen diese vulgären Kreaturen dazu, aus *meiner* Teetasse zu trinken? Und *mein* Essen zu fressen?", verlangte er zu wissen und zuckte wild mit dem Schwanz, während er unsere beiden Katzengäste hasserfüllt anstarrte.

„Du erinnerst dich doch an Jacques und Jillianne", sagte ich und beugte mich nach unten, um jede von beiden zwischen ihren riesigen Fledermausohren zu kraulen.

„Natürlich tue ich das, und genau deshalb will ich sie nicht hier haben“, antwortete Octocat und verzog missmutig das Gesicht.

„Ich mag es nicht, wie er starrt, während wir versuchen, unsere Mahlzeit zu uns zu nehmen“, sagte Jacques, die kleinere der Sphynx, und schnaubte wütend.

„Ich möchte ihn überhaupt nicht im selben Raum haben“, fügte Jillianne, seine große schwarze Gefährtin, hinzu.

„Und ich flippe gleich aus, weil sie einfach in mein Haus eindringen und so tun, als wäre ich überhaupt nicht anwesend!“, brüllte Octocat zurück und wurde nun richtig aggressiv, was unschwer daran zu erkennen war, dass sich das Fell auf seinem Rücken aufrichtete.

Das war alles andere als gut. Eine von Großmutters Aufgaben hatte darin bestanden, Charles‘ Katzen abzuholen und herzubringen, damit sie sich vor der morgigen Zeremonie schon einmal ein wenig in unserem Heim, das ab morgen auch das ihre sein würde, einleben konnten. Da ich so sehr mit meiner eigenen To-do-Liste beschäftigt war, hatte ich gar nicht bemerkt, dass sie diesen Punkt bereits erledigt hatte.

„Komm mit, Octocat, ich bringe dir frisches Essen und Wasser in dein Schlafzimmer.“

Vor Überraschung klappte ihm der Kiefer herunter, und zwar so tief, dass er praktisch auf dem Linoleumboden aufschlug. „Wie war das bitte? Du hast vor, *mich* auszuquartieren? Warum nicht sie? Ist es wieder einmal nötig, dich daran zu erinnern, dass das hier *mein* Haus ist?“

„Es sollte doch keine Überraschung sein, dass die beiden

zukünftig ebenfalls hier wohnen werden, jetzt, wo Charles und ich heiraten. Du weißt doch …"

„Sein Ton gefällt mir nicht", unterbrach mich eine der Nacktkatzen.

„Und dieser Ort noch viel weniger", fügte die andere hinzu, und beide schüttelten sich synchron. „Ganz und gar nicht."

Obwohl es positiv war, dass die beiden Nackedeis nicht mehr ausschließlich in Reimen und Rätseln sprachen, hätte ich es doch sehr begrüßt, auch einmal etwas anderes als Beschwerden aus ihren Mäulern zu hören. Gerade im Moment erinnerten sie mich mit ihrem hochnäsigen Getue stark an Veruca Salt aus dem Film *Charlie und die Schokoladenfabrik*, und das gefiel mir nicht wirklich.

Ich wandte mich von J und J ab und richtete meine Aufmerksamkeit erneut auf Octocat. Zwar war auch er selten vernünftig, aber ich hatte immerhin noch eine bessere Chance, zu ihm durchzudringen als zu meinen neuen Stieffellkindern … Obwohl ich so guter Hoffnung gewesen war, unsere Beziehung hätte sich verbessert. „Du musst derjenige sein, der klein beigibt. Außerdem hast du dein eigenes Zimmer, das perfekt nach deinem Geschmack eingerichtet ist. Natürlich ist mir klar, dass dir die Vorstellung, dein Heim mit anderen Katzen zu teilen, nicht gefällt, aber daran können wir nun mal nichts ändern."

Mein Tiger schnappte hörbar nach Luft. „O doch, das könnten wir. Du sagst die Hochzeit mit Kotzbrocken einfach ab, und diese beiden Idioten bringen wir ins Tierheim."

„So, das reicht jetzt aber! Du verhältst dich deinen neuen

Geschwistern gegenüber wirklich äußerst unhöflich. Ab mit dir in dein Zimmer." Kaum dass ich diesen Tadel ausgesprochen hatte, tat ich das, was er am allerwenigsten mochte: Ich hob ihn hoch und trug ihn die Treppe hinauf in seine Räumlichkeiten.

„Denk erst einmal in Ruhe über dein Verhalten nach. Wir sehen uns dann später wieder", sagte ich und blockierte mit meinem Körper den Rahmen, damit er nicht entwischen und seiner Strafe entgehen konnte.

Wie erwartet, fauchte er zurück. „Das habe ich bereits, und ich bin nach wie vor der Ansicht, dass ich zu einhundert Prozent …"

Nicht bereit, mir wieder einmal einen seiner Monologe anzuhören, schlug ich kommentarlos die Tür zu und verriegelte sie. Du meine Güte, ich wurde ja schon kaum mit einer Katze fertig … wie in aller Welt sollte ich das zukünftig mit dreien bewerkstelligen?

4

Irgendwann erhöhte sich die Zahl sogar auf vier quengelnde Stubentiger, denn weniger als eine Stunde später traf auch noch Christine aus Colorado mit Octocats Freundin Grizabella ein. Was in aller Welt hatte ich mir nur dabei gedacht, sie während der Feierlichkeiten alle bei mir übernachten zu lassen?

Klar hatte ich in meiner herrschaftlichen Villa jede Menge Platz, aber die zusätzlichen Umstände, die mit der Bewirtung all meiner auswärtigen Gäste einhergingen, trugen nicht gerade dazu bei, meine Laune zu bessern. Zumindest würde Grizabellas Anwesenheit meinen Kater besänftigen … hoffte ich zumindest.

„Hereinspaziert", forderte ich Christine betont munter auf, bevor ich sie regelrecht die Treppe hinaufschob. „Euch beide habe ich in Octocats Zimmer untergebracht. Lasst mich euch zeigen, wo das ist." Normalerweise, wenn ich mit Außenstehenden sprach, nannte ich den Raum *unser Aquarium*, aber wenn irgendjemand verstehen konnte, dass mein Kater sein eigenes Schlafzimmer brauchte, dann ja wohl die Showkönigin Christine und ihre preisgekrönte, wenn auch mittlerweile pensionierte Himalaya-Katze.

„Ich bin ziemlich erschöpft von der langen Reise“, erklärte mein prachtvoller Fellgast und unterdrückte nur mit Mühe ein Gähnen. „Wärst du so lieb und würdest mir meine Bürste holen, Liebling? Aber nicht die mit den Stahlborsten, sondern die aus Naturholz. Ich sehe bestimmt schrecklich aus. In diesem Zustand kann ich doch meinem heißblütigen Liebhaber nicht gegenübertreten.“

Ich verdrehte die Augen, hatte aber keine Zeit, lange über diese Bemerkung nachzudenken.

Meine To-do-Liste war nach wie vor ellenlang. Also packte ich die beiden ins Zimmer, ermahnte Christine, unter keinen Umständen die Sphynx-Katzen hereinzulassen und eilte wieder nach unten. Eigentlich hatte ich die Ankunft aller Gäste so gestaffelt, dass keine Hektik ausbrechen sollte, aber leider war auf die Fluggesellschaften wenig Verlass. Sämtliche Flüge hatten sich entweder verspätet oder waren verfrüht gelandet. Definitiv nicht hilfreich.

Ein weiteres Klopfen am Eingang verriet die Rückkehr des Ballonlieferanten. „Ich wäre dann hinten fertig.“

„Großartig, vielen Dank.“ Ich schenkte ihm ein freundliches Lächeln und knallte ihm die Tür vor der Nase zu.

Er klopfte erneut.

„Was gibt's denn noch?", erkundigte ich mich ein wenig hastig, jedoch bemüht, nicht zu unhöflich zu klingen.

Er nahm seine Kappe ab und knetete sie zwischen den Fingern. „Es ist nur so ... Sie hatten versprochen, mir einen Scheck auszustellen, sobald die Dekoration fertig ist ... und ich würde ungern noch einmal herfahren müssen."

„Oh, richtig, klar. Geben Sie mir fünf Minuten." Erneut schloss ich die Tür und joggte hinauf in mein Büro im ersten Stock, wo ich in der obersten Schublade meines Schreibtischs, die sich abschließen ließ, mein Scheckheft aufbewahrte. Man kann schließlich nie vorsichtig genug sein.

Auf dem Flur fing Christine mich ab. „Angie, hättest du ein paar Handtücher für mich? Ich würde gerne kurz duschen. Um den Flugzeuggestank abzuwaschen, weißt du?"

„Natürlich. Wie geht es den Katzen?" Ich drehte mich auf dem Absatz zu ihr um, was mich leicht aus dem Gleichgewicht brachte. Glücklicherweise war da die Wand, die mich auffing.

Christine lachte und verdrehte die Augen, während sie mir zum Wäscheschrank folgte. „Sie haben noch nicht einmal eine Sekunde lang aufgehört, sich gegenseitig zu kraulen, zu putzen und zu liebkosen. Ich befürchte, irgendwann geht ihnen die Luft aus."

Ich kicherte ebenfalls und freute mich für die beiden Turteltäubchen, war aber auch heilfroh, deren übertriebene Liebesbekundungen nicht mit anschauen zu müssen. „Hier sind zwei Handtücher und ein Waschlappen. Das Badezimmer ist die vierte Tür auf der rechten Seite. Brauchst du sonst noch irgendetwas?"

„Eine Flasche Wasser vielleicht?“, quietschte Christine, als ob ihr diese Bitte unangenehm wäre.

Ich wippte enthusiastisch mit dem Kopf. „Kein Problem. Ich bin gleich wieder da.“

„Sag mir einfach, wo die Getränke stehen. Ich kann mir mein Wasser auch gerne selbst holen. Du hast doch wahrlich anderes zu tun.“

„Unsinn. Du bist mein Gast. Ich laufe schnell runter und stell sie dir rein, während du duschen gehst, okay?“

Also wieder nach unten, und so allmählich geriet ich ganz schön außer Puste. Auf dem Rückweg, beladen mit diversen Wasserflaschen, fing dann auch noch mein Handy an zu vibrieren. Die Aktion, es aus meiner Hosentasche zu ziehen, glich einem Balanceakt. „Wie geht es meiner Zukünftigen?“, vernahm ich Charles‘ sexy Stimme, bei der mir immer wieder die Knie weich wurden.

„Schon viel besser, jetzt, wo ich mit dir reden kann“, gab ich zu, stellte Christines Flaschen auf deren Nachttisch ab und begab mich wieder nach draußen, wobei ich die beiden Fellverliebten komplett ignorierte.

Er seufzte, und es war schwer zu sagen, ob er einfach nur schwermütig oder schläfrig war. Seine nächsten Worte allerdings verschafften mir Gewissheit. „Du klingst, als wärst du ziemlich außer Atem. Ich wünschte, du würdest mir erlauben, vorbeizukommen, um dir bei den letzten Vorbereitungen zu helfen.“

Er hatte recht. Ich war sogar absolut am Ende, weigerte mich jedoch, der Müdigkeit nachzugeben. Immerhin würde alles, was ich gerade auf die Beine zu stellen versuchte, dazu beitragen, die perfekte lebenslange Erinnerung für uns beide zu schaffen.

Trotzdem … ein paar Minuten würde ich mir stehlen, um mit meinem Verlobten zu sprechen.

Entschlossen stapfte ich die Treppe hinauf in mein Turmzimmer und betete, zumindest dort ein paar Augenblicke lang Ruhe genießen zu dürfen. „Du weißt doch, wie konservativ deine Eltern sind. Selbst sie kommen erst morgen früh, weil sie es nicht riskieren wollen, mich vor dem großen Ereignis zu sehen. Wenn deine Mutter herausfände, dass du schon vorher hier warst, würde sie uns umbringen."

„Sie muss es ja nicht erfahren", neckte er mich, und ich konnte mir nur zu gut das schelmische Lächeln vorstellen, das sich auf seinem Gesicht ausbreitete.

„Vergiss es", warnte ich ihn spielerisch. „Mama Longfellow hat uns klare Anweisungen gegeben. Wir dürfen uns vor der Hochzeit eine ganze Woche lang nicht sehen. Nur dann haben wir die Gewähr, dass unsere Ehe glücklich wird, und das wünschst du dir doch sicher ebenfalls, oder?"

„Natürlich tue ich das, meine Angie", sagte er mit einem langgezogenen Seufzer, „aber ich vermisse dich."

„Ich dich ebenfalls. Ich liebe dich …"

Mein Telefon fing an zu piepen und kündete einen weiteren eingehenden Anruf an. „Mist! Noch jemand versucht mich zu erreichen. Ich muss auflegen. Bis ganz bald."

„Hallo?", meldete sich eine gedämpfte Stimme am anderen

Ende der Leitung. Obwohl sie mir vage bekannt vorkam, konnte ich sie spontan nicht einordnen. „Angie?“

„Ja, hallo. Was gibt’s?“, fragte ich beiläufig, während meine Nerven erneut zu flattern begannen.

„Hier spricht Reverend Stonehill. Es tut mir so leid, das in letzter Minute zu tun, aber ich habe einen familiären Notfall außerhalb des Staates und muss sofort los. Deshalb ...“

Ich schnappte nach Luft, denn mir war klar, was als Nächstes kommen würde. „... ist es mir nicht möglich, deine morgige Trauung zu übernehmen.“

Verzweifelt bemühte ich mich, die Tränen zurückzuhalten. Reverend Stonehill war ein Mann Gottes, und natürlich würde er mich nicht anlügen. Es musste einen wirklich triftigen Grund für seine Absage geben, etwas, das wesentlich wichtiger und zeitkritischer war als meine Zeremonie.

„Verstehe“, sagte ich und hoffte, er würde das Beben in meiner Stimme nicht mitbekommen. „Danke, dass Sie mir Bescheid gegeben haben.“ Nach einer kurzen Pause entschied ich mich, noch hinzuzufügen: „Ich werde beten, dass sich bei Ihnen alles schnell zum Guten wendet.“ Angesichts der Situation und der Person, mit der ich sprach, schien mir das ein passender Schlusssatz.

Nachdem ich aufgelegt hatte, sank ich zurück in die Kissen und ließ meinen Tränen freien Lauf. Bald schon galt es, meinen nächsten Besucher mit einem fröhlichen Lächeln zu empfangen, aber erst einmal musste ich einfach alles rauslassen. Ich versuchte mir meine Tränen als eine Art Gift vorzustellen, das aus meinem Körper gespült wurde, damit es mir nicht mehr wehtun konnte … aber selbst das half nichts.

Nur noch einen Tag, sagte ich mir.

Einen läppischen Tag bis zum Beginn meines neuen Lebens. Genau, das würde ich ab jetzt zu meinem Mantra machen.

Statt *om, om* mir immer wieder *einer, einer* vorsagen.

Der Countdown zum Happy End lief …

5

Ein sanftes Kratzen an meiner Tür riss mich aus meinen trüben Gedanken. „Paisley?“, rief ich, zwang mich auf die Füße und schlenderte hinüber, um zu öffnen. Da ich Octocat ja in seinem Zimmer eingesperrt hatte und er zudem mit Grizabella beschäftigt war, konnte eigentlich nur unser anderer tierischer Mitbewohner, der Chihuahua, draußen stehen. Ich hatte das kleine Hündchen heute kaum zu Gesicht bekommen, aber ihre besondere und optimistische Art war eigentlich genau das, was ich jetzt brauchte, um aus diesem Tief herauszukommen.

Aber nein. Großmutter musste den süßen kleinen Chihuahua mit auf ihre Besorgungstour genommen haben, denn es war weder sie noch mein Kater, denen ich plötzlich gegenüberstand. Meine tatsächlichen Besucher waren viel schlimmer.

„Es gefällt mir nicht, wenn sie annimmt, wir wären ein von

Flöhen befallener Kater!“, sagte Jillianne anstatt eines normalen Grußes. Bevor ich dazu kam, Paisleys guten, flohfreien Namen zu verteidigen, mischte Jacques sich ein: „Und ich finde es unmöglich, wenn diese Frau die Türen verschließt und uns damit den Zutritt verweigert. Dies sollte eigentlich auch unser Heim sein.“

Ich unterdrückte einen Seufzer. Stiefkinder hin oder her, die beiden Sphynx-Katzen gehörten jetzt ebenfalls zu mir. Also sollte ich mich um ein gutes Verhältnis zu ihnen bemühen, egal, wie sehr mich ihre permanenten Beschwerden auch nervten.

So rieb ich mir die Hände und zwang mich zu einem Lächeln. „Hallo, ihr beiden, was kann ich für euch tun?“

„Ich finde Langeweile unerträglich“, stöhnte Jacques.

„Ich mag es nicht, wenn ich frieren muss“, fügte seine Schwester hinzu, und weiter ging es mit ihrer Klage-Litanei.

„Ich betrachte es als Zumutung, wenn ich hungern muss.“

„Mir gefällt nicht, wie dieser Ort riecht.“

„Ich verabscheue ...“

„Okay, das reicht! Was genau wollt ihr eigentlich? Ich bin gerne bereit zu helfen, aber etwas detaillierter solltet ihr schon werden – und auch ein bisschen netter zu mir, wenn ich bitten darf. Immerhin sind wir jetzt eine Familie, kapiert?“

Die beiden Katzen saßen in einvernehmlichem Schweigen da und starrten mich, ohne zu blinzeln, einfach nur an. Ich hielt ihrem Blick stand. Egal, welches Spielchen sie da mit mir zu spielen gedachten, ich konnte es mir nicht leisten zu verlieren.

Nach einer angespannten gefühlten Ewigkeit machten sie auf den Pfotenballen kehrt und rannten die Treppe wieder hinunter.

„Ich mag sie nicht“, zischten sie synchron. War ja klar!

Ich wartete noch einen Moment, bis sie aus meinem Sichtfeld verschwunden waren und begab mich dann ebenfalls nach unten. Dank meines kleinen Zusammenbruchs lag ich jetzt in meinem Zeitplan noch weiter zurück. Ich musste schnellstens wieder in die Gänge kommen. Als Erstes würde ich …

„Angelaaaaaa!“, brüllte mein Kater, als ich an seiner Schlafzimmertür vorbeilief.

Noch mehr Katzendrama? Bitte nicht!

Kurz überlegte ich, ob ich ihn einfach ignorieren sollte, als er auch schon erneut rief: „Ich weiß, dass du da draußen bist und mich hören kannst. Also komm rein. Wir haben etwas Wichtiges zu besprechen.“

Ich holte tief Luft und straffte die Schultern, in der Hoffnung, dass mir das Kraft für die bevorstehende Konfrontation geben würde. Dann pflastere ich mir ein Lächeln ins Gesicht und öffnete die Tür.

„Das wurde aber auch Zeit. Eigentlich sollte es doch genügen, dass ich einmal rufe, wenn ich dich brauche“, meckerte Octocat, obwohl er dabei von einem Fellohr zum anderen grinste.

„Was brauchst du denn jetzt schon wieder?“, fragte ich, zu erschöpft für Nettigkeiten oder Entschuldigungen.

„Ich weiß, dass du gerade extrem unter Stress stehst, Angela, aber es gibt gute Neuigkeiten. Ich habe Grizabella gebeten, mich zu heiraten, und sie hat zugestimmt.“ Er drehte sich zu seiner frisch gebackenen Verlobten um und rieb seine Wange an der ihren.

„Das ist großartig, Leute“, sagte ich und meinte es auch wirklich so. Und der Zeitpunkt für diese Enthüllung war eigentlich egal. Sie würden mir nicht die Show stehlen, da sie außer mir eh niemand verstehen konnte und somit nichts über den geänderten Beziehungsstatus erfuhr. „Meinen herzlichen Glückwunsch.“

„Ja, Grizzy und ich freuen uns diebisch, den Rest unserer sieben Leben gemeinsam zu verbringen. Wir haben lang und breit darüber diskutiert und ...“

Ich stieß ein hörbares Stöhnen aus und begann, ungeduldig mit dem Fuß zu klopfen. *Upps.*

Beide Katzen verzogen empört das Gesicht, und Grizabella gab ein Zischen von sich.

Octocat sagte schnippisch: „Tut mir leid, wenn dir unsere Liebe ungelegen kommt, Angela. Eigentlich hätte ich erwartet, du würdest dich für uns freuen.“

Ich stöhnte erneut auf. Warum konnte ich mich nicht wenigstens eine Minute zusammenreißen, schweigen und lächeln, bis sie mich aus diesem Raum entließen? Immer meine große Klappe ... äh, Fuß, in diesem Fall.

„Das tue ich doch. Bitte entschuldigt. Ich bin einfach wegen anderer Dinge gestresst“, flehte ich sie um Verständnis an.

„Genau wie wir, was eine perfekte Überleitung zu meinem nächsten Punkt darstellt. Die beiden nackten Kreaturen können hier nicht bleiben. Das ist mein Haus, und wir brauchen den Platz für Grizzy und ihr Frauchen. Kotzbrockens Mitbewohnerschaft werde ich zustimmen, da er dein Gefährte ist, aber die beiden hässlichen Eindringlinge müssen weg!“ Er hob das Kinn, um anzudeuten, dass die Sache damit für ihn erledigt und entschieden war.

Heiliger Himmel!

Ich seufzte schwer und rang die Hände. „Das habe ich dir doch bereits zu erklären versucht. Sie gehen dorthin, wo auch er hingeht."

„Tja, dann wird er wohl oder übel ebenfalls verschwinden müssen. Tut mir leid für dich, da ich weiß, wie sehr du ihn magst."

Ich kniff ungläubig die Augen zusammen. „Octavius, du hast wohl nicht mehr alle Tassen im Schrank!"

Der Himalaya-Showstar schnappte hörbar nach Luft. „Spricht sie immer so respektlos mit dir, Liebster?"

Octocat schnalzte mit seiner Sandpapierzunge. „Weit öfters, als mir lieb ist, fürchte ich. Ich sollte mein Frauchen wirklich besser erziehen."

Beide nickten unisono.

„Wie auch immer, ich gehe jetzt mal wieder", verkündete ich und stapfte zurück zur Tür.

„Ich bin noch nicht fertig mit dir, junge Dame", tobte Octocat.

Ich hielt inne und drehte mich erneut zu ihm um. „Du bist nicht mein Vater!" So allmählich lagen meine Nerven wirklich blank, und es fiel mir immer schwerer, mich zusammenzureißen. Womöglich gelang mir das schon gar nicht mehr, denn es kam mir so vor, als würde ich ihn aus vollem Halse anbrüllen.

„Sei froh, denn sonst hättest du in diesem Haus nichts mehr zu lachen. Aber egal ... Wenn du dich weigerst, unsere doch sehr vernünftigen Forderungen zu erfüllen, hätten wir hier noch ein alternatives Angebot." Zwar kamen diese Worte aus seinem Mund, hörten sich jedoch sehr nach Grizabella an.

„Ich höre?" Eigentlich war es nicht okay, dass ich ständig klein beigab, aber in diesem Fall hoffte ich auf eine einfache Lösung, was das Verbleiben der beiden Sphynx-Katzen in unserem Heim anbelangte.

„Wie du so scharfsinnig angemerkt hast, bist du *nicht* unser Kind." Er hielt inne, um erneut seine samtpfotige Verlobte zu liebkosen. Dann wandten sich beide mit großen Augen mir zu. „Wir würden aber gerne eine eigene Familie gründen. Natürlich mit deiner Hilfe."

Damit hätte ich nun so gar nicht gerechnet. Jetzt hieß es, behutsam vorzugehen. „Ähm, das ist mir jetzt etwas peinlich, Octocat, aber die Sache ist die: Du bist ka ..."

Er unterbrach mich mit einem zischenden Laut. „Sprich es nicht aus! Ich weiß selbst, was ich bin, aber Grizabella hat recherchiert und herausgefunden, dass es sich bei Menschen, die es sich irgendwann anders überlegen, rückgängig machen lässt. Das sollte doch bei mir auch möglich sein. Grizzy und ich würden gerne versuchen, eigene leibliche Kätzchen zu bekommen."

„Aber du bist doch ka ..."

„Schweig! Ich will dieses Wort nicht hören!"

Hitze schoss mir in die Wangen. Das war weiß Gott kein Thema, über das ich gerne mit meiner Katze und seiner Freundin reden wollte. Ganz und gar nicht. „Dein, äh, Eingriff ist leider endgültig. Sie haben dir nämlich deine, hmm, *Bällchen* komplett abgeschnitten."

„Ich weiß, was sie getan haben", erwiderte er und starrte mit blicklosen Augen in die Ferne. „Aber Ethel hat mich von ganzem Herzen geliebt – das war nämlich meine erste Besitzerin, Schatz – und hat sie mit Sicherheit irgendwo aufbewahrt. Vielleicht könntest du mal auf dem Dachboden nachsehen?"

„I ...", begann ich, schloss jedoch gleich wieder den Mund, weil ich beim besten Willen nicht wusste, was ich darauf erwidern sollte.

Gott sei Dank begann just in dem Moment das Handy in meiner Hosentasche zu vibrieren. Ich zog es hervor und las die eingegangene Nachricht meiner Mutter:

Sind in zwei Minuten da.

Ein riesiges Lächeln machte sich auf meinem Gesicht breit. sodass sogar meine Wangen zu schmerzen begannen. Auf den letzten Drücker war mir dieses unangenehme und zugleich unproduktive Gespräch erspart geblieben ... zumindest für den Moment.

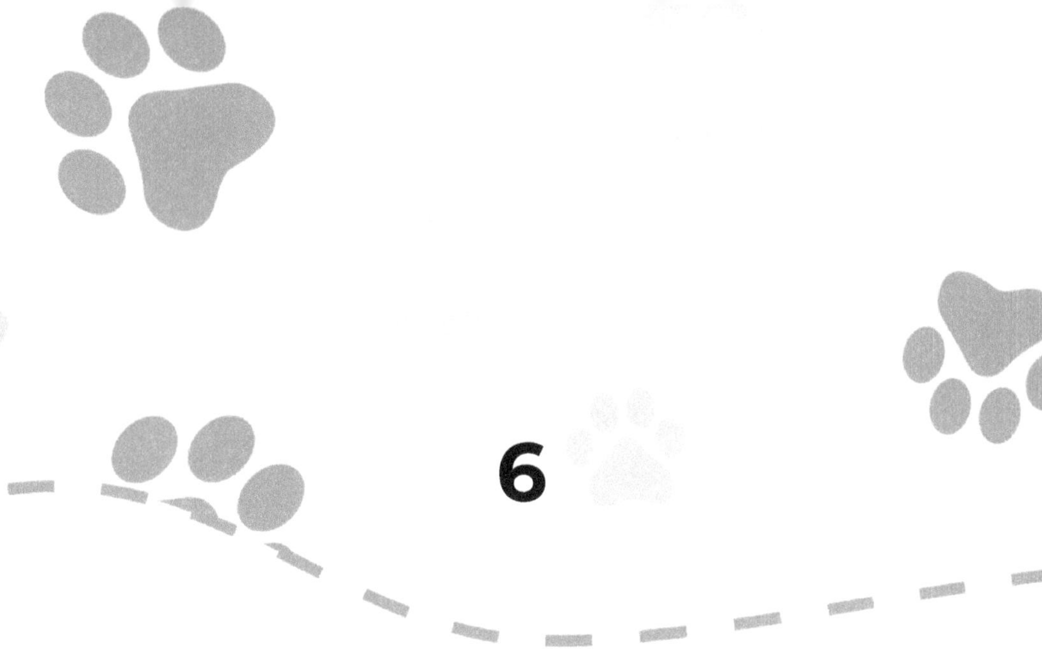

6

Ich trat auf die Veranda hinaus, um auf die Ankunft der nächsten Hochzeitsgäste zu warten. Als ich den Blick über die Einfahrt schweifen ließ, fiel mir auf, dass die beiden Wohnmobile verschwunden waren. Wahrscheinlich hatten sie sie irgendwo geparkt, wo ich sie nicht sehen konnte, und das Filmteam schien sich doch tatsächlich in den Wald gewagt zu haben, der mein Haus von dem Grusclanwesen nebenan trennte. Seitdem dort auch die letzte Eigentümerin auf mysteriöse Weise ums Leben gekommen war, stand die Villa leer, und daran würde sich zweifellos so schnell nichts ändern, wenn man bedachte, dass es bereits der zweite Todesfall innerhalb von zwei Jahren war.

Was die Crew wohl vorzufinden hoffte? Bevor ich mir weiter den Kopf darüber zerbrechen konnte, fuhr ein schwarzer Luxus-Geländewagen mit meinem Vater am Steuer vor, parkte direkt vor der Veranda, und sogleich sprangen meine Mutter und Oma Lyn aus dem Fahrzeug heraus.

„Sieh doch nur, wer es gesund und munter hierher geschafft hat", rief Mom, und ich stürmte auf sie zu und umarmte sie. An dem Punkt, an dem ich mittlerweile angelangt war, war es mir ein Bedürfnis, all meine Lieben in die Arme zu schließen, auch wenn ich das an diesem Tag bestimmt schon dutzende Male getan hatte. Anscheinend brauchte ich diese Streicheleinheiten, um meine gequälte Brautzilla-Seele zu beruhigen.

Oma Lyn wohnte zwar nur ein paar Stunden von Blueberry Bay entfernt, fühlte sich aber nicht mehr wohl dabei, längere Strecken allein zurückzulegen. Deshalb hatte Mom sich nur zu gerne bereiterklärt, ihre lange verschollene leibliche Mutter abzuholen. Und da sie nie ohne Dad irgendwohin fuhr, durfte er den Chauffeur spielen, eine Rolle, die er angesichts seiner Aufmachung – Anzug und dunkle Sonnenbrille – sehr ernst zu nehmen schien. Eigentlich würde er auch locker als Bodyguard durchgehen. Gerade noch so schaffte ich es, mir ein Lachen zu verkneifen. Meine Familie machte aus allem ein überlebensgroßes Drama, und ich stand ihr da in nichts nach. Blieb nur zu hoffen, dass Charles wusste, worauf er sich mit mir einließ.

Gerade als ich mit der ersten Umarmungsrunde fertig war und zur zweiten überging, raste ein rotes Audi-Coupé die Einfahrt hinauf und parkte direkt hinter Dads Geländewagen.

„Mami, Mami, wir sind wieder da!", bellte Paisley aus dem geöffneten Autofenster zu mir herüber. Alle Augen richteten sich auf den kleinen Hund, der stolz auf Sharons Schoß auf dem Beifahrersitz saß.

Oma Lyn warf mir einen fragenden Blick zu, der mich direkt wieder an etwas erinnerte. „Könntest du eventuell kurz mit mir ins Haus kommen, Oma? Es gibt da etwas, worüber ich dringend mit dir sprechen müsste. Wir sind gleich wieder da", versprach ich meinen Eltern, während Grandma und Sharon nach wie vor in dem kleinen Wagen saßen und an irgendetwas herumfummelten.

Dann zog ich Lyn mit mir mit ins Foyer und schloss die Tür hinter uns. „Auf dem Anwesen befindet sich ein Filmteam", verriet ich ihr atemlos.

„Du hast jemanden beauftragt, ein Video von deinem besonderen Tag zu drehen? Was für eine nette Idee!" Meiner leiblichen Großmutter stiegen vor Rührung die Tränen in die Augen.

„Nein, habe ich nicht." Ich senkte meine Stimme zu einem Flüstern und drückte mich ganz nahe an sie heran. „Einer der Gäste kam mit einer Reality-TV-Crew im Schlepptau hier an. Bis heute Morgen wusste ich noch nichts davon. Wir müssen wirklich vorsichtig sein mit, äh ..." Ich hielt inne und schaute mich misstrauisch um, „... dem, was wir können. Wenn uns die Kamera dabei einfängt, wie wir ... könnte das übel für uns ausgehen."

Oma Lyn sah allerdings nicht sonderlich besorgt aus, im Gegenteil: Sie besaß sogar die Frechheit zu lachen. „Ach, Angie. Ich habe es geschafft, dieses Geheimnis jahrzehntelang für mich zu behalten. Glaube mir, ich kann diskret sein. Das ist es doch, worüber du dir Sorgen machst, oder gibt es da noch etwas anderes?“

„Nein, genau das ist mein Problem“, sagte ich, irritiert, wie locker sie die ganze Sache nahm.

„Dann lass uns wieder zu den anderen gehen.“ Sie legte mir ihre Hand auf den Rücken und dirigierte mich hinaus auf die Veranda, wo sich mittlerweile meine Eltern, Grandma, Sharon und Paisley versammelt hatten.

„Was für eine reizende Familie ihr doch seid“, rief Sharon, und erst in diesem Moment wurde mir bewusst, dass ich Oma Lyn über Alpha und seine Drohung, die Hochzeit zu sabotieren, ins Bild hätte setzen sollen. „Das ist ganz offensichtlich Ihre Mutter“, fuhr sie fort und machte eine ausladende Handbewegung von meiner Mom hinüber zu Oma Lyn. „Die Ähnlichkeit ist wirklich frappierend. Was wiederum heißt, dass es sich bei der unbezwingbaren Grandma um Ihre Angehörige handeln muss, nicht wahr?“, wandte sie sich an meinen Vater.

Niemand sagte etwas darauf, aber ich bemerkte aus den Augenwinkeln, wie Großmutter erstarrte. Dabei sollte sie doch wissen, wie sehr ich sie liebte. Neben Charles war sie der wichtigste Mensch in meinem Leben – und selbst jetzt noch stand sie mit meinem Beinahe-Ehemann in meinem Herzen auf der gleichen Stufe. Leider hatte sie schwere Zeiten durchmachen müssen, seit Pringle unwissentlich und versehentlich ihr großes Geheimnis enthüllte: dass sie weder mit mir noch mit Mom direkt verwandt war. Meine leibliche Oma Lyn hatten wir erst vor kurzem wiedergefunden, und ich freute mich, sie in unserer Sippe willkommen zu heißen.

Eigentlich freuten sich alle, außer Großmutter, die sich in einem Fort dafür entschuldigte, dass sie sich von einem alten Freund dazu hatte überreden lassen, bei dessen Komplott mitzumachen und sein Geheimnis zu wahren. Wahrscheinlich hatte sie nie vorgehabt, es uns zu sagen, aber dann war die Wahrheit eben doch ans Licht gekommen, und jetzt waren wir alle vereint ... unsere große, glückliche Familie war noch größer geworden. Na ja, das mit dem glücklich jedoch traf wohl nicht auf alle Mitglieder zu.

„Ach, ich Dummchen." Grandma tippte sich mit dem Finger so fest gegen die Stirn, dass dort ein leicht roter Fleck erschien. „Jetzt habe ich doch tatsächlich vergessen, bei der Reinigung vorbeizuschauen. Ich fahr gleich noch einmal los und ..."

„Aber nein, die chemische Reinigung war der erste Ort, den wir aufsuchten, nachdem wir diese beiden mageren Katzen abgesetzt hatten", entgegnete Sharon. Sie blies die Backen auf und verzog das Gesicht zu einer dümmlichen Grimasse. „Also, mager, weil sie halt so haarlos sind."

Grandma ignorierte ihren armseligen Versuch eines Scherzes völlig. Ihr Blick war starr auf den Boden gerichtet und wanderte dann hinüber zur Haustür. „Stimmt ja, die Katzen! Ich sollte wirklich mal nach ihnen schauen, um sicherzustellen, dass sie sich gut eingelebt haben."

„Großmutter", rief ich, bevor sie weglaufen konnte. „Ist schon okay. Bitte bleib hier."

Eigentlich dachte ich, Sharon würde unsere ungewöhnliche Familiendynamik verstehen, da sie mir ja geholfen hatte, die Identität und den Aufenthaltsort von Oma Lyn herauszufinden. Aber anscheinend hatte sie gerade viel zu viel im Kopf. Dennoch war es mit Sicherheit nicht ihre Absicht, mir meinen schönsten Tag zu versauen und Zwietracht zu säen, Gott bewahre.

Wahre Freunde wie sie waren rar gesät, und so hielt ich mich bewusst zurück, um sie nicht mit einer unbedachten Äußerung zu verletzen. Es wäre nicht fair, sie anzugehen, nur weil *ich* die Situation nicht unter Kontrolle hatte.

Oma Lyn trat nach vorne und legte einen Arm um Großmutter. „Eigentlich sind wir nur vorbeigekommen, um kurz Hallo zu sagen und zu sehen, ob unsere Hilfe benötigt wird“, erklärte sie, nachdem sie sich wieder von ihr gelöst hatte.

Ich sah sie durchdringend an und ließ meinen Blick dann weiter zu Sharon wandern, die mittlerweile anscheinend über das von ihr Gesagte nachgrübelte und die wortlose Kommunikation direkt vor ihrer Nase überhaupt nicht mitbekam.

„Sharon, oder?“, wandte Lyn sich nun direkt an sie. „Warum kommen Sie nicht einfach mit uns mit? Ich würde Sie liebend gerne besser kennenlernen.“

„Großartige Idee!“, warf ich vielleicht eine Spur zu enthusiastisch ein.

Unsere Reality-Star-Mutter strahlte. „Liebend gerne, solange ich meinen Chessy mitbringen darf. Ich habe ihn schon viel zu lange vernachlässigt.“

„Selbstverständlich“, riefen Mutter und Großmutter unisono

aus. Kaum hatten sie die Worte ausgesprochen, als Sharon auch schon in Richtung Wald lief und begann, lauthals nach ihrem Katerchen zu rufen.

Nun, das erklärte, warum die Filmcrew ebenfalls diesen Weg eingeschlagen hatte. Blieb nur noch zu klären, was Chester dort zu suchen hatte? Könnte er in den bösen Plan der Möwe eingeweiht sein? Eigentlich sollte ich mir mehr Zeit für weitere Ermittlungen nehmen, aber der Tag wie auch die Nacht waren bereits minutiös verplant und es galt auch noch, den Zeitverzug aufzuholen.

Sollte ich Oma Lyn um Hilfe bitten? Nein, auf keinen Fall konnte ich riskieren, Grandmas Gefühle noch mehr zu verletzen. Außerdem machte ich mir nach wie vor Sorgen wegen des Filmteams, eine Tatsache, die sie allerdings nicht weiter zu tangieren schien.

Würde es mir eines Tages gelingen, ebenso souverän mit meiner Gabe umzugehen und keine Angst mehr haben, entlarvt zu werden?

Schwer vorstellbar.

Gerade im Moment konnte ich mir ja kaum ein Bild davon machen, wie mein Leben morgen aussehen würde – geschweige denn in den kommenden Jahren.

Nur noch ein Tag. Ich musste mich nur noch einen einzigen verdammten Tag lang zusammenreißen. Dann würde alles wieder seinen mehr oder weniger normalen Gang gehen.

7

Dem verzweifelten Blick nach zu urteilen, mit dem Grandma ihre Umgebung musterte, machte deutlich, dass sie und ich uns dringend unterhalten sollten. Leider blieb uns dafür keine Zeit. Kaum waren Mom, Dad, Oma Lyn, Sharon und Chessy aus dem Haus, rollte die nächsten Gästewelle an: meine Cousine Mags und ihre Großtante Linda.

„Da wären wir", verkündigte meine hellhäutige, blondhaarige Cousine munter.

„Die Party kann beginnen", trällerte Tante Linda. Glücklicherweise hatten sie zumindest ihren Kater Shadow zu Hause gelassen. Ganz ehrlich ... ich war definitiv ein Katzenmensch, aber einen weiteren anspruchsvollen Fell-Hausgast hätte ich nicht mehr ertragen, ohne den Verstand zu verlieren.

Mit der Ankunft meiner Verwandten aus Georgia waren nun auch die letzten auswärtigen Gäste für heute eingetroffen. Alle anderen würden erst morgen anreisen. Blieb nur zu hoffen, dass sich deren Flüge nicht in letzter Minute verspäteten, denn inzwischen waren es weniger als vierundzwanzig Stunden bis zum entscheidenden Höhepunkt.

Weniger als ein Tag.

Meine Nerven lagen blank.

Natürlich hatte auch Charles diverse Kunden, Kollegen und Freunde aus der Gegend eingeladen, nicht zu vergessen seine Verwandten aus Kalifornien, aber die meisten Personen, die auf der Gästeliste standen, entstammten doch meinem Umkreis. Und dann waren da ja auch noch all die Tiere, mit denen ich in den letzten Jahren zu tun gehabt hatte. Netterweise hatten sie sich bereiterklärt, vom Wald aus zuzusehen, um bei den Menschen keinen Verdacht zu erregen. Meine Freunde Bravo und Abigull – die guten Möwen – hatten hervorragende Arbeit geleistet, sämtliche ehemaligen Klienten, Zeugen und Komplizen aufzuspüren. Sogar Gloria, die Grizzly-Mama, der wir in Katahdin aus der Patsche halfen, hatten sie eingeladen, obwohl ich insgeheim hoffte, sie würde dem morgigen Event fernbleiben, denn ihr Erscheinen könnte unter den anwesenden Gästen und Haustieren zu einem ziemlichen Tohuwabohu führen. Vielleicht wäre es dennoch keine schlechte Idee, beim Caterer anzurufen und um zehn zusätzliche Fischgerichte zu bitten … Nur für den Fall …

„Geht es dir gut, Angie?“, durchbrach Mags Stimme in diesem Moment meine Gedanken, und ihre blassen Augen spiegelten ihre Besorgnis wider. „Du kommst mir irgendwie so geistesabwesend vor."

„Entschuldigung, aber ich habe gerade einfach zu viel um die Ohren", antwortete ich wahrheitsgemäß. Anscheinend waren Großmutter und Tante Linda bereits ins Haus gegangen, denn ich stand mittlerweile allein mit meiner Cousine auf der vorderen Veranda. „Hattet ihr eine gut Fahrt?", erkundigte ich mich höflich, auch wenn ich im Geist schon wieder einen Schritt weiter war.

Plötzlich schoss ein dunkler Schatten über mich hinweg, und ich blickte gerade noch rechtzeitig nach oben, um zu sehen, wie ein weißer Federschopf hinter dem Dach abtauchte. Das konnte nur Alpha gewesen sein, oder?

„Danke, ja, relativ entspannt. Wir hielten nur an, um ..."

So ungern ich sie unterbrach, blieb mir leider keine andere Wahl. „Sind euch unterwegs irgendwelche Verfolger aufgefallen? Speziell Möwen, oder womöglich ein großer Schwarm dieser Vögel?", fragte ich, bemüht, Augenkontakt zu meiner Cousine zu halten und gleichzeitig den Himmel zu beobachten.

Mags schürzte die Lippen: „Bist du dir sicher, dass es dir gutgeht?"

„Das tut es, zumindest solange mir diese Wasservögel mir nicht meinen besonderen Tag ruinieren – oder eine ganz bestimmte Möwe." Ich stöhnte auf und verlagerte mein Gewicht von einem Fuß auf den anderen. Mittlerweile spürte ich jeden einzelnen Knochen in meinem Körper. Wann hatte ich eigentlich zum letzten Mal so richtig gut geschlafen? Nicht einmal daran konnte ich mich mehr erinnern.

„Aha, deshalb also dieser Baldachin aus Luftballons. Eigentlich fielen sie mir erst auf, als wir vor deinem Haus vorfuhren. Sie saßen im hinteren Garten und stierten zu uns herüber“, sagte Mags und stieß mich spielerisch gegen die Schulter. „Aber bitte erkläre mir mal, wieso du glaubst, dass eine Möwe deine Hochzeit verhindern könnte?“

„Weil dieser spezielle Vogel es angedroht hat“, sagte ich meiner in mein Geheimnis eingeweihten Cousine und musste erneut an die angespannte Begegnung am Pier zurückdenken. „Oder zumindest angedeutet.“

„So, für heute wären wir dann fertig“, erschall die Stimme eines Mannes, der just in diesem Moment aus dem Wald trat. Richtig, die Filmcrew ... Die hatte ich ja komplett vergessen, und damit auch meine natürliche Vorsicht außen vor gelassen. Sollte ich diese Tortur – ja, so dachte ich mittlerweile über unsere Hochzeit – unbeschadet überstehen, würde das schon an ein kleines Wunder grenzen.

„Großartig!“, rief ich dem Reality-Show-Typen zu, während meine Cousine mich neugierig musterte. Natürlich hatte sie ebenso wenig Ahnung wie ich bis vor kurzem, dass die komplette Zeremonie mit allem Drum und Dran auf Zelluloid festgehalten werden würde.

„So allmählich wird das Licht schwächer, von daher machen wir für heute lieber Schluss und konzentrieren uns auf die morgige Feier. Wir legen in aller Frühe los.“

Auch gut. Es bedurfte keiner langatmigen Erklärungen. Hauptsache, sie verschwanden und nahmen die kreisende Möwe gleich mit. Ihr Chef erkundigte sich noch: „Könnten Sie uns ein gutes Restaurant empfehlen, wo wir uns etwas zu Essen besorgen können?“

„Unbedingt das Little Dog Diner in Misty Harbor. Die machen die besten Hummerbrötchen der Welt.“ Diese Antwort gab ich bereits so automatisiert, dass ich gar nicht mehr großartig darüber nachdenken musste. Und der Gedanke an meine Leibspeise bescherte auch mir einen kurzen Moment der Freude und Entspannung.

„Danke für den Tipp. Das werden wir uns direkt anschauen. Bis morgen dann.“

Und weg waren sie. Sie packten ihre Ausrüstung in ihr Wohnmobil, das sie nach wie vor neben dem Haus geparkt hatten, und die Tatsache, dass mir das nicht einmal aufgefallen war, war ein deutliches Zeichen dafür, wie es um meine geistige Verfassung stand.

„Kann ich irgendetwas tun, um zu helfen?“, bot Mags an. „Und wenn es einfach nur zuhören ist.“

Bei diesen aufmunternden Worten brach es einem gewaltigen Sturzbach gleich aus mir heraus. Ich erzählte ihr alles: über die quengelnden Nacktkatzen, die beiden frisch verliebten Samtpfoten, die eine Familie gründen wollten, die Missstimmung zwischen meinen beiden Großmüttern, den Pfarrer, der in letzter Minute absagen musste …

„Bitte erlaube mir, dich an dieser Stelle kurz zu unterbrechen

“, sagte Mags und legte mir die Hände auf die Schultern. „Ich könnte bei der Verehelichung einspringen.“

Aufgrund dieses Vorschlags verdrehe ich entnervt die Augen. „Das ist total süß von dir, Mags, danke, aber ich würde Charles doch lieber selbst heiraten.“

Sie versetzte mir einen spielerischen Klaps. „Nicht doch, du Dummchen. Ich meinte, ich kann die Trauung abhalten.“

Verwirrt blinzelte ich sie an und wartete auf weitere Erklärungen, die glücklicherweise nicht lange auf sich warten ließen.

„Anfang dieses Jahres, um Ostern herum, habe ich diese TikTok-Videos gedreht, in denen ich im Zuge unserer neuen Holy Smokes-Serie geweihte Kerzen verkaufte. Sie schlugen ein wie eine Bombe und übertrafen sämtliche unserer Erwartungen. Und da ich keine Lust hatte, nach jeder neuen Charge den örtlichen Pastor aufzusuchen, um sie segnen zu lassen, beschloss ich kurzerhand, mich einfach ordinieren zu lassen. Also, zumindest technisch gesehen bin ich jetzt eine Geistliche.“

„Das ist ja großartig, Mags.“ Endlich einmal schien etwas nach Plan zu laufen. War das womöglich ein Zeichen, dass sich das Blatt doch noch zu meinen Gunsten wendete? „Du bist meine Rettung in letzter Sekunde.“

„Ich weiß“, entgegnete sie mit einem stolzen Grinsen im Gesicht. „Es ist mein Bestreben, stets fantastisch zu sein. Also, wobei kann ich sonst noch behilflich sein?“

„Tatsächlich gäbe es da noch eine Sache“, gab ich zu, bevor ich sie ins Haus führte. Kurz bevor ich eintrat, glaubte ich, einen weiteren weißen Blitz am Himmel zu bemerken, aber vielleicht war es auch schlichtweg nur meine Fantasie, die mir einen Streich spielte.

Mittlerweile war alles möglich, und diese Erkenntnis erschreckte mich.

„Der Kleine ist Jacques, und die Größere Jillianne. Es sind Charles‘ Katzen. Sie leben jetzt ebenfalls hier, aber weder sie noch Octocat sind sonderlich glücklich darüber."

„Ich finde es ätzend, dass heutzutage alle Menschen gleich aussehen", sagte Jacques und unterbrach sich beim hingebungsvollen Lecken seiner Pfote.

„Und mir gefällt es nicht, dass *sie* einfach eine komplett Fremde in unsere Angelegenheit hineinzieht", merkte Jillianne an und kniff die Augen zusammen.

Ich musste mich schwer zurückhalten, um die Fassung zu wahren. „Das hier ist keine Fremde, sondern meine Cousine Mags."

„Die mag ich ebenfalls nicht", verkündete die Nacktkatzendame und schlug mit dem Schwanz nach mir, als wollte sie ihren Standpunkt unterstreichen.

Ich warf ihr einen warnenden Blick zu. Jacques allein wäre wahrscheinlich gar nicht so schlimm, aber leider schien er seiner Samtpfotenschwester hörig zu sein, was sich aber schlecht sagen ließ, da die beiden unzertrennlich waren.

„Sie kommen ursprünglich aus Frankreich. Ihre erste Besitzerin wurde ermordet, woraufhin Charles sie vor einigen Jahren adoptierte“, klärte ich Mags weiter auf. „Und sie haben nichts anderes zu tun, als sich pausenlos zu beschweren. Ich dachte mir, vielleicht könntest du ihnen dabei helfen, hier heimisch zu werden. Da du ihre Boshaftigkeiten nicht verstehen kannst, sollte es etwas einfacher sein.“

Meine Cousine schnappte nach Luft. „Boshaftigkeiten? Etwa über mich?“

„Aber nein!“ Ich schnitt eine kleine Grimasse, um diese Notlüge zu vertuschen, was mir jedoch nicht wirklich gelang. Mags hatte mich direkt durchschaut. „Also doch über mich“, brummte sie und ließ den Blick von einer Katze zu anderen wandern. „Egal. Ich weiß ja nicht, was genau sie so von sich geben, aber sollte es zum Kampf kommen, bin ich ihnen definitiv haushoch überlegen.“

„Es gefällt mir nicht, dass sie uns einen Babysitter zuweist.“

„Und ich finde es ätzend, dass diese Frau es sogar auf einen Kampf ankommen lassen will.“ In dem Moment war es mir sogar wurscht, welche Katze was sagte, so wütend war ich auf alle beide.

„Perfekt. Schon wieder rettest du mir das Leben“, sagte ich und schenkte ihr ein überdimensionales Lächeln, um ihr zu verdeutlichen, wie sehr ich ihre Unterstützung zu schätzen wusste. „Ach, und während du sie im Auge behältst, könntest du vielleicht auch alle paar Minuten mal aus dem Fenster schauen und mir Bescheid geben, falls du irgendwelche Möwen entdeckst?“

„Natürlich kann ich das, aber woher soll ich wissen, ob es sich um die Guten oder die Bösen handelt? Wie kann ich sie voneinander unterscheiden?“

Verflucht, damit hatte sie natürlich recht. „Okay, vergiss das mit den Möwen. Konzentriere dich einfach nur auf die beiden Unruhestifter hier.“

„Du kannst dich auf mich verlassen“, versprach sie und salutierte vor mir.

Ein Problem weniger. Damit blieb nur noch Alpha ...

8

„Bist du bereit für die letzte Anprobe deines Hochzeitskleids?“, erkundigte sich Großmutter später am Nachmittag. So allmählich wurde es ruhiger, da sich sämtliche Gäste auf ihren Zimmern befanden und auch das stetige Männleinlaufen der Lieferanten zum Erliegen gekommen war.

Wie versprochen, behielt Mags Charles‘ Katzen im Auge. Sie hatte sich und die beiden in dem Gästequartier eingeschlossen mich angewiesen, unter keinen Umständen unangemeldet hereinzuplatzen, um ihr nicht die Überraschung zu verderben, an der sie arbeitete.

Christine wuselte durchs Haus und bot jedem ihre Hilfe an, einschließlich mir, aber nachdem ich sie ein paar Mal abgewiesen hatte, zog sie sich freiwillig zurück, auch weil unser Chihuahua

Paisley, wo immer sie auftauchte, kläffend auf sie zustürzte und sie wieder in ihr Zimmer trieb.

„Bin ich dir eine Stütze, Mami?“, fragte mich das kleine Hündchen gerade und wedelte so schnell mit dem Schwanz, dass mir ganz schwummrig wurde.

Vorsichtshalber verkniff ich mir eine Antwort und nickte nur. Die Filmcrew war zwar weg, aber die Besitzerin von Octocats Freundin kannte mein Geheimnis ebenfalls noch nicht. Sie vermutete lediglich, ich sei eine übertrieben verrückte Katzenlady, was ja auch irgendwie stimmte.

Die letzten Stunden waren wie im Flug vergangen. Ich hatte sie damit zugebracht, den Gästen und dem Servicepersonal auf den Wecker zu gehen, um sicherzustellen, dass für das morgige Event alles nach Plan lief. Glücklicherweise konnte ich die meisten Anrufe draußen im Garten erledigen, wo ich wild gestikulierend auf und ab schritt und dabei permanent den Himmel im Auge behielt. Von Alpha fehlte jede Spur, was mich jedoch nicht wirklich beruhigte. Ich würde weiterhin äußerst wachsam bleiben müssen.

Zunächst jedoch stand die Anprobe meines Hochzeits-Outfits auf dem Programm.

„Ich wäre dann soweit“, rief ich Großmutter zu und beendete das Telefonat mit dem Caterer, bei dem ich vorsichtshalber ein paar zusätzlichen Fischgerichte bestellt hatte.

„Du siehst in dem Kleid deiner Mom so bezaubernd aus.“ Sie reichte mir das sorgfältig eingewickelte Teil und gab mir einen kleinen Schub in Richtung Treppe, damit ich mich fertig machen konnte. „Dieses Mal aber komplett mit Schleier, damit wir die volle Pracht zu sehen bekommen", fügte sie mit dem ihr eigenen süßen Lächeln hinzu.

Meine Mutter hatte mir angeboten, an meinem besonderen Tag ihr Kleid zu tragen, und diese Gelegenheit wollte ich mir natürlich nicht entgehen lassen. Niemand war so glücklich verheiratet wie meine Eltern – zumindest niemand, den ich kannte. Das war auch einer der Gründe, warum ich ein so extrem enges Verhältnis zu Grandma hatte. Mom und Dad waren von jeher sehr aufeinander fixiert gewesen. Also hatte ich mich an meine Großmutter gehalten, und seit ich denken konnte, waren wir die besten Freundinnen. Daran würde sich auch zukünftig als verheiratete Frau von meiner Seite aus nichts ändern.

Und diese finale Anprobe würde ich dazu nutzen, um ihr genau das zu sagen, was nach dem peinlichen Gespräch mit Sharon auf der Veranda meiner Meinung nach auch bitter nötig war. Wahrscheinlich hatte ich es deshalb so eilig, in die Robe zu schlüpfen, ohne mir überhaupt die Mühe zu machen, mich im Spiegel zu betrachten, bevor ich dic Treppe wieder hinunterhastete.

„Ich habe nachgedacht", fing ich an, „und ich möchte, dass du weißt ..."

„Mein Gott, Angie! Du meine Güte!", unterbrach Großmutter mich und schlug die Hände vors Gesicht, aus dem innerhalb von Sekunden alle Farbe gewichen war. „Was ist denn mit deinem Brautkleid passiert?"

Verwirrt starrte ich sie an. Was war das denn jetzt für eine Art von makabrem Scherz? So etwas war ich von meiner reizenden Grandma gar nicht gewohnt. Vielleicht hatte der Stress des Tages auch sie an ihre Grenzen gebracht? Während ich sie stirnrunzelnd musterte, deutete sie mit einem zittrigen Zeigefinger auf meine elfenbeinfarbene Seidenschleppe. Ich drehte den Kopf, um besser sehen zu können, und musste feststellen, dass dem Spitzenbesatz und den zarten Perlen eine weitere unerwartete Verzierung hinzugefügt worden war – lange, wütende Krallenspuren, die den Stoff an mehreren Stellen glatt durchtrennt hatten.

Das Kleid meiner Mutter! Mein Kleid! Mein großer Tag! Neeeiiiiinnn!

Dieses Mal konnte ich die Tränen nicht länger zurückhalten. Während mir die salzigen Zeugen meiner Traurigkeit über die Wangen liefen, kam Pringle aus der Küche, eine Tüte Maispuff in Händen haltend.

Mit großen Augen beobachtete ich, wie er sich das das orangefarbene fettige Pulver von den schwarzen Fingern leckte. „Pringle!", brüllte ich. „Wie konntest du nur?"

Er hielt in seiner Bewegung inne. „Wie konnte ich was? Ach so, sorry. Die habe ich im Müll gefunden. Jemand hat sie offensichtlich aufgemacht, aber nicht aufgegessen. Ich habe mir nichts Neues aus deiner Speisekammer geholt, großes Ehrenwort. Wusstest du übrigens, dass sich das Kamerateam einer Realityshow hier rumtreibt? Wie es scheint, wurden meine Gebete erhört. Jetzt muss ich sie nur noch dazu bringen, zu erkennen, dass ich ein der Star bin, der ihnen fehlt und …"

„Was hast du überhaupt in meinem Haus zu suchen?“, verlangte ich zu wissen und stampfte mit dem Fuß auf wie ein wütender Stier.

Er lächelte, völlig ahnungslos, wie es gerade in mir aussah. „Du hast mich doch eingeladen, weißt du nicht mehr? Und mir versichert, in dem Fall wäre es okay, wenn ich reinkomme.“

Ich drehte mich ruckartig um, sodass das Kleid um mich herumwirbelte. „Sieh dir bitte mal das hier an. Es ist komplett ruiniert. Wie konntest du mir das antun?“

So allmählich schien ihm ein Licht aufzugehen, worauf sich mein Wutausbruch bezog. Trotzdem kam er mir verwirrt vor. Fragte er sich, wie er so dumm hatte sein können, sich erwischen zu lassen? Seine Worte jedoch ließen etwas anderes vermuten. „Miss Angela, ich habe dein Kleid nicht angefasst, ich schwöre es! Ich würde doch niemals …“

„Raus!“, brüllte ich, stapfte zur Tür und riss sie dermaßen heftig auf, dass sie gegen die Wand knallte. „Geh mir aus den Augen und lass dir bloß nicht einfallen, dich morgen auf der Hochzeit blicken zu lassen. Du bist nicht willkommen!“

Der kleine Waschbär ließ die Tüte mit den Snacks auf den Boden fallen und schlich mit hängendem Kopf an mir vorbei, wobei er einem dieser deprimierten Charaktere aus den *Peanuts* glich.

Kaum war er draußen, schlug ich die Tür hinter ihm zu. Jetzt war es also tatsächlich passiert. Alpha hatte sich gerächt. Das Schlimmste daran war, dass dem armen Pringle nicht einmal bewusst war, wie er manipuliert wurde. Weiß der Teufel, wie die Möwe es geschafft hatte, ihn dermaßen unter Kontrolle zu bekommen, aber Fakt war, ihr Plan war aufgegangen. Sie konnte einen Insider auf ihre Seite ziehen – oder zumindest ein Tier, das Zugang zum Haus hatte – und ihn dazu bringen, mein geliebtes Kleinod unwiderruflich zu zerstören.

Nan kam auf mich zu und zog mich in ihre Arme, während ich zitterte, weinte und den Tag verfluchte, an dem ich diesen unruhestiftenden Waschbären getroffen hatte.

„Ich kenne jemanden, der es reparieren kann", flüsterte sie, als mein Schluchzen langsam nachließ. „Es wird nicht billig werden und auch nicht schnell gehen, aber wir können das Kleid trotzdem retten."

„Rechtzeitig zur morgigen Zeremonie?", fragte ich blinzelnd.

Sie presste die Lippen zusammen und schüttelte den Kopf, und auch in ihren Augen glitzerten Tränen. „Nein, Schatz, aber sieh es doch mal positiv." Sie legte ihre Hand unter mein Kinn und drehte meinen Kopf zu sich. „Das ist *die* perfekte Gelegenheit, dein Gelübde später zu erneuern – vielleicht an eurem einjährigen Hochzeitstag – und dann auch in dem perfekten Kleid."

Leider hatten ihre Worte die gegenteilige Wirkung auf mich, und ich fing erneut an zu heulen. Im Moment war ich mir nicht einmal sicher, ob ich die erste Hochzeit überstehen würde ... warum also sollte ich mich freiwillig einer zweiten unterziehen.

„Und was jetzt?", schniefte ich und griff nach einem Taschentuch aus der Schachtel, die sie mir hinhielt. „Ich kann ja wohl schlecht in meinem Schlafanzug vor den Altar treten."

Sie schüttelte den Kopf und schob mir eine lose Haarsträhne hinters Ohr. „Charles liebt dich, nicht irgendein Kleid. Vertrau mir, Schatz, es ist egal, was du trägst, solange du am Altar auftauchst."

Ich lächelte. Wie lieb von ihr, ihre eigenen Ängste und Sorgen hintenan zu stellen und alles zu versuchen, mir zu helfen. Zumindest hatte sich nun das Thema mit Alphas Rache erledigt. Die hatte er bekommen, so viel stand fest. Also keine weiteren Unbekannten mehr, mit denen ich mich herumschlagen musste, richtig? Ab jetzt würde alles nach Plan laufen, oder?

„Es gibt für alles eine Lösung", beharrte Großmutter, ergriff meine Hand und drückte sie. „Dir stehen diverse Optionen zur Verfügung. Du könntest deine Mutter um ein anderes Kleid bitten, und es macht mir auch nichts aus, mir die Nacht um die Ohren zu schlagen, um gewisse Änderungen vorzunehmen. Oder aber du leihst dir eines von der örtlichen Theatergruppe aus. Sie haben ein paar wirklich schöne Gewänder von der letzten Fidler-Aufführung in ihrem Fundus, und wenn ich es recht bedenke, hast du ungefähr die gleiche Größe wie Tzeitel. Alternativ trägst du etwas, das du bereits im Schrank hast … oder wir fahren nochmals kurz in die Stadt und gehen shoppen. Uns bleibt noch jede Menge Zeit. Wir könnten aber auch …"

„Grandma", unterbrach ich sie mit weinerlichem Lachen. Plötzlich kam mir eine Idee. Sie deckte sich zwar nicht mit dem ursprünglichen Plan, gefiel mir aber trotzdem. „Ich liebe dich und weiß all deine Vorschläge wirklich zu schätzen, aber wir müssen nichts davon tun.“

„Müssen wir nicht?“ Fragend legte sie den Kopf schief.

„Nein, denn ich hatte gerade die Idee schlechthin.“

9

Nach etlichen Stunden hatte ich endlich mein Ersatzhochzeitskleid aufgetrieben. Es wurde richtig spät. Eigentlich hatte ich gehofft, noch kurz mit Mags plaudern zu können, aber als ich leise an ihrer Tür klopfte, drang bereits ein sanftes Schnarchen zu mir heraus. Das arme Ding schien genauso erschöpft zu sein wie ich.

Also begab ich mich zu Christines Zimmer, um ihr eine gute Nacht zu wünschen und mich zu vergewissern, dass die Katzen ihr keinen Ärger bereiteten, aber sie schickte mich einfach weg. „Den Samtpfoten geht es gut, und mir ebenfalls. Los, gönn dir ein paar Stunden Schönheitsschlaf. Dein Tag morgen wird anstrengend."

Bevor ich mich jedoch umdrehen und ihrer Anweisung Folge leisten konnte, zwängte Octocat sich durch den Türspalt und trat zu mir heraus auf den Flur. „Wir müssen nochmals über die

Sache reden, die ich heute Nachmittag angesprochen habe", informierte er mich, und sein Ton klang ziemlich unheilvoll.

„Sorry, Kätzchen, aber definitiv nicht mehr heute Abend", erwiderte ich mit der Art von piepsiger Babystimme, die Menschen ihren Haustieren gegenüber anschlugen. „Du gehst jetzt brav wieder da rein."

„Das wirst du noch bereuen. Unsere nächste Unterhaltung wird weniger angenehm ausfallen." Damit machte er auf dem Absatz kehrt und verschwand in seinem Reich.

Katzen! Jede einzelne von ihnen stellte eine Herausforderung dar, und ab jetzt besaß ich drei von der Sorte – eine, die mich zumindest manchmal ganz erträglich fand und zwei, die aktiv gegen meine bloße Existenz ankämpften. *Wenn da keine Freude aufkam ...*

Danach stellte ich mich kurz unter die Dusche und stellte mir vor, wie all die Sorgen von meinem Körper abgespült wurden und gurgelnd im Abfluss verschwanden. Anscheinend hatte ich mir im Laufe der Jahre wohl versehentlich doch ein oder zwei Meditationstechniken von Großmutter abgeguckt. Wie dem auch sei, all diese Visualisierungstechniken halfen mir tatsächlich, meine Ängste in den Griff zu bekommen. Vielleicht sollte ich zukünftig ein paar Mal die Woche mit ihr zum Yoga gehen ... das wäre auch eine gute Ausrede, um mehr Zeit mit meiner Lieblings-Granny und besten Freundin zu verbringen. Sosehr ich mich auch auf Charles' Einzug freute, ich würde sie und die kleine Paisley schmerzlich vermissen. Vielleicht könnte ich sie überreden, mir in ihrem Haus ein Büro einzurichten. Damit könnte ich zwei

Fliegen mit einer Klappe schlagen: sie beinahe täglich sehen und endlich auch wieder mehr und regelmäßiger arbeiten.

Mit diesen glücklichen Visionen von Tagen mit Großmutter und Nächten mit Charles im Kopf dauerte es nicht lange, bis ich ins Traumland abdriftete, da ich wusste: Wenn ich das nächste Mal die Augen öffnete, wäre es soweit.

Gedämpftes Geraune riss mich aus dem Schlaf. Die digitale Uhr auf meinem Nachttisch war gerade auf Mitternacht umgesprungen, und damit war es technisch gesehen bereits mein Hochzeitstag.

Weiteres Geflüster bahnte sich den Weg in mein Bewusstsein, allerdings konnte ich nicht mit Sicherheit sagen, woher die Stimmen kamen – von draußen vor dem Fenster oder von vor meiner Tür. Also stand ich auf, um nachzusehen, entdeckte aber niemanden. Hmm, vielleicht waren es die Mäuse unter den Dielenbrettern? Mit kleinen Tieren hatte ich zwar bis dato noch nicht kommuniziert, aber warum sollte meine seltsame Gabe nicht plötzlich zum denkbar ungünstigsten Zeitpunkt und ohne jegliche Erklärung stärker werden?

Ich lauschte angestrengt, schaffte es jedoch nur, Bruchstücke des Gesprächs aufzuschnappen. „Du gehst … Dann werde ich … Und danach … Überraschung." Die letzten Worte wurden von einem heiseren Kichern begleitet.

Vielleicht hatten Mags und Großmutter sich zusammengetan, um diese von meiner Cousine angedeutete Überraschung vorzubereiten? Das musste es sein. Leise Stimmen in der Nacht bedeuteten ja nicht zwangsläufig Ärger, oder?

Ich sollte dringend an meiner Einstellung arbeiten und mir am besten den kleinen Chihuahua als Vorbild nehmen. Mich für Optimismus und Freude und gegen Angst und Sorge entscheiden. Schließlich war dies mein Hochzeitstag, und er sollte und würde perfekt werden …

Oder zumindest so, dass man ihn irgendwie überstand …

Gefühlt nur wenige Minuten später riss mich das Klingeln meines Telefons aus dem Schlaf, aber bevor ich das Gespräch annehmen konnte, wurde der Bildschirm schwarz. Mist! Ich musste vergessen haben, es letzte Nacht aufzuladen. Also schloss ich das Handy ans Stromnetz an und begab mich nach unten, um nachzusehen, was der Rest der Familie und Gäste so trieb.

Nachdem ich eine Kanne Kaffee aufgesetzt hatte, ging ich mit Paisley nach draußen, damit sie ihre morgendliche Pinkelrunde absolvieren konnte. Großmutter war entweder noch nicht wach oder bereits unterwegs, um auf den letzten Drücker noch etwas zu besorgen. Netterweise hatte sie mir eine leckere Quiche in den Ofen gestellt, und so goss ich mir einen Becher Kaffee ein und machte mich darüber her.

Moment mal …

Ich hatte gerade selbst Kaffee gekocht.

Und mir eine Tasse eingeschenkt.

Ich war geheilt!

Oder aber die Furcht vor der Hochzeit so groß, dass ich darüber meine andere, sehr rationale Angst vergessen hatte. Seit ich vor zwei Jahren von einer dämonischen Kaffeemaschine ausgeknockt worden war – was mir zu meiner Fähigkeit verhalf, erst mit Octocat und später auch mit anderen Tieren sprechen zu können –, hatte ich totalen Bammel davor, solch ein Teil auch nur zu berühren.

Und jetzt das!

Wie auch immer, dem Himmel sei Dank für kleine Wunder – oder in diesem Fall für große.

Ich beschloss, es als ein gutes Zeichen anzusehen. Gott und das Universum schienen heute auf meiner Seite zu sein, und somit sollte unserer Vermählung nichts mehr im Wege stehen.

Mit einem beinahe schon manischen Kichern schenkte ich mir eine zweite Tasse Columbia Dark Roast ein und schwebte wie auf Wolken die Treppe wieder hinauf. Mein Handy war inzwischen so weit aufgeladen, dass ich es einschalten konnte – und ich musste feststellen, dass ich sieben Anrufe verpasst hatte, alle von einer unbekannten Nummer. Mist.

Allerdings hatte niemand auf die Mailbox gesprochen und auch keine zusätzliche Textnachricht geschickt. Also entschied ich mich zu glauben, dass es nichts Wichtiges gewesen sein konnte.

Ich hatte gestern viel zu viel Zeit und Energie darauf verwendet, mir Sorgen zu machen und darauf zu warten, dass etwas schiefging. Das würde ich heute nicht nochmals tun.

Sämtliche Vorbereitungen waren offiziell abgeschlossen. Es

war eh zu spät, nochmals losziehen, Dinge zu besorgen oder Missstände zu beheben. Mit blieb nichts weiter übrig, als die Zeit totzuschlagen, bis ich endlich zu den Takten des Hochzeitsmarsches zum Altar würde schreiten dürfen.

Irgendwie fühlte es sich seltsam an, so tatenlos herumzusitzen, nachdem ich die ganze Woche über wie ein kopfloses Huhn durch die Gegend gerannt war. Okay, natürlich musste ich mich noch anziehen und schminken, aber das würde nicht lange dauern, vor allem nicht mit Großmutters, Mags, Moms und Oma Lyns Hilfe.

Da ich gerade wirklich nichts mit mir anzufangen wusste, rief ich Charles an, einfach um seine Stimme zu hören. Wenn wir das nächste Mal miteinander sprachen, wäre er bereits mein Mann – *mein Ehemann!*

Allerdings ging nicht er ran, sondern seine Mutter. „Guten Morgen, Schwiegertochter“, begrüßte sie mich heiter. „Hast du vergessen, dass du nicht mit Charles sprechen darfst, bis es Zeit ist, euch das Jawort zu geben? Das bringt sonst Unglück.“

Upps, mir war nicht klar gewesen, dass sie so früh ankommen würden. Mein Verlobter musste bereits seit dem Morgengrauen auf den Beinen sein, um sie vom Flughafen abzuholen.

„Wir brauchen kein Glück“, sagte ich mit einem verträumten Lächeln. „Wir haben doch uns und unsere Liebe.“

Meine zukünftige Schwiegermutter kicherte gutmütig. „Nur noch ein paar Stunden, Liebes, dann ist er für immer der Deine.“

Wir beendeten das Gespräch, und auch wenn es mich ein wenig irritierte, dass Charles‘ Mutter unsere Kommunikation kontrollierte, respektierte ich dennoch ihre Tradition. Und mit Einem hatte sie durchaus recht: Es würde nicht mehr lange dauern.

Der Countdown hatte sich von Tagen auf Stunden verkürzt, genauer gesagt auf drei Stunden und sechsundzwanzig Minuten, bis zu unserem großen Moment.

Und diese kurze Wartezeit sollte selbst ich überstehen ...

10

Erneut machte ich mich auf den Weg nach unten, um nach den anderen zu sehen. Es war doch nicht möglich, dass ich als Erste und Einzige auf war. So etwas hatte es bisher noch nie gegeben.

Keiner unserer Übernachtungsgäste ließ sich blicken, allerdings entdeckte ich das Fernsehteam, das sich wieder einmal im Vorgarten herumtrieb. Die Kameras waren auf die langhaarige weiße Katze gerichtet, während Sharon am Rand des Geschehens heftig gestikulierte. Ob sie versuchte, Chester zu ermutigen oder die Aufmerksamkeit auf sich zu lenken, ließ sich nicht mit Sicherheit sagen. Allerdings fragte ich mich, was Chessy wohl von dem ganzen Tamtam um seine Person hielt. Bisher hatte ich noch nicht die Gelegenheit gehabt, ihn zu fragen, und Zweifel, dass ich es heute schaffte. Ich überlegte, wie Octocat wohl reagieren würde, wenn er der Star einer eigenen Show wäre. Die

Bewunderung würde er bestimmt genießen, die konstante Störung seines ureigenen Zeitplans hingegen verabscheuen. Nein, wenn wir eines Tages unsere Heldentaten mit der Welt teilen sollten, würde er wahrscheinlich ein anderes Medium bevorzugen … vielleicht eine Buchserie.

Vor mich hin lächelnd machte ich mich auf in Richtung Küche, um mir eine weitere Tasse Kaffee einzuschenken. Heute würde ich sämtliche Kraft und Energie brauchen, egal aus welchen Quellen sie auch kam.

„Oh, sehr gut. Da bist du ja!“, rief Großmutter und stürmte auf mich zu, als wäre ich diejenige, die sich versteckt hatte.

„Hier bin ich“, stimmte ich zu.

„Worauf wartest du dann noch? Lass uns dich schick machen.“ Sie nahm mir den Becher aus der Hand, stellte ihn auf den Tresen und zog mich mit sich in Richtung Treppe. Wir begaben uns in ihr Schlafzimmer, wo sie auf ihrem altmodischen Waschtisch bereits jede Menge Kosmetik- und Haarstylingartikel aufgereiht hatte. Oma Lyn stand wartend an dem großen Fenster, das einen malerischen Blick auf den Garten bot und an dem Grandma normalerweise an ihren Kunstwerken arbeitete.

„Wir haben uns entschlossen, im Team zu arbeiten. Stimmt’s, Marilyn?“, sagte Großmutter, zog den Stuhl unter der Frisierkommode hervor und deutete mir an, mich zu setzen.

Lyn kam herüber, legte mir eine Hand auf die Schulter und betrachtete unser Konterfei in dem übergroßen Spiegel. „Genau, Dorothy.“

Irgendwie machte es natürlich Sinn, dass sie sich beim

Vornamen nannten, fühlte sich aber trotzdem seltsam an, zu sehen, wie sie einerseits so förmlich, andererseits auch wieder so kumpelhaft miteinander umgingen.

„Ich kümmere mich um die Frisur“, verkündete Großmutter, schnappte sich einen Lockenstab und wedelte damit in der Luft herum.

„Und ich mich um dein Make-up“, ergänzte Oma Lyn, ohne jedoch irgendwelche Requisiten in die Hand zu nehmen, um ihre Aussage zu unterstreichen.

Mit diesem Arrangement war ich mehr als zufrieden, hatte ich mir doch schon Sorgen gemacht, dass meine ehemalige Broadway-Großmutter versuchen könnte, mir ein übertriebenes Bühnen-Make-up ins Gesicht zu kleistern oder zumindest den heißen, auffälligen rosa Lippenstift aufzutragen, den sie so sehr liebte. Oma Lyns Stil war da wesentlich dezenter ... eigentlich kein Wunder, hatte sie doch jahrzehntelang versucht, ihre Persönlichkeit vor der Welt zu verbergen.

„Wo ist dein Kleid?“, erkundigte sie sich, während sie die Auswahl an Kosmetika auf dem Waschtisch studierte. „Dorothy hat mir auf der Fahrt hierher erzählt, was passiert ist. Welch eine Tragödie.“

Ich nickte, dehnte mich ausgiebig und genoss die letzten kostbaren Minuten freier Beweglichkeit, bevor die beiden Ladys mich umdrehten, an mir herumzerrten und mich ermahnten, stillzuhalten. „Das ziehe ich erst an, wenn wir hier fertig sind. Es soll eine Überraschung werden.“

„Bekommen wir nicht wenigstens einen kleinen Vorgeschmack darauf?“, neckte sie mich lächelnd.

„Nein. Du wirst dich genauso gedulden müssen wie alle anderen.“ Diese Bemerkung brachte mir ein entnervtes Stöhnen von Grandma ein, die begonnen hatte, meine sandfarbenen Locken mit einer Bürste zu bearbeiten.

„Ich kann immer noch nicht glauben, dass der Waschbär so etwas tun würde. Sagtest du nicht selbst, er hätte so sehr an sich gearbeitet?“, fügte sie stirnrunzelnd hinzu.

„Tja, also ...“ Ich hielt inne und deutete mit dem Kinn in Richtung Fenster „Hey, Oma Lyn, würdest du das bitte schließen?“ Mit dieser Drehung machte ich zwar Grandmas bisherige Bemühungen zunichte, musste aber einfach sicherstellen, dass unser Gespräch nicht versehentlich für das Finale der Reality-Show aufgezeichnet wurde.

Meine Oma durchquerte das Zimmer, schob das Fenster zu und verriegelte es. „Ich höre nur zu gerne etwas über die Tierdramen in deinem Leben.“ Ihre Augen leuchteten vor Aufregung, als sie an die Kommode zurückkehrte.

„Nun, Pringle – das ist der Waschbär, der hinten in unserem Garten haust – ist von Natur aus neugierig. Er war es auch, der herausfand, dass ...“ Gerade, als ich zu meiner Erklärung ansetzen wollte, dass wir erst durch ihn über meine lang verschollene leibliche Großmutter erfahren hatten, fiel mir ein, dass ich Grandma damit wahrscheinlich erneut verletzen würde. „Egal, vergiss es.“

Schnell fuhr ich fort und hoffte, mein Fauxpas wäre unbemerkt geblieben. „Jedenfalls hat er vor einer Weile angefangen, den Treffen der örtlichen Anonymen Alkoholiker beizuwohnen, wenn auch nur als stiller Beobachter von außen durchs Kirchenfenster. Und er durchläuft deren Zwölf-Schritte-Programm."

„Das ist doch eine gute Sache, oder? Wenn alle Waschbären solch eine Umsicht an den Tag legen würden, wäre die Welt viel weniger chaotisch. Mein letztes gemietetes Haus beispielsweise hatte ich bewusst weit abseits vom Wald gewählt, in der Hoffnung, es gäbe dort weniger maskierte Klatschbasen. Leider ging meine Rechnung nicht auf."

„Grundsätzlich ist es natürlich eine gute Sache." Meine Augen suchten die von Grandma im Spiegel. Obwohl sie eifrig dabei war, mein Haar zu scheiteln und hochzustecken, schien sie mir doch genau zuzuhören. „Leider scheint er sich mit dem verfluchten Alpha angefreundet zu haben. Das ist eine Möwe, die ich mir zum Feind gemacht habe, und er hat gedroht, die Hochzeit zu sabotieren. Und das Ganze passierte nur wenige Tage, bevor er" – mit den Händen beschrieb ich Anführungszeichen in der Luft – „Pringle dazu überredete, sein ungebührliches Verhalten unter Kontrolle zu bekommen."

Oma Lyn sah mich entsetzt an. „Du glaubst also, dass der Vogel Pringle sozusagen einer Gehirnwäsche unterzogen hat und für seine üblen Pläne nutzt?"

„Bingo." Aus meinen Fingern formte ich den Lauf einer Pistole und zielte auf den Spiegel.

„Armer Waschbär. Anscheinend hat er keine Ahnung, dass er nur benutzt wird", sagte Oma Lyn seufzend.

Grandma bearbeitete weiterhin schweigend meine Locken. Irgendetwas schien sie zu beschäftigen. Schließlich setzte sie an: „Ich weiß nicht, Schätzchen. Zwar kann ich nicht selbst mit den Tieren sprechen, habe aber dennoch das Gefühl, sie gut zu kennen. Und der kleine Kerl mag eine lebhafte Fantasie haben, aber ich kann mir nicht vorstellen, dass er dir absichtlich weh tun würde. Speziell nicht an deinem ganz besonderen Tag."

Ich zuckte mit den Schultern. „Keine Ahnung, lass uns dieses Thema einfach abhaken, okay? Du hast Moms Kleid schon an deine Schneiderin geschickt, oder?"

Sie nickte, während nun auch Oma Lyn endlich zur Tat schritt. Sie wühlte sich durch sämtliche Kosmetika, zog eine Flasche mit einer cremigen Grundierung nebst Schwamm hervor und machte sich daran, mich zu verschönern.

Ich lächelte und beschloss, mich ab sofort endgültig nur auf das Positive zu konzentrieren und nicht wieder zuzulassen, dass mich wie gestern die Angst übermannte. „Es läuft vielleicht nicht alles nach Plan, aber doch halbwegs gut, oder nicht? Wir werden dicsc Hochzcit ohnc wcitcrc Zwischcnfällc über die Bühne bringen. Und auch in Bezug auf Alpha muss ich mir nicht weiter den Kopf zerbrechen. Er hatte seine Rache, richtig?"

Ich schaute in den Spiegel und erwartete von beiden zumindest ein zustimmendes Nicken. Stattdessen sah ich, wie Grandma erblasste.

„Großteils hast du recht, Liebes, aber da wäre noch eine winzige Kleinigkeit, die du wissen solltest", murmelte sie.

Bitte Nein! Ich holte tief Luft und wappnete mich für die

schlechten Nachrichten, die ich gleich zu hören bekommen würde.

„Also die Ringe für dich und Charles ... Na ja, wie es scheint sind sie verschwunden, aber wir werden sie bestimmt noch rechtzeitig finden! Ich habe Christine gebeten, uns bei der Suche zu unterstützen, da deine Cousine nach wie vor an dieser Überraschung für dich arbeitet. Und sollte der schlimmste Fall eintreten und sie nicht rechtzeitig zur Beginn der Trauung wieder auftauchen, könnte ich dir immer noch einen Ersatz anbieten ... den Ring deines Großvaters und meinen. Wie du also siehst, wir haben alles im Griff. Und eure eigenen könnt ihr euch dann bei der zweiten Zeremonie anstecken, wenn du das Kleid deiner Mutter trägst ..."

„Grandma", unterbrach ich ihren Redeschwall, und obwohl mir erneut das Herz in die Hosentasche gerutscht war, riss ich mich zusammen. „Wahrscheinlich haben wir sie gestern Abend bei dem ganzen Drama um das Kleid irgendwo verlegt, aber mach dir darüber keine Gedanken. Nur zu gerne nehmen wir dein Angebot an."

Sie musterte mich einen Moment lang prüfend. „Bist du dir da ganz sicher?"

„Absolut sicher", bestätigte ich und zwang mich zu einem breiten Grinsen. „Aber ich denke, es könnte nichts schaden, wenn wir uns eine deiner Meditationskassetten anhören, während wir uns fertig machen ...!"

11

Ich blinzelte mir in dem Spiegel zu, der über Großmutters antiker Frisierkommode hing.

„Nun, Angie, gefällst du dir?“, fragte Oma Lyn mit angehaltenem Atem, und Großmutter huschte mit erhobenem Handspiegel um mich herum, damit ich meine Hochsteckfrisur von allen Seiten bewundern konnte. Heute hatte sie sich wirklich selbst übertroffen. Meine weichen Locken waren zu einem eleganten Dutt zusammengefasst, auf dem eine Art kleines Krönchen aus Schleierkraut thronte.

„Ihr zwei solltet ein Geschäft eröffnen“, lobte ich sie lächelnd, während ich erneut blinzelte, um den geschickt aufgetragenen Lidschatten zu bestaunen. „Noch nie zuvor in meinem ganzen Leben habe ich mich so glamourös gefühlt.“

Beide Frauen klatschten in die Hände und blickten äußerst zufrieden drein, ein weiterer Beweis dafür, wie ähnlich sie sich eigentlich waren. Das hatte ich vom ersten Moment an erkannt, und sie mittlerweile hoffentlich ebenfalls.

„Und jetzt lass mich noch den Schleier anbringen.“ Grandma eilte hinüber zu ihrem Bett und brachte das zarte Spitzenaccessoire zu mir herüber.

„Dein Bräutigam wird den Verstand verlieren, wenn er dich auf sich zukommen sieht“, versicherte mir Oma Lyn, und dann machten sie sich mit vereinten Kräften daran, das edle Nichts aus Tüll unter der Haarpracht festzustecken.

Mein Herz raste vor Glückseligkeit. Auch wenn der große Moment noch nicht gekommen war, war auch jetzt schon alles mehr als perfekt. Wie sehr hatte ich mir genau das gewünscht ... dass meine beiden Großmütter die Abgründe der Vergangenheit hinter sich lassen und wir einer gemeinsamen Zukunft entgegensehen könnten.

Just in dem Moment, als ich meine Gedanken auf tiefsinnige Weise zum Ausdruck bringen wollte, klingelte mein Handy, das ich auf der Kommode abgelegt hatte, und zerstörte die Magie des Augenblicks.

„O Mist, könnte mal bitte eine von euch rangehen?“, flehte ich, als mir klar wurde, dass ich mich besser nicht bewegte, bis alles fixiert war. „Da sind auch noch mindestens ein halbes Dutzend verpasster Anrufe von vorhin drauf. Es scheint etwas Dringendes zu sein.“

Oma Lyn schnappte sich das Telefon, während Grandma sich weiterhin dem Schleier widmete. Sie stellte auf Lautsprecher und meldete sich: „Hallo?“

„Hey, Angie. Hier spricht Dana. Wir sind auf dem Weg zu Ihnen, aber mir ist gerade aufgefallen, dass meine Assistentin vergessen hat, das vegane Essen einzupacken. Wenn wir jetzt nochmals kehrtmachen, schaffen wir es nicht rechtzeitig, das Buffet für das Mittagessen aufzubauen, was wiederum bedeuten würde, dass alle Gäste warten müssten. Tut mir wahnsinnig leid, aber ich wollte mich mit Ihnen abstimmen, bevor ich eigenständig eine Entscheidung treffe."

Klasse. Während ich noch überlegte, wie dieses Problem zu lösen sei, nahm Großmutter mir bereits die Entscheidung ab.

„Kein Problem. Ich ziehe los und besorge etwas", bot sie an, aber ihre Worte glichen eher einem Grunzen, weil diverse Haarklammern zwischen ihren Lippen steckten.

„Echt, Grandma, ist das dein Ernst?" Erneut suchte ich ihren Blick im Spiegel, nicht sicher, welche Antwort ich hören wollte. Eines jedoch war mir absolut klar: „Du darfst auf keinen Fall die Trauung verpassen."

„Keine Sorge, uns bleibt genug Zeit, um das zu organisieren. Ich habe einen Freund im Restaurant-Business, der mir noch einen Gefallen schuldet. Und bei der Gelegenheit kann ich gleich mal bei Grant vorbeischauen. Ich habe den ganzen Tag noch nichts von ihm gehört, obwohl er schon vor mindestens einer Stunde hätte aufschlagen sollen."

„Ich begleite dich, Dorothy", mischte Oma Lyn sich ein, während sie die verschiedenen Make-up-Behälter vom Waschtisch nahm und in einer Nylontasche verstaute. „Solche spontanen Aktionen machen doch viel mehr Spaß, wenn man Gesellschaft hat."

„Okay", stimmte ich resigniert seufzend zu. „Danke für die Vorwarnung, Dana, aber wie es aussieht, haben wir alles im Griff."

Tatsächlich war nur ein einziger meiner Gäste Veganer, der jedoch stand zu einhundert Prozent zu dieser Einstellung, und ich wollte keinesfalls, dass er sich ausgeschlossen fühlte, während alle anderen das Essen genossen. Diese Person war Frank aus der Zoohandlung, und er sollte nicht den Eindruck bekommen, er wäre nicht willkommen, da er sich mit sozialen Kontakten eh schon schwertat. Eigentlich sollte ich mich geschmeichelt fühlen, dass der eingefleischte Einzelgänger sich tatsächlich dazu durchgerungen hatte, mit mir zu feiern.

Wir beendeten das Gespräch, und Grandma warf die Hände in die Luft und stieß einen kleinen Siegesschrei aus. „Geschafft!"

Mit äußerster Vorsicht erhob ich mich und umarmte meine beiden Helferinnen, bevor ich sie entschieden in Richtung Tür schob. „Tausend Dank. Ich liebe euch beide. Jetzt aber raus mit euch. Uns bleibt gerade mal eine Stunde, bis es losgeht, und ihr müsst unbedingt rechtzeitig zurück sein."

„Okay, aber wenn du etwas brauchen solltest ..."

„Dann bitte ich jemand anderes um Hilfe. Und jetzt fahrt!"

Die beiden älteren Frauen eilten hinaus, und gleichzeitig kam der kleine Hund hereingestürmt. „Mami, ich bin hier!", begrüßte Paisley mich freudig bellend. „O mein Gott, wie grandios du aussiehst. Wie ein Cocker Spaniel …“ Sie schien zu überlegen. „Oder wie ein Pudel.“

Ich musste lachen. „Danke, Paisley. Ich fühle mich auch wunderschön“, gab ich zu. „Denkst du, ich werde Charles gefallen?“

„Er wird ausrasten vor Liebe. Obwohl ich ehrlich zugeben muss … du bist genauso toll, wenn du früh in deinem Pyjama aufwachst und dein Atem komisch riecht.“ Bei dieser Anmerkung wedelte sie so heftig mit dem Schwänzchen, dass ihr kompletter kleiner schwarzer Körper zitterte … Ein untrügliches Zeichen dafür, dass es sich um ein ernst gemeintes Kompliment handelte.

Vorsichtig kniete ich mich nieder und streichelte ihr über das Köpfchen, woraufhin sie nur noch mehr erbebte.

Also nahm ich das kleine Bündel in die Arme und ging hinüber zum Fenster. „Was ist da draußen los? Gibt es etwas, das ich wissen sollte?“

„Jede Menge Männer mit Kameras und großen Stöcken, die durch dic Gcgcnd rcnncn, und immer mehr Menschen treffen ein. Aber keine Sorge, ich habe alles im Griff und jeden von ihnen erst einmal angebellt.“

Ich kicherte. „Vielen Dank, dass du so aufmerksam bist.“

Sie hörte kurz auf, mit dem Schwanz zu wedeln und erklärte feierlich: „Aber das ist doch meine heilige Pflicht als Wachhund.“

„Natürlich. Und sonst? Ist Charles schon da?“

Erneut kam Bewegung in ihr Schwänzchen. „Ich rieche ihn zwar, aber gesehen habe ich ihn noch nicht.“

Dann wurden wir beide still und beobachteten von unserem geheimen Platz am Fenster aus den Garten. Viel konnte ich nicht erkennen, da der Ballon-Baldachin einen Großteil des Geländes verdeckte. Hin und wieder allerdings sah ich die Silhouetten von Menschen, die darunter umherliefen.

Plötzlich versteifte sich Paisley. Ihr Fell sträubte sich und sie stieß ein scharfes, hochfrequentes Bellen aus, so wie sie es immer tat, wenn sie einen anderen Hund in der Nähe unseres Grundstücks witterte.

Offensichtlich war Großmutters Freundin Gertie mit ihrem Husky-Mix Cujo angekommen. Ja, in meinem Leben gab es viele Katzen, aber im Vergleich dazu relativ wenige Hunde. Der temperamentvolle Cujo war Grandmas Laufkumpel, und mir hatte er einmal bei einem früheren Fall geholfen, bei dem es galt, den entführten Golden Retriever des ehemaligen Bürgermeisters aufzuspüren. Ach, so viele Erinnerungen …

„Shh, alles gut", sprach ich beruhigend auf sie ein und streichelte ihr über den Rücken. „Wir haben sie ebenfalls eingeladen, erinnerst du dich? Ich verspreche, dass niemand dabei sein wird, der nicht willkommen ist."

Sie ließ die Ohren hängen. „Bist du dir ganz sicher?"

„Natürlich bin ich das", erwiderte ich, obwohl dem nicht so war. Andererseits, wer würde schon mitten am Nachmittag in eine Kleinstadthochzeit in Maine platzen?

Paisley richtete den Blick irgendwo in die Ferne und fuhr fort, wobei ihr Stimmchen ganz dünn und leise klang. „Wirst du auch dann noch meine Mami sein, wenn ich weggezogen bin?"

Autsch, eine heftige Frage.

„Natürlich, Schätzchen. Ich werde dich immer lieben und Teil deines Lebens bleiben. Aber du weißt, dass Großmutter dein eigentliches Frauchen ist, nicht wahr? Sie ist diejenige, die dich aus dem Tierheim geholt hat und wäre ganz arg traurig, wenn sie sich von dir trennen müsste."

„Aber bist du nicht auch traurig, dass ich weggehe? Ich zumindest bin es. Eigentlich will ich nämlich gar nicht fort von hier." Die letzten Worte waren nur noch ein kaum hörbares Wimmern. Wenn ich nicht aufpasste, würde ich gleich anfangen zu weinen und das Make-up ruinieren, mit dem Oma Lyn sich solche Mühe gegeben hatte.

„Ich werde dich sehr vermissen, verspreche aber, fast täglich bei euch vorbeizuschauen. Es wird sich also gar nicht so viel ändern."

„Ehrenwort?" Sie starrte mich mit großen schwarzen Augen an, in denen ... Tränen schimmerten? Nein, eigentlich glänzten die immer so, ganz egal, wie sie sich fühlte.

„Ich ..." Bevor ich meinen Satz beenden konnte, drang ein lautes Poltern vom Flur zu uns herein und lenkte unsere Aufmerksamkeit auf die Tür.

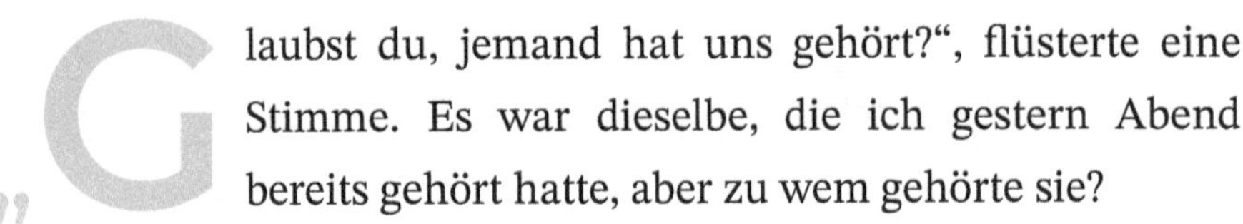

12

„Glaubst du, jemand hat uns gehört?“, flüsterte eine Stimme. Es war dieselbe, die ich gestern Abend bereits gehört hatte, aber zu wem gehörte sie?

„Wahrscheinlich nicht, aber wir sollten vorsichtig sein, nur für den Fall“, antwortete eine zweite Person.

„Dann sind wir bereit für die nächste Phase des Plans?“ War das noch eine Dritte? Schwer zu sagen, da die Worte nur gedämpft zu mir hereindrangen.

„Ja, ich denke schon“, antwortete womöglich Nummer eins, und dann wurde es still.

„Hallo?“, rief ich, als das Gespräch verstummte, aber anscheinend waren die Sprecher schon weg.

„Kannst du mir sagen, wer das da draußen vor der Tür war?“, wandte ich mich an Paisley, bevor ich sie sanft auf dem Boden absetzte.

„Nein, ich habe diese Stimmen überhaupt nicht erkannt“, jammerte sie, offensichtlich verärgert über sich selbst, weil sie mir nicht helfen konnte. Manchmal nahm sie ihre Aufgabe als Wachhündin viel zu ernst, obwohl niemand jemals Angst vor dem knapp zwei Kilogramm schweren Fellbaby hatte.

„Dann lass uns doch mal nachschauen, was dieser Aufruhr zu bedeuten hatte.“ Ich begab mich zur Tür und drehte an dem Knauf, aber nichts passierte. Was zum Teufel war denn jetzt wieder los?

Okay, es war ein altes Haus, das im Laufe der Jahre immer weiter modernisiert wurde. Großmutters Tür allerdings schwang, im Gegensatz zu den meisten anderen, noch immer nach außen auf. Erneut rüttelte ich an dem Knopf und stemmte mich gegen das Holz, aber nichts tat sich.

Gar nicht gut.

Paisley, die unsere missliche Lage erkannte, begann zu bellen: „Hey, Leute. Wir stecken hier fest! Hilfe!“

Ich ging zurück zur Frisierkommode und griff nach meinem Handy, aber wieder einmal war der Akku leer. Ich sollte definitiv auf ein neueres Modell umsteigen.

Gut, ohne ein funktionierendes Telefon saßen wir wirklich hier fest. Aber sicher würde doch jemand bemerken, dass die Braut fehlte und nach oben kommen und uns befreien, oder?

„Ich verstehe es nicht“, sinnierte ich, nachdem ich noch einmal vergeblich versucht hatte, die Tür zu öffnen. „Der Knauf lässt sich überhaupt nicht drehen. Es ist beinahe so, als wären wir …“

Die schreckliche Erkenntnis traf mich wie der Schlag. „Als hätte man uns eingesperrt."

Nan hatte den alten Schlüssel zu ihrem Zimmer herausgesucht und gestern Abend nach dem Desaster mit dem Kleid abgeschlossen. „Wir können doch nicht zulassen, dass deinem wunderschönen Schleier das Gleiche passiert", lautete ihr Argument, und ich war ihr extrem dankbar für ihre Umsicht.

Sie musste ihn stecken gelassen haben, aber wer in aller Welt hatte ihn umgedreht? Und warum dieser Lärm vorhin?

„Mags?", rief ich hoffnungsvoll. Vielleicht war sie ja in ihrem Zimmer und werkelte noch an der Überraschung für mich. „Mags!", probierte ich es erneut, dieses Mal wesentlich lauter.

Wenn sie da war, müsste sie mich eigentlich hören, außer, sie hatte wieder Kopfhörer auf und lauschte lauter Musik, wie sie es so gerne tat, wenn sie arbeitete.

„Christine?", versuchte ich es mit einer anderen Person. „Christine!"

Dieses Mal erhielt ich eine Antwort, allerdings nicht von derjenigen, die ich gerufen hatte.

„Was brüllst du denn da drinnen herum?",

„Octocat!" Ich weinte beinahe vor Erleichterung. „Jemand hat uns eingesperrt. Könntest du bitte Hilfe holen?"

„Wie bitte soll er das denn anstellen, mein liebes Kind?", mischte Grizabella sich ein. „Der einzige weitere Mensch, der uns verstehen könnte, ist gerade mit der anderen alten Frau wegfahren."

„Keine Sorge, ich habe alles im Griff, meine liebliche Flauschigkeit“, entgegnete Octocat zuversichtlich. „Bin gleich zurück.“

Verwundert fragte ich mich, was er wohl vorhaben mochte, als auch schon draußen ein heftiger Tumult losbrach. Ich eilte hinüber zum Fenster und riss es auf, um besser verfolgen zu können, was sich dort unter dem Heliumbaldachin abspielte.

„Friss meine Haarballen!“, brüllte mein Kater und brach dann in ein irre klingendes Gelächter aus.

Eine andere Katze antwortete ihm mit einem wütenden Miauen.

„Warum redest du nicht? Hast du deine Zunge verschluckt?“, stichelte Octavius weiter.

Ein weiteres leises Knurren, gefolgt von einem scharfen Zischen.

„Ihr Fernsehstars seid doch alle gleich ... schön, aber null Verstand.“ Jetzt fauchte er ebenfalls, und null Komma nichts war die Luft erfüllt von aufgebrachten Lauten zweier sich bekriegenden Samtpfoten.

„Fantastisch! Das ist genau das, was wir brauchen. Schaltet die Kameras ein“, brüllte ein Mitglied der Filmcrew, während sich das Getümmel vom hinteren Garten nach vorne verlagerte.

Die Haustür flog geräuschvoll auf, dann stapften mehrere Fußpaare die Treppe hinauf. Das war meine Chance.

„Hilfe! Hilfe!“, schrie ich aus Leibeskräften. „Ich bin eingeschlossen.“

„Du, zoom auf die Tür, und du, bleib an den Katzen dran“, hörte ich weitere Anweisungen.

„Könnten Sie bitte aufsperren?"

„Hast du den Schlüssel?"

Derjenige, mit dem er sprach, musste genickt haben, denn ich sah, wie der Knauf sich bewegte und gleich darauf die Tür aufschwang.

„Geht es Ihnen gut? Was ist denn passiert?", fragte der tonangebende Crewmensch mit dramatischer Stimme und ließ keinen Zweifel daran, dass dieser verrückte Moment in die endgültige Version des Staffelfinales aufgenommen werden würde.

„Vielen Dank für Ihre Hilfe. Jemand hat mich eingesperrt", erklärte ich, zog den Schlüssel aus dem Schloss und schlug ihm die Tür vor der Nase zu.

Ich konnte sie im Flur weiterhin diskutieren hören. „Die Braut wurde absichtlich eingeschlossen? Offensichtlich will jemand diese Hochzeit mit allen Mitteln verhindern. Das ist sogar noch besser, als ich es mir hätte träumen lassen. Hast du alles im Kasten?"

Die Stimmen entfernten sich, und ich ließ mich völlig erschöpft aufs Bett fallen. Erst jetzt stellte ich fest, dass ich allein war. Paisley musste in der ganzen Aufregung davongelaufen sein.

Und mein Kater ... Hut ab vor seiner Geistesgegenwart. Sein genialer Plan war aufgegangen. Er musste geahnt haben, dass das Filmteam einem ordentlichen Zickenkrieg nicht widerstehen konnte, und so hatte er sich Chessy geschnappt und alle nach oben gelockt.

„Hey, lass mich wieder rein", ertönte just in diesem Moment seine Stimme von draußen, und irgendwie klang sie seltsam. O nein, er hatte sich doch hoffentlich nicht verletzt? Die Idee, dass Chester ihm überlegen sein könnte, war mir gar nicht gekommen.

Nur widerwillig erhob ich mich von der gemütlichen Schlafstatt und öffnete die Tür gerade so weit, dass die beiden wartenden Katzen hereinschlüpfen konnten.

Grizabella nahm sofort den Platz ein, den ich gerade freigemacht hatte, während Octocat vor mir stehen blieb und mir etwas vor die Füße spuckte.

Nicht irgendetwas. Genau genommen zwei Sachen.

Die verloren geglaubten Ringe!

Ich bückte mich und hob sie auf. „Du meine Güte, wo hast du die denn gefunden? Tausend, tausend Dank."

„Nicht der Rede wert", entgegnete er mit einem zufriedenen Grinsen und sprang ebenfalls auf das Bett. „Habe ich doch gern getan. Niemand versaut meinem Frauchen den schönsten Tag in seinem Leben."

Ich verkniff es mir, ihn darauf hinzuweisen, wie schofelig er selbst sich erst gestern noch mir gegenüber verhalten hatte, denn eigentlich zählte das nicht. Der große Tag war heute, und es beruhigte mich irgendwie, ihn an meiner Seite zu wissen und auf ihn zählen zu können. Und obwohl ich immer noch nicht wusste, wer mir diesen üblen Streich gespielt hatte, beschloss ich, vorerst keinen weiteren Gedanken daran zu verschwenden.

Ich wollte mich voll und ganz auf die Hochzeit konzentrieren, damit ich mich in den kommenden Jahren an jedes noch so kleine schöne Detail erinnern konnte.

„Schöne Ringe übrigens", fügte Octocat süffisant hinzu. „Grizabella und ich werden ebenfalls so etwas in der Art brauchen, um unser Gelübde zu besiegeln. Es ist an der Zeit, dass ich eine ehrbare Katze aus ihr mache."

Ich setzte mich neben Grizabella und Octocat auf das Bett, streichelte beiden über ihre seidigen Körper und lächelte. „Wie wäre es damit: Ich bestelle euch wunderschöne, mit Juwelen besetzte Hochzeitskragen. Und ihr dürft sie euch sogar selbst aussuchen."

Beide begannen unisono zu schnurren, was mir zeigte, dass ich mit meinem Vorschlag goldrichtig lag.

13

Gerade mal zwanzig Minuten vor Beginn der Zeremonie kehrten Grandma und Oma Lyn mit dem veganen Essen zurück. Sie riefen mir nur einen kurzen Gruß durch die Tür zu und entschuldigten sich, weil sie sich selbst noch schönmachen wollten. Zum Glück hatte Großmutter ihr Outfit in weiser Voraussicht in eines der Gästezimmer gebracht, damit sie sich in Ruhe umziehen konnte, denn wir hatten ihr Schlafzimmer sozusagen in die Kommandozentrale für die Hochzeit umfunktioniert, damit ich nicht ständig die Treppe zu meinem Turmzimmer hinauflaufen musste.

Da die Zeit allmählich knapp wurde, legte ich selbst letzte Hand an mein Kleid an, während Christine und Mags die Tiere herrichteten. Dazu gehörte auch das Baden der beiden Sphynx-Katzen, deren gequältes Protestgeheul durchs ganze Haus schallte.

Und ehe ich mich versah, klopfte es bereits leise an der Tür, und ich vernahm die Stimme meines Vaters. „Bist du bereit?“

Ich öffnete und blickte in die strahlenden Gesichter meiner Eltern. Sie würden mich gemeinsam zum Altar führen, so wie sie immer alles zusammen machten, was ihnen wichtig war.

„Ich weiß, dass es nicht mein Kleid ist“, sagte Mom liebevoll, „aber es ist genauso schön. Du siehst unglaublich aus.“

Ich reichte ihr das Bündel, das ich gestern Nacht noch zusammengestellt hatte. „Würdest du das für mich aufbewahren?“, bat ich sie. „Aber pass auf, dass es niemand sieht.“

Sie nahm mein Last-Minute-Bastelprojekt entgegen, und Dad bot mir seinen Arm an. „Also, dann wollen wir mal, Kleines.“

Mein Ersatzkleid hatte keine so lange Schleppe wie das ursprünglich vorgesehene, und so stellte es für mich keine Herausforderung dar, die große Treppe hinunterzusteigen. Trotzdem stützten und hielten mich beide, als wäre ich aus Glas. Gemeinsam erreichten wir den Haupteingang. Schon jetzt konnte ich die leise Musik hören, die mich auf dem mit Blütenblättern gesäumten Weg zum Altar begleiten würde.

Vorsichtig hob ich mein Kleid ein wenig an, um es vor dem frisch gemähten Rasen zu schützen, und trat dann hinaus. Links und rechts bei Mom und Dad eingehakt, ging ich um das Haus herum und schnappte erst einmal nach Luft, als der Garten in Sicht kam.

Der lange Gang war von hundert weißen Holzstühlen gesäumt. Durch den Ballon-Baldachin spitzten vorwitzige Sonnenstrahlen und erzeugten Farbtupfer, die die komplette

Szenerie irgendwie überirdisch erscheinen ließen. Und ganz vorne, neben dem Altar, stand Charles Longfellow III. …

die Liebe meines Lebens, meine Zukunft, *mein Ehemann.*

Tränen stiegen mir in die Augen und drohten, meine Schminke davonfließen zu lassen, aber das war mir in diesem Moment völlig egal. Zu dem wunderschönen Musikstück der Cellistin setzte ich einen Fuß vor den anderen, meine Eltern an meiner Seite, alle wichtigen Menschen in meinem Leben um mich herum.

Und jeder weitere Schritt nach vorne war eine Entscheidung. Ich entschied mich bewusst für Charles, für unsere Liebe, dafür, mein altes Leben als Single aufzugeben, um mich mit meinem Partner und besten Freund in eine wundervolle neue Zukunft zu stürzen.

Alle Augen waren auf mich gerichtet, und ich bemühte mich auch redlich, kurz nach links und rechts zu schauen, um mir sämtliche Details einzuprägen. Allerdings fiel es mir schwer, mich vom Anblick meines umwerfend gut aussehenden Bräutigams loszureißen, Sein dunkles, welliges Haar lag wic immcr perfekt an, und seine hellgrünen, funkelnden Augen ruhten auf mir.

Neben ihm stand Mags, in einen quietschrosa Hosenanzug gekleidet, den sie sich wohl von Großmutter geliehen hatte. Auch wenn das so gar nicht meine Farbe war, musste ich zugeben, dass er ihr fantastisch stand und zudem optimal zur Deko passte. Grandma und Oma Lyn, in hellrosa, spitzenbesetzten Brautjungfernkleidern, befanden sich seitlich von ihr, und Grizabellas Frauchen Christine, ebenfalls in zarter Spitze, hütete die übrigen Trauzeugen – unsere vier Lieblingskatzen. Die Jungs, Octocat und Jacques, trugen pinkfarbene Fliegen, und die Mädchen, Grizabella und Jillianne, zartrosa Kleider, die wunderbar mit denen der menschlichen Brautjungfern harmonierten. Letztere schien der Stoff auf ihrer Haut ziemlich zu irritieren, denn immer wieder knabberte sie daran herum. Grizabella hingegen stellte ihr Gewand mit großer Gelassenheit und offensichtlichem Stolz zur Schau. Klar, als ehemalige Showkatze war sie es natürlich gewohnt, ihre Schönheit zu zeigen und sich bewundern zu lassen.

Ich selbst kam mir ebenfalls ein wenig wie eine Showkatze vor, insbesondere, als das Publikum hinter mir in ein leises, anerkennendes Raunen verfiel.

Schließlich hatte ich das Ende des Ganges erreicht und griff nach Charles' wartenden Händen. Mags begannen zu sprechen. Ich war jedoch vor Aufregung nicht fähig, ihre Worte aufzunehmen. Und zum ersten Mal war ich froh über die Anwesenheit des Fernsehteams, denn so würde ich mir meinen großen Tag irgendwann später nochmals in aller Ruhe ansehen und sämtliche Details in mich aufsaugen können. Jetzt wollte ich einfach nur den Moment genießen, mit meinem Traumprinzen dort angekommen zu sein, wo ich schon immer sein wollte.

Tatsächlich war es nämlich so, dass ich mich bereits bei unserer allerersten Begegnung in Charles verknallt hatte ... aber das hatte ich schon erwähnt, oder? Damals arbeitete ich noch als kleine Anwaltsgehilfin in der Kanzlei, in der er sich auf eine kürzlich frei gewordene Stelle als Partner bewarb. Näher kamen wir uns dann, als er mich im Büro dabei erwischte, wie ich mich mit Octocat über FaceTime unterhielt. Er zählte eins und eins zusammen und erpresste mich: Er würde nur dann den Mund halten, wenn ich ihm bei seinem aktuellen Fall half, bei dem es um einen traumatisierten Yorkie ging, der als einziger Zeuge eines Doppelmordes fungierte.

Apropos, sowohl Yo-Yo, besagter Yorkie, als auch sein Frauchen, Mitch, waren unter den anwesenden Gästen, und ich freute mich riesig, sie dabei zu haben, hatten sie doch – wenn auch unwissentlich – dazu beigetragen, dass wir überhaupt erst zusammenkamen.

Aber erst, als Octocat von den enterbten Verwandten seiner früheren Besitzerin entführt wurde, entwickelte sich die Sache weiter. Charles half mir, meine vermisste Katze sicher und gesund nach Hause zu bringen, und wir feierten diesen Sieg mit unserem ersten Kuss. Der Rest ist, wie man so schön sagt, Geschichte ... Es war ein wilder Ritt, aber ich möchte keine Sekunde davon missen.

„Angela Russo!", fuhr Mags mich an und riss mich aus meinen Tagträumen. „Hörst du mir überhaupt zu?"

„Oh, bitte entschuldige. Könntest du den letzten Satz wiederholen?" Eine heiße Röte machte sich auf meinen Wangen breit, während das Publikum gutmütig lachte.

Charles schmunzelte ebenfalls und murmelte: „Ich liebe dich."

„Ich dich auch“, flüsterte ich zurück und vergaß erneut, auf Mags Worte zu lauschen.

Die wedelte mit der Hand vor meinem Gesicht herum. „Hallo? Angie? Hast du nun ein Treuegelübde vorbereitet oder nicht?“

„Äh …“ Das hatte ich in der Tat, und noch dazu ein sehr persönliches, das von Herzen kam. Es brauchte neun Entwürfe, bis ich mir sicher war, dass es perfekt sein würde, aber jetzt, wo der Moment gekommen war, erschien mir selbst die finale Version als völlig unzulänglich. Überdies gab es ein noch größeres Problem – obwohl ich so viel geübt hatte, konnte ich mich nicht mehr an den Text erinnern.

„Äh?“, hakte meine Cousine nach und verdrehte die Augen, und unser Publikum brach in Gelächter aus.

„Lass uns den Teil überspringen und mach einfach weiter, damit dieser heiße Typ so schnell wie möglich mein mir angetrauter Ehemann wird“, erwiderte ich atemlos.

Die Art und Weise, wie meine Gäste über diese Äußerung lachten, brachte mich dazu, mich zu fragen, ob ich womöglich meine wahre Berufung als Stand-up-Comedian verpasst hatte.

Mags schaute Einverständnis heischend zu Charles.

„Ich will“, sagte dieser, ohne den Blick von mir abzuwenden.

Ich drückte beide seiner Hände, während mir ein Schauer den Rücken hinunterjagte. „Ich auch.“

„Nun, ich jedenfalls nicht“, erklang eine Stimme hinter dem Objekt meiner Zuneigung. Obwohl ich mir beinahe den Hals verrenkte, konnte ich nicht erkennen, wer es wagte, meine wundervolle Zeremonie zu stören.

„Ja, ich ebenso wenig“, ließ sich eine weitere Stimme vernehmen.

Und plötzlich machte es Klick bei mir.

Das Geflüster in der Nacht, die Laute, die ich vor der Tür gehört hatte, bevor ich eingesperrt wurde ...

Ich hatte sie nur deshalb nicht erkannt, weil sie nicht in ihrem üblichen Muster sprachen, bei dem jeder Satz mit einer Beschwerde begann.

Aber diese ganze Zeit über waren Jacques und Jillianne die Saboteure gewesen, die es sich offensichtlich zur Aufgabe gemacht hatten, diese Hochzeit zu vereiteln ... Und das hier war ihre allerletzte Chance.

Tja, Pech für sie ... die Brautzilla würde nicht kampflos aufgeben.

14

Ich lächelte nervös und warf einen Blick über meine Schulter zurück zu Oma Lyn. Immerhin war sie außer mir die Einzige, die unsere Tiere verstehen konnte. Alle anderen Anwesenden hatten in Anbetracht der Zeremonienverstärkung in Form von niedlichen Kätzchen nur ein kollektives Aha von sich gegeben.

Eigentlich war es gut, dass niemand sonst diese Proteste hören konnte, mir jedoch taten sie im Herzen weh. Dennoch gab es nichts, was ich in diesem Moment hätte tun können, ohne zu riskieren, dass die gesamte Hochzeitsgesellschaft – einschließlich sämtlicher Reality-TV-Junkies in Amerika – von meinem Geheimnis erfuhr.

„Ich hasse dieses Haus“, meldete sich Jacques zu Wort, verließ seinen Platz vor dem Altar und stellte sich vor mich, „und habe keine Lust darauf, zukünftig hier zu leben.“

„Und ich mag weder deinen Kater noch dich!“, ergänzte Jillianne fauchend und gesellte sich zu ihrem kleinen Gefährten, sodass nun auch die übrigen Gäste zu begreifen schienen, dass irgendetwas nicht stimmte.

Christine, unsere engagierte Katzenbetreuerin, bemühte sich nach Kräften, die beiden wieder an ihren Platz zu verfrachten, aber sie wichen jedem ihrer Versuche geschickt aus.

Flehentlich schaute ich zu Oma Lyn hinüber. Natürlich wollte ich auf keinen Fall, dass sie den Rest der Trauung verpasste, aber sie war eben die einzige Person, die diese beiden nackten Protestler möglicherweise zur Vernunft bringen konnte.

Sie nickte mir unmerklich zu und erhob sich, jedoch noch bevor sie den Altar erreichte, sprang Octocat auf.

„Wie könnt ihr es wagen, mich und speziell meinen Menschen an diesem ihrem besonderen Tag zu beleidigen?“, fauchte er die beiden an und stürzte sich mit gesträubtem Fell und aufgebauschtem Schwanz in einen weiteren Kampf. „Ich kann euch beide ebenfalls nicht leiden, aber ich liebe mein Frauchen, und sie liebt euer Herrchen. Punkt. Hört auf, euch wie verzogene Bälger zu benehmen und fügt euch in das Unvermeidliche. Haben wir uns verstanden?“ Und dann verpasste er jeder der haarlosen Katzen eine saftige Ohrfeige.

Sie starrten ihn nur an und wackelten wütend mit ihren rattenähnlichen Schwänzen. Hätten sie dort ein Fell, würde dieses bestimmt ebenfalls in alle Himmelsrichtungen abstehen.

„Zwingt mich nicht, es noch einmal zu sagen, oder es wird

böse enden." Wow! Ich hatte meinen Kater noch nie so wütend erlebt und hoffte, ihn auch niemals mehr so sehen zu müssen.

In diesem Moment kam auch noch Paisley angerannt, die offensichtlich keine Ahnung hatte, was hier abging, sich die Sache jedoch auf keinen Fall entgehen lassen wollte.

Jillianne bäumte sich auf und drehte sich zu ihr herum.

„Fass den Hund an und ich mache dich fertig", warnte Octocat und stellte sich beschützend vor den kleinen Chihuahua.

„O mein Gott, was ist er mutig", seufzte Grizabella, taumelte leicht und begann, sich aufgeregt die Pfote zu lecken.

In diesem Moment gelang es Oma Lyn, sich Jillianne zu schnappen, und gleichzeitig zog Christine Jacques in ihre Arme. Beide Katzen miauten aufgebracht, schafften es jedoch nicht, sich zu befreien.

Es war einfach unglaublich. Hätte ich noch vor der Hochzeit schwören können, es wären eine Möwe und ein Waschbär, die mein Glück bedrohten, wurde ich wieder einmal eines Besseren belehrt: Niemand konnte eine Katze übertrumpfen. Wie viel Zeit hatte ich in den letzten Wochen, speziell seit unserer Verlobung, damit verbracht, mich mit diesem haarlosen Duo anzufreunden, und doch schien all meine Anstrengung vergebens gewesen zu sein. Blieb nur zu hoffen, dass es mir eines Tages gelingen würde, sie für mich zu gewinnen, auch wenn ich in diesem Moment extrem verletzt war. Aber dieses Gefühl musste ich beiseiteschieben. Sie waren Charles wichtig, und mir damit ebenfalls. Auch wenn sie zu glauben schienen, ich würde alles daran setzen, ihn ihnen wegzunehmen.

Mein Ehemann – war er es bereits oder erst beinahe? – drückte meine Hände, und unsere Pastorin Maggie räusperte sich, um die Aufmerksamkeit der Anwesenden wieder auf sich und die eigentliche Zeremonie zu lenken. „Und genau das, liebe Leute, ist der Grund, warum man nie mit Tieren oder Kindern arbeiten sollte!"

Hie und da erklangen ein paar angestrengte Lacher aus dem Publikum.

„Wie auch immer, lassen Sie mich kurz zusammenfassen, was wir bisher geschafft haben. Anstatt ihr Gelübde miteinander zu teilen, sind sowohl die Braut als auch der Bräutigam direkt zum *Ich will* übergegangen. Das ist jetzt der Teil, wo ich erwähnen möchte: Sollte jemand Einwände gegen diese Verbindung haben, möge er jetzt sprechen oder für immer schweigen."

„Ich ... Ich erhebe Einspruch. Und zwar massiv!", kreischte Jillianne auf Oma Lyns Arm, wurde jedoch von dieser sofort zum Schweigen gebracht.

„Okay, zumindest keine menschlichen Einwände?", scherzte Mags, ohne die geringste Ahnung davon zu haben, wie richtig sie lag. „Dann erkläre ich hiermit ..."

„Moment noch, ich erhebe Einspruch!", erklang in diesem Moment eine Stimme vom anderen Ende des Gartens. Alle drehten sich nach dem Zwischenrufer um, aber dessen Einwurf tangierte mich null. Stattdessen breitete sich ein riesiges Lächeln auf meinem Gesicht aus.

„Grant! Wo zum Teufel hast du gesteckt?", verlangte Großmutter zu wissen, während ihr Freund, der Besitzer des örtlichen Juweliergeschäfts, mit großen Schritten den Gang entlangeilte.

„Dorothy Loretta Lee, es war verdammt schwer, das vor dir geheim zu halten“, meinte er, und noch im Laufen griff er in die Brusttasche seines geliehenen Smokings und zog ein kleines, natürlich kreischend pinkes Samtschächtelchen hervor.

„Was bitte soll das denn werden, Liebster?“, Sie erhob sich und ging ihm den halbem Weg entgegen. „Du kannst doch nicht einfach der Vermählung meiner Enkelin widersprechen“, schimpfte sie.

„Das war auch nicht meine Absicht. Ich habe lediglich etwas dagegen, dass sie vorbei ist, bevor ich meine Chance bekomme …“ Er öffnete die Schachtel und enthüllte einen prächtigen schmalen Silberring, besetzt mit Rubinen und Amethysten. „Dich zu fragen, ob wir nicht eine Doppelhochzeit daraus machen wollen? Heirate mich, Dorothy, genau hier und jetzt.“

Jeder sah, wie Großmutter die Hände vors Gesicht schlug und einen gewaltigen Schluchzer ausstieß, und alle warteten gespannt darauf, was als Nächstes passieren würde. Irgendwo in der Menge lachten sich die Reality-TV-Jungs wahrscheinlich ins Fäustchen. Mit solch einer quotenträchtigen Wendung hätten sie nie gerechnet.

Ich selbst stand mit weit aufgerissenen Augen neben Charles und klammerte mich an seine Hand, während ich auf ihre Antwort wartete. Sie würde doch wohl Ja sagen, oder?

„Grant Gable, ich bin echt sauer auf dich“, lautete stattdessen ihre Antwort, die von einem riesigen finsteren Blick begleitet wurde. „Du störst den großen Tag meiner Enkelin und stiehlst ihr die Show!“

„Nein, nein!“ Ich löste mich von Charles und drückte ihm einen schnellen Kuss auf die Wange. „Bin gleich wieder da.“

Dann eilte ich auf meine verstörte Großmutter zu. „Das Ganze war meine Idee“, verriet ich ihr mit einem verschmitzten Lächeln.

Sie wandte sich mir mit schockierter Miene zu. „Wie bitte?“

„Na ja, du bist doch meine beste Freundin“, sagte ich, wobei meine Miene verriet, dass so etwas Offensichtliches eigentlich gar nicht extra erwähnt werden musste. „Und du weißt, wie schwer es mir stets fällt, etwas ohne dich zu tun. Als Mr Gable mir dann verriet, er wolle dir einen Antrag machen, schlug ich vor, dafür den heutigen Tag zu wählen, wo eh schon all unsere Liebsten versammelt sind.“ Ich reichte ihr meinen Blumenstrauß und schob sie in Richtung Altar.

„Darf ich das als dein Ja werten?“, rief ihr Freund uns von hinten zu.

„Ja! Aber dann komm auch sofort hierher, bevor ich es mir noch anders überlege.“ Ihre Worte klangen mürrisch, aber das breiteste Lächeln ihres Lebens umspielte ihre Lippen.

„Hey, was meinst du?“, meldete sich Octocat vor meinen Füßen zu Wort, als beide Bräute samt ihrer Bräutigame und die selbst ernannte Pfarrerin sich vor dem Altar neu formierten. „Könnten wir nicht gleich einen Dreier daraus machen?“

Lächelnd hob ich ihn hoch, drückte ihn Charles in die Arme

und schnappte mir Grizabella. Mehr konnte ich vor laufender Kamera leider nicht für sie tun.

„Okay, ich glaube, wir wären jetzt dann bereit, mit der Trauung fortzufahren", wies ich Mags an.

„Du bist wirklich immer für eine Überraschung gut", meinte diese kopfschüttelnd und wandte sich wieder ihrem aus dem Internet ausgedruckten Leitfaden zu. „Also, Leute ... Hiermit bekommt ihr zwei zum Preis von einem. Das scheint euer Glückstag zu sein. Dann fangen wir einfach nochmal von vorne an."

15

Ich habe tatsächlich Ja gesagt, und Charles natürlich auch.

Grandma und Grant ebenso.

Und nicht zu vergessen, Octocat und Grizabella. Für die beiden verrückten Fellnasen würde ich im Nachhinein noch eine besondere Urkunde ausstellen müssen, aber vor den Augen Gottes und hunderter anwesender Zeugen waren wir nun alle offiziell verheiratet.

„Jetzt bist du also tatsächlich mein mir anvertrauter Ehemann", sagte ich zu Charles, nachdem er mich zur Freude aller Anwesenden geküsst hatte.

„Und du die mir anvertraute Ehefrau", antwortete er mit einem breiten Grinsen, bevor sein Mund den meinen ein zweites Mal eroberte.

„Hey ... Ich sagte, küss die Braut", neckte Mags uns über den wachsenden Lärm hinweg, „nicht jedoch, fall schon hier außen über sie her."

Für einen Moment lösten wir uns voneinander, küssten uns dann jedoch erneut.

Und ein weiteres Mal.

Und – erraten, oder – *noch einmal.*

Alle lachten. Es wurde eh viel gelacht an diesem Tag. Das war eines der Dinge, die mir am besten gefielen.

Plötzlich tippte mir Oma Lyn auf die Schulter. „Ich bringe nur schnell die Katzen rein, während ihr Aufstellung für die Gratulanten nehmt", flüsterte sie mir ins Ohr.

Richtig, mir fiel auf, dass einige der Gäste bereits unruhig wurden und darauf zu warten schienen, uns ihre Aufwartung machen zu dürfen. Ich gab Mom ein Zeichen. „Jetzt", rief ich und nickte ihr zu Bestätigung zu.

Sie sprang direkt auf und übergab mir das ihr anvertraute Bündel. Nachdem ich mir gestern mein Neunziger-Jahre-Brautkleid bei der Heilsarmee gekauft hatte, hatte ich nämlich noch dem Dollar-Shop einen Besuch abgestattet, um mich mit weiterem Zubehör einzudecken. Das Endergebnis war ein Bündel mehrfarbiger Stifte, auf deren Kappe sich jeweils eine Kunstblume befand ... eindeutig hausgemacht, aber auch ziemlich hübsch.

„Du fängst an", sagte ich zu ihr, nachdem Charles und ich uns oberhalb der ersten Reihe der weißen Holzstühle positioniert hatten.

„Und womit bitte?" Mutters Blick wanderte von den farbigen

Markern zurück zu mir. „Du willst doch wohl nicht andeuten, ich soll …?“

„Doch. Ich bin ein lebendes Gästebuch“, erklärte ich lächelnd, öffnete den kunstvoll gebundenen Strauß und fächerte die verschiedenen Farben vor ihr auf.

„Du wirst dein Kleid ruinieren“, warnte sie mich mit angespannter Miene.

„Ach nein, wir peppen es nur ein wenig auf, und auf diese Weise kann jeder der Anwesenden zu diesem besonderen Anlass beitragen. Vertrau mir, es wird absolut cool aussehen, wenn alle unterschrieben haben! Also, Mom, such dir eine Farbe und eine Stelle aus und leg los.“ Erneut hielt ich ihr die Stifte unter die Nase, nicht gewillt, mich von dieser Idee abbringen zu lassen.

Sie schüttelte den Kopf und lachte. „Angie Russo, du hattest schon immer einen eigenwilligen Stil, stimmts?“

„Definitiv, aber gewöhn dich besser schnell an meinen neuen Namen. Ich bin jetzt Mrs Longfellow.“

Über diese Bemerkung mussten wir beide kichern, und sie wählte eine Stelle auf meinem Oberkörper aus, auf der sie sich mit einem lila Marker verewigte. Als sie fertig war, fragte ich sie, was sie geschrieben hatte, da mir mein mächtiger Busen die Sicht nach unten versperrte.

„Dass ich dich liebe“, erklärte sie und gab sowohl mir als auch Charles einen schnellen Kuss auf die Wange. „Und wie stolz ich auf dich bin.“

Nach einer kurzen Umarmung war Dad an der Reihe. Er wählte Rot, wollte mir seine Worte jedoch nicht verraten und meinte, ich könnte es ja später lesen, wenn ich mich umziehen würde. Nachdem auch er sich entfernt hatte, flehte ich Charles an, es mir vorzulesen, und er meinte, es wäre die klassische Vaterdrohung … behandle mein kleines Mädchen bloß gut, sonst …

Ein Gast nach dem anderen näherte sich uns und verewigte sich auf meinem Kleid. Und die ganze Zeit über standen Großmutter und ihr frisch gebackener Ehemann neben uns und feuerten die Leute an. Seit jeher hatten Grandma und ich viele gemeinsame Freunde, und es war mir doch tatsächlich gelungen, einige von Grants Bekannten einzuschleusen, ohne dass sie etwas davon mitbekam. Irgendwann wurden auch Octocat und Grizabella von Oma Lyn und Christine nach drinnen gebracht, aber ich glaube, darüber waren sie mehr als erleichtert.

Als ich die Augen in Richtung Wald wandern ließ, entdeckte ich einige meiner tierischen Freunde, die, versteckt hinter dichtem Blattwerk, die Zeremonie aus der Ferne beobachteten. Da war beispielsweise Irving, der riesige Hirsch, der den Unfalltod meiner ehemaligen Nachbarin hautnah miterleben musste. Zwischen seinem Geweih hockte doch tatsächlich eine komplette Eichhörnchenbrut. Natürlich war es aus dieser Entfernung schwer auszumachen, aber ich war mir ziemlich sicher, dass es sich dabei um meine alte Freundin und Helferin Maple handelte. Anscheinend hatte auch sie ihre große Liebe gefunden und bereits eine große Familie gegründet. Das freute mich für sie.

Ein weißes Flattern zwischen den Baumkronen ließ mich den Blick nach oben richten, und ich sah gerade noch, wie sich zwei

Möwen in die Lüfte erhoben. Es schienen Abigull und Bravo zu sein, meine Möwenfreunde, die es sich dieses Ereignis ebenfalls nicht entgehen lassen wollten.

„Du hast dir die Beste geangelt", sagte just in diesem Moment Officer Bouchard zu Charles und klopfte ihm wohlwollend auf den Rücken. Dann nahm er mir den schwarzen Filzstift aus den Händen und bückte sich, um sich auf dem Saum meines Kleides zu verewigen.

Ich war begeistert.

Bei der Zeremonie hatte sich alles um Charles und mich gedreht, jetzt jedoch durfte ich mich voll und ganz auf meine Gäste konzentrieren. Und ich konnte es kaum erwarten, mit allen von ihnen auf der anschließenden Party zu feiern. Hoffentlich würden sich alle prächtig amüsieren.

Bisher war der Tag, abgesehen von ein paar kleinen Pannen, perfekt verlaufen, und er war noch lange nicht zu Ende!

„Ich liebe dich", sagte Charles plötzlich, zog mich in seine Arme und beugte mich wie bei einem Tanz zurück. Meine Güte, Gott sei Dank war er so stark, sonst wäre ich mit Sicherheit hinten übergekippt. So jedoch bekam ich einen weiteren Kuss, der mir die Knie weich werden ließ, sodass ich mich nur noch an ihn klammern konnte.

„Herzlichen Glückwunsch", ertönte in diesem Moment eine Stimme, die ich schon Ewigkeiten nicht mehr gehört hatte. Ich brauchte einen Moment, um meine Sinne wiederzuerlangen, doch dann erkannte ich, wer da vor uns stand. Es waren die Calhoun-Zwillinge – Charles' frühere Freundin Breanne und mein einstiger Schwarm, Brock. Letzterer hatte nach seiner Verhaftung wegen eines angeblichen Verbrechens (im Nachhinein stellte sich dann doch heraus, dass er unschuldige war …) beschlossen, ein neues Kapitel aufzuschlagen und seinen Namen in *Cal* umzuändern.

„Wie schön, dass ihr gekommen seid", begrüßte ich die beiden, obwohl ich nicht sonderlich erfreut über den Umstand war, an meinem speziellen Tag mit der Ex meines Ehemannes konfrontiert zu werden. Natürlich hätte ich damit rechnen müssen, aber trotzdem machte es mich stutzig: War sie hier, um uns die Feier zu verleiden? Dann konnte sie sich direkt hinter Jacques und Jillianne einreihen.

„Du bist ein äußerst attraktiver Bräutigam", stellte Bree mit einem undefinierbaren Blick auf Charles fest, stemmte beide Hände in die Hüften und versuchte so, seine Aufmerksamkeit auf den tiefen Ausschnitt ihres grünen Kleides zu lenken.

„Wir sind schon wieder auf dem Sprung", sagte ihr Bruder und zog sie mit sich, bevor sie sich meinem frisch gebackenen Angetrauten an den Hals werfen konnte.

„Danke fürs Vorbeischauen", schrie ich ihnen noch hinterher.

Charles zog mich an sich, presste seine Stirn gegen die meine und raunte mir zu: „Bitte entschuldige, aber ich hatte dich doch gewarnt, Cal einzuladen. Er taucht immer in ihrer Begleitung auf."

„Ist schon okay. Ich habe kein Problem mehr mit ihr", erwiderte ich mit einem kleinen Lächeln. Er hatte sich für mich entschieden und seine Liebe zu mir schon tausendmal unter

Beweis gestellt. Ihr verzweifeltes Bemühen, Aufmerksamkeit zu erregen, machte mich nicht eifersüchtig. Wenn ich ihr gegenüber überhaupt etwas empfand, dann höchstens Mitleid. Hoffentlich würde auch sie eines Tages den Mann fürs Leben finden.

Seit Charles sich von ihr getrennt hatte, hatte ich sie aus den Augen verloren. Sicherlich war sie nach wie vor in der Immobilienbranche tätig. Was Cal anbelangte, war ich besser informiert. Er hatte seinen Handwerkerjob an den Nagel gehängt, ging wieder zur Schule und wollte Anwalt werden. Nachdem er zu Unrecht verleumdet und inhaftiert wurde, hatte er einen ausgeprägten Sinn für Gerechtigkeit entwickelt, und ich bewunderte ihn dafür, dass er diese schreckliche Tortur in etwas Positives umzuwandeln gedachte, von dem auch andere profitieren würden.

„Bereit für mich?", erklang in diesem Moment eine weitere vertraute Stimme und riss mich aus meinen Gedanken.

„Bethany!" Überglücklich umarmte ich meine frühere Kollegin. Ich hatte Bethany Peters nicht mehr gesehen, seit sie nach Georgia gezogen war, um sich um ihren straffälligen Cousin Peter zu kümmern. Den hatte sie aber Gott sei Dank nicht mitgebracht.

„Wie ist es dir zwischenzeitlich ergangen?" Als wir noch gemeinsam in der Kanzlei gearbeitet hatten, waren die Dinge zwischen uns nicht immer freundschaftlich abgelaufen. Dennoch mochte ich sie sehr gerne und wünschte, ich hätte mir mehr Zeit genommen, sie besser kennenzulernen, als sie noch in der Nähe wohnte. Gut, die Vergangenheit ließ sich nicht mehr ändern, die Zukunft hingegen schon.

Ein weiteres Versprechen, das ich mir heute gab.

„Wir reden später ausführlicher“, versprach sie. „Oh, und ich habe dir eine spezielle Mischung aus ätherischen Ölen mitgebracht, die ich selbst hergestellt habe. Gib einfach zwei Tropfen davon täglich in einen Diffusor, und ihr werdet bis ans Ende eurer Tage glücklich sein.“

„Das werde ich, danke“, sagte ich, während sie mein Kleid in Türkis signierte. Sie war von jeher seltsam besessen gewesen von ätherischen Ölen, und obwohl ich selbst kein Fan davon war, würde ich ihren Ratschlag natürlich beherzigen.

Auch wenn ich stark vermutete, dass Charles und ich in dieser Hinsicht keine Hilfe benötigten.

16

Und dann war es auch schon Zeit für die Feier. Zum Glück hatten wir einen riesigen Garten, sodass wir problemlos in den hinteren Bereich ausweichen konnten, wo uns bereits zwölf runde Achtertische und eine lange rechteckige Tafel erwarteten. Auf einem weiteren Nebentisch befanden sich zahlreiche Päckchen sowie ein großer Korb, in den die Gäste ihre Glückwunschkarten einwerfen konnten.

Charles wollte ursprünglich eine Geschenkewunschliste erstellen, aber ich konnte ihn überzeugen, dass es viel mehr Spaß machte, nicht zu wissen, was von wem stammte. Und so hatte auch ich keine Ahnung, was sich in den einzelnen Kartons versteckte, freute mich aber bereits jetzt darauf, das nach unseren Flitterwochen herauszufinden. Eines der Pakete jedoch bereitete mir ein wenig Unbehagen. Es war ganz einfach lieblos in einen alten Werbeprospekt gehüllt.

„Meint ihr, das könnte eine Bombe sein?“, fragte der Typ mit dem Mikrofon seine Kumpels, während die Filmleute an das seltsame Geschenk heranzoomten.

„Hoffen wir mal. Das wäre natürlich noch das Tüpfelchen auf dem *i*!“, antwortete ihm einer aus seinem Team. Gut zu wissen, dass sie auf meiner Seite waren. Unterhaltung ging eben stets über Qualität.

Jetzt, da der offizielle Part vorüber war und wir zum sogenannten gemütlichen Teil übergingen, hatte meine Mutter die Moderation von Mags übernommen. Dank ihres Jobs als angesehene lokale Nachrichtensprecherin fühlte sie sich vor der Kamera natürlich äußerst wohl. Ich nahm stark an, dass die Jungs vom Fernsehen das nicht wussten – und sie es auch nicht an die große Glocke hängen wollte –, weil sie sowohl ihr wie auch meinem Vater, dem Halbprominenten in unserer Mitte, kaum Zeit widmeten.

Herausgefunden hatten sie hingegen, dass Mags so eine Art Internet-Berühmtheit war, und ihr sogleich die Star-Katze Chessy in die Arme gedrückt und etliche Szenen mit den beiden gedreht.

„Meine Damen und Herren, bitte begrüßen Sie mit mir Mrs und Mr Charles Longfellow III.“, verkündete Mom mit ihrer versiertesten Reporterinnenstimme, während mein Ehemann und ich auf die glänzende Tanzfläche stürmten, die eigens zu diesem Zweck ausgelegt worden war.

Zur Freude aller Anwesenden zog Charles mich an seine Brust und wirbelte mich zu den Klängen von *My Funny Valentine* übers Parkett. Es war das Lied, von dem er geschworen hatte, dass er auf immer das unsrige sein würde, und Herz an Herz wiegten wir uns im Takt der zarten Töne, die die Cellistin hervorzauberte.

Für meinen Geschmack endete die Musik viel zu früh, aber wir hatten ja auch noch viele weitere vergnügliche Aktivitäten vor uns. Unsere Gäste jubelten uns zu und erhoben ihre Weingläser, um uns zu signalisieren, dass wir uns küssen sollten. Eine unserer leichtesten Übungen!

Ein zweites Lied erklang, und wir räumten die Tanzfläche, um Grandma und Grant Platz für ihren ersten Tanz als Ehepaar zu geben. Während wir uns für einen zeitlosen Klassiker entschieden hatten, war ihr Song schon fast unpassend zu nennen ... soviel ich wusste, handelte es sich um ein Hit von Cardi B, der momentan in der aktuellen Top-Ten-Listen rangierte. Wie auch immer, warum meine über achtzigjährige Großmutter ausgerechnet dieses Stück als ihr Hochzeitslied ausgewählt hatte, wollte ich gar nicht erst wissen.

Als auch dieses Stück verklang, zog sie Charles und mich mit sich in Richtung Haus. „Kommt kurz mit, drinnen wartet eine Überraschung auf euch. Wir werden uns beeilen, aber ich wollte es euch unbedingt kurz zeigen."

In meinem riesigen Herrenhaus war nichts mehr so, wie ich es vor weniger als einer Stunde zurückgelassen hatte. Sämtliche Möbelstücke waren weggeräumt worden, und am Fuß der großen Treppe befand sich ein Babygitter.

„Hallo und herzlichen Glückwunsch!", begrüßten uns ihre Freundinnen Gertie und Pearl strahlend, kaum dass wir eingetreten waren. Pearl hatte vor einiger Zeit die Leitung des Tierheims übernommen, nachdem die letzte Direktorin dabei erwischt wurde, wie sie Spendengelder veruntreute. Gertie war Großmutters engste Freundin geworden, dank der vielen Besuche nach ihren regelmäßigen morgendlichen Läufen mit Cujo. Neben ihnen befand sich ein Trio aus unglaublich hohen Katzenbäumen, und überall waren Schalen mit Wasser sowie Trocken- und Nassfutter aufgestellt. Mitten im Raum lag ein großer Teppich mit etwas Katzenminze darauf, und Beans aus der Tierhandlung wälzte sich bereits genüsslich darin.

„Es ist ein Empfang für alle unsere tierischen Gäste!", verkündete Grandma stolz. „Ich wollte nicht, dass sie die Feierlichkeiten verpassen."

In diesem Moment vernahm ich tapsende Schritte auf der Treppe und drehte mich gerade noch rechtzeitig um, um zu sehen, wie Octocat und Grizabella gemeinsam über das Schutzgitter sprangen. Seite an Seite, so nah, dass sie sich berührten, kamen sie auf uns zu, kletterten dann auf den höchsten Kratzbaum und nahmen auf der obersten Plattform Platz. Eigentlich war diese zu eng für zwei Samtpfoten, aber irgendwie schafften sie es, sich dort aneinanderzukuscheln.

Großmutter lehnte sich zu mir herüber und flüsterte mir ins Ohr: „Ich habe mitbekommen, dass es nicht nur dein Tag ist, sondern auch der seine. Also dachte ich mir, er hätte ebenfalls eine Party verdient."

Ich strahlte sie an und zwinkerte ihr zu, um sie wissen zu lassen, wie richtig sie wieder einmal lag. Es stimmte schon, sie konnte zwar nicht mit Tieren sprechen, verstand sie aber trotzdem. Die beiden Sphynx-Katzen waren nirgends zu entdecken, und kurz fragte ich mich, ob Oma Lyn sie in ihrem Zimmer eingesperrt haben mochte, damit sie über ihr unangemessenes Verhalten nachdenken konnten. Auch wenn ich sie noch nicht so lange kannte, konnte ich mir gut vorstellen, dass sie dazu fähig war.

„Vielen Dank, dass ihr so zahlreich zu unserer Hochzeitsfeier erschienen seid“, miaute Octocat von der Spitze des Baumes zu uns herunter. „Eure Geschenke dürft ihr gerne am Eingang ablegen. Und seid gewarnt: Untersteht euch, meine schöne Braut anzugaffen, sonst schneide ich euch die Bällchen ab!“ Dazu fuchtelte er demonstrativ mit den Krallen in der Luft herum, und seine Angetraute kicherte verschämt. Ganz offensichtlich gefiel es ihr, wenn er den harten Kerl raushängen ließ. Na ja, jedem das Seine ...

„Wie lieb von euch, tausend Dank“, sprudelte es aus mir heraus, als mir auffiel, dass ich mich bisher noch gar nicht geäußert hatte. Zu sehr war ich damit beschäftigt gewesen, das Spektakel zu genießen.

„Gern geschehen, Angie“, gluckste Pearl und fuhr sich durch ihr kurzes Haar. „Ich hoffe, es macht dir nichts aus, aber ich habe auch ein paar Katzen mitgebracht, die zur Adoption stehen. Vielleicht könntest du das den Gästen gegenüber erwähnen? Es wäre doch fantastisch, wenn wir für die eine oder andere ein neues Zuhause finden könnten, und würde diesen speziellen Tag noch besonderer machen.“

Natürlich versprach ich, es draußen zu erwähnen, wollte ich doch ebenfalls, dass all die armen heimatlosen Kreaturen in eine Familie kamen. Allerdings gab es meiner Meinung nach nichts, das diesen Tag noch besonderer hätte machen können.

„Wir lassen es alle wissen", antwortete Charles, verschränkte seine Finger mit den meinen, hob dann unsere gemeinsamen Hände hoch und drückte mir einen Kuss auf den Handrücken.

„Ich wünschte, Nini wäre ebenfalls hier", sagte Grant wehmütig, der uns gefolgt war, und meinte damit seine Kaninchendame, die sein Ein und Alles war. „Aber wahrscheinlich würde es ihr gar nicht gefallen, mit all diesen Stubentigern abzuhängen."

Großmutter strich ihm liebevoll über den Rücken und legte ihren Kopf an seine Schulter, erwiderte aber nichts darauf.

„Als Erstes möchte ich sämtliche Hunde ausladen. Vielen Dank, dass ihr gekommen seid, aber das wars jetzt. Auf Wiedersehen!", ordnete Octocat von seinem Hochsitz aus an und fügte dann hinzu: „Außer Paisley natürlich. Die kann bleiben."

„Er verhält sich wieder mal wie ein richtiger Mistkerl, oder?", flüsterte Großmutter mir ins Ohr, während Charles mir wissend die Hand drückte.

Ich musste mir das Lachen verbeißen. Ja, es waren schon besondere Menschen, mit denen ich mein Leben teilen durfte.

17

Nach unserem Hochzeitswalzer und einem kurzen Besuch auf der Katzenparty im Inneren des Hauses war es an der Zeit, das besondere Mittagessen zu genießen, das unsere Caterin Dana vorbereitet hatte. Charles und ich fütterten uns gegenseitig mit all den Leckerbissen und führten uns auf wie liebeskranke Narren.

Kurz vergewisserte ich mich, dass Frank seine vegane Mahlzeit schmeckte, deren Beschaffung uns ja einiges an Flexibilität abverlangt hatte. Er allerdings schien mit der Mischung aus Bohnen, Reis und Fajita-Gemüse sehr zufrieden zu sein. Als er bemerkte, wie ich zu ihm hinübersah, winkte er mir kurz verlegen zu und widmete sich dann wieder seinem Essen.

Ich ließ meinen Blick zum Waldrand wandern, um zu sehen, ob meine tierischen Freunde noch immer von ihren Verstecken aus zusahen, aber sie schienen sich allesamt verzogen zu haben.

Ich musste mich unbedingt später bei ihnen für ihr Kommen bedanken, denn es bedeutete mir wirklich sehr viel.

Pringle hingegen war, auf meine Anweisung hin, den Feierlichkeiten ferngeblieben. Irgendwie fühlte ich mich schlecht, weil ich ihn ins Exil verbannt hatte, aber ich wollte einfach nicht riskieren, dass er uns noch irgendetwas versaute – ob nun absichtlich oder unbewusst. Großmutter war ja nach wie vor der Ansicht, dass er ein guter Kerl sei, und nach ihrer Vorstellung mit Octocat und seiner Kätzchenparty sollte mir eigentlich klar sein, dass sie die Tiere mindestens so gut verstand wie ich. Trotzdem wusste ich nicht, ob ich dem Waschbär jemals wieder wirklich vertrauen konnte.

„Alles in Ordnung?“, erkundigte sich mein Ehemann, nachdem wir das Fischgericht gemeinsam vertilgt hatten.

Anstatt einer Antwort gab ich ihm einfach einen Kuss, was einer der Gäste mitbekam, direkt sein Glas erhob und uns anfeuerte. Natürlich fielen auch die anderen Anwesenden ein und forderten lautstark einen weiteren Kuss. Als ob ich dafür eine Aufforderung bräuchte ...

„Alles bestens“, versicherte ich ihm und lehnte mich an ihn. „Ich musste nur gerade an Pringle denken.“

Besorgnis machte sich in Charles‘ leuchtend grünen Augen breit. „Ich habe ihn schon ewig nicht mehr gesehen. Geht es ihm gut?“

„O Mann, dank deiner Mutter und ihrer altmodischen Traditionen bezüglich der Hochzeit hast du Etliches verpasst.“

Er schmiegte seine Wange an die meine, in der Art, wie ich es bereits bei Octocat und Grizabella gesehen hatte. „Danke, dass du dich darauf eingelassen hast. Das bedeutet ihr sehr viel."

Ich lächelte ihn glücklich an. „Das war doch selbstverständlich. Allerdings gibt es so einiges, was ich dir erzählen muss, aber da uns ein gewisses Filmteam permanent am Hintern klebt, werde ich damit noch ein wenig warten müssen."

„Dann eben später", erwiderte er seinerseits mit einem Lächeln. „Schließlich haben wir noch den Rest unseres gemeinsamen Lebens vor uns."

„Meine Damen und Herren, verehrte Gäste ..."

Ich blickte auf und entdeckte Mags neben der Cellistin, die sich das Mikro von Mom zurückgeholt hatte. „Nur weil die Braut und der Bräutigam keine Rede gehalten haben, heißt das noch lange nicht, dass Sie sich nicht an meiner erfreuen dürfen. Buster, spiel das Band ab."

Wer in aller Welt war Buster? Egal, offensichtlich hatte er zugehört, denn wie aufs Stichwort baute jemand hinter ihr einen Projektor auf, und ein Film begann zu laufen. Er startete mit einen Foto von Charles und mir vor dem Altar, das dann in Hunderte kleine Schnipsel zerfiel, die ihn und mich sowohl zusammen als auch getrennt zeigten. Im Hintergrund lief dazu die Frank-Sinatra-Version von *My Funny Valentine*, aber selbst als die Musik endete, blinkten die Bilder auf dem Bildschirm weiter auf.

Mags ergriff erneut das Wort. „Ganz herzlichen Dank an Mama Longfellow, die die Fotos von Charles zur Verfügung gestellt hat, und an all die vielen anderen, von denen ich

Schnappschüsse von Angie bekam. Das hier ist übrigens mein Favorit."

Alle lachten über das Bild von Mags und mir, wie wir mit roten Nasen und dampfendem heißen Kakao gegen die Kälte ankämpften. Aufgenommen wurde es damals auf dem Weihnachtsmarkt in der Innenstadt, auf dem kurz danach im Eisskulpturengarten zwei Menschen ermordet wurden. Aber dieses blutige Detail mussten wir den Gästen ja nicht unbedingt auf die Nase binden.

„Tante Linda kommt jetzt an eure Tische und übergibt jedem von euch ein Andenken an den heutigen Tag", verkündete sie als Nächstes. „Zeig ihnen doch mal, was es ist, Tantchen."

Maggies Großtante winkte kurz in die Runde und hielt dann eine wunderschöne Kerze in unseren Hochzeitsfarben hoch. Die untere Schicht war ein kräftiges Pink, die mittlere ein dezenter, weicherer Farbton, und die obere in Reinweiß gegossen. Überzogen war sie mit dekorativen Schnitzereien, aus deren Mitte ein großes, kursives *L* hervorstach. *L* für Longfellow. Das war ja jetzt mein Name. Verdammt, kaum zu glauben.

„Ich will unbedingt eine haben", kreischte ich, und meine Cousine verdrehte die Augen. „Keine Sorge, ich habe extra viele davon angefertigt. So könnt ihr jedes Jahr an eurem Hochzeitstag eine anzünden und euch an diesen speziellen Tag zurückerinnern. Ich liebe dich, Cousinchen."

Und dann verlor sie sich in Einzelheiten, wie sehr, und wie viel reicher ihr Leben geworden war, seit wir uns gefunden hatten. Auch Mom und Dad hielten Ansprachen, ebenso wie

Charles' Eltern. Alle betonten, wie innig sie uns liebten, wie gut wir zusammenpassten und wie sehr sie uns ein glückliches Leben wünschten.

Sämtliche Reden berührten mein Herz, aber es war die von Großmutters frisch gebackenem Ehemann, Grant, die mir schließlich die Tränen in die Augen trieb. Er schnappte sich seine Braut, zog sie mit sich auf die Tanzfläche und hielt in einer Hand die ihre, in der anderen das Mikrofon. Obwohl seine Worte klar und deutlich zu uns herüberdrangen, waren sie eindeutig nur für sie bestimmt.

„Ich weiß, dass wir nicht mehr viele Jahre vor uns haben, aber ich freue mich darauf, jedes einzelne davon, jeden Tag, jede Minute, jede Sekunde, mit dir zu verbringen. Eigentlich dachte ich, es gäbe nichts mehr für mich, für das es sich zu leben lohnt, aber dann traf ich dich, und alles war plötzlich anders. Ich fühle mich wieder jung und bin so glücklich wie nie zuvor. Wer hätte gedacht, dass das goldene Alter uns die besten Jahre bescheren würde? Ich liebe dich mehr als alles auf der Welt, Dorothy Loretta Lee Gable, und daran wird sich nichts ändern, bis dieses alte Herz aufhört zu schlagen. Bis dahin allerdings wird jeder Schlag laut deinen Namen rufen, damit jeder weiß, wem es gehört. Meiner Frau. Meiner besten Freundin. Meinem Ein und Alles."

Ich schwöre, spätestens nach diesem letzten Satz blieb kein Auge mehr trocken.

Die Cellistin begann wieder zu spielen und lud alle auf die Tanzfläche ein.

„So liebe ich dich ebenfalls“, sagte Charles, bevor er mir einen weiteren Kuss gab.

„Und ich dich“, antwortete ich und erwiderte seinen Kuss. Eines Tages würde ich das Gelübde, das ich nur für ihn verfasst hatte, mit ihm teilen, vielleicht sogar gleich morgen auf der langen Fahrt in unsere Flitterwochen.

Die waren nämlich ein Geschenk meiner Eltern ... eine Woche in einem stattlichen alten Gemäuer im Herzen von Richmond, Virginia. Das schlossartige Herrenhaus verfügte über einen gigantischen Garten, der durch eine hohe Backsteinmauer vor neugierigen Blicken abgeschirmt war, und irgendwie hatten Mom und Dad es geschafft, das komplette Anwesen nur für uns beide zu buchen. Der Weg dorthin war zwar nicht ohne, aber Charles hatte anstatt des bequemen, kurzen Fluges auf einen Roadtrip bestanden. Also hatten wir uns bereits vor Wochen zusammengesetzt und jeden Halt auf der Strecke genauestens geplant, um unsere Reise zu einem wirklich unvergesslichen Erlebnis zu machen.

Allerdings würden wir erst morgen aufbrechen, da wir planten, bis spät in die Nacht zu feiern. Bis zu unserer Rückkehr würden sich Großmutter und Grant um das Haus und die Tiere kümmern. Da Grandma ja keine Ahnung hatte, dass sie nach diesem Tag selbst verheiratet sein würde, hatte sie natürlich zugestimmt, mit ihrem eigenen Umzug noch einige Wochen zu warten.

Wieder einmal war ich hin- und hergerissen zwischen dem Moment, den ich gerade aus vollen Zügen genoss, und der

Vorfreude auf alles, was noch kommen würde. Das waren Probleme, oder?

„Entschuldigung." Wir tanzten gerade zu einem weiteren mehr als fragwürdigen Song, den Grandma ausgewählt hatte, als jemand mich am Arm festhielt.

„Bitte nicht abklatschen. Ich bin noch nicht bereit, sie gehen zu lassen", murmelte Charles, ohne den Störenfried überhaupt nur anzusehen.

„Ich will nicht tanzen", sagte der andere Mann mit tiefer, fast bedrohlichen Stimme. „Ich möchte das, was mir zusteht, und ich gehe erst, wenn ich es bekommen habe."

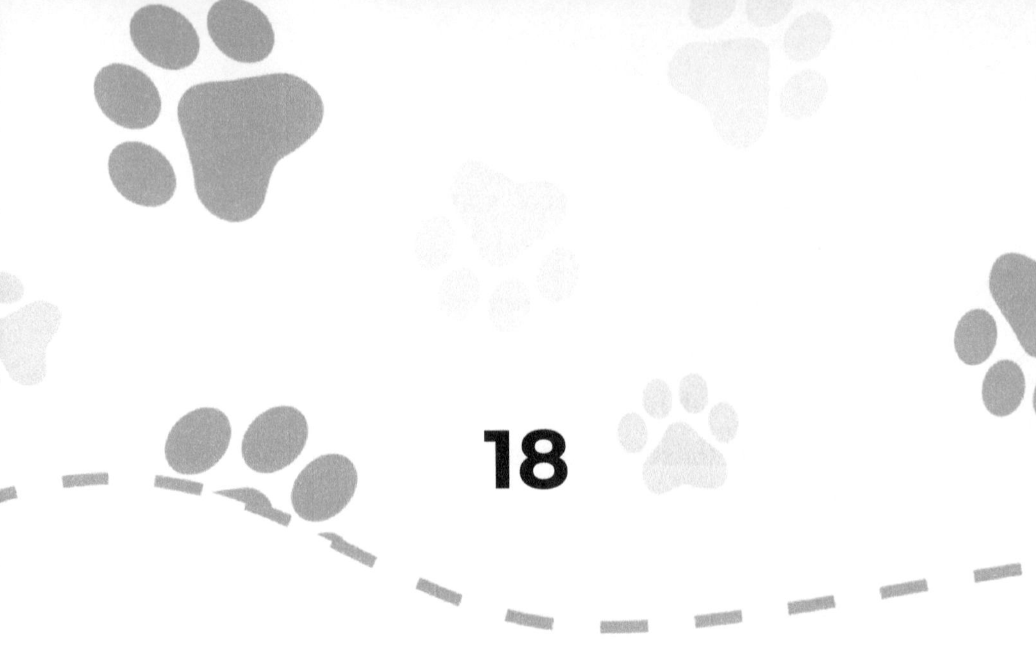

18

Ich hielt inne und wandte mich ihm schockiert zu, während Charles sich schützend vor mich stellte. Es dauerte eine Minute, bis ich unseren unfreundlichen Gast ohne seine Waren einordnen konnte, aber es handelte sich zweifellos um denselben Verkäufer, der gestern mehrere Fahrten unternommen hatte, um unseren riesigen Ballon-Baldachin aufzubauen.

„Entschuldigung, wie bitte?", fragte ich und blinzelte überrascht. Am Tag zuvor war er doch noch so liebenswürdig gewesen, wenn auch ein wenig verstört aufgrund meines störrischen Getues.

„Sie haben mich fast eine Stunde lang auf Ihrer Veranda warten lassen", schimpfte er. „Ich habe Ihnen klar und deutlich zu verstehen gegeben, dass ich direkt bezahlt werden müsste. Aber anstatt mir zu gestehen, dass Sie das Geld nicht haben, haben Sie mich einfach sitzen lassen."

„Was? Das stimmt doch gar nicht! Natürlich habe ich Sie bezahlt." Wie konnte er es wagen, einfach unangemeldet auf meiner Feier aufzutauchen und mich auf diese Weise zu beleidigen?

„Unterstehen Sie sich, so mit meiner Frau reden", mischte Charles sich ein und bedachte den Ballonverkäufer mit einem nicht minder feindlichen Blick. „Entweder Sie korrigieren Ihren Ton, oder Sie verschwinden."

Der Typ schnaubte auf, gab jedoch nicht klein bei. „Tja, Kumpel, Ihre Frau hat mir weder das Geld für meine Lieferung gegeben noch auf meine diversen Anrufe reagiert."

Ich schnappte nach Luft, und die Puzzleteile fügten sich zu einem Ganzen zusammen. „Sie waren das mit der unbekannten Nummer? Warum haben Sie denn keine Nachricht hinterlassen?"

„Ihr Anrufbeantworter war voll. Ich hatte nicht einmal die Möglichkeit dazu. Aber ich habe gute Arbeit geleistet und mir mein Geld redlich verdient. Und da Sie meine Zeit vergeudet haben, indem Sie mich zwangen, noch einmal hier rauszufahren, werde ich Ihnen zehn Prozent Säumniszuschlag auf die Gesamtsumme draufhauen. Und sollten Sie mich jetzt noch weiter hinzuhalten versuchen, werde ich Sie verklagen, dass Ihnen die Ohren wackeln."

Mein Anwalt-Ehemann zog anhand dieser ungebildeten Drohung verärgert die Augenbrauen hoch, aber ich legte ihm beschwichtigend eine Hand auf die Brust, um ihm anzudeuten, den Mund zu halten.

Dann ging ich in Gedanken noch einmal die Zeitlinie durch.

Ich erinnerte mich, dass der Typ gestern zurückkam und um sein Geld bat. Also ging ich nach oben, um den Scheck zu holen und dann …

Zuerst kümmerte ich mich um Christines und dann um Octocats Bedürfnisse. Anschließend rief ich Charles an. Dann kam mir die Absage des Reverends dazwischen, und ich legte mich auf mein Bett und heulte …

Tatsächlich ging ich nicht mehr nach unten, um den armen Kerl zu entlohnen.

„Mensch, es tut mir so leid, bitte glauben Sie mir“, jammerte ich, und die Miene des aggressiven Verkäufers wurde sofort weicher und seine Worte freundlicher.

„Ist schon gut“, lenkte er ein. „Ich habe ja mitbekommen, dass Sie viel um die Ohren hatten, und weiß auch, wie das bei Hochzeiten so abläuft. Aber es ist Monatsende und ich brauche diesen Scheck, um meine Hypothek zahlen zu können. Das verstehen Sie doch sicher, oder?“

„Wie hoch ist die Rechnung?“, mischte Charles sich nun doch ein und zog seufzend seine Brieftasche heraus. Nach wie vor schien er ziemlich aufgebracht über die Art und Weise, wie der Lieferant seine Schulden eintrieb.

Der Mann nannte ihm die Summe, und mein Ehemann drückte ihm ein Bündel Bargeld in die Hand. „Behalten Sie den Rest. Und nochmals Entschuldigung wegen der Unannehmlichkeiten.“

„Vielen Dank. Und Ihnen beiden herzlichen Glückwunsch.“

Nun, da er bezahlt worden war, hatte Mr Helium es scheinbar eilig, wieder zu verschwinden.

„Wieso trägst du so viel Geld mit dir herum?“, fragte ich verblüfft. Klar, dadurch blieb es mir erspart, ins Haus zu rennen und mein Scheckbuch zu holen, aber ein wenig verdächtig kam mir das schon vor.

Er zuckte mit den Schultern. „Einer meiner Kunden hat mich gestern in bar bezahlt. Erst wollte ich das Geld auf die Bank bringen, aber dann dachte ich mir, wir könnten es während unserer Flitterwochen direkt für all die üppigen Abendessen und Wellness-Behandlungen verwenden.“

„Deine Gedankenzüge gefallen mir“, sagte ich und entspannte mich in seiner Umarmung, während wir unseren Tanz fortsetzten.

„Mmm“ war seine einzige Antwort, als er seine Lippen auf meine Stirn presste. Wir wiegten uns noch eine Weile im Takt der Musik, bis sich erneut die Stimme meiner Cousine über die Menge erhob.

„Das habe ich euch bereits erklärt ... Ich habe keinerlei Interesse, bei eurer blöden Show mitzumachen!“, brüllte sie die Filmcrew an, die sich dicht um sie drängte.

Sharon, die das gleiche Kleid trug wie bei ihrer gestrigen Ankunft, versuchte, sich dazwischenzudrängen und die Aufmerksamkeit wieder auf die Katze auf ihrem Arm zu lenken, aber niemand schenkte ihr Beachtung.

„Aber du bist lustig, mega attraktiv, machst die besten Kerzen, die mir je untergekommen sind und dazu auch noch überragende

Videos!“ Einer der Reality-TV-Typen ließ sich nicht abwimmeln. „Du könntest der größte Knaller werden seit *Keeping up with the Kardashians*!“

„Igitt, ich passe.“ Mags hob eine Hand, um ihr Gesicht zu verdecken, und der Ekel in ihrem Tonfall machte deutlich, was sie von der Sache hielt.

Charles griff nach meinem Arm und zog mich mit sich zu der dramatischen Szene, die sich weiter vorne auf der Tanzfläche abspielte. „Entschuldigen Sie, gibt es ein Problem? Ich bin der Anwalt von Miss McAllister. Gerne können wir diese Belästigung in einem formelleren Umfeld besprechen.“

„Wir wollten gerade gehen“, brummte einer der Männer, und wie von Zauberhand war die Crew verschwunden.

„Das tut mir so leid“, sagte Sharon, und ihre Miene drückte aufrichtige Bestürzung aus. „Ich dachte, sie wären begeistert von der Vorstellung einer Hochzeit mit so vielen Katzen, aber anscheinend suchten sie nur nach Ideen für ihre nächste Show. Sie hatten nämlich gar nicht vor, Chessys Vertrag zu verlängern.“

Ich legte ihr einen Arm um die Schultern. „Haben sie das gesagt?“

Sie nickte verdrossen. „Ja, heute Morgen, und seitdem behandeln sie mich wie Luft. Ich glaube sogar, dass sie Chessy nur noch deshalb filmen, um genug Material für ein ansprechendes Staffelfinale zusammenzubekommen, mit dem sie dann größere und berühmtere Stars für sich gewinnen können.“

„Das tut mir so leid, aber in unseren Augen ist und bleibt

Chester ein Star", versicherte ich ihr, und Charles und Mags nickten zustimmend.

„Soll ich euch beiden beibringen, wie man Kerzen gießt?", bot meine Cousine großmütig an. „Wir könnten Videos davon drehen und sie auf meinem YouTube-Kanal einstellen. Ich habe nämlich inzwischen mehr als eine Million Follower."

Sharons Augen leuchteten auf. „Das ist nicht dein Ernst? Eine Million? Das ist viel mehr, als unsere kleine Fernsehshow je hatte. Ja, bitte, wir sind definitiv interessiert."

Es schien, als ob jeder, der sich einmal mit dem Virus namens Ruhm infiziert hatte, sich nie mehr davon erholte. Die Sharon, die ich vor der Show kennenlernen durfte, war so skurril und voller Leben gewesen. Die Person hingegen, die jetzt vor mir stand, war traurig, verzweifelt und auf der Suche nach Aufmerksamkeit. Blieb nur zu hoffen, dass sie, sobald sich die Aufregung ein wenig gelegt hatte, wieder zu ihrem normalen, fabelhaften Selbst zurückkehren würde.

Und ich würde weiterhin mein Bestes tun, um mich aus dem Rampenlicht herauszuhalten und mein Geheimnis zu wahren.

Etwas, das sich tief und nahe am Boden bewegte, erregte meine Aufmerksamkeit. Es war Octocat, der durch die Reihen schlich und gerade jemandem den Rest seines Fischfilets vom Teller gemopst hatte.

„Was machst du denn hier draußen?", fragte ich in dem typischen singenden Tonfall, den ich benutzte, wenn ich so tat, als wäre ich ein ganz normaler Tierbesitzer.

Er kaute noch einmal und schluckte den Rest seiner Beute

herunter. „Bräuchte dich mal drinnen“, murmelte er und rannte los, absolut sicher, dass ich ihm folgen würde.

Ich winkte Charles zu, den ich auf der Tanzfläche zurückgelassen hatte, und er winkte zurück, obwohl er in ein Gespräch mit meinem ehemaligen Chef, Mr. Richard Fulton, vertieft zu sein schien. Der war vor Charles der Seniorpartner der Kanzlei gewesen, was bedeutete, dass die beiden sich heute zum ersten Mal trafen, und ich

fragte mich, worüber sie wohl redeten. Wahrscheinlich über allen möglichen rechtlichen Kram.

Zumindest war er beschäftigt, während ich nachsehen ging, was Octocat von mir wollte. Aus Erfahrung wusste ich, dass es besser war, ihn nicht warten zu lassen. Außerdem war ich ihm noch so Einiges schuldig, weil er mir geholfen hatte, die verschwundenen Ringe zu finden und die protestierenden Sphynx-Katzen während der Zeremonie zu bändigen.

Wieso nur kümmerte er sich nicht um seine frisch angetraute Katzenbraut Grizabella?

Nun, das würde ich wohl gleich herausfinden.

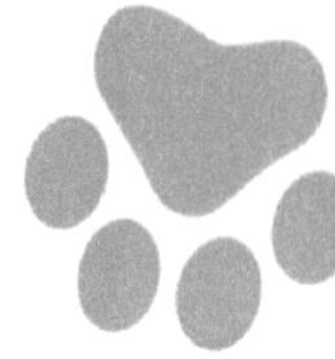

19

Ich folgte Octocat ins Innere des Hauses und die Treppe hinauf. Zum Glück bemerkten Pearl und Gertie mich nicht, sodass ich mir keine armselige Erklärung einfallen lassen musste, warum ich hier drinnen herumschlich, während draußen der Bär tobte. Vor dem Gästezimmer, in dem Mags untergebracht war, hielt er inne.

„Wir haben uns durch die Tür unterhalten, aber du kannst ruhig reingehen“, forderte er mich auf.

Vorsichtig ließ ich uns beide hinein und fand Jacques und Jillianne zusammengerollt und eng aneinander gekuschelt auf dem Bett vor.

„Was ist los?“, fragte ich und ließ meinen Blick zwischen meinem Stubentiger und den haarlosen Katzen meines Mannes hin und her wandern.

Jacques stand auf und streckte sich, sodass eine Art

Schwimmhaut zwischen seinen Zehen sichtbar wurde. Egal, wie oft ich diese schon gesehen hatten, fand ich sie jedes Mal faszinierend, fragte mich jedoch gleichzeitig, ob alle Katzen so etwas hatten. Also auch mein Octavius?

Der hüpfte zu den beiden aufs Bett, und so setzte ich mich ebenfalls.

„Also los, macht schon. Genauso, wie wir es besprochen haben!", knurrte er ungeduldig.

„Es gefällt mir nicht, dass ich deine Gefühle verletzt habe", setzte klein J an.

„Nicht so", korrigierte Octocat ihn mit einem ungeduldigen Schwanzschlag. „Sprich wie eine normale Katze oder halte den Mund."

Jillianne fauchte, um ihren kleinen Bruder zu verteidigen, aber mein Kater brachte sie mit einem weiteren strengen Blick schnell zum Schweigen.

„Es tut mir leid", wimmerte Jacques und klang erbärmlich. „Wir haben uns schlecht benommen."

Da seine Schwester weiterhin beharrlich schwieg, konzentrierte ich mich auf ihn. Jetzt, wo er nett zu mir war, fand ich ihn eigentlich sogar ziemlich niedlich. All diese Falten waren irgendwie entzückend, und die Tatsache, dass er einen leichten Flaum an Füßen und Ohren hatte, aber am restlichen Körper absolut haarlos war, besaß ebenfalls einen gewissen Charme.

„Es war schwer für uns, nach dem Tod der Senatorin wieder hierherzukommen. Wir fühlen uns immer noch schuldig an dem, was passiert ist, und wir vermissen sie sehr", fuhr er fort.

Bei ihrer früheren Besitzerin handelte es sich um Leiche Nummer eins, die nebenan im Nachbarhaus aufgetaucht war. Nachdem Octocat und ich den Fall lösen konnten, hatte Charles zugestimmt, den beiden Rassekatzen ein neues Zuhause zu geben, damit sie nicht Gefahr liefen, ins Tierheim gebracht und am Ende womöglich getrennt zu werden.

„Warum hasst ihr mich so?", fragte ich ihn direkt. Nach wie vor verstand ich nicht, was ich falsch gemacht hatte. Immerhin hatte ich ihre Unschuld bewiesen und war stets bemüht, eine Bindung zu ihnen aufzubauen.

Jacques schüttelte betroffen den Kopf. „Nein, das siehst du falsch. Wir hassen dich nicht, aber wir wollen einfach nicht, dass sich schon wieder etwas ändert. Der Umzug zu Charles fiel uns nicht leicht, aber irgendwann begannen wir, uns bei ihm heimisch zu fühlen. Jetzt wird erneut alles anders. Eine neue Familie, ein weiteres neues Haus. Wir haben einfach Angst."

„Das müsst ihr doch nicht. Und ihr könnt auch jederzeit zu mir kommen, wenn euch etwas bedrückt. Ich möchte, dass ihr hier glücklich seid, und will alles dafür tun, dass dem so ist."

„Habe ich es euch nicht gesagt?", trällerte Octocat mit einem zufriedenen Schmunzeln. „Sie mag nur ein Mensch sein, aber der beste, den ihr euch wünschen könntet."

Ich errötete vor Stolz. So eine offensichtliche Zuneigungsbekundung aus dem Mund meines Katers hatte Seltenheitswert. Heute hatte er es wirklich darauf angelegt, mich zu verwöhnen.

Ich streckte eine Hand nach Jacques aus, und er ließ sich, zufrieden schnurrend, darauf nieder. Irgendwie fühlte er sich wie ein warmer Pfirsich an, nicht wirklich unangenehm, aber auf jeden Fall auch nicht annähernd normal.

Octocat durchquerte das Bett und stupste Jillianne mit seiner Pfote an. „Jetzt du."

„Er hat doch schon alles gesagt. Was soll ich dem noch hinzufügen?", brummte sie.

Mein Kater schlug erneut zu, dieses Mal etwas heftiger und mit ausgefahrenen Krallen.

„Na schön", knurrte sie und stand ebenfalls auf. „Es tut mir leid. Alles, was Jacques angeführt hat, ist wahr, okay?"

„Und was noch?", drängte Octocat und schnippte ungehalten mit dem Schwanz.

Jillianne seufzte und murmelte etwas, das ich nicht ganz verstehen konnte.

Also packte er sie im Nacken und drehte sie auf den Rücken, wobei er sie mit seinen Zähnen und allen vier Beinen festhielt. „Wir können das auf die leichte oder auf die harte Tour machen", murmelte er, das Maul voller Katzenfleisch. „Wie es scheint, hast du dich für Letzteres entschieden."

Die schwarze Sphynx atmete schwer, ihre Augen waren weit aufgerissen.

„Tu es einfach, Jilly", bat ihr Bruder mit leiser Stimme. „Wir haben es ja schon auf die harte Art versucht, und es hat nicht funktioniert. Lass es einfach gut sein, ich bitte dich." Obwohl ich wusste, dass Jacques drei Jahre alt war, klang er wie ein Baby, als er sein älteres und viel schrulligeres Geschwisterchen anflehte.

„Ja, ist ja gut", zischte Jillianne. „Aber geh runter von mir."

Octocat hielt sie noch ein paar Sekunden fest, um seinen Standpunkt deutlich zu machen, ließ dann jedoch von ihr ab.

„Es tut mir leid wegen all der Dinge, die wir dir angetan haben“, sagte sie tonlos.

„Und was genau war das?“, fragte ich, obwohl ich bereits eine ziemlich genaue Vorstellung davon hatte.

„Wir haben eine Szene gemacht“, begann sie mit gelangweilter Miene, die sich jedoch deutlich aufhellte, je mehr sie ins Detail ging. „Dich im Zimmer eingeschlossen. Die Ringe gestohlen. Und auch dein Kleid ruiniert.“

Als ich hörte, wie sie meinen jüngsten Verdacht bestätigten, krampfte sich mir der Magen zusammen. Ich hatte dem armen Pringle Dinge unterstellt, für die er gar nicht verantwortlich war, ihn wie einen Verbrecher behandelt und ihm untersagt, am wichtigsten Tag meines Lebens teilzuhaben.

Anstatt nach dem *Warum* zu fragen – Jacques hatte das ja bereits erklärt – wollte ich wissen: „*Wie* habt ihr das alles angestellt?“

„Im Türschloss steckte ein Schlüssel“, antwortete der Kleine erneut. „Jillianne warf mich nach oben und ich schaffte es, ihn mit meinen Sphyngern, also meinen Fingern, herumzudrehen, bevor ich wieder auf den Boden fiel.“

Sphyngern. Aha. Jetzt, da sich die beiden endlich dazu herabließen, mit mir zu reden, musste ich mir wohl eine gänzlich neue Sprache aneignen.

„Die Dame, die gestern auf uns aufpassen sollte, war ziemlich abgelenkt, und so war es ein Kinderspiel, uns rein- und rauszuschleichen, ohne dass sie etwas davon mitbekam“, fügte Jillianne hinzu und genoss ganz offensichtlich den Teil der Erzählung, der sie als Bösewicht enttarnte. „Die Ringe von der Kommode zu mopsen und in unserer Decke zu verstecken, war eine unserer leichtesten Übungen. Dann bekamen wir mit, wie du erst den Waschbären ins Haus einludst, dich dann aber extrem über ihn aufregtest. Da kam uns die Idee, ihn reinzulegen, und wir baten ihn, nachdem wir das Kleid zerstört hatten, erneut herein.“

„Wie konntet ihr nur!“, brüllte ich erbost, bevor mir einfiel, dass ich mich besser zurückhalten sollte, wenn ich nicht wollte, dass noch andere etwas von diesem geheimen Treffen mitbekamen.

„Es tut uns aufrichtig leid“, versicherte mir Jacques erneut und rieb sich an meinem Arm. „Ab jetzt werden wir brav sein.“

Seine Gefährtin verdrehte zwar die Augen, erwiderte aber nichts darauf.

„Ich weiß es zu schätzen, dass ihr mir all eure Missetaten gebeichtet habt, und eure Entschuldigung ebenso.“ Dann jedoch hielt ich inne und biss mir auf die Unterlippe. „Wären wir dann fertig hier? Da gibt es nämlich jemandem, bei dem *ich* mich dringend entschuldigen sollte.“

„Gute Kätzchen“, sagte Octocat mit einem wohlwollenden Nicken. „Jetzt, da ihr euer Versprechen eingelöst habt, werde auch ich meinen Teil unserer Abmachung einhalten. Lasst mich euch zeigen, wo ihr euch den Fisch holen könnt.“

Ich öffnete die Tür und stand Grizabella gegenüber, die bereits wartend im Flur saß.

Die Sphynx-Katzen stürzten laut und aufgeregt miauend die Treppe hinunter, Octocat jedoch blieb zurück.

„Tausend Dank auch dafür", flüsterte ich.

Er nickte erneut. „Gerne. Trotzdem müssen wir noch dieses ernsthafte Gespräch über unsere Zukunft führen."

Ich holte tief Luft. Auf keinen Fall wollte ich ihm seinen großen Tag verderben, wo er doch so viel getan hatte, um den meinen zu retten. Aber die Kastration ließ sich nun leider mal nicht rückgängig machen, nicht einmal mit viel Zauberei und Magie.

Bevor ich jedoch etwas sagen konnte, fuhr er fort. „Wie gesagt, wir müssen uns unterhalten, aber das kann warten. Grizabella und ich haben noch den Rest unserer sieben Leben vor uns, und du und ich ebenso, Angela. Wir verschieben es bis nach deiner Rückkehr, okay? Jetzt genieße erst einmal deine Flitterwochen."

Wieder einmal weinte ich große Tränen der Freude. Anscheinend wurde man zwangsläufig zu einem riesigen Softie, wenn man so richtig glücklich war.

20

„Gibst du mir Deckung, während ich Pringle in seinem Baumhaus einen kurzen Besuch abstatte?“, flehte ich Mags an. Ich wusste zwar, dass sie die Aufmerksamkeit des Fernsehteams hasste, aber mir fiel gerade nichts anderes ein, wie ich es schaffen sollte, unbemerkt zu verschwinden und bei ihm um Wiedergutmachung zu bitten.

Sie stimmte widerwillig zu, und ich machte mich so unauffällig wie möglich auf den Weg.

Ich fand ihn in seinem Haupthaus – er besaß zwei von der Sorte –, den Kopf in die Ecke gelehnt, wo die beiden Wände aufeinandertrafen.

„Pringle?“, flüsterte ich, nachdem ich die Leiter hinaufgeklettert war, und ließ mich neben ihm auf dem Holzboden nieder.

Er wandte nicht einmal den Kopf, um mich anzusehen, schien aber zumindest bereit, mit mir zu reden. „Bitte verzeih mir. Ich war böse, habe dir deinen ganz besonderen Tag ruiniert und dir weh getan. Ausgerechnet dir, meiner allerbesten Freundin."

Seine Worte brachen mir beinahe das Herz. Ich war mir so sicher gewesen, dass er Alpha dabei half, meinen großen Tag zu sabotieren, dass ich ihn versehentlich selbst sabotiert hatte. So hatte ich vorsätzlich jemanden ausgeschlossen, den ich liebte, und würde nie mehr die Gelegenheit haben, ihn in die Erinnerung an unsere Zeremonie einzubeziehen. Dennoch bot sich mir jetzt die Chance, etwas Besonderes mit ihm zu machen – nur wir beide.

„Ich bin also deine beste Freundin?", fragte ich lächelnd und kreuzte meine Beine unter dem langen, wallenden Kleid.

„Natürlich bist du das", explodierte er buchstäblich und drehte sich endlich zu mir um. „Du hast schon so viel Schönes für mich getan ... mir meine Baumhäuser gebaut, meine Fernseher besorgt, mir Carla geschenkt und was weiß ich noch alles. Wir hatten stets großen Spaß miteinander, auch wenn ich manchmal alles verdarb, weil ich ein böser Waschbär bin."

Ich schüttelte energisch den Kopf. Wie konnte ich ihn nur jemals an diesen Punkt bringen, dass er so über sich dachte? „Du bist kein böser Waschbär, aber ich war eine schlechte Freundin. Bitte verzeih mir, Irgendwie war ich davon überzeugt, dass Alpha dich benutzen würde, um an mich heranzukommen. Als er dir dabei half, den Anonymen Alkoholikern beizutreten, so kurz nachdem er gedroht hatte, die Hochzeit platzen zu lassen, war ich mir sicher, dass du ein Teil seines perfiden Plans bist."

Pringle kroch auf allen Vieren aus seiner Ecke und legte den Kopf schief. „Wer ist Alpha? Ich kenne keinen Alpha."

„Du hast mir doch selbst gesagt, dass er dir diesen Vorschlag unterbreitet hat. Erinnerst du dich nicht mehr?"

„Oh, dann muss ich mich damals falsch ausgedrückt haben. Es war nicht Alpha, aber auch ein Typ mit einem militärischen Namen. Der, der immer mit seiner Tochter vorbeikommt, Abigull, nicht wahr? Weißt du noch, wie ich sie gerettet und den Fall aufgeklärt habe? Das war eine meiner Sternstunden." Er starrte in die Ferne, als wolle er den glorreichen Moment erneut heraufbeschwören.

„Du hattest viele davon", versicherte ich ihm, konnte aber kaum glauben, was er mir da soeben offenbarte. „Aber noch mal ... Willst du damit ausdrücken, dass es Bravo war, der dir half, und nicht dieser Alpha?"

„Wie gesagt, ich kenne niemanden, der so heißt. Oder doch, warte! War er nicht der Typ, der Abigulls Schwarm niedergemetzelt hatte? Wenn ja, dann bekommt er definitiv keinen Zutritt zu unserem Garten. Und sollte ich ihn trotzdem irgendwo entdeckten, werde ich ihn auf der Stelle verjagen – oder mit Carla erschießen!" Carla war seine Nerf-Gun, mit der er immer wieder Ärger verursachte. Als echte Waffe ging sie eigentlich nicht durch, aber ich fand seine Überlegungen, wie er mich beschützen wollte, trotzdem goldig. Dennoch war es unglaublich, dass all meine Paranoia auf eine einfache Namensverwechslung zurückzuführen war. Ich hätte es besser wissen und sowohl ihm als auch Großmutter vertrauen sollen, die von Anfang an überzeugt war, dass er keine Schuld trug.

„Kannst du mir jemals verzeihen, Pringle?“, fragte ich, unsicher, ob er mir tatsächlich eine zweite Chance geben würde.

„Natürlich verzeihe ich dir!“, rief er fröhlich aus und stellte sich auf die Hinterbeine. „Ich war nie böse auf dich, lediglich meine Gefühle waren etwas verletzt, weil ich annahm, wir wären keine besten Freunde mehr.“

Ich streckte ihm die Handfläche entgegen, und der kleine Waschbär gab mir High Five. „Doch, das sind wir noch immer, und hoffentlich wirst du mir eines Tages mehr über dein Zwölf-Schritte Programm erzählen, und wie du es umsetzt. Vielleicht sollte ich mir ein oder zwei Seiten aus deinem Buch einverleiben und zu Herzen nehmen.“

Er sprang auf und huschte in die andere Ecke seiner Festung. „Welches Buch? Das hier, das ich vor ein paar Wochen im Müll gefunden habe?“ Er hielt ein Exemplar mit einem blauen Einband in die Höhe, in dessen Mitte in großen Lettern der Titel *Merlin findet eine Vertraute* prangte. „Ernsthaft, wer bitte würde so ein Prachtwerk denn wegwerfen? Sieh dir doch nur das großartige Cover an. Wenn du willst, kannst du es dir gerne ausleihen.“

„Haha, danke“, sagte ich und nahm es an mich. Ich war mir zwar nicht sicher, wie viel Zeit ich während meiner Flitterwochen für so etwas wie Lesen erübrigen könnte, aber spätestens danach. Dann jedoch kam mir eine noch wesentlich bessere Idee.

„Wie wäre es, wenn ich es dir nach meiner Rückkehr vorlese, und wir genießen die Geschichte gemeinsam?"

Er klatschte vor Freude in die Hände und bedachte mich mit einem beinahe typisch treuen Hundeblick. „Was? Wirklich? Das würdest du tun?"

„Nur zu gerne. Und wie es scheint, sind die Kapitel auch nicht allzu lang. Wir könnten also direkt mit dem ersten anfangen, wenn du möchtest."

Sein spitzes Lächeln wurde breiter, aber er schüttelte entschieden den Kopf. „Nein, ganz sicher nicht. Heute ist dein großer Tag. Außerdem musst du noch mein Geschenk auspacken!"

„Dein Gesch …" Ich hielt inne. „Ich glaube, ich habe es auf dem Tisch liegen sehen. Es war doch in, äh … Zeitungspapier eingewickelt, oder?"

Er nickte zustimmend. „Richtig. Was meinst du? Kannst du es gleich öffnen?"

„Leider sind heute viele Leute anwesend, die nicht wissen dürfen, dass wir beide miteinander sprechen können. Von daher wäre das zu gefährlich. Aber warum sagst du mir nicht einfach, was sich in dem Päckchen befindet?", schlug ich vor. Das letzte Geschenk, das er mir gemacht hatte, war ein Diamantring gewesen, von daher konnte es alles Mögliche sein.

Er hüpfte vor Aufregung auf und ab. „Gerne, denn ich kann einfach nicht länger warten. Es war eh schon so schwer, es vor dir geheimzuhalten, liebste Freundin."

Seine Begeisterung brachte mich zum Lachen. Es fühlte sich

verdammt gut an, hier mit ihm zu sitzen und all meine Zweifel und Sorgen hinter mir zu lassen. Und obwohl ich mich ihm gegenüber so gemein verhalten hatte, schien er es mir wirklich nicht nachzutragen. Alles, was er sich von mir wünschte, war meine Zuneigung. Tiere waren doch die besseren Menschen.

„Erzähl schon", forderte ich ihn auf und wusste, dass ich mich über alles freuen würde, was er für mich besorgt hatte, da es aus seinem tiefsten, pelzigen kleinen Herzen kam.

„Es ist mein Namensvetter", rief er aus.

Ich bemühte mich um einen neutralen Gesichtsausdruck, während ich versuchte, seine Worte zu enträtseln. „Eine Dose Pringles?", mutmaßte ich.

„Nicht nur *eine* Dose, sondern *die* Dose Pringles schlechthin. Ich wurde nämlich sozusagen darin geboren. Meine Mutter hatte sie gerade aus dem Müll gefischt, als sie spürte, wie meine beiden Schwestern und ich auf die Welt drängten. Also schnappte sie sich das Teil und rannte in den Wald, schaffte es aber nicht mehr rechtzeitig zurück in die Höhle. Sie bekam uns irgendwo unterwegs, aber dann packte sie uns dort hinein und trug uns sicher nach Hause."

„Pringle", keuchte ich auf, und meine Augen wurden feucht. „Das ist eine wunderschöne Geschichte. Aber bist du sicher, dass du mir etwas so Wichtiges schenken willst?"

„Mehr als sicher! Meine Mutter weilt leider nicht mehr unter uns, aber an dem Tag, nachdem sie und meine Schwestern von dem rasenden Auto überfahren wurden, entdeckte ich das Loch unter deiner Veranda und zog dort ein. Ich war so traurig und vermisste sie furchtbar, aber dann traf ich dich und wurde wieder glücklich."

„Ich bin froh, dass du es entdeckt hast", bestätigte ich ihm unter Tränen, sowohl aufgrund der liebevollen Geste als auch der Tragik seines Schicksals. Das war mir neu, aber jetzt, da ich darüber Bescheid wusste, glaubte ich, ihn ein wenig besser verstehen zu können. Und ich beschloss, mich zukünftig noch mehr anzustrengen, um ihm zu beweisen, dass ich des von ihm verliehenen Titels würdig war:

Beste Freundin.

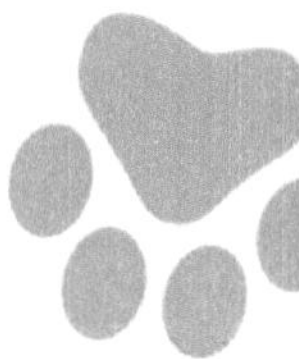

EPILOG

Als ich am nächsten Morgen aufwachte, schwebte ich wie auf Wolken. Natürlich verrät eine Dame nichts, sie genießt und schweigt, aber sagen wir einfach, die Hochzeitsnacht hatte meine Erwartungen mehr als übertroffen.

Ich war mehr denn je in meinen Mann verliebt und konnte es kaum erwarten, die nächsten zehn Tage mit ihm zu verbringen und, frei von beruflichen und familiären Verpflichtungen, unser neues gemeinsames Leben zu beginnen.

Die letzte Nacht hatten wir in seinem Haus verbracht, um etwas Privatsphäre zu genießen, aber vor dem offiziellen Aufbruch in die Flitterwochen wollte ich natürlich noch bei mir vorbeischauen, um mich von jedem meiner Lieben zu verabschieden.

Alle waren schon auf den Beinen und warteten begierig

darauf, mir all die wunderbaren Fotos zu zeigen, die sie am Vortag geschossen hatten. Darauf freute ich mich natürlich ebenfalls, aber das würde warten müssen. Mindestens noch zehn Tage.

„Ich liebe euch“, versicherte ich der kleinen Truppe, bestehend aus Großmutter, Grant, Oma Lyn, Mom, Dad, Mags, Sharon und Christine, fünf überwiegend glücklichen Katzen und einem sehr aufgeregten kleinen Hund, „aber das müssen wir bis nach meiner Rückkehr verschieben. Bis dahin, tschüss allerseits.“

Charles hob mich hoch und trug mich über die Schwelle – allerdings in die falsche Richtung, nämlich wieder nach draußen. Auf der Beifahrerseite seines Wagens setzte er mich ab und öffnete mir mit einer ausladenden, ritterlichen Geste die Tür. „Meine Dame.“

Ich kicherte, stieg ein und legte den Sicherheitsgurt an.

Mein Mann startete das Auto, und alle versammelten sich auf der Veranda, um uns zum Abschied zuzuwinken. Sogar Paisley hob ihr kleines Pfötchen, natürlich mit Grandmas Hilfe. Und das allerbeste war: Ich entdeckte Pringle, der sich hinter dem Haus versteckt hatte, wie er auf und ab sprang und mit beiden Armen wedelte.

„Sollen wir, Mrs Longfellow?“, fragte mein Mann, und ein riesiges Grinsen machte sich auf seinem attraktiven Gesicht breit.

„Ja, Mr Longfellow, lass uns los ... ey, was soll das denn?“, schrie ich überrascht auf, als ein gigantischer weißer Fleck auf der Windschutzscheibe landete.

Schnell schnallte ich mich ab, öffnete die Tür und stürzte

hinaus, gerade noch rechtzeitig, um einen weißen Blitz über dem Dach davonfliegen zu sehen. „Hahaha“, krächzte Alpha siegessicher aus der Ferne, bevor er endgültig verschwand. „Volltreffer!“

Tja ... so wie es aussah, hatte er seine Rache doch noch bekommen ...

DER FLUCH DER FLITTERWOCHEN

Das historische alte Herrenhaus aus Sandstein, das Charles und ich für unsere einwöchigen Flitterwochen gebucht haben, scheint einem Märchen entsprungen zu sein.

Das heißt, bis es anfängt, auseinanderzufallen ... *und das im wahrsten Sinne des Wortes.* Bereits in unserer ersten Nacht bricht das Treppenhaus direkt unter meinem armen Mann zusammen, und es grenzt schon fast an ein Wunder, dass er sich nicht ernsthaft verletzt hat.

Ich schlage vor, dass wir uns eine andere Unterkunft suchen, aber Charles versichert mir, dass es ihm gutgeht und er die

Woche hier irgendwie überstehen wird. Und als wir dann auch noch im Garten über ein herrenloses Kätzchen stolpern, das verzweifelt nach seiner verschwundenen Mama ruft, hat sich das mit dem Quartierwechsel vorerst eh erledigt.

Wir können das Kleine nicht einfach zurücklassen, jedoch genauso wenig hierbleiben, vor allem nicht, weil tödliche Gerüchte die Runde machen. War das, was Charles passiert ist, wirklich ein Unfall? Ist er das eigentliche Ziel, oder …?

Es wird Zeit, die Mutter des Kätzchens zu finden und zu verschwinden. Ich habe gerade erst geheiratet und bin definitiv nicht bereit, jetzt schon Witwe zu werden!

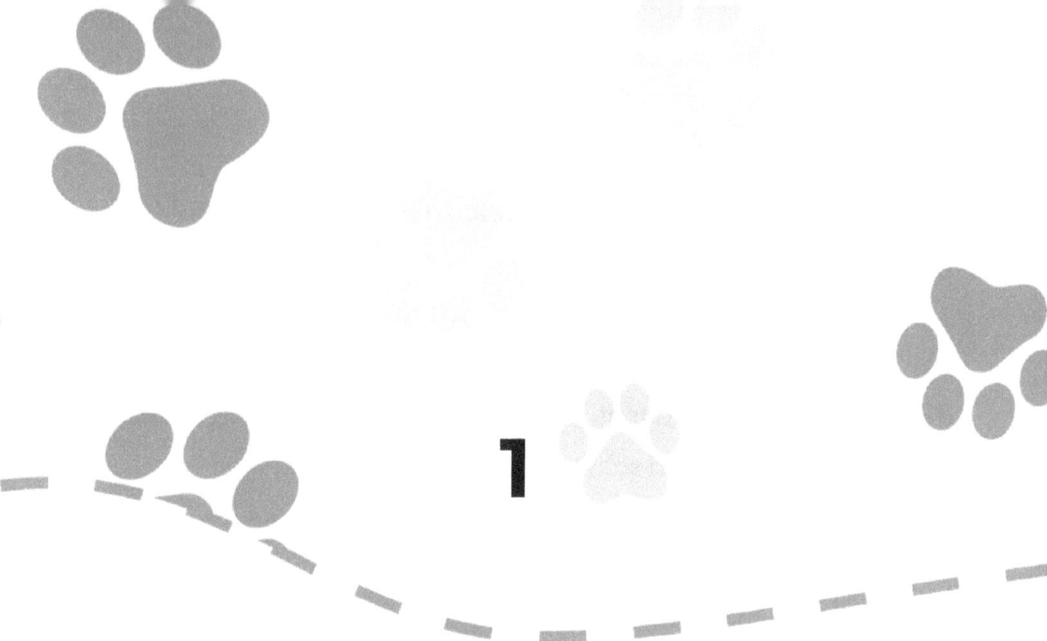

1

Mein Name ist Angie Longfellow. Ja, seit vorgestern ist es offiziell ... Ich bin eine verheiratete Frau, die sich mit ihrem frisch angetrauten Ehemann an ihrer Seite auf dem Weg in die Luxusflitterwochen befindet.

Irgendwie kann ich es immer noch nicht fassen, dass ich tatsächlich Ja gesagt habe.

Diese Hochzeit war wahrscheinlich die normalste Sache, die ich je in meinem Leben getan habe, fühlt sich aber gleichzeitig wie das größte Abenteuer an.

Und das will schon etwas heißen, wenn man bedenkt, dass ich aufgrund meiner Unentschlossenheit, was meine berufliche Laufbahn anbelangte, sieben akademische Abschlüsse erwarb, meine eigene Privatdetektei gründete und heimlich mit Tieren spreche.

Ihr wundert euch über den letzten Teil dieser Aussage? Okay, lasst es mich erklären …

Alles begann mit einer Testamentseröffnung in der Anwaltskanzlei, in der ich damals als eine Art Fachangestellte arbeitete – derselben Kanzlei übrigens, in der ich meinen zukünftigen Mann kennenlernte. Aber ich schweife schon wieder ab …

Als bessere Hilfskraft war es meine Aufgabe, stets für frischen Kaffee zu sorgen. Die Partner hatten seit geraumer Zeit keine neuen Geräte mehr angeschafft und besagte Kaffeemaschine von daher schon etliche Jahre auf dem Buckel. Als ich sie einzuschalten versuchte, verpasste das verdammte Ding mir einen Stromschlag, und ich wurde ohnmächtig.

Kaum dass ich wieder zu mir gekommen war, stieg mir der Geruch von Thunfisch in die Nase, und jemand redete mit äußerst herablassender Stimme auf mich ein. Damals wusste ich noch nicht, dass es sich bei dem Sprecher um Octavius handelte, den über alles geliebten Kater der Verstorbenen. Er erzählte mir, dass seine Besitzerin ermordet worden sei und zwang mich mehr oder weniger dazu, ihm bei der Aufklärung des Verbrechens zu helfen, um Gerechtigkeit für die alte Dame zu erlangen.

Wer von euch Katzen ebenso gut kennt wie ich, weiß, dass ein Nein in deren Wortschatz nicht existiert. Octavius stellt da keine Ausnahme dar. Also musste ich mich wohl oder übel in mein Schicksal fügen, und gemeinsam mit ihm löste ich den Fall. Tja, soll ich sagen … wir wurden Freunde. Daraufhin bat der Nachlassverwalter des Anwesens mich, den kleinen Kerl doch zu adoptieren und ich willigte freudig ein, noch bevor ich wusste, dass sein Frauchen ihm einen großzügigen Treuhandfonds hinterlassen hatte.

Und so zogen Octocat – so nannte ich ihn fortan, weil sein richtiger Name ein wahrer Zungenbrecher war – und ich, auf seinen Wunsch hin, in das villenartige Herrenhaus seiner ehemaligen Besitzerin ein. Wir wurden zudem auch noch Partner im Verbrechen … oder besser gesagt, Partner im Aufklären von Verbrechen. Ja, stellt euch vor, mittlerweile leiten wir unsere eigene Privatdetektei. Zwar sind wir uns nicht immer einig, was die Vorgehensweise anbelangt, aber irgendwie bekommen wir den Job stets gebacken.

Und dank meiner seltsamen Fähigkeit, mit Tieren sprechen zu können, habe ich dann auch meinen frisch gebackenen Ehemann kennengelernt. Er bekam nämlich zufällig mit, wie ich mich im Büro über FaceTime mit meinem Kater unterhielt und nutzte dieses neu gewonnene Wissen, um mich zu erpressen. Ich sollte ihm bei seinem aktuellen schwierigen Fall zu helfen.

Ehrlich gesagt, er hätte mich auch einfach nur höflich zu bitten brauchen. Ich war damals schon heftig in ihn verknallt und hätte eh jede Gelegenheit genutzt, um mehr Zeit mit ihm verbringen zu können. Und Zeit haben wir jetzt auf unserer langen zweitägigen Fahrt von Maine nach Virginia reichlich.

Meine Mom und mein Dad hatten für uns extra eine wunderschöne Privatvilla gebucht, die wir eine Woche lang ganz für uns allein haben würden, um die Ära unseres neuen Eheglücks einzuläuten. Es war derselbe Ort, an dem auch sie schon vor über dreißig Jahren ihre Flitterwochen verbrachten, was mir ein gutes

Zeichen zu sein schien, denn die beiden waren nach wie vor wahnsinnig ineinander verliebt.

Natürlich werde ich all meine Lieben, die ich in diesen paar Tagen zu Hause zurücklassen musste, wahnsinnig vermissen, weiß aber auch, dass sie bei Grandma in besten Händen sind. Und die kann zum Glück all das Gemurre und Gemaule, mit dem Octocat sowie Jacques und Jillianne, Charles' Nacktkatzen, sie mit Sicherheit bombardieren werden, nicht verstehen. Allein ist sie ebenfalls nicht. Gesellschaft leisten ihr der süße kleine Hund Paisley, den sie aus dem Tierheim gerettet hat, sowie ihr frisch angetrauter Überraschungsehemann Grant samt seines Kaninchens Nini. Full House, würde ich sagen.

Trotzdem werde ich bestimmt mindestens einmal am Tag anrufen, um als Übersetzer und Vermittler zu fungieren, obwohl meine kämpferische Großmutter mit Sicherheit auch allein mit allem klarkommt ... vorausgesetzt, unser weiterer Mitbewohner, ein Waschbär namens Pringle, führt sich anständig auf. In letzter Zeit hat er mit Hilfe eines bestimmten Zwölf-Schritte-Programms ein neues Kapitel in Sachen gutes Benehmen aufgeschlagen, und kürzlich haben wir sogar einen sehr herzlichen Moment der Verbundenheit geteilt. Leider gibt er seiner Neigung, zu tratschen und zu stehlen, immer noch viel zu oft nach.

Aber nein, das wird schon.

Ich sollte aufhören, mir Gedanken über all diejenigen zu machen, die wir in Maine zurückgelassen haben, und mich auf die wunderbare Zeit in Virginia konzentrieren, die vor mir liegt. Es sind meine Flitterwochen, und mein Mann verdient meine volle Aufmerksamkeit. Und mir wird diese kleine Pause von all dem häuslichen Drama und Chaos bestimmt ebenfalls gut tun. Nach meiner Rückkehr ist immer noch Zeit, sich um sämtliche Baustellen zu kümmern.

Jetzt dreht sich alles nur um mein neues Leben als frischgebackene Ehefrau.

* * *

„Schau dir nur diese Bäume an", staunte ich und deutete aus dem Seitenfenster, als Charles und ich uns unserem Ziel näherten. Nur noch eine knappe Stunde bis zu der alten herrschaftlichen Villa, in der wir die nächsten Tage verbringen würden, und ich war ganz hibbelig vor Aufregung. „Sie bereiten sich auf den Herbst vor."

„Bis dahin dauert es aber noch eine ganze Weile", entgegnete er, während er am Radio herumfummelte.

Ich schüttelte den Kopf und zeigte erneut auf die Farbenpracht. „Nein, das ist eine völlig andere Sorte Gehölz. Solche Bäume gibt es bei uns in der Blueberry Bay überhaupt nicht."

„Touché." Er lachte. „Ich werde es dir überlassen, die Wälder *und* Bäume zu identifizieren."

„Vergiss es, die Detektivin hat Urlaub." Ich lachte ebenfalls. „Keine Schnüffeleien diese Woche, versprochen."

Ich griff nach seiner Hand, die sich noch immer am Radio zu schaffen machte – die andere lag natürlich auf dem Lenkrad –

und versprach: „In den nächsten sieben Tagen geht es nur um dich und mich, und um nichts anderes."

„Die Idee gefällt mir", sagte er in einem zweideutigen Tonfall, hob unsere verschränkten Hände an seine Lippen und drückte mir einen Kuss auf den Handrücken. „Gleich haben wir es geschafft. In weniger als fünfzig Kilometern kommt eine Abzweigung, und von dort aus sollte es nur noch ein Katzensprung bis zu unserem kleinen Paradies sein."

„Was werden wir nach unserer Ankunft als Erstes tun?"

„Das ist doch wohl keine Frage, Mrs Longfellow." Er zwinkerte mir verschwörerisch zu und richtete dann den Blick wieder auf die Straße.

Hitze stieg mir in die Wangen. Ich war noch nicht wirklich mit der Rolle der Ehefrau und all ihren Feinheiten vertraut, und über gewisse Dinge offen zu reden, war mir irgendwie peinlich.

Also lenkte ich das Gespräch in eine weniger verfängliche Richtung. „Ich meine *danach?* Ich habe schon mal auf Trip Advisor recherchiert. Hier in der Gegend bieten sie jede Menge historische Führungen an, zudem gibt es ein paar wirkliche nette Restaurants, und …"

Charles drückte meine Hand. „Wir sind in den Flitterwochen, Angie. Lass uns die Tage nicht mit irgendwelchen Besichtigungen und Ausflügen vollstopfen, sondern einfach entspannen und die Gesellschaft des jeweils anderen genießen."

Ich rutschte auf meinem Sitz hin und her. „Entspannen, genau. Das kriege ich hin."

Er lachte gutmütig auf. „Natürlich kriegst du das hin. Wenn

sich sogar dein arbeitssüchtiger Ehemann vom Job loseisen kann, sollte dir das auch gelingen.“

„Richtig“, sagte ich und nickte so heftig mit dem Kopf, dass wir beide kichern mussten. „Diese Woche geht es nur um uns, aber könnten wir trotzdem einige der lokalen Restaurants ausprobieren? Ich kann es kaum erwarten, wenigstens einmal diese typischen Südstaaten-Käsebrötchen mit Hacksauce zu probieren.“

„Natürlich! Sogar jeden Tag, wenn du möchtest. Wir brauchen ja etwas Herzhaftes, um bei Kräften zu bleiben zwischen … na ja, du weißt schon.“

Bei dieser Andeutung errötete ich erneut, und meine Wangen glühten förmlich.

„Oh, Angie Longfellow, ich liebe dich. Versprich mir, dass du dich nie ändern wirst“, sagte mein Mann, bevor er meine Hand losließ und mir liebevoll über die Schulter strich.

Nie ändern? Kurzzeitig sollte das funktionieren, aber könnte ich es eine komplette Woche lang durchhalten?

Tja, ich schätze, das wird sich zeigen.

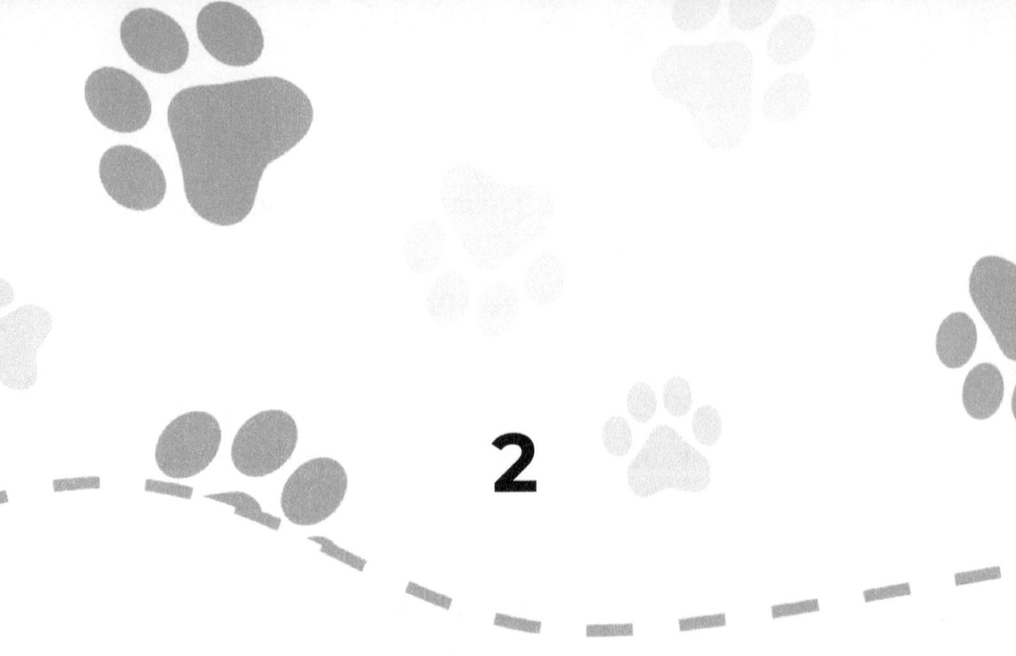

2

„Da ist es!“, rief ich aufgeregt, als die steinerne Villa in Sichtweite kam. Obwohl wir den Trip auf zwei Tage aufgeteilt hatten, war jede der Strecken schrecklich lang gewesen. Und jetzt, wo wir unser Ziel endlich erreicht hatten, konnte ich es kaum erwarten, auszusteigen und mir alles anzusehen.

„Bist du dir sicher, dass wir hier richtig sind?“ Charles verlangsamte das Tempo, und wir starrten beide wie gebannt auf das Grundstück vor uns. „Schau mal all die Autos an. Eigentlich sollten wir das Haus doch für uns allein haben.“

Ich tat seine besorgte Äußerung mit einer schnellen Handbewegung ab. „Die gehören bestimmt dem Personal, das alles für unseren Aufenthalt vorbereitet. Gib ihnen ein gutes Trinkgeld, damit es nicht peinlich wird, okay?“

„Klar.“ Er fuhr auf den kleinen Schotterparkplatz und parkte neben einem alten Lastwagen. Dann kramte er in seiner Brieftasche nach etwas Bargeld und steckte es griffbereit in seine Hosentasche.

Ich sprang aus dem Wagen und quietschte auf. „*Yeah!* Noch kann ich kaum glauben, dass wir tatsächlich hier sind."

Charles stieg ebenfalls aus und öffnete den Kofferraum, um unser Gepäck auszuladen. „Glaub es ruhig. Für meine geliebte Gattin nur das Beste."

Ich griff nach meinem überdimensionalen Koffer, während er zwei ebenfalls prall gefüllte Reisetaschen aus dem Auto wuchtete. „Sieh dir nur diesen Garten an. Er ist noch viel schöner, als Mom ihn beschrieben hat. Ist das etwa eine Hortensie? Was für ein Prachtexemplar!"

„Wir können deine Brötchen mit Sauce morgen früh hier draußen zu uns nehmen und dabei den Sonnenaufgang genießen. Klingt das nach einem Plan?"

„Grundsätzlich ja, Liebling, aber am ersten Tag würde ich gerne ausschlafen. Nehmen wir uns das besser für übermorgen vor, einverstanden?" Als ich mich zu ihm umdrehte, entdeckte ich ein breites Lächeln auf seinem attraktiven Gesicht.

„Unglaublich, wie groß diese Villa ist", murmelte er und betrachtete sie eingehend. Auch ich ließ meinen Blick über unser Domizil für die kommende Woche schweifen und sog all seine Pracht und Raffinesse in mich auf. Es stellte eine bunte Mischung aus verschiedenen architektonischen Stilen dar und ließ sich am ehesten zwischen einer schottischen Burg und einem Kolonialhaus ansiedeln. Wer auch immer es erbaut hatte, schien ein absoluter Freigeist gewesen zu sein, und ein kreativer noch dazu. Von daher würde es mich nicht wundern, wenn wir während unseres Aufenthaltes auf ein paar Falltüren oder Geheimgänge stießen. Darauf, diese zu erkunden, freute ich mich jetzt schon.

Als wir die Schwelle erreichten, hielten wir kurz inne, um uns zu sammeln. Ich strich mir eine lose Haarsträhne hinters Ohr und musterte die leuchtend grüne Eingangstür. „Ich schätze, wir klopfen einfach an? Oder gehen wir direkt rein? Mom hatte keine Informationen bezüglich der Schlüsselübergabe, und auch ich konnte auf Airbnb nichts finden."

Charles trat vor, räusperte sich und hämmerte gegen die Tür.

Fast augenblicklich wurde sie aufgerissen, und wir fanden uns einer kleinen alten Dame mit blauem Haar und einer dicken Brille gegenüber. Sie lächelte uns an, wandte sich dann dem Inneren des Hauses zu und brüllte: „Billy, die Flitterwöchner sind da!"

Ein dickbäuchiger Mann mittleren Alters kam herangeschlurft, schnappte sich allerdings nur meinen Koffer und überließ es Charles, sich um die Taschen zu kümmern. Aufgeregt stellte ich mich auf die Zehenspitzen und drückte meinem Mann einen Kuss auf die Wange. „Einfach nur genial. Eine Woche lang gehört dieses Haus nur uns!"

„Wie war das, Liebes?", mischte die alte Dame sich ein.

„Oh, bitte entschuldigen Sie. Wir freuen uns einfach so sehr, diese wunderschöne Villa eine ganze Woche lang nur für uns zu haben und uneingeschränkt nutzen zu dürfen", erklärte ich mit einem verlegenen Lächeln.

„Das dürfen Sie nicht“, informierte uns der Mann, den sie Billy genannt hatte. „Die zweite Etage und auch der Dachboden sind für Gäste tabu. Sie werden sich also nur in Ihrem Zimmer, den gemeinschaftlich genutzten Räumen und den Gärten aufhalten.“

„Moment mal ... *Unser Zimmer?*“, krächzte ich entsetzt.

Charles schaltete sofort in den Anwaltsmodus. „Ich glaube, hier liegt ein Missverständnis vor. Das sind unsere Flitterwochen, und die Eltern meiner Frau haben ausdrücklich das gesamte Haus für die komplette Woche reserviert. Das war ihr Hochzeitsgeschenk an uns.“

„Von unserer Seite aus liegt da kein Missverständnis vor“, sagte die alte Frau, nahm ihre Brille ab und polierte sie am Saum ihres T-Shirts. „Solch ein Anwesen zu unterhalten, kostet eine Menge Geld, zumal es unter Denkmalschutz steht. Und der Garten erst. Gute Gärtner sind nicht billig.“

Mein Herz sank, als mir klar wurde, was sie damit anzudeuten versuchte. „Also haben Sie es in ein B&B umgewandelt, um die Rechnungen bezahlen zu können?“

„Ja, vor etwa fünf Jahren. Anscheinend war Ihre Mutter schon eine geraume Weile nicht mehr hier. Sie kann doch nicht ernsthaft geglaubt haben, dass sie zum Preis eines einzelnen Zimmers das komplette Haus angemietet hat? Der Witz war gut.“ Sie beugte sich vor und klopfte sich auf die Oberschenkel.

„Um von der Reservierung zurückzutreten, hätten sie vor zwei Wochen stornieren müssen. So kurzfristig können wir das leider nicht akzeptieren. Wollen Sie das Zimmer jetzt haben oder nicht?“ Billy schniefte desinteressiert.

Ich schaute zu Charles hinüber. Da uns offensichtlich keine Privatsphäre zugestanden wurde, um uns in Ruhe besprechen zu können, mussten wir hier und jetzt eine Entscheidung treffen.

„Wir nehmen es“, sagte er entschieden und warf mir einen bedeutungsvollen Blick zu, den ich in diesem Moment allerdings nur schwer zu deuten vermochte.

Billy nickte und ging auf eine schmale Treppe zu. „Sehr gut. Wenn Sie mir dann bitte folgen würden?“

Wir trabten ihm brav hinterher, hinauf in den ersten Stock. Vor einer verschlossenen Tür am Ende des Flurs blieb er stehen. „Sie bekommen zwar nur ein Zimmer, dafür jedoch unser Bestes“, erklärte er beinahe entschuldigend, während er den Schlüssel im Schloss drehte und uns öffnete.

Ich trat ein, und mir stockte der Atem, als ich das überdimensionale Himmelbett mit den zarten Spitzenvorhängen entdeckte. Der komplette Raum war wie eine Zeitkapsel, die uns direkt in die Anfänge unserer Republik zurückkatapultierte und uns vor Augen führte, in welchem Luxus das eine Prozent der reichen Bevölkerung damals schwelgte. Blaue Blütenranken tanzten über die Tapete, und der honigfarbene Eichenholzboden schien ebenfalls noch aus jener Zeit zu stammen. Am meisten beeindruckte mich jedoch der gemauerte Kamin gegenüber dem Bett, vor dem ein wunderschöner antiker Liegesessel zum Entspannen einlud.

„Hübsch, was?“, grunzte Billy, als er meinen Koffer auf die Schlafstatt warf.

„Ich liebe es“, gestand ich und drehte mich im Kreis, um sämtliche Details in mich aufzunehmen.

„Vielen Dank für Ihre Hilfe“, sagte Charles, schüttelte dem Bediensteten die Hand und steckte ihm dabei wahrscheinlich ein kleines Trinkgeld zu.

„Abendessen wird pünktlich um acht serviert, falls Sie sich anschließen möchten. Es ist im Preis inbegriffen.“

Das weckte meine Neugier. „Was steht denn heute auf der Speisekarte?“

„Es gibt keine Speisekarte. Das hier ist kein Restaurant.“ Er bedachte mich mit einem Blick, der keinen Zweifel daran ließ, dass die Gastronomie nicht seine erste Berufswahl war. „Wir essen alle dasselbe. Wenn Sie also auf gluten-, nuss-, milch- oder fleischfreie Mahlzeiten bestehen, sollten Sie besser woanders hingehen. Wer jedoch nicht pingelig ist, wird Madame Blues Küche lieben.“

Die Art und Weise, wie er diese Einladung aussprach, ließ mich überrascht zusammenzucken. „Madame Blue? Ist das …?“

„Genau, die Dame, die Sie unten bereits kennenlernen durften. Seien Sie versichert, sie ist eine wesentlich bessere Köchin als Gastgeberin. Deshalb bin ja auch ich hier, zu ihrer Unterstützung.“

Genau, weil er den Inbegriff von Gastfreundschaft darstellte.

„Okay, nochmals vielen Dank für Ihre Hilfe.“ Charles bewegte sich in Richtung Tür, und glücklicherweise verstand der Typ den subtilen Hinweis und folgte ihm. „Wie gesagt, mein Name ist Bill. Sollten Sie etwas brauchen, rufen Sie einfach.“

Ich lächelte und winkte ihm kurz zu, bevor er sich endgültig zurückzog und die Tür hinter sich zuknallte.

Charles drehte sich mit irritiertem Blick zu mir um. „Tja, offensichtlich liegen die Dinge etwas anders als erwartet“, sagte er seufzend. „Ich dachte mir, wir sollten es zumindest vorerst nehmen, damit wir einen privaten Rückzugsort haben, um unsere Optionen zu besprechen. Wir können uns aber auch gerne ein anderes Quartier suchen, wenn dir das lieber wäre.“

„Schon gut, mir gefällt es hier. Und du wolltest doch sowieso die meiste Zeit auf dem Zimmer verbringen, oder?“ Ich ließ mich auf dem Bett nieder und klopfte neben mir auf die Matratze. „Dann komm doch zu mir, Mr Longfellow.“

3

Nachdem wir ein wenig Zeit für uns hatten, beschlossen Charles und ich, uns einmal im Garten umzusehen. Hand in Hand gingen wir nach draußen und schlenderten hinüber zu einem Paar steinerner Amor-Statuen, die inmitten eines Beetes mit leuchtend gelben Rosen standen.

„Wenn ich mich hier so umsehe, sollte ich unbedingt mehr aus unserem Garten zu Hause machen", seufzte ich und bückte mich, um den süßen Duft der Blumen einzuatmen. Dabei scheuchte ich eine fette Biene auf, die es sich offensichtlich zwischen den Blütenblättern gemütlich gemacht hatte. Erschrocken zuckte ich zurück und hoffte, sie nicht zu sehr verärgert zu haben.

„O Gott, bitte sei vorsichtig. Ich bin hochgradig allergisch gegen Bienen!", brüllte Charles in diesem Moment, stolperte rückwärts und fuchtelte wie wild mit den Armen in der Luft herum.

„Wirklich? Tut mir leid, aber das wusste ich bisher noch nicht." Ich legte den Kopf schief und musterte ihn eindringlich.

„Weil wir zu Hause nur ein Minimum an Beeten haben, und daran sollte wir auch nicht unbedingt etwas ändern."

„Na ja, besser eine Allergie gegen Bienen als gegen Schalentiere, schätze ich mal. Octocat würde es dir nie verzeihen, wenn wir deinetwegen zukünftig auf seine geliebten Hummerbrötchen aus dem Little Diner verzichten müssten." Der Gedanke an meinen mürrischen Kater entlockte mir ein Lächeln. Unglaublich, aber ich vermisste ihn jetzt schon. „Wollen wir lieber wieder reingehen?"

Er schüttelte energisch den Kopf. „Nein. Solange ich nicht von einem kompletten Bienenschwarm gestochen werde, sollte es keine tödlichen Folgen haben. Wenn meine Frau die Gärten genießen möchte, dann machen wir das auch. Für den schlimmsten Fall der Fälle habe ich auch immer einen EpiPen in der Tasche."

„Einen EpiPen?" Stirnrunzelnd sah ich zu ihm auf. „Das klingt ziemlich ernst."

„Ist eine reine Vorsichtsmaßnahme. Du kennst mich doch. Ich bin immer auf alle Eventualitäten vorbereitet, wie ein waschechter Pfadfinder." Als er meinen entsetzten Blick bemerkte, ruderte er schnell zurück. „Keine Angst, mir passiert schon nichts, versprochen. Sieh mal, da sind die Hortensien, die dir beim Reinkommen schon aufgefallen sind.“ Er deutete auf die rosafarbenen Blütenbälle und steuerte darauf zu.

Kopfschüttelnd folgte ich ihm. Warum vertraute er mir das mit seiner Allergie jetzt erst an? Mom hatte uns doch in aller Ausführlichkeit die Schönheit und den Pflanzenreichtum dieses Ortes geschildert. Spätestens da hätte er hellhörig werden müssen.

Zumindest daran hatte sich nichts geändert. Grasbewachsene Wege führten durch eine Fülle von Sträuchern und Blumen. Ich erblickte eine solch große Vielfalt in sämtlichen Größen und Farben, dass ich jedes Mal, wenn wir auf dem gewundenen Pfad um eine weitere Ecke bogen, einen neuen Favoriten entdeckte.

Als wir uns der roten Backsteinmauer näherten, die das Grundstück umsäumte, kam mir eine Idee, die mich dazu veranlasste, mein Handy zu zücken und eine schnelle Websuche durchzuführen. Ich blieb stehen, um die Informationen auf dem Bildschirm durchzulesen, während Charles weiter vorwärtsschritt.

Als ich aufblickte, um ihm meine neuesten Erkenntnisse mitzuteilen, war er nirgends mehr zu sehen. „Charles?“, rief ich und reckte den Hals, um nach ihm Ausschau zu halten.

„Hier drüben“, ertönte seine leise Stimme. Er erhob sich und winkte mir zu.

Ich ging auf ihn zu. „Hier gibt es alle Arten von Blumen, die sich nicht bestäuben lassen. In diesen Blüten können Bienen keinen Honig sammeln.“ Ich zeigte ihm die Früchte meiner

Forschung. „Wir könnten unseren Garten immer noch verschönern, solange wir darauf achten, dass wir diese ..."

„Psst", sagte er, hob einen Finger an die Lippen und deutete vor sich auf den Boden.

Ich verstummte und trat neugierig näher.

„Siehst du?", flüsterte er und deutete auf ein Kleebeet vor der Ziegelmauer.

Ich kniff die Augen zusammen und erspähte eine winzige schwarze, träge in die Luft gereckte Pfote. „Ist das ...?"

„Ein Kätzchen", bestätigte er und hockte sich wieder hin, um die kleine Fellnase beim Schlafen zu beobachten.

„Was hat das denn hier zu suchen?", fragte ich erstaunt, obwohl offensichtlich war, dass er die Antwort ebenfalls nicht wusste. „Meinst du, es ist ein Streuner?"

Vorsichtig streckte er einen Finger aus und streichelte über den weißen Fellfleck auf seiner Brust. „Keine Ahnung. Du könntest es ja mal fragen."

Obwohl das natürlich ein guter Vorschlag war, zögerte ich. „Sicher, dass es dir nichts ausmachen würde? Eigentlich hatten wir uns doch darauf geeinigt, diese Woche alles außen vor zu lassen, was auch nur annähernd mit unserer Arbeit zu tun hat."

„Deine Bindung zu Tieren ist ein Teil dessen, was dich ausmacht. Es ist nichts, was man nach Belieben ein- oder ausschalten könnte. Außerdem interessiert es mich ebenfalls, was er hier so ganz allein zu suchen hat."

„Nicht er. *Sie.* Es ist ein Mädchen", stellte ich klar und beobachtete, wie sich die wuschelige kleine Brust mit jedem Atemzug hob und senkte.

„Woher weißt du das?“ Sein Blick wanderte von mir zu dem Kätzchen und wieder zurück.

„Keine Ahnung, ich weiß es einfach. Soll ich sie mal aufwecken, um Hallo zu sagen?“

Er erhob sich. „Warum nicht? Ich passe in der Zwischenzeit auf, dass keine neugierigen Gäste vorbeikommen und dich stören.“

„Gute Idee“, murmelte ich, aber Charles war bereits um die nächste Wegbiegung verschwunden.

Eigentlich lautete das Sprichwort ja, man solle keine schlafenden Hunde wecken, aber das traf auf Katzen ebenso zu. Octocat hatte mir diese Lektion auf die harte Tour beigebracht – und gleich mehrfach. Dieses Kätzchen jedoch war so klein und schien Hilfe zu benötigen, von daher hatte es hoffentlich noch nicht denselben Vorrat an Flüchen auf Lager wie mein Felltiger.

Vorsichtig legte ich eine Hand auf seine Seite und spürte die Vibration eines grollenden Schnurrens an meinen Fingern. Das war schon einmal ein gutes Zeichen.

„Hallo, Kleines“, sprach ich es an und wartete auf eine weitere Reaktion, aber es schien nach wie vor tief und fest zu schlafen.

Also streichelte ich erneut über sein samtiges Fell. „Hallo. Mein Name ist Angie, und ich bin eine Freundin“, fuhr ich fort und verstärkte den Druck, in der Hoffnung, es dadurch wecken zu können.

Schließlich blinzelte es, und zwei gelbe Augen starrten mich an. „Wo ist meine Mami?“, wimmerte es und klang derart trostlos, dass mir das Herz brach.

„Hallo, Schlafmütze. Ich kann dir helfen, sie zu finden. Wo und wann hast du sie zuletzt gesehen?“

Es rührte sich nicht von der Stelle und wirkte sehr schwach. „Sie sagte mir, ich solle am Zaun warten, aber sie ist nicht zurückgekommen. Es ist schon sehr lange her.“

„Hast du Geschwister? Sind sie auch hier irgendwo?“ Und schon war ich wieder voll in meinem Rettungsmodus, wusste aber zum Glück, dass Charles voll und ganz hinter mir stand. Immerhin war er es gewesen, der die Kleine entdeckt hatte.

Das Kätzchen holte erst einmal tief Luft, bevor es mir antwortete. „Es gibt nur noch meine Mami und mich. Meine Brüder und Schwestern wurden von einer netten Dame weggebracht, während Mommy Essen für uns organisieren wollte. Und weil ich so ganz allein Angst hatte, habe ich mich versteckt.“

„Also vor mir brauchst du keine Angst zu haben“, versicherte ich ihr und bedachte sie mit einem breiten, hoffentlich zuversichtliches Lächeln, wobei ich darauf achtete, dass mein Mund geschlossen war. Der Anblick von Zähnen trieb Tiere oft in die Defensive. „Wir werden gemeinsam nach deiner Mama suchen. Aber zuerst einmal … du bist bestimmt hungrig, oder?“

Diese Bemerkung brachte die Kleine dazu, sich aufzurichten und zu strecken. „O ja, sehr sogar.“

„Dann lass uns doch mal nachsehen, ob Madame Blue ein wenig Milch erübrigen kann“, sagte ich und war selbst erstaunt darüber, dass ich mir ihren Namen merken konnte, obwohl ich ihn nur einmal gehört hatte. „Aber bevor wir reingehen … würdest du mir verraten, wie du heißt?"

„Charlene", antwortete sie mit einem Gähnen, als sie ihre Dehnübungen beendet hatte. „Und der Name meiner Mutter ist Mommy. Ich vermisse sie so sehr. Glaubst du, wir finden sie bald?"

„Ich werde alles in meiner Macht Stehende tun, um dir dabei zu helfen, aber zuerst organisieren wir dir etwas zu essen. Mit vollem Bauch wirst du dich gleich besser fühlen."

Das Kätzchen nickte. „Okay."

„Würde es dir etwas ausmachen, wenn ich dich ins Haus trage?", fragte ich sie. Charlene war offensichtlich als Streunerin geboren worden und ich wollte sie nicht verängstigen, indem ich sie ohne vorherige Erlaubnis auf den Arm nahm.

„Okay, aber bitte sei vorsichtig", quiekte sie.

Ich beugte mich zu ihr herunter und hob sie behutsam hoch. Sie war so winzig, dass sie praktisch in meine Handfläche passte. „Alles gut. Ich habe dich und werde nicht eher ruhen, bis ich dich in Sicherheit weiß."

4

Als Erstes begab ich mich zu meinem Mann, um ihm unser Findelkind vorzustellen. „Charles, das ist Charlene. Sie hat ihre Mutter verloren, aber wir werden ihr helfen, sie zu finden."

„Natürlich werden wir das", gurrte Charles und strich der Kleinen mit den Fingerknöcheln über den Kopf, so wie er es bei seinen Sphynx-Katzen zu tun pflegte.

„Was macht er da?", rief Charlene panisch aus und drückte sich gegen meine Brust.

„Er sagt nur Hallo", versicherte ich ihr. „Charles ist mein Mann und derjenige, der dich gefunden hat."

Sie rümpfte die Nase und schien nachzudenken. „Warum klingt sein Name so ähnlich wie meiner?"

Ich schmunzelte. „Keine Ahnung. Ist wahrscheinlich nur Zufall. Jetzt musst du aber ruhig sein, denn wir gehen ins Haus.

Und sobald wir drinnen sind, kann ich nicht mehr mit dir reden."

„Warum nicht?"

„Weil die meisten Menschen nicht mit Katzen sprechen können. Die Bewohner hier könnten es seltsam finden oder sogar Angst bekommen, und wir wollen doch kein Aufsehen erregen, sondern dich lediglich füttern und uns dann auf die Suche nach deiner Mami machen, oder?"

Auch darüber schien sie kurz nachzugrübeln. Dann jedoch ließ die Anspannung in ihrem winzigen Körper nach und sie stimmte zu: „Okay. Ich werde schweigen."

Während Charles die Haustür für uns aufhielt, streichelte ich ihr nochmals beruhigend über das Köpfchen. „Ich glaube, die Küche ist da hinten", sagte ich dann und wandte mich entschlossen nach rechts.

„Ich dachte, du hast gesagt, wir dürfen nicht reden", murmelte Charlene.

„Ganz ruhig, meine Kleine", gurrte ich wie eine Mutter, die ihrem Baby ein Schlaflied vorsingt. Wenn ich in Gegenwart von Leuten, die mein Geheimnis nicht kannten, mit Tieren sprach, dann für gewöhnlich mit einer niedlichen Kleinkinderstimme, wie jeder andere Tierbesitzer auch, ohne eine Antwort zu erwarten. Sie wusste das natürlich nicht, aber ich hoffte, dass meine Worte sie trotzdem beruhigen würden.

Tatsächlich sagte sie nichts weiter, und wir fanden problemlos die Küche. Die alte Frau, die Charles und mich vorhin hereingelassen hatte, stand, eine Schürze um ihre schmalen Hüften gebunden, am Herd und schien gerade das Abendessen vorzubereiten.

„Gäste haben hier nichts zu suchen", brüllte sie, als sie uns bemerkte.

Das Kätzchen in meinen Händen machte sich noch kleiner, ich jedoch schritt selbstbewusst auf sie zu. „Bitte entschuldigen Sie die Störung. Diese winzige Fellnase haben wir draußen im Garten gefunden. Sie scheint ihre Mutter verloren zu haben. Offensichtlich hat sie großen Hunger, und ich hatte gehofft, wir könnten ein wenig Milch für sie bekommen."

„Haustiere sind auf dem Grundstück nicht erlaubt", lautete ihre knappe Antwort, und sie machte sich nicht einmal die Mühe, die arme, bedürftige Kreatur anzuschauen.

Ich allerdings weigerte mich, so einfach aufzugeben. Sicherlich besaß diese Frau irgendwo in ihrer schrulligen Seele einen Funken Güte. „Sie ist kein Haustier. Wir haben sie gerade draußen entdeckt, und sie scheint sehr hungrig zu sein. Dürfte ich Sie um etwas Milch bitten ... wenn es Ihnen nichts ausmacht?"

„Doch, es macht mir etwas aus. Die historische Gesellschaft sucht nur nach einem Vorwand, mich als Verwalterin abzusetzen, und das Letzte, was ich gebrauchen kann, sind Beschwerden von Gästen über kleine schwarze Haare in ihrem Essen. Und jetzt raus mit Ihnen!" Madame Blue zwang uns mit ihrem kleinen Körper zurück in Richtung Tür und wedelte dazu bedrohlich mit einem Schneebesen, um ihren Standpunkt zu unterstreichen.

„Das lief ja nicht gerade gut", sagte ich und machte meinem Frust lautstark Luft.

„Dann fahre ich eben kurz in die Stadt und besorge ein paar Vorräte. Willst du hier bei Charlene bleiben?", bot mein Mann an, sobald wir außer Hörweite waren.

„Sie hat uns doch klipp und klar zu verstehen gegeben, dass auf dem Gelände keine Haustiere erlaubt sind", erinnerte ich ihn und verzog schmollend den Mund.

„Schön und gut, aber das ist Charlene ja auch nicht." Er streckte seine Hand aus, um ihr erneut über den Kopf zu streicheln, und dieses Mal schien sie es sogar zu genießen. „Sondern einfach eine Freundin, die unsere Hilfe benötigt. Trotzdem wäre es das Beste, du versteckst sie."

„Vielen Dank." Ich lehnte mich zu ihm hinüber, um ihn zu umarmen. „Schaffst du es bis zum Abendessen hin und zurück?"

Er schaute auf seine Handyuhr und runzelte die Stirn. „Wahrscheinlich nicht. Geh du einfach schon mal ohne mich runter. Sobald ich mit den Vorräten zurück bin, füttere ich Charlene und komme dann nach. Ach ja, ich werde unterwegs auch noch ein paar Snacks für uns einkaufen, nur für den Fall, dass Madame Blues Essen genauso schrecklich ist wie ihr Wesen."

Seine boshafte Bemerkung brachte mich zum Lächeln. „Ich dachte, die besondere Zutat in der Südstaatenküche sei die Liebe. Davon scheint sie allerdings noch nichts gehört zu haben."

„Alles wird gut", versicherte er mir und streichelte das Kätzchen ein letztes Mal. „Und wenn wir Charlenes Mami gefunden haben und unsere Gastgeberin dann immer noch so furchtbar ist, suchen wir uns für den Rest der Woche ein anderes Quartier. Einverstanden?“

Liebevoll lächelte ich ihn an. Einfach verblüffend, wie er sich selbst von solchen Rückschlägen nicht aus der Ruhe bringen ließ. „Okay“, stimmte ich zu. „Aber gib mir noch einen Abschiedskuss, bevor du gehst.“

Dieser Bitte kam er nur zu gerne nach. „Jetzt aber schnell nach oben mit dir“, drängte er und schob mich in Richtung der schmalen Treppe. „Bevor die schrullige Alte herauskommt und dich erneut anbrüllt.“

Das wollte ich natürlich nicht riskieren, und so eilte ich die Stufen hinauf, peinlichst darauf bedacht, mit meiner kostbaren Fracht nirgends anzustoßen. Sobald ich die Zimmertür hinter uns geschlossen hatte, setzte ich Charlene auf der weichen, plüschigen Bettdecke ab.

„Das ist doch ein wesentlich bequemerer Platz für ein Nickerchen, nicht wahr? Willst du, dass ich hier bei dir bleibe oder soll ich nochmals nach draußen gehen und schauen, ob ich deine Mami finde?“

Sie blickte sich zitternd im Raum um. „Ich möchte lieber nicht allein sein. Könntest du hierbleiben?“

„Natürlich, wie du willst“, erwiderte ich lächelnd. Das schläfrige Baby machte ein paar tapsige Schritte, um seine neue große Liegestätte zu erkunden, und rollte sich schließlich auf einem der Kissen zusammen, den Schwanz fest um den kleinen Körper geschlungen.

„Erzählst du mir eine Geschichte?“, bat Charlene, kaum dass

sie es sich bequem gemacht hatte, schon etwas lebhafter. „So wie Mommy es immer vor dem Zubettgehen getan hat."

„Klar, äh ..." Ich zermarterte mir das Hirn nach einer netten Story, die einer kleinen Katze gefallen könnte. „Oh, ich hab's! Es war einmal ein sehr verwöhnter Kater namens Octavius."

Sie streckte alle vier Pfoten von sich. „Ist das eine wahre Geschichte?"

Ich nickte enthusiastisch. „Ja, absolut wahr. Sie handelt von meinem allerbesten Freund auf der ganzen Welt. Er wartet zu Hause, während Charles und ich in unseren Flitterwochen sind."

„Was sind Flitterwochen?", fragte sie neugierig und legte den Kopf schief.

„Eine Art besonderer Urlaub, den zwei Leute machen, nachdem sie geheiratet haben."

„Viele der Wörter, die du sagst, kenne ich nicht, aber ich mag den Klang deiner Stimme", sagte sie, und ihre Schnurrhaare zuckten.

Ich kicherte leise. „Soll ich weitererzählen? Ich kann ja versuchen, mich einfacher auszudrücken."

„Nein, ich höre gern neue Worte. Sie machen mich klüger, nicht wahr?"

„Definitiv."

„Dann benutze sie ruhig und ich verspreche, dich ab jetzt nicht mehr zu unterbrechen."

„Okay, es geht los ..." Ich hielt nochmals kurz inne, um mich zu vergewissern, dass sie bereit war und zuhörte. Dem schien so zu sein, denn ihre großen Augen waren gebannt auf mich gerichtet.

„Es war einmal ein sehr verwöhnter Kater namens Octavius", fuhr ich mit dramatischer Stimme fort. „Octavius hielt sich für die prächtigste Fellnase auf der ganzen weiten Welt, und prahlte damit auch vor anderen. Leider konnte viele Jahre lang niemand seine nicht gerade bescheidenen Angebereien verstehen, bis er eines Tages auf eine Menschenfrau traf, die dank eines Stromschlags einer schäbigen alten Kaffeemaschine mit Tieren reden konnte und ..."

Ich verstummte, als ich bemerkte, dass Charlene bereits tief und fest schlief. Eine Weile blieb ich noch bei ihr sitzen, beobachtete sie und überlegte, ob ich nochmals in den Gärten nach ihrer Mutter suchen sollte. Da es jedoch schon fast acht Uhr war, ließ ich diesen Vorsatz schnell wieder fallen. Auch wenn ich mich nicht unbedingt auf eine weitere Begegnung mit dem unfreundlichen Hausmeisterduo freute, konnte ich nicht leugnen, dass ich mittlerweile ebenfalls richtig Hunger hatte. Wozu nicht zuletzt die köstlichen Gerüche beitrugen, die aus der Küche zu mir heraufstiegen.

Bestimmt würde Charles bald zurück sein, um unserer kleinen Besucherin ein Schälchen Milch und eine weiche Mahlzeit hinstellen. Sie würde also nicht lange allein bleiben müssen.

Also beschloss ich, dass es an der Zeit war, meinen eigenen Bauch zu füllen. Blieb nur zu hoffen, dass das Essen die unangenehmen Gespräche, mit denen ich fest rechnete, wettmachen würde.

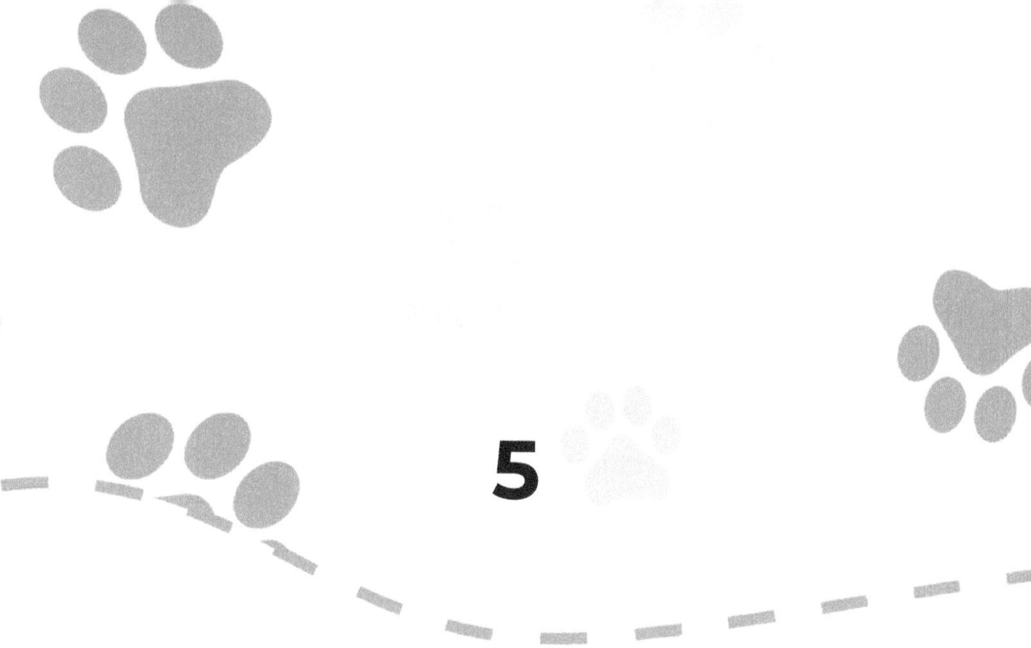

5

Ich betrat den Speisesaal um fünf Minuten vor acht, da ich nicht riskieren wollte, Blue oder Billy durch mein verspätetes Erscheinen zu verärgern. Wie ich feststellen musste, war ich die Erste, und schaute mich neugierig um. Den Raum dominierte ein riesiger Mahagoni-Tisch, an dem mindestens zwölf Personen Platz fanden, und der von einem atemberaubenden Kristalllüster beleuchtet wurde.

Charles und ich hatten zwar erst vor ein paar Stunden eingecheckt, waren aber seitdem keinem anderen Gast begegnet, so dass ich mich zu fragen begann, ob wir außer dem Personal wohl die Einzigen sein mochten, und ob das gut oder schlecht wäre. Weitere Gäste bedeutete, dass die unhöflichen Verwalter weniger auf uns fixiert wären, aber auch, dass mehr Leute die kleinen Dinge und Geheimnisse mitbekommen könnten, die wir lieber für uns behielten.

Diese Sorge wurde jedoch schnell zerstreut, als eine junge Frau mit regenbogenfarbenem Haar und sommersprossigem Gesicht mir gegenüber Platz nahm. „Du warst gestern Abend aber noch nicht hier", stellte sie mit gleichgültiger Miene fest.

Ich lächelte und setzte mich aufrechter hin. „Mein Mann und ich sind erst heute Nachmittag angekommen. Wir sind in den Flitterwochen."

Sie blickte auf den leeren Stuhl neben mir und zuckte mit den Schultern. „Wenn du es sagst."

„Nein, wirklich. Er ist nur kurz in die Stadt gefahren, um ein paar Vorräte zu besorgen, sollte aber bald wieder hier sein." Ich zwang mich zu einem weiteren Lächeln, während ich mich fragte, was in aller Welt eine Wildfremde meine Ehe anginge.

Sie nahm sich einen Apfel von der Obstplatte in der Mitte des Tisches und drehte ihn in den Händen. „Du musst dich mir gegenüber nicht rechtfertigen. Ich habe mich mit meinem Freund gestritten und beschlossen, hier zu bleiben, bis er wieder zur Vernunft gekommen ist. Übrigens, ich heiße Blaire, falls es dich interessiert."

„Angie", antwortete ich. „Freut mich, dich kennenzulernen."

„Ja, klar, ganz gewiss." Blaire führte den Apfel dicht an ihr Gesicht heran und starrte ihn einige Augenblicke lang an, bevor sie ihn zurücklegte.

Nur Sekunden, bevor die Standuhr im Flur achtmal schlug, kam ein älteres Ehepaar hereingeschlurft. Beide trugen Khaki-Shorts und Hawaiihemden und waren ganz offensichtlich Touristen, wahrscheinlich auch noch Rentner. „Guten Abend!“, grüßte der Mann, bevor er seiner Frau einen Stuhl herauszog.

„Ist das nicht eine wundervolle Nacht“, wandte seine Gattin sich an Blaire, die jedoch nur mit den Schultern zuckte und sich abwandte.

„Das ist sie in der Tat“, mischte ich mich ein und fühlte mich irgendwie verantwortlich für das unhöfliche Verhalten der Regenbogentussi, auch wenn ich gar nichts weiter mit ihr zu tun hatte. „Morgen werde ich mir vor dem Dinner unbedingt vom Garten aus den Sonnenuntergang anschauen. Ich wette, er ist absolut atemberaubend, mit all den wunderschönen Blumen als Hintergrundkulisse.“

Alle Augen richteten sich auf mich. Dem Mann klappte die Kinnlade herunter, und sie schüttelte nur den Kopf, bevor sie die Finger im Schoss verschränkte.

„Tut mir leid, ich wollte Sie nicht unterbrechen. Ich heiße übrigens Angie“, versuchte ich, das Gespräch zu retten.

„Ihr *Mann* und sie verbringen hier ihre Flitterwochen“, ergänzte Blaire, wobei sie bei dem Wort *Mann* mit den Händen Anführungszeichen in die Luft schrieb.

Die Frau verzog die Lippen, bevor sie mich mit dem falschesten Lächeln bedachte, das mir je untergekommen war. „Nett, Sie kennenzulernen, Angie, obwohl ich vermute, dass Sie der Grund dafür sind, dass man uns unsere Lieblingssuite verweigert hat. Dabei sind wir schon seit Jahren treue Gäste dieses Etablissements.“

Hitze schoss mir in die Wangen, und ich senkte die Augen. „Das tut mir leid“, murmelte ich.

„Kein Problem, Schätzchen. Ich bin mir sicher, Sie hätten uns das Zimmer nicht gestohlen, wenn Sie über diese Kleinigkeit Bescheid gewusst hätten.“ Dabei bedachte sie mich einem solch zuckersüßen Blick, bei dem sich mir der Magen umzudrehen drohte.

Zum Glück betraten just in diesem Moment Madame Blue und Billy den Speisesaal, jeder mit einem großen Silbertablett mit Essen beladen.

„Salisbury Steak“, verkündete die Alte und stellte ihres vor dem einzigen Mann in unserer Runde ab.

„Und dazu Kartoffelpüree.“ Billy platzierte seine Platte in der Mitte des Tisches, dann gingen beide zurück in die Küche. Als sie erneut auftauchten, brachten sie noch Schüsseln mit gebutterten Erbsen und einen Korb mit frisch gebackenem Sauerteigbrot mit.

„Das riecht ja fantastisch“, sprudelte es aus mir heraus, und ich sog tief die würzigen Gerüche ein, während ich nach einem Teller griff.

„Moment mal, Schätzchen, hier gilt Alter vor Schönheit“, wies die bunt gekleidete Touristin mich in meine Schranken und bedachte mich mit einem Blick, als wollte sie mich erdolchen.

Ich zog erschrocken die Hand zurück und wartete, bis alle anderen sich bedient hatten, bevor ich einen zweiten Versuch wagte. Morgen, so schwor ich mir, würden Charles und ich all unsere Mahlzeiten in einem Restaurant einnehmen, denn die Gäste hier waren sogar noch schlimmer als das Personal.

Dennoch würden sie es nicht schaffen, mir meine Flitterwochen zu verderben.

Improvisieren, anpassen und irgendwie überstehen. Das würde mein Dad sagen, wenn er jetzt hier wäre.

Dieser Ort war für meine Eltern etwas ganz Besonderes, und so wollte auch ich all die schönen Erinnerungen, von denen sie mir seit Jahren vorschwärmten, aus erster Hand erfahren. Zudem wäre es unhöflich, die Nase über ein Geschenk zu rümpfen, das von Herzen kam. Und unser Zimmer war ja wirklich ein Traum, da würde kein anderes Hotel mithalten können. Ich konnte es sogar irgendwie nachvollziehen, dass meine grausame Essensgefährtin sich darüber ärgerte, umquartiert worden zu sein ... Aber war das etwa meine Schuld?

Nachdem auch endlich ich meinen Teller mit Essen beladen hatte, nahmen Bill und Madame Blue jeweils an den Kopfenden des Tisches Platz.

„Wo ist denn Ihr Kerl abgeblieben?“, fragte Letztere für mein Empfinden etwas zu laut.

„Er ist nur kurz in die Stadt gefahren, um ein paar Sachen zu besorgen, sollte aber bald zurück sein“, antwortete ich kleinlaut. Dank des Bombardements an Sarkasmus und all der abfälligen Bemerkungen der übrigen Anwesenden war ich nicht mehr in der Stimmung für irgendeine Art von Unterhaltung.

Sie schaute stirnrunzelnd auf die Schüssel mit Erbsen. „Abendessen wird pünktlich um acht serviert, hast du Ihnen das nicht gesagt, Billy?“

„Doch, sogar gleich als Allererstes“, erwiderte er und schüttelte den Kopf. „Ich kann aber natürlich nur die Regeln verkünden, jedoch niemanden zwingen, sie einzuhalten.“

Sie schnaubte zwar auf, sagte aber nichts weiter, während sie sich von jeder Zutat selbst eine kleine Portion nahm.

Spätestens jetzt begann ich, mein Essen in Rekordgeschwindigkeit in mich hineinzuschaufeln und nahm mir kaum die Zeit, die perfekte cremige Konsistenz des Kartoffelpürees zu genießen. Wenn Charles nicht bald zurückkäme, würde er nichts mehr davon abbekommen. Allerdings dürfte ihm das auch nichts weiter ausmachen, wenn er erfuhr, was mir hier unten widerfahren war.

Als ich alles bis auf die letzten paar Bissen meines Steaks aufgegessen hatte, gingen plötzlich sämtliche Lichter aus, und der Saal versank in Dunkelheit.

„Hoppala!“, rief Madame Blue mit gewohnt lauter Stimme. „Billy, hol Kerzen. Ich überprüfe in der Zwischenzeit den Sicherungskasten.“

Es kam keine Antwort. Das ältere Touristenpaar schien miteinander zu tuscheln, allerdings konnte ich nicht verstehen, was sie sagten.

„Billy?“, brüllte Blue erneut. „Wo steckst du? Okay, dann hole ich die Kerzen eben selbst.“ Geräuschvoll schob sie ihren Stuhl zurück, während sie weiter vor sich hin brummte. „Mal ehrlich, was bringt es mir, bezahlte Helfer einzustellen, wenn die nie da sind, wenn man sie braucht?“

Ich zog mein Handy aus der Tasche und schaltete die

Taschenlampe ein. Leider hielt ich sie zu hoch, so dass der Lichtstrahl meinem Gegenüber, Blaire, direkt in die Augen stach.

„Hey, willst du, dass ich blind werde?“, beschwerte sie sich und hob die Hände vors Gesicht.

„Entschuldigung, ich muss los“, murmelte ich und machte mich schnellen Schrittes auf den Weg zurück ins Treppenhaus. Die hier unten brauchten mich nicht, um die Beleuchtung zu reparieren, aber wenn Charlene in einem dunklen leeren Zimmer aufwachte, wäre sie bestimmt außer sich vor Angst.

Ich musste zu ihr – und zwar auf der Stelle. Blieb nur zu hoffen, dass Charles bald auftauchte. Im Moment brauchte ich seine Stärke und positive Sichtweise auf die Dinge mehr denn je.

6

Ich kehrte zurück in ein dunkles Zimmer und zu einem schlafenden Kätzchen. Trotz der Handy-Taschenlampe dauerte es eine Weile, bis ich sie schließlich unter einem der Kissen am Kopfende des Bettes entdeckte.

Es beruhigte mich, dass sie nach wie vor sorglos schlummerte, und da Charles noch immer nicht wieder aufgetaucht war, beschloss ich, ein wenig in dem neuen Buch meiner Lieblingsserie zu lesen, das ich Gott sei Dank auf dem Handy abgespeichert hatte. Ich schaffte drei volle Kapitel, bevor mein Mann endlich durch die Tür trat.

„Warum sind denn alle Lichter aus?", fragte er erstaunt, zwei große Papiertüten in den Armen haltend.

Ich schloss meine E-Lese-App und leuchtete ihm den Weg ins Zimmer. „Gute Frage. Während des Abendessens wurde es plötzlich stockdunkel. Das allerdings war vor mehr als einer halben Stunde."

„Wie schwierig kann es denn bitte sein, einen Schalter im Sicherungskasten umzulegen?", murrte er, während er näher trat. „Vielleicht sollte ich mal nach unten gehen und meine Hilfe anbieten?"

„Lass es lieber", erwiderte ich und begann, ihn über die Details der Quickie-Dinner-Party ins Bild zu setzen.

„Anscheinend ist jede Person, auf die wir hier treffen, schlimmer als die vorherige", merkte er an und stellte seine Einkäufe auf der Couch vor dem Kamin ab. „Ich glaube, dieser Blaire bin ich gerade unten in die Arme gelaufen. Jedenfalls schlich jemand dort herum, auf den deine Beschreibung mit der Regenbogenfrisur passt."

„Das war sie mit Sicherheit. Allerdings frage ich mich, was sie dort noch zu suchen hatte."

„Keine Ahnung. Sie sagte etwas in der Art, der verlorene Ehemann wäre zurückgekehrt, bevor sie auf dem Absatz kehrtmachte und in die entgegengesetzte Richtung davonmarschierte."

Nun, zumindest wusste sie jetzt, dass es ihn wirklich gab, obwohl mir das, was die anderen dachten, mittlerweile ziemlich egal war.

„Ist Charlene wach?", fragte Charles, und ich vernahm ein raschelndes Geräusch. Vermutlich durchsuchte er gerade die Tüten nach ihrem Futter.

Ich schüttelte den Kopf, bis mir einfiel, dass er das ja gar nicht sehen konnte. „Nein, sie schläft noch immer."

„Okay, dann werde ich mal versuchen, ein Feuer anzumachen, damit wir zumindest etwas Licht haben.“ Erneut knisterte es.

Ich ging zu ihm hinüber und hielt die Taschenlampe hoch, um den Bereich rund um den Kamin auszuleuchten.

Er bückte sich und stocherte in dem Holz herum, das darin aufgeschichtet war. „Verdammt, das sind unechte Scheite, anscheinend nur zur Dekoration gedacht.“

Ich seufzte auf. „Tja, dann wohl doch kein Feuer und Licht für uns. Das war ja auch nicht anders zu erwarten, wenn man bedenkt, wie es seit unserer Ankunft hier für uns lief.“

„Auch nicht weiter schlimm ... dann werde eben ich dich wärmen müssen“, knurrte er in anzüglichem Tonfall, zog mich in seine Arme und verpasste mir einen nicht enden wollenden Kuss.

„Hör auf damit. Wir haben ein Baby bei uns im Zimmer, schon vergessen?“

„Oh, natürlich. Hoffentlich finden wir ihre Mutter schnellstmöglich. Was meinst du, sollen wir sie aufwecken, um sie zu füttern?“

Ich nickte, noch immer in den Armen meines Mannes liegend. „Ja, das sollten wir. Und am besten bringen wir sie und die Vorräte nach draußen. Dort haben wir zumindest das Mondlicht, um etwas erkennen zu können.“

„Und wir könnten zwei Fliegen mit einer Klappe schlagen, indem wir gleichzeitig nochmals nach ihrer Mami Ausschau halten“, fügte er hinzu und presste seine Lippen auf meine Stirn, bevor er mich endgültig freigab.

Ich warf ihm einen bitterbösen Blick zu, den er dank des Lichts meines Telefons sogar erkennen konnte. „Charles, du weißt doch, dass ich diesen Ausdruck hasse."

„Oh, bitte entschuldige, ich vergaß." Er blickte zerknirscht drein. „Alle Tiere sind ja deine Freunde."

„Ist schon okay." Erneut richtete ich die Taschenlampe auf ihn, während er ein paar Vorräte auswählte und sie dann grinsend hochhielt.

„Bereit, wenn du es bist", verkündete er.

Ich ging hinüber zum Bett und versuchte, die Kleine erneut so zu wecken, wie ich es bereits einige Stunden zuvor im Garten getan hatte, aber Charlene rührte sich nicht. Ich runzelte die Stirn. „Vielleicht sollten wir sie zum Tierarzt bringen und durchchecken lassen. Langsam mache ich mir wirklich Sorgen um sie."

„Der hat schon geschlossen. Von daher lass uns erst einmal versuchen, ob sie etwas frisst und sich erholt. Wenn nicht, fahren wir gleich morgen früh vorbei", schlug er vor und wartete bereits neben der Tür auf mich.

„Gute Idee." Ich beugte mich über das Bett. „Hey, Kleines, ich heb dich jetzt hoch, okay?", flüsterte ich und schritt zur Tat.

Charlene seufzte und streckte sich, gab also zumindest ein Lebenszeichen von sich, wurde aber trotzdem nicht richtig wach.

„Lass uns gehen", sagte ich, das Kätzchen in der einen und mein Handy in der anderen Hand balancierend. So machten wir uns auf den Weg in den Garten.

Draußen war es deutlich einfacher, etwas zu erkennen, aber noch immer brauchte ich meine Taschenlampe, um nicht versehentlich durch eines der wunderschönen Blumenbeete zu trampeln. Vorsichtig liefen wir die verschlungenen Pfade entlang, bis wir die gemauerte Grundstücksgrenze erreichten und nahe der Stelle innehielten, an der Charles die Kleine gefunden hatte.

„Wenn ihre Mutter zurückkommt, um nach ihr zu suchen, wird sie bestimmt zuerst hier nachsehen“, mutmaßte ich, schaltete das Licht aus und ließ mich im Schneidersitz auf dem Rasen nieder.

„Glaubst du denn daran?“, flüsterte er kaum hörbar, als hätte er Angst, die Worte auszusprechen.

Ich legte Charlene eine Hand auf den Rücken, um mich zu vergewissern, dass sie noch atmete und noch schlief. Als ich mir dessen sicher war, antwortete ich ihm genauso leise und seufzte: „Es sieht nicht gut aus, aber wir dürfen die Hoffnung nicht aufgeben. Sie meinte zwar, ihre Mami sei schon lange weg, aber wer weiß, ob ihr Zeitgefühl sie nicht trügt. Es könnten auch nur wenige Stunden gewesen sein.“

„Dafür erscheint sie mir zu schwach“, entgegnete er mit kummervoller Miene.

„Alles, was wir tun können, ist, unser Bestes zu geben und auf das Beste zu hoffen“, antwortete ich, während ich gedankenverloren über ihr glattes schwarzes Fell strich.

Nachdem wir einige Minuten schweigend zusammengesessen hatten, räusperte Charles sich: „Ich werde dann mal ihr Abendessen zusammenstellen. Natürlich wusste ich nicht, wie alt sie ist und was sie verträgt. Irgendwo hatte ich mal gelesen, dass Katzen keine Kuhmilch trinken sollten, weil sie angeblich laktoseintolerant sind. Aber nachdem ich endlich eine Tierhandlung fand, die noch geöffnet hatte, bekam ich dort auch spezielle Katzenmilch für Babys und etwas weiches Nassfutter." Er griff nach den kleinen Edelstahlschüsseln und füllte eine davon mit der Spezialmilch.

„Darüber wird Charlene sich bestimmt freuen. Sie muss am Verhungern sein."

Als Nächstes zog er an dem Metallring der Futterdose, und der Deckel öffnete sich mit einem Plopp.

„Was riecht denn hier so gut?", ertönte ein leises Stimmchen postwendend.

Ich kicherte. Katzen waren doch alle gleich, egal ob jung oder alt, Haustier oder Streuner. „Wir haben etwas zu essen für dich organisiert", erklärte ich ihr und setzte sie auf dem Boden ab, wo Charles gerade die Fleischpastete in das zweite Schüsselchen kippte.

Sofort stürzte Charlene sich auf den Thunfischbrei, schmatzte verzückt und schlang ihn so schnell hinunter, wie ihr kleines Maul es zuließ.

„Sieh dir das an", sagte Charles, und seine grünen Augen ruhten liebevoll auf dem Baby. „Scheint, als hätte ich meine Sache gut gemacht."

„Das hast du definitiv." Ich streckte die Hand nach ihm aus und tätschelte ihm die Schulter. Eigentlich hatten wir gemeinsam entschieden, mit der Familienplanung noch ein paar Jahre zu warten, aber dieses heutige Erlebnis machte mir wieder einmal deutlich, dass er eines Tages ein fantastischer Vater sein würde. Und vielleicht ist es ja doch eher früher als später so weit.

7

Charlene verputzte die Hälfte ihres Nassfutters, bevor sie sich der Milch zuwandte, die ihr ebenso gut zu schmecken schien. Dass sie bereits feste Nahrung zu sich nehmen konnte, ermutigte uns. Vielleicht war sie doch nicht mehr ganz so jung, wie wir ursprünglich befürchtet hatten. Andererseits ... die Tatsache, dass ein so winziges Ding so viel auf einmal essen konnte, deutete darauf hin, dass sie schon cinc ganze Weile auf sich allein gestellt sein musste. Was für ein Glück, dass Charles und ich sie gefunden hatten, bevor ein Raubtier sich ihrer bemächtigen konnte.

„Bleibst du bitte bei ihr?“, bat ich meinen Mann und stand auf. „Ich sehe mich nochmals nach ihrer Mutter um.“

Nachdem ich mein Handylicht wieder eingeschaltet hatte, machte ich mich auf die Suche. Eigentlich brauchte ich dringend genauere Informationen von der Kleinen, was das Aussehen ihrer

Mami anbelangte, wollte sie aber nicht unnötig aufregen. Also würde ich vorrangig einfach nur nach einer Katze Ausschau halten – irgendeiner Katze.

„Hier, Kätzchen, Kätzchen!“, rief ich leise. Zwar war ich mir nicht sicher, ob diese Strategie funktionieren würde, aber einen Versuch war es wert.

Vorsichtig näherte ich mich dem Haus und suchte nach versteckten Winkeln und Nischen, in denen ein Tier Schutz suchen könnte. „Hallo?“, flüsterte ich erneut.

Wie erwartet, kam keine Antwort.

Also umrundete ich die Villa und begab mich in die hinteren Gärten. Diese waren lange nicht so gepflegt wie die vor dem Haus, aber dennoch sehr beeindruckend. Bewundernd blieb ich vor einem kleinen Gemüsebeet stehen und fragte mich, ob die Buttererbsen, die zum Abendessen serviert wurden, wohl aus dem eigenen Anbau stammten.

Nach einer kurzen Pause ging ich weiter, wobei ich nach wie vor leise Geräusche von mir gab, die hoffentlich besagte oder zumindest irgendeine Katze anlocken würden.

Blink! Das Aufblitzen einer Bewegung am Rande erregte meinen Aufmerksamkeit, und ich wandte mich um, doch was immer es gewesen sein mochte – die vermisste Mutterkatze oder vielleicht sogar ein umherstreifender Marder – es war bereits wieder aus meinem Blickfeld verschwunden.

„Hallo?“, rief ich mit zitternder Stimme und nahm mir in diesem Moment fest vor, in Zukunft nicht mehr so viele Dokumentationen über wahre Verbrechen anzuschauen.

Obwohl sich ein Angstknoten in meiner Kehle zu bilden drohte, marschierte ich entschlossen los in die Richtung, in der ich die Bewegung wahrgenommen hatte. All meine Sinne waren in höchster Alarmbereitschaft. Insbesondere bemerkte ich einen merkwürdigen Geruch.

„Was ist das denn?", stöhnte ich plötzlich auf und hielt mir mit der einen Hand die Nase zu, während die andere mit dem Handylicht einen großen Bogen beschrieb. Sein Strahl landete auf einer riesigen grünen Pflanze. Ja, sie war definitiv die Quelle des Geruchs. *Ekelhaft!*

Schnell schoss ich ein Foto davon und machte mich dann eiligen Schrittes auf den Rückweg.

Wieder bei Charles und Charlene angekommen, stellte ich erfreut fest, dass beide Näpfe komplett leer und sauber geleckt waren. Auf dem Schoss meines Mannes lag jetzt ein dickbäuchiges Fellbaby, das so laut schnurrte, dass man es sogar noch in einigen Metern Entfernung hören konnte.

„Irgendein Zeichen von ihr?", fragte er hoffnungsvoll, aber ich schüttelte nur den Kopf.

Charlene wurde urplötzlich still. „Warum ist meine Mami nicht zurückgekommen?", fragte sie und ließ ihren Blick durch den Garten schweifen. Im Gegensatz zu uns Menschen konnte sie nachts ja perfekt sehen, und auch ihr Gehörsinn war wesentlich besser ausgeprägt als der unsrige, was Octocat nicht müde wurde, mir immer wieder vor Augen zu führen … natürlich neben all den anderen Eigenschaften, die Katzen somit zu der überlegeneren Spezies machte.

„Wir haben sie noch nicht gefunden, aber wir geben nicht auf", versicherte ich der Kleinen und nahm neben ihr und Charles Platz. „Vielleicht kannst du uns ja ein wenig mehr über sie erzählen?"

Charlene schloss die Augen und schnurrte leise, während sie in Erinnerungen schwelgte. „Sie ist die schönste Mami der Welt, mit einem ganz weichem Fell zum Kuscheln und sehr scharfen Zähnen und Krallen zum Jagen. Wenn ich groß bin, möchte ich so sein wie sie."

„Das wirst du bestimmt, aber wie sieht sie denn aus?", hakte ich sanft nach.

Die Kleine schien angestrengt nachzudenken. „Sie ist schwarz mit braunen Flecken, hat lange Schnurrhaare und eine sehr rosa Zunge."

Erneut zückte ich mein Handy und startete eine schnelle Internetrecherche. „So in der Art?", fragte ich und zeigte ihr ein Foto von einer schildpattfarbenen Katze.

„Nein, das ist nicht meine Mami", rief Charlene beleidigt aus, beruhigte sich aber direkt wieder. „Aber ja, ein bisschen sieht sie tatsächlich so aus."

„Gut, ich werde dir jetzt noch ein paar Bilder zeigen, und du sagst mir, ob du sie auf einem davon wiedererkennst, okay?" Ich tippte *Tierrettungen in meiner Nähe* ein und begann. durch die Fotos von dunklen Katzen zu scrollen, die zur Adoption standen.

Charlene sah sich alle aufmerksam an, aber auf keinem von ihnen war die vermisste Fellmama zu sehen.

„Meine Augen tun weh", quietschte sie nach einer Weile,

kniff sie fest zusammen und wandte den Kopf ab. Das grelle blaue Licht musste ihr ziemlich zugesetzt haben. Oje. So wie es aussah, hatte ich noch so einiges über Babys zu lernen.

„Dann machen wir Schluss für heute“, sagte ich zärtlich, „werden die Suche aber gleich morgen früh wieder aufnehmen.“

„Versprichst du mir das?“, fragte sie mit ihrem kleinen Stimmchen und legte die Ohren flach an den Kopf.

„Großes Ehrenwort“, antwortete ich und kraulte sanft ihre winzige Stirn, um sie zu beruhigen. „Wäre es für dich in Ordnung, die Nacht gemeinsam mit uns in unserem Zimmer zu verbringen?“

Ihre Ohren stellten sich wieder auf, aber sie schien noch immer in höchster Alarmbereitschaft zu sein und zu überlegen, ob sie nicht besser weglaufen sollte. „Ich denke schon. Du wirst mich aber nicht fressen, oder?“

Ich musste lachen. „Keine Sorge, das hatte ich nicht vor.“

„Und er auch nicht?“, fragte sie und beäugte Charles mit einem plötzlich erwachten Misstrauen.

„Keiner von uns isst Katzen“, versicherte ich ihr nachdrücklich. „Bei uns bist du sicher.“

Als wir uns auf den Rückweg zu der alten Villa machten, gingen plötzlich sämtliche Lichter wieder an.

„Das wurde aber auch Zeit“, merkte Charles trocken an, der Charlene in seiner großen Hand verbarg.

Als mein Blick hinauf zum ersten Stock wanderte, sah ich in einem der Schlafzimmer im Gegenlicht einen dunklen menschlichen Schatten. War das unsere Suite? Nein, bestimmt hatte ich mich getäuscht. Ich besaß nämlich null Orientierungssinn und schaffte es selbst mit einem Navi noch, mich zu verfahren. Und da es meiner Schätzung nach im Obergeschoss mindestens acht Schlafzimmer gab, war die Person bestimmt einer der anderen Gäste in einem der anderen Räume gewesen.

Trotzdem war mir bei deren Anblick eine eisige Kälte in die Knochen gekrochen. Verstohlen schaute ich zu Charles hinüber, aber der lief einfach weiter, völlig ahnungslos.

Als ich einen zweiten Blick riskierte, war die Gestalt verschwunden, und ich fragte mich, ob mir womöglich nur mein Verstand einen Streich gespielt hatte.

„Vorsichtig", ermahnte mich Charles, als er mir die Tür aufhielt, die Augen nach unten gerichtet. „Hier ist alles verdreckt."

Und tatsächlich, sämtliche Stufen waren mit frischem, nassen Schlamm überzogen. Allerdings war alles zu sehr zertrampelt, als dass man klare Fußabdrücke hätte erkennen können.

Ich sog die Luft scharf durch die Zähne ein. „Darüber wird Madame Blue aber alles andere als erfreut sein."

„Na ja, solange sie uns nicht die Schuld daran gibt", brummte mein Mann.

Ich achtete besonders drauf, den versifften Teppich am Fuß der Treppe zu meiden, damit kein Zweifel aufkam, dass ein anderer Gast für diese Sauerei verantwortlich war.

Plötzlich jedoch plagten mich Schuldgefühle. Die alte Verwalterin hatte die Regeln klar dargelegt, und angesichts ihrer permanenten Nörgeleien hatte sie offensichtlich Einiges zu befürchten.

Da wollte ich ihr natürlich nicht noch mehr Probleme bereiten, indem ich heimlich ein Kätzchen ins Haus schleuste, aber die Kleine brauchte nun mal unsere Hilfe und ich weigerte mich, sie im Stich zu lassen.

Na ja, das sollte eigentlich kein Thema sein, solange wir uns nicht erwischen ließen.

8

„AAAAAAAH!“ Ein markerschütternder Schrei riss mich am nächsten Morgen aus dem Schlaf.

Das Kätzchen neben mir sprang mindestens einen Meter in die Luft und fauchte, während ich mir meinen Bademantel vom Sessel neben dem nicht funktionierenden Kamin schnappte und aus dem Zimmer stürmte, um nachzusehen, was passiert sein mochte.

Im Flur traf ich auf eine verwirrt dreinblickende Blaire, die sich nicht einmal großartig die Mühe gemacht hatte, ihre Blöße zu bedecken. „Was ist denn los?“, fragte ich atemlos. Sie rieb sich die Augen und zeigte auf die schmale Treppe, wo auf halber Strecke mein Mann kauerte. Falsch, er kauerte nicht … Er war durchgekracht. Überall um ihn herum ragte gesplittertes Holz in die Höhe. Da er mir den Rücken zuwandte, konnte ich sein Gesicht nicht sehen, nahm aber an, dass es schmerzverzerrt war.

„Charles!“, schrie ich und rannte an den Rand des Treppenabsatzes. „Was in aller Welt ist passiert?“

Er stöhnte und versuchte, sich zu mir umzudrehen, rutschte aber durch diese Gewichtsverlagerung noch weiter durch das Loch. „Ich wollte dich überraschen, mit diesen Käsebrötchen mit Hacksauce zum Frühstück, draußen bei Sonnenaufgang.“ Noch immer wandte er mir den Hinterkopf zu.

„Wir müssen dich schnellstens da rausholen“, rief ich und wirbelte herum, um nach jemand anderem als Blaire zu suchen, die eindeutig nicht die Kraft – oder Lust – zu haben schien, uns zu helfen. „Billy? Madame Blue? Bitte, wir brauchen Hilfe.“

„Was soll denn diese Aufregung so früh am Morgen?“ Der Mann des Touristenpaars riss seine Zimmertür auf und kam den Korridor entlang in unsere Richtung gestürmt.

„Mein Ehemann …“, schluchzte ich verzweifelt auf und deutete auf Charles. „Die Stufen sind unter ihm zusammengebrochen, und er steckt fest.“

Der Kerl wandte sich ab und besaß doch tatsächlich die Frechheit, zu kichern. „Du meine Güte, da sitzt einer wahrlich ganz schön in der Klemme.“ Dann erhob er die Stimme und rief Charles zu: „Ganz ruhig, mein Sohn. Ich hole Bill. Bin gleich wieder da.“

„So wollte ich meinen Tag eigentlich nicht beginnen.“ Seine Frau erschien im Türrahmen, mit einem anderen Hawaiihemd, jedoch den gleichen Khaki-Shorts wie am Vorabend bekleidet, und ihre Miene drückte Fassungslosigkeit aus. „So etwas ist bei all unseren bisherigen Aufenthalten noch nie passiert.“

Ich biss mir auf die Zunge, um nichts zu sagen, was ich hinterher bereuen würde.

„Blöd gelaufen“, sagte Blaire lachend, bevor sie in ihr Zimmer zurückkehrte. Allerdings tauchte sie schon ein paar Sekunden später wieder auf und hielt ihr Handy in die Höhe. „Ich weiß auch schon ganz genau, mit welcher Musik ich dieses Video unterlegen werde“, verkündete sie und ließ keinen Zweifel daran, dass sie beabsichtigte, das Unglück meines Mannes bei TikTok zu posten.

„Liebling, bist du verletzt?“, rief ich zu ihm hinunter und beschloss, die anderen Gäste zu ignorieren und mich nur auf das zu konzentrieren, was wichtig war. „Soll ich einen Krankenwagen rufen?“

„Eher erschrocken“, grunzte er. „Dieser Durchbruch hat mir buchstäblich den Boden unter den Füßen weggezogen, aber gebrochen scheine ich mir nichts zu haben.“

„Gut, dann holen wir dich erst einmal raus und entscheiden dann, ob wir einen Arzt brauchen.“ Meine Angst war mittlerweile so stark, dass ich mich am liebsten weinend auf dem Boden zusammengerollt hätte – aber für ihn musste ich stark bleiben.

„Heiliger Strohsack, was für ein Schlamassel“, ertönte in diesem Moment Billys Stimme, der mit einen abgenutzten ledernen Werkzeuggürtel um die Taille zu uns stieß. „Für die Reparatur werden Sie aufkommen müssen, und ich kann Ihnen gleich sagen, das wird nicht billig.“

„Könnten Sie ihn bitte einfach nur da rausholen?“, bettelte ich, anstatt ihm wegen seiner lächerlichen Forderung über den

Mund zu fahren. Immerhin schien er unsere einzige Chance zu sein, Charles aus seiner misslichen Lage zu befreien.

„Wir sind ja schon dabei“, sagte der Tourist und tauchte im Erdgeschoss hinter Billy auf. Wo kamen die beiden eigentlich her? Bisher war mir noch keine zweite Treppe aufgefallen, aber irgendwo musste es eine geben.

Und dann machten sie sich im Schneckentempo an die Arbeit. Zeitweise blieb mir beinahe das Herz stehen, weil ich befürchtete, sie könnten ebenfalls ab- und das Gemäuer um uns herum einstürzen, aber tatsächlich gelang es ihnen, ihn freizubekommen.

Kaum dass er in Sicherheit war, rannte ich den Flur entlang, fand die zusätzliche Treppe und stürzte hinunter. Als ich ihn erreichte, zog ich ihn heftig an mich. „Du hast mir solch einen Schrecken eingejagt.“

„Angie, es geht mir gut. Ein paar Paracetamol und ein heißes Bad, und ich bin wieder ganz der Alte.“ Er schob mich von sich und musterte mich mit zerknirschter Miene. „Allerdings haben wir den Sonnenaufgang verpasst, und das Frühstück ebenfalls.“

„Ich lasse uns etwas liefern, aber zuerst kümmern wir uns mal um dich.“ Vorsichtig legte ich meinen Arm um seine Taille, nur für den Fall, dass er Hilfe beim Gehen benötigte. „Komm, da hinten gibt es eine weitere Treppe.“

„Nicht so schnell, Schätzchen“, rief die Touristenfrau von oben. „Ich persönlich fühle mich nicht mehr sicher, solange Sie beide weiterhin hier im ersten Stock wohnen. Was, wenn Ihr trotteliger Ehemann auch noch den anderen Weg nach unten zerstört? Dann sitzen wir alle hier oben für wer weiß wie lange fest. Ah, Madame Blue, da sind Sie ja. Wäre es nicht sinnvoller, diese zwei hier umzusiedeln, anstatt uns und die junge Dame mit der verrückten Frisur?"

„Wohl wahr, Vorsicht ist besser als Nachsicht", stimmte die alte Verwalterin, die just in diesem Moment hinzukam, ihr mit gewohnt lauter Stimme zu, bevor sie leiser etwas vor sich hin murmelte. „Aber so oder so, die historische Gesellschaft wird mich für dieses Malheur verantwortlich machen."

Mit gerunzelter Stirn wandte sie sich Charles und mir zu. „Wir haben noch ein freies Zimmer im Erdgeschoss. Billy, würdest du es aufschließen und Mr und Mrs Longfellow helfen, ihre Sachen nach unten zu bringen?"

Die Tusse im Hawaiihemd verschränkte die Arme vor der Brust und grinste überheblich. „Vielen Dank, ich weiß das wirklich zu schätzen. Und wenn es Ihnen nicht zu viel Mühe bereitet, würden Fred und ich dann gerne in die Suite umziehen, sobald sie diese gereinigt haben. Wir sollten sie ja ursprünglich sowieso bekommen, also wäre das die beste Lösung für alle."

„Natürlich, Madeline. Wie Sie wünschen", antwortete Madame Blue seufzend und ging zurück an ihre Arbeit.

Blair filmte die Szene nach wie vor, aber niemand schenkte ihr Beachtung. Immerhin warf sie mir einen mitfühlenden Blick zu: „Das ist echt scheiße für euch gelaufen."

Ich hätte es nicht treffender formulieren können, selbst wenn ich es versucht hätte, aber dazu fehlte mir im Moment die Kraft.

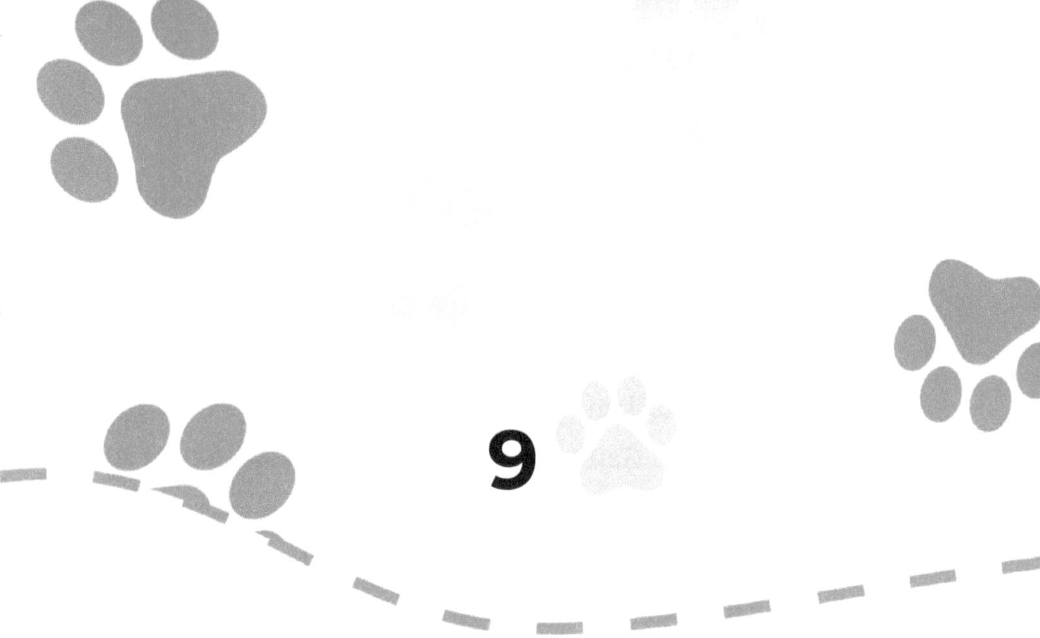

9

„Wir könnten sie wegen Fahrlässigkeit verklagen, da ich mich auf ihrem Grund und Boden verletzt habe“, murrte Charles, als wir endlich allein waren. Sämtliche anderen Gäste waren auf ihre Zimmer zurückgekehrt, Billy kümmerte sich um unsere neue Unterkunft, und Madame Blue war mit wer weiß was beschäftigt.

„Aber du hast doch gesagt, du wärst nicht verletzt“, erinnerte ich ihn mit sanfter Stimme. Selbst wenn wir im Recht wären, wollte ich nicht noch mehr Zeit auf diese Leute verschwenden und mich lieber auf uns konzentrieren.

„Keine Sorge, ich habe nicht vor, Anzeige zu erstatten, aber es geht mir ums Prinzip. Vor allem, was die Kosten für die Reparatur anbelangt. Sie von mir einzufordern, ist alles andere als legal.“ Er zückte sein Handy und öffnete das Suchfenster, bereit, trotz seiner gegenteiligen Behauptung in den Anwaltsmodus zu wechseln.

Ich drückte seine Hand nach unten und schüttelte den Kopf. „Lass es bleiben. Sie scheinen wirklich in ernsten finanziellen Schwierigkeiten zu stecken. Wer weiß, was hier sonst noch alles reparaturbedürftig ist. Ganz ehrlich, dieses Anwesen macht mir Angst, und ich bin mir nicht sicher, ob wir noch eine weitere Nacht hier bleiben sollten. Diese Entscheidung hat Priorität, nicht deine Suche nach juristischen Präzedenzfällen, wo du doch eh nicht vorhast, etwas gegen sie zu unternehmen."

Er nickte und steckte das Telefon zurück in die Tasche seiner Jeans. „Damit hast du natürlich recht, Angie, aber wir können hier nicht weg. Nicht, bevor wir Charlenes Mutter gefunden haben."

„O mein Gott, Charlene!", rief ich erschrocken aus. Auch wenn Billy und Madame Blue sich im Unrecht befanden, was Charles' Unfall betraf, hatten wir uns tatsächlich etwas zu Schulden kommen lassen, indem wir vorsätzlich die Hausregeln missachteten.

„Ich muss sofort nach oben und sie holen, bevor Billy all unsere Sachen herausgeräumt hat und uns aussperrt. Wir treffen uns dann in dem neuen Zimmer, okay?"

Charles gab mir einen Kuss auf die Wange. „Ich warte besser hier auf dich und schaue, ob ich irgendetwas zum Frühstück organisieren kann."

„Ich liebe dich", rief ich ihm noch zu, bevor ich die zweite, noch intakte Treppe hinaufstürmte.

Als ich das Zimmer erreichte, war Billy bereits dabei, unsere Sachen für den hausinternen Umzug zusammenzusammeln. Auch die Touristin – Madeline, wenn ich mich recht erinnerte – hatte sich eingefunden und inspizierte gerade den Kamin. „Es sollte doch kein Problem darstellen, den heute Abend für uns anzuzünden, oder?“, sagte sie zu dem Hausgehilfen, aber dem Klang ihrer Stimme nach war es eher ein Befehl als eine Frage.

„Entschuldigung“, bellte ich und versuchte gar nicht erst, höflich zu bleiben. „Solange sich unsere persönlichen Dinge noch hier befinden, ist es nach wie vor unsere Unterkunft, und mein Mann und ich würden es sehr schätzen, wenn Sie unsere Privatsphäre akzeptierten.“ Dabei bedachte ich sie mit einem ähnlich tödlichen Blick wie dem, den sie mir am Abend zuvor beim Essen zugeworfen hatte.

Madeline kniff die Augen zusammen und bedachte mich mit einem schmallippigen Lächeln. „Wie Sie meinen, Schätzchen. Es wird ja früh genug wieder uns gehören.“ Mit diesen Worten rauschte sie davon, und ich begab mich ins Badezimmer, wo Billy unsere sämtlichen Kosmetikartikel wahllos in eine Plastiktüte warf. „Ähm, Bill, wir sind Ihnen natürlich dankbar für Ihre Hilfe, aber dürfte ich meine privaten Habseligkeiten bitte selbst packen? Ich kann mich nicht wirklich mit dem Gedanken anfreunden, dass ein Fremder meine Zahnbürste anfasst … oder meine Unterwäsche.“

„Die Dame des Hauses hat angeordnet, dass dieser Umzug so schnell wie möglich über die Bühne gehen soll“, erklärte er und setzte seine Tätigkeit unbeirrt fort. „Ganz unter uns ... Sie will mit den Mackenzies genauso wenig zu tun haben wie Sie."

„Das kann ich nur zu gut nachvollziehen! Ich muss Sie aber trotzdem bitten, kurz draußen im Flur zu warten und verspreche Ihnen auch, dass ich nicht lange brauchen werde."

Er nickte widerwillig, reichte mir die Plastiktüte, wandte sich zum Gehen und schlug die Tür hinter sich zu.

„Charlene?", flüsterte ich, als ich mir sicher war, dass er uns nicht mehr hören konnte.

Nur Sekunden später lugte ihr kleiner schwarzer Kopf unter meinem Kissen hervor. Oh, Gott sei Dank!

„Mir gefällt es hier nicht", knurrte sie, und ich war überrascht, wie tief und grollend ihre Stimme klang. „Zu viele gruselige Leute."

Damit sprach sie mir aus tiefster Seele. „Keine Sorge, Charles und ich werden dich beschützen, bis du wieder bei deiner Mutter bist. Du hast mein Wort. Wir werden nicht zulassen, dass dir etwas Schlimmes geschieht."

„Gestern Nacht dachte ich, ich hätte Mami gehört, wie sie nach mir rief, aber es war nur ein Traum." Dieses süße Kätzchen schaffte es immer wieder, mir das Herz zu brechen.

„Träume werden wahr", versicherte ich ihr und streichelte ihr beruhigend übers Fell. „Aber jetzt müssen wir dich erst einmal hier rausschmuggeln. Man hat uns nämlich gezwungen, in ein anderes Zimmer umzuziehen, aber sobald das erledigt ist, gehen wir wieder nach draußen und suchen weiter, okay?"

Sie reagierte mit einem Schnurren, was der Bitte gleichkam, hochgehoben zu werden.

„Perfekt. Dann mal los.“ Schnell packte ich die verbliebenen Habseligkeiten zusammen mit Billys Plastiktüte in eine von Charles‘ Taschen und schnappte mir einen meiner Pullis, um das Kätzchen darin einzuwickeln. Dann machte ich mich auf den Weg nach draußen.

„Okay, Bill, Sie dürfen“, sagte ich und warf noch einen letzten Blick zurück auf unsere Traum-Suite. So furchtbar, wie sich alle seit unserer Ankunft uns gegenüber benommen hatten, war er noch der Einzige, der zumindest einen Anflug von Mitgefühl zu besitzen schien. „Wir wissen Ihre Hilfe wirklich zu schätzen.“

„Ihr neues Zimmer befindet sich direkt neben der Küche. Leider ist es nicht sonderlich groß. Wir vermieten es auch nur dann, wenn alle anderen belegt sind, was schon lange nicht mehr der Fall war. Dafür können Sie sich auch jederzeit etwas aus dem Kühlschrank holen“, fügte er entschuldigend hinzu. „Wir treffen uns dann gleich unten.“

„Danke“, sagte ich noch einmal, bevor ich mich über den langen Flur und die zweite Treppe wieder ins Erdgeschoss begab. Als ich an Madeline und Fred Mackenzies Tür vorbeikam, bedachten mich beide mit einem hämischen Grinsen. Eigentlich war es unglaublich, dass sie, nachdem sie sich so abscheulich verhalten hatten, auch noch ihren Willen bekamen. Bedauerlicherweise konnte ich nichts dagegen tun.

„Sie haben uns direkt neben der Küche einquartiert“, informierte ich Charles, nachdem ich wieder zu ihm stieß, und deutete mit dem Kinn auf das Bündel in meinem Arm, um ihm zu verdeutlichen dass alles glattgegangen sei.

„Ausgezeichnet", antwortete er ruhig. „Jetzt bin ich mehr als bereit für eine Paracetamol und ein heißes Bad."

„Ihr neues Zimmer verfügt leider über keine Wanne", erklärte Billy, der kurz nach mir auftauchte und meinen Koffer sowie eine der Taschen in Händen trug. Die zweite hatte er sich locker über die Schulter geworfen. „Tatsächlich nicht einmal über ein eigenes Badezimmer. Sie werden wohl oder übel das Gemeinschaftsbad benutzen müssen. Zum Glück haben wir dort vor ein paar Jahren zumindest eine Duschkabine für Notfälle dieser Art einbauen lassen."

Das war der Moment, in dem ich endgültig die Nerven verlor. Mein Mann hatte sich diverse Prellungen zugezogen und wollte nichts anderes als ein heißes Bad nehmen. Und nicht einmal das war ihm in diesem herrschaftlichen Haus vergönnt?

„Sehen Sie nicht selbst, wie lächerlich das ist?", zischte ich, nicht länger gewillt, einen auf nett zu machen. „Charles trägt keine Verantwortung an diesem Vorfall, im Gegenteil: Er ist das Opfer. Meine Eltern haben für uns Ihr bestes Zimmer bezahlt, auch wenn sie annahmen, damit das gesamte Anwesen reserviert zu haben. Und jetzt zwingen Sie uns wegen dieser haltlosen Beschwerde eines anderen Gastes, mit Ihrem minderwertigsten Raum vorlieb zu nehmen?"

Er zuckte lediglich mit den Schultern und schien nicht weiter überrascht über meinen Ausbruch. „Sie dürfen gerne eine schlechte Bewertung abgeben, mir ist das egal. Damit schaden Sie lediglich Madame Blue, weil sie eben für all dies hier verantwortlich ist."

„Und was sollte diese mehr als unpassende Bemerkung, dass wir für den Schaden aufzukommen hätten?", redete ich mich weiter in Rage.

Er schnalzte missbilligend mit der Zunge. „Das habe ich doch nur gesagt, weil ich meinen Job behalten möchte und wusste, dass die alte Schachtel zuhört."

„Sie scheinen sie ja wirklich zu hassen. Warum arbeiten Sie dann überhaupt hier?"

„Aufgrund der momentanen Wirtschaftslage ist so ein Job mit Unterkunft und Verpflegung schwer zu bekommen. Also bitte, nach Ihnen." Er stieß die Tür auf, und bei dem Anblick, der sich uns bot, stockte mir der Atem. Ein nicht einmal sonderlich breites Doppelbett füllte fast den gesamten Raum aus. In eine Ecke hatte man gerade noch so eine hohe Kommode gequetscht, und ein klappbares TV-Tablett war mit einer Lampe und einem Deckchen zu einer Art behelfsmäßigem Nachttisch umfunktioniert worden. Aber das war's dann auch schon.

„Soll das ein Witz sein? In dieser Abstellkammer sollen wir die nächsten Tage verbringen?", protestierte ich, als Bill unser Gepäck neben der Kommode abstellte, wodurch man sich hier drinnen nun endgültig nicht mehr rühren konnte.

„Immerhin der Garten ist schön", versuchte Charles, mich zu beruhigen, nachdem der Hausgehilfe den Rückzug angetreten hatte.

„Es gibt auch andere Flecken da draußen" widersprach ich

generervt und erinnerte mich an das stinkende Grünzeug, über das ich in der vergangenen Nacht beinahe gestolpert wäre. „O stimmt, das habe ich dir ja noch gar nicht gezeigt." Ich setzte Charlene auf ihrem neuen Bett ab, zog mein Handy hervor und scrollte durch meine Fotogalerie.

„Hier", sagte ich und hielt ihm das Display unter die Nase. „Das habe ich gestern hinter dem Haus entdeckt, als ich nach der Katzenmama suchte. Es roch einfach nur schrecklich."

Er wirkte amüsiert. „Wie ein Stinktier?"

„Ja, genau so. Woher weißt du …?"

„Das ist Stinktierkraut. Warum man es allerdings in einem so perfekt gepflegten Garten wie diesem anpflanzt, kann ich nicht nachvollziehen. Aber gut, wenn man den Zustand der Treppe bedenkt, sind vielleicht auch die Außenanlagen nicht mehr das, was sie einst waren."

„Was ist nur mit diesem Ort passiert? Er ist bei weitem nicht so, wie Mom ihn beschrieben hat, oder aber sie hatte ihn einfach falsch in Erinnerung. Alles, was schiefgehen konnte, ist schiefgegangen."

„Hey, halte dich zurück, solche Äußerungen bringen nur Unglück", sagte er mit einem verschmitzten Augenzwinkern. Also gut. Zumindest hatte ich für meine Woche in der Hölle die bestmögliche Gesellschaft, die man sich nur wünschen konnte.

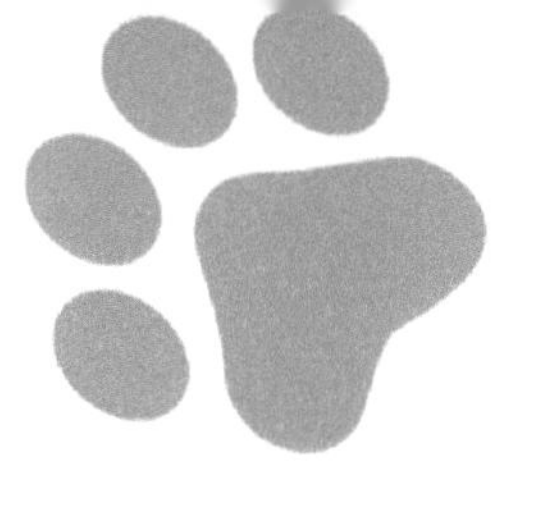

10

Während ich das Kätzchen in unserer geschrumpften Unterkunft fütterte, begab Charles sich in das Gemeinschaftsbad, um zumindest kurz zu duschen. Als er zurückkam und behauptete, sich viel besser zu fühlen, zogen wir uns an und beschlossen, nach draußen zu gehen und die Umgebung weiter zu erkunden.

„Ich konnte niemanden finden, der so weit draußen einen Lieferservice anbietet“, berichtete ich zerknirscht, während Charles sich die Schuhe zuband. „Lass uns einfach ein paar von den Snacks probieren, die du gestern Abend mitgebracht hast, und nachdem wir ein paar Stunden intensiv gesucht haben, fahren wir in die Stadt und gönnen uns ein leckeres Mittagessen.“

„Das klingt nach einem Plan. Ich nehme die Sachen an mich.“

„Und ich schnappe mir Charlene.“ Die hatte keine Zeit

verschwendet und sich direkt zwischen der Matratze und den Kissen zusammengerollt.

Nach einem zügigen Spaziergang über das Grundstück ließen Charles und ich uns an einem eisernen Bistrotisch nieder, der von zwei kunstvoll verzierten Stühlen flankiert wurde.

„Doritos und Dörrfleisch zum Frühstück ... ein kulinarischer Hochgenuss“, scherzte ich und stürzte mich auf die Snacks.

„Nur das Beste für meine Frau“, konterte er und knabberte an einem grell orangefarbenen Tortilla-Chip. „Und wenn du ganz lieb zu mir bist, teile ich sogar noch meine Oreos mit dir.“

„Solch ein Angebot kann ich natürlich nicht ausschlagen“, kicherte ich.

In geselligem Schweigen ließen wir uns unsere etwas andere Mahlzeit schmecken, hielten dabei jedoch Augen und Ohren nach Charlenes vermisster Mutter offen.

„Habt ihr das gehört?“, fragte ich plötzlich.

Charles richtete sich auf seinem Sitz auf. „Was? War es eine Katze?“

Ich lauschte erneut, vernahm aber nur ein leises Flüstern von der anderen Seite des Gartens. „Ehrlich gesagt bin ich mir nicht sicher. Es klingt nach mehreren Stimmen. Jetzt allerdings sind sie wieder verstummt.“

„Dann lass uns mal hingehen und es herausfinden.“ Er stand auf und klopfte sich die Brösel von den Händen. Ich leckte mir die Finger sauber, und dann liefen wir hinüber zu den gelben Rosen, die mich bereits am Vortag so verzaubert hatten.

„Hörst du sie? Die Stimmen?“, fragte ich und blickte mich um, konnte aber die dazugehörigen Sprecher nicht ausmachen.

Er schüttelte den Kopf. „Sollte es ein Tier sein, weißt du doch, dass ich in dieser Hinsicht nutzlos bin.“

„Du bist nicht nutzlos“, beharrte ich, hilfesuchend zu dem Kätzchen in meinen Armen hinabblickend. „Du ebenfalls nicht, Charlene?“

„Nein, tut mir leid“, miaute sie traurig. Hmm, das war seltsam.

„Hallo?“, rief ich zögerlich, als wir uns den Rosen näherten.

Und endlich ergaben die Worte Sinn. „Und das ist noch so eine Sache. Ich weiß, dass die Lichter ausgingen, aber wenn sie nichts sehen konnten, hätten sie einfach wegbleiben sollen. Jemand hat die Blumenbeete hinten zertrampelt und wäre um ein Haar sogar noch auf die Königin getreten. Die Königin, stell dir das nur mal vor!“

„Menschen sind wirklich die schlimmsten Tiere, fast sogar noch schlimmer als dieses lästige Stinktierzeugs“, stimmte ein zweiter mysteriöser Redner zu.

„Hört, hört“, fielen weitere Stimmen ein.

„Hallo?“, versuchte ich es erneut. „Wer ist da?“

„Was haben diese beiden Personen so nah an unserem Bienenstock zu suchen? Sollen wir sie stechen?“, sagte jemand leise.

„Bitte stecht mich nicht“, rief ich, nachdem mir klar geworden war, Zeuge wessen Gesprächs ich geworden war. „Ich bin ein Freund aller Lebewesen, einschließlich der Bienen.“

„Meint sie etwa uns? Noch nie zuvor hat ein Mensch zu uns gesprochen." Es folgte ein verwirrtes Summen.

Ich hob Charlene näher an mein Gesicht und fragte sie: „Bist du ganz sicher, dass du niemanden hören kannst?"

„Ganz sicher", bestätigte das kleine Kätzchen. Normalerweise konnten Tiere einander versehen, aber auch ich hatte bisher noch nie mit Insekten kommuniziert. Unsere Flitterwochen wurden immer seltsamer und seltsamer.

Da meine Gefährten nicht in der Lage waren, mir zu helfen, machte ich eben allein weiter. „Hallo, Bienen. Ja, ich spreche mit euch. Es tut mir leid wegen der zertrampelten Blumen und dass jemand beinahe eure Königin verletzt hätte. Lasst mich euch helfen und redet mit mir."

Eine Weile flüsterten sie miteinander, allerdings so leise, dass ich nichts verstehen konnte. Offensichtlich wollten sie auch nicht gehört werden, bis sie, was mich betraf, zu einer einstimmigen Entscheidung gekommen waren.

Schließlich löste sich eine pummelige Biene aus der Menge, kam auf mich zugeflogen und hielt direkt vor meinem Gesicht inne. „Sei gegrüßt, Mensch. Ich bin Aldrin und das ist Lightyear." Er wartete kurz, bis ein zweiter Brummer sich zu uns gesellte.

„Hallo. Mein Name ist Angie." Ich blieb stocksteif stehen, Charles jedoch machte einen Satz hinter mich.

„O mein Gott, noch mehr Bienen. Ich hole schnell meinen EpiPen, nur für den Fall der Fälle, und nehme Charlene mit." Kaum hatte ich ihm das Kätzchen in die Arme gedrückt, rannte er auch schon davon wie ein geölter Blitz.

„Du hast keine Angst vor uns, Mensch“, stellte Aldrin fest.

„Angie“, erinnerte ich ihn mit sanfter Stimme. „Nennt mich bitte Angie.“

„Verzeihung. Wir haben nur noch nie mit einem Menschen gesprochen. Bist du diejenige, die in dem Haus wohnt?“ Ich konnte nicht sagen, ob das von Aldrin oder Lightyear kam, was aber auch weiter keine Rolle spielte, denn die Bienen schienen wie eine Einheit zu handeln und zu denken.

„Nein, ich mache hier nur ein paar Tage Urlaub.“ Ich verkniff mir die Bemerkung, dass die mehrere Jahrzehnte ältere, kleinere und wesentlich lautere Madame Blue und ich uns doch rein gar nicht ähnlich sahen, denn wahrscheinlich konnten sie uns ebenso wenig auseinanderhalten wie wir sie.

Die beiden Bienen schwirrten hin und her und kommunizierten eher durch Bewegungen als mit Worten miteinander. Als sie sich einig zu sein schienen, wandten sie sich erneut mir zu. „Würdest du eventuell unsere Beschwerden an den zuständigen Menschen weiterleiten?“

„Ich kann es gerne versuchen“, antwortete ich wahrheitsgemäß, hatte aber wenig Hoffnung, da Madame Blue ja schon kein Ohr für meine Beanstandungen hatte, und ich war immerhin ein zahlender Gast. Von daher konnte ich mir kaum vorstellen, dass sie etwas für die Bienen tun würde.

„Das würde uns schon reichen“, beteuerte Lightyear, und beide schwirrten aufgeregt vor mir auf und ab.

Aldrin war dann derjenige, der die Liste der Missstände vortrug. „Früher waren unsere Gärten ein blühendes Paradies und lieferten uns eine Fülle köstlichen Honigs. In letzter Zeit jedoch verkommen sie immer mehr. Viele unserer Lieblingsblumen verschwinden komplett und werden durch übelriechende Pflanzen ersetzt."

„Das Stinktierkraut", sagte ich und erinnerte mich an die letzte Nacht sowie Charles' spätere Identifizierung des Gewächses.

Beide Bienen flogen im Zickzack vor mir herum, bevor sie sich so weit beruhigten, dass sie wieder sprechen konnten. „Genau. Es ist unser natürlicher Feind. Jemand versucht offensichtlich, uns auszurotten, und das werden wir nicht einfach so hinnehmen. Außerdem wird zu viel von unserem Honig gesammelt, so dass nicht mehr genug davon übrigbleibt, um unser Volk zu ernähren. Natürlich haben wir nichts dagegen, dass die Menschen die Früchte unserer Arbeit genießen, aber eben in Maßen. Jetzt jedoch wird uns der Boden unter den Füßen weggezogen. Wir arbeiten hart, und unsere Bäuche bleiben leer."

„Wie schrecklich, das tut mir so leid." Auch wenn ich mich mit diesen Insekten und ihrem Leben und Werken so gut wie null auskannte, hatte ich Mitleid mit ihnen.

„Es ist wirklich schrecklich", sagten sie unisono und vollführten einen synchronen Lufttanz direkt vor meiner Nase.

„Ich werde sehen, was ich für euch tun kann", versprach ich ihnen. Vielleicht wäre Madame Blue etwas gesprächsbereiter, wenn ich ihr ein paar Fragen über den Stinkkohl stellte, den ich im Garten entdeckt hatte, und mich erkundigte, wo ich Honig aus der Region kaufen konnte.

„Das ist alles, worum wir dich bitten“, sagte eine der Bienen, bevor beide davonflogen und offensichtlich zu ihrem Stock zurückkehrten.

Tja ... eigentlich waren Charles und ich in dieses altherrschaftliche Steinhaus gekommen, gut eintausend Kilometer von zu Hause entfernt, um endlich einmal abschalten zu können. Das jedoch schien uns nicht vergönnt zu sein. Ein Rätsel nach dem anderen tat sich auf. Wäre da nicht dieses süße Kätzchen, das unsere Hilfe benötigte, wir wären schon längst auf und davon. Aber da wir vorerst eh hier festsaßen, konnten wir genauso gut versuchen, ein paar dieser Geheimnisse zu lüften und den Ort nach unserer Abreise in einem besseren Zustand zurückzulassen, als wir ihn vorgefunden hatten.

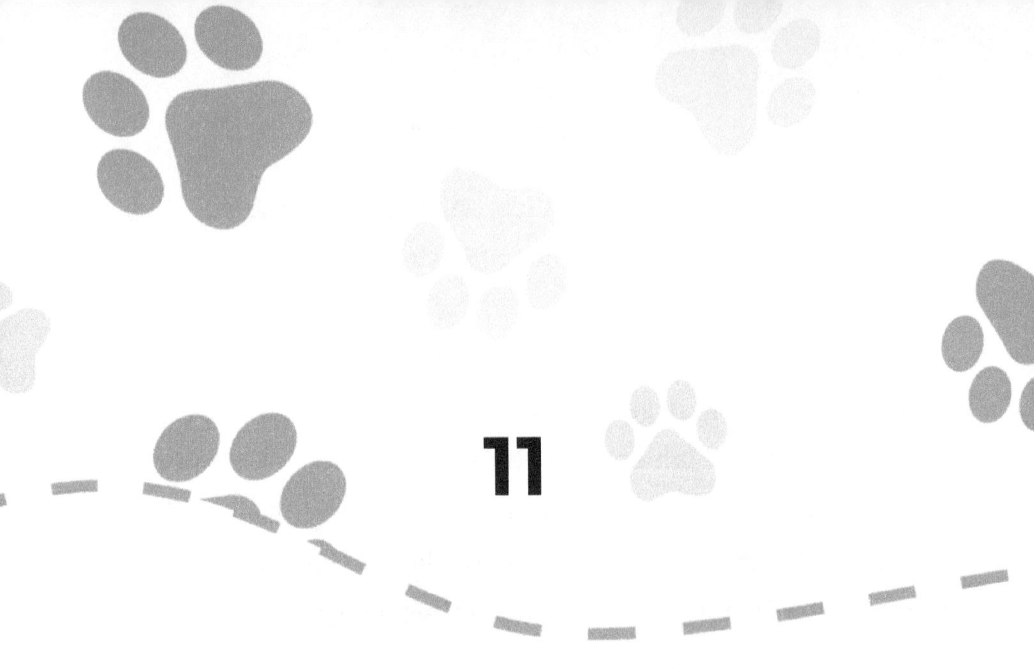

11

Nachdem die Bienen mich verlassen hatten, beschloss ich, noch einmal die Grundstücksgrenze abzulaufen, in der Hoffnung, Charlenes Mutter zu finden. Das gesamte Anwesen war von einer roten Backsteinmauer umgeben, aber auch auf der anderen Seite befand sich nichts als Natur. Vielleicht sollten wir unsere Suche auf nebenan ausweiten. Ich würde Charles fragen, was er davon hielt, sobald er mit seinem EpiPen zurück war.

Auf halbem Weg zu meiner zweiten Runde kam plötzlich Blaire durch die Vordertür gestürmt und brüllte in ihr Handy. Das Sonnenlicht spiegelte sich in ihrem bunten Haar, was so fantastisch aussah, dass ich mich fragte, ob ich nicht ebenfalls einmal einen so gewagten Look probieren sollte.

Natürlich versuchte ich, nicht zu lauschen, aber ihre laute Stimme war unüberhörbar.

„Vielleicht will ich gar nicht wieder nach Hause kommen! Ist dir der Gedanke schon mal gekommen?“ Beinahe klang sie so, als würde sie knurren, während ich mich geflissentlich der Betrachtung der Hortensien widmete.

Ein paar Augenblicke später lachte sie bitter auf. „Das denkst du wirklich, was? Komm nicht – ich wiederhole – unter keinen Umständen hierher. Ich will dich jetzt nicht sehen, Dylan. Eigentlich bin ich mir gar nicht sicher, ob ich deine blöde Visage je wiedersehen will.“

Als ich verstohlen zu Blaire hinüberschaute, stellte ich fest, dass ihr sommersprossiges Gesicht über und über mit roten Flecken übersät war. Das arme Ding. Noch so jung, und schon solch heftige Probleme zu Hause. Vielleicht sollte ich anbieten, ihr irgendwie zu helfen?

Sie ertappte mich dabei, wie ich sie musterte, und bedachte mich mit einem finsteren Blick.

Schnell wandte ich mich ab.

„Ich muss Schluss machen“, sagte sie jetzt viel leiser zu der Person am anderen Ende der Leitung, bei der es sich vermutlich um ihren Freund handelte. „Eine äußerst neugierige Person hört mit. Und außerdem habe ich dir sowieso nichts mehr zu sagen!“

Sie beendete das Telefonat und stieß einen Urschrei aus, bevor sie sich zu mir umwandte. „Genießt du deine tägliche Portion Schadenfreude?“, brüllte sie, bevor sie wieder ins Haus marschierte und die Tür hinter sich zuschlug.

Na ja, zumindest schien es so, als könnte sie auf sich selbst aufpassen, auch wenn sie kein großer Fan von mir zu sein schien.

Hoffentlich traf sie die richtige Entscheidung und würde nicht zu einem Mann zurückkehren, der sie schlecht behandelte, denn mit Sicherheit würde auch sie eines Tages ihren Charles finden.

Einen Moment lang schwelgte ich in dem Gefühl der Liebe zu meinem frisch angetrauten Ehemann, bis mir auffiel, dass ich ihn schon eine geraume Weile nicht mehr gesehen hatte. Er war weggegangen, als ich anfing, mich mit den Bienen zu unterhalten, hatte jedoch versprochen, nur seinen EpiPen zu holen und gleich zurückzukommen. Wo also steckte er?

Ihm war doch hoffentlich nicht erneut etwas Schlimmes widerfahren?

Die kaputte Treppe tauchte vor meinem geistigen Auge auf. Im Allgemeinen war ich keine sehr abergläubische Person, aber auch hier in Virginia galt definitiv Murphys Gesetz. Alles, was schiefgehen konnte, ging auch schief – und noch einiges mehr.

Ich beschleunigte mein Tempo und machte mich auf die Suche nach ihm. Als Erstes rannte ich zum Fuß der beschädigten Treppe, konnte ihn jedoch nirgends entdecken. Allerdings vernahm ich ein leises Klopfen aus dem rückwärtigen Teil des Hauses und hielt darauf zu, um ihm auf den Grund zu gehen.

„Charles?", rief ich und bahnte mir einen Weg durch die Küche in Richtung unseres Schlafzimmers.

„Angie? Bist du das? Ich bin eingesperrt!", ertönte seine mürrische Stimme aus dem Inneren.

„Wie ... eingesperrt? Was ist denn passiert?" Ich griff nach dem Türknauf und versuchte ihn zu drehen, aber er klemmte eindeutig. *Meine Güte!*

„Ich weiß es nicht", erwiderte er genervt. „Ich brauchte ein paar Minuten, um meinen EpiPen zu finden, da unsere Sachen aufgrund des überstürzten Umzugs alle komplett durcheinander waren. Als ich ihn endlich entdeckt hatte und wieder gehen wollte, rührte sich die Tür keinen Zentimeter mehr. Ich rufe schon eine geraume Weile nach Hilfe, aber niemand scheint mich zu hören."

Okay, ich wusste, dass Blaire mit ihrem Telefonat beschäftigt gewesen war, aber wo bitte steckten die übrigen Gäste und das Personal? Warum nahm sich niemand seiner an? Nun, zumindest war ich jetzt hier, auch wenn ich nichts ausrichten konnte.

„Ich bekomme sie ebenfalls nicht auf. Warte noch kurz, ich hole Hilfe!" brüllte ich und machte mich auf den Weg.

Billy hatte sich vorhin zumindest ansatzweise freundlich gezeigt, aber wie würde er reagieren, wenn sich innerhalb weniger Stunden die nächste Krise abzeichnete? Womöglich hatte er Charles sogar rufen hören und sich entschieden, ihn zu ignorieren.

Ich durchsuchte das komplette Haus nach irgendwelchen Lebenszeichen, klopfte sogar an die Gästezimmer im Obergeschoss, aber niemand antwortete mir, obwohl ich hätte schwören können, Blaire in ihrer Suite herumlaufen zu hören. Egal, sie wäre uns sowieso keine große Hilfe gewesen.

Nachdem ich meine Möglichkeiten im Inneren ausgeschöpft hatte, kehrte ich zu meinen Mann zurück, um ihn zu informieren, dass es noch ein wenig dauern könnte. Dann stürmte ich nach draußen, mittlerweile am Ende meiner Kräfte. Ich erinnerte mich, am anderen Ende des Grundstücks einen alten Geräteschuppen gesehen zu haben. Vielleicht würde ich dort etwas finden, womit ich die Tür aus den Angeln heben konnte. Im Moment erschien mir das die beste Option, in Anbetracht fehlender humaner Hilfe und der Tatsache, dass ich nicht wirklich wusste, wie man ein Schloss knackt.

Ich hatte mich schon fast herangepirscht, als derselbe alte Pickup, neben dem wir bei unserer Ankunft geparkt hatten, in die Einfahrt gerumpelt kam. Als ich mich umdrehte, erspähte ich Madame Blue. Sie stellte ihn ab, stieg aus und entdeckte mich umgehend.

„Ja?“, schrie sie genervt. „Was ist denn jetzt schon wieder los?“

Vor Verlegenheit stieg mir die Röte in die Wangen. „Nun ja, Billy hat uns das andere Schlafzimmer im Erdgeschoss zugewiesen, und jetzt lässt sich dessen Tür nicht mehr öffnen. Mein Mann sitzt darin fest.“

„Sitzt fest? Heiliger Bimbam! Kann man nicht mal eine Stunde wegfahren, um Besorgungen zu machen? Derartige Vorkommnisse sind genau der Grund, warum die Bank meinen Kredit abgelehnt hat. Sie sind der Meinung, es lohne sich nicht, das Haus zu erhalten, und so allmählich glaube ich das auch.“ Sie schüttelte den Kopf und nestelte an ihrem Schlüsselbund herum.

Ganz offensichtlich war es ihr zuwider, sich mit weiteren Katastrophen herumschlagen zu müssen, aber da Charles ja irgendwie wieder dort raus musste, blieb mir keine andere Wahl, als auf ihre Hilfe zu drängen. „Tut mir wirklich leid, dass ich Sie erneut belästigen muss, aber ich weiß mir allein nicht zu helfen. Er hat ja nicht einmal ein Bad dort drinnen."

„Schon gut, ich komme ja schon", brummte sie, zog sich die Riemen ihrer Einkaufstasche über die Schulter und stapfte an mir vorbei in Richtung Eingangstür.

Als sie an der Klinke unseres Zimmers rüttelte und ebenfalls feststellen musste, dass diese sich nicht bewegte, ging sie in die Küche und kehrte nur Augenblicke später mit einem Trittschemel zurück. Sie stellte ihn auf den Boden, kletterte darauf, strich mit der Hand oben über den Türrahmen und zog einen alten Messingschlüssel hervor. Den steckte sie in das Schlüsselloch und drehte ihn, und schon öffnete sich die Pforte zu Charles' Gefängnis.

„Wenn Sie mich jetzt entschuldigen würden ... Ich bin mit den Vorbereitungen für das Mittagessen bereits in Verzug", fauchte sie und ließ uns stehen. Charles und ich blickten uns verwirrt an.

„Ich wusste nicht, dass es einen Schlüssel gibt", sagte ich schulterzuckend, bevor ich ihm erleichtert in dic Armc ficl.

Er streichelte mir beruhigend übers Haar, obwohl doch wieder einmal er derjenige war, den es erwischt hatte. „Jemand muss mich eingesperrt haben, aber warum?"

„Das ist eine berechtigte Frage."

Allerdings hatten wir keine Antwort darauf. Offensichtlich hatte es jemand auf ihn abgesehen und ich sollte schleunigst herausfinden, wer das war, bevor noch Schlimmeres passierte.

12

Während wir gemeinsam auf dem Bett lagen, um die neuerliche Aufregung zu verdauen, begann Charles' Magen, lautstark zu knurren.

„Ich schätze, die paar kleinen Snacks waren keine wirkliche Alternative zu einem gescheiten Frühstück, zumal du gestern ja auch schon das Abendessen verpasst hast", sagte ich, während Charlene an seine Seite gekuschelt döste.

„Stimmt, aber wie du schon sagtest, hier draußen sind wir außerhalb jedes Lieferradius, und wir können die Kleine nicht allein lassen." Er hielt kurz inne, streichelte sie liebevoll, und fuhr dann fort. „Madame Blue hat doch erwähnt, dass sie Mittagessen zubereitet, oder? Vielleicht sollten wir es einfach nochmals wagen, uns mit den anderen an einen Tisch zu setzen, auch wenn es unangenehm zu werden verspricht? Und sobald wir Charlenes

Mutter gefunden haben, fahren wir in die Stadt und gönnen uns ein exzellentes Neun-Gänge-Menü."

„Und wenn wir schon mal dort sind, könnten wir uns auch direkt nach einer neuen Bleibe umschauen", fügte ich seufzend hinzu und rollte mich auf die Seite, um ihn anzusehen. „Aber du bist dir sicher, dass du mit der Abreise noch warten möchtest?"

„Was bleibt uns denn anderes übrig? Wir können das Baby nicht allein lassen, und jemandem hier vertrauen schon zweimal nicht."

„Wieso nehmen wir sie nicht einfach mit in die neue Unterkunft?", schlug ich vor, obwohl ich wusste, dass auch das keine wirkliche Option war.

Charles' grüne Augen bohrten sich in meine. „Dann hätten wir keinen Grund mehr, hierher zurückzukommen. Madame Blue würde uns mit Sicherheit den Zutritt verweigern."

„Stimmt." Nervös zupfte ich an der Haut meines Ellbogens herum, eine äußerst üble Angewohnheit. „Ich mache mir einfach nur Sorgen dass etwas noch Schlimmeres passieren könnte."

Er schüttelte den Kopf und tat meine Ängste mit einer Handbewegung ab. „Das wird es schon nicht, mach dich nicht verrückt."

„Mir sicherlich nicht, aber was ist mit dir?"

„Mir ebenso wenig", versicherte er mir, obwohl die Beweislast der letzten Tage eindeutig dagegen sprach. „Und jetzt lass uns essen gehen, bevor ich vor Schwäche zusammenbreche."

So ungern ich mich erneut zu den anderen gesellen wollte,

musste ich doch einsehen, dass uns kaum eine andere Wahl blieb. So schloss ich mich widerwillig meinem Mann an, nahm aber zuvor noch den Schlüssel an mich, den die Verwalterin wieder oben auf dem Türrahmen deponiert hatte. Es brauchte niemand Zugang zu unserem Zimmer zu haben, solange wir uns nicht darin aufhielten. Wir fanden Madame Blue, Billy und das Mackenzie-Paar vor, die Pastrami-Sandwiches und etwas aßen, das aussah wie Kartoffelsalat.

„Keine Blaire heute?", fragte ich beiläufig, als Charles und ich unsere Plätze einnahmen.

„Sie macht Intervallfasten, ist angeblich so ein neuartiges trendiges Zoomer-Ding", erklärte Madeline Mackenzie und grinste breit in meine Richtung. Jetzt, wo sie das Zimmer zurück bekommen hatte, schien sie wesentlich besserer Laune zu sein.

Charles zog die Platte mit den Sandwiches heran und nahm sich zwei Roggenbrote, während er das Sauerteigbrot für mich übrig ließ.

Ich schaufelte große Mengen des Salats auf jeden unserer Teller, während er bereits das erste belegte Dreieck verputzte. Etwas Grünes in der cremigen Masse stach mir ins Auge und veranlasste mich, den Kartoffelberg etwas genauer unter die Lupe zu nehmen. Tatsächlich ... Kapern.

Sie waren eines der wenigen Lebensmittel, die ich hasste wie die Pest, und es machte auch wenig Sinn, sie einzeln herauszuklauben. Die bitteren kleinen Kugeln vergifteten alles, womit sie in Berührung kamen – insbesondere meine Geschmacksknospen. *Mist.*

Charles beendete sein erstes Sandwich und stürzte sich dann

mit großer Begeisterung auf seine Kartoffeln. Kaum hatte er jedoch den ersten Bissen genommen, drehte er sich zu mir um, und ich nickte unmerklich, woraufhin er sich meinen Teller schnappte und meine Portion auf den seinen schob. Er kannte mich einfach zu gut.

„Meine Kochkünste sind wohl nicht nach Ihrem Geschmack?“, schrie Madame Blue vom anderen Ende des Tisches zu mir herüber.

„Die Sandwiches sind köstlich“, schwärmte ich und zeigte mit dem Daumen nach oben. „Ich bin nur leider kein Fan von Kapern.“

„Keine Esskultur“, murmelte sie vor sich hin, aber natürlich wieder dermaßen laut, dass auch alle anderen es hören konnten.

Mrs Mackenzie schnüffelte, verkniff sich jedoch eine Bemerkung, als ihr Mann ihr die Hand auf den Arm legte.

Danach aß Charles noch schneller, da er uns offensichtlich aus dieser misslichen Lage befreien wollte. Kaum hatte ich mir den letzten Bissen in den Mund geschoben, war auch er bereit zu gehen.

Er legte seine Serviette auf den Teller und erhob sich. „Vielen Dank für diese köstliche Mahlzeit.“

Ich stand ebenfalls auf und hastete ihm hinterher, als er zügig in Richtung unseres Zimmers ging, das ja ganz in der Nähe des Speisesaals lag.

An der Tür angekommen, gab sein Magen ein lautes, gurgelndes Geräusch von sich.

„War es nicht genug?“, neckte ich ihn.

Er verzog das Gesicht zu einer Grimasse und drückte sich eine Hand auf den Bauch. „Doch, aber jetzt muss ich dringend auf die Toilette. Bin gleich wieder bei dir." Er beugte sich zu mir herunter, offensichtlich mit der Absicht, mir einen Kuss zu geben. Dann jedoch überlegte er es sich anders und stürmte in Richtung der Gemeinschaftstoilette davon.

Schulterzuckend schloss ich auf und betrat das Zimmer.

Charlene erwachte, als ich mich zu ihr aufs Bett setzte. „Wo ist dein Kumpel?", fragte sie und suchte den Raum nach Charles ab.

„Er kommt gleich. Fühlst du dich besser?"

„Ich bin nach wie vor traurig wegen Mommy, aber nicht mehr so müde." Sie leckte sich die Pfote, strich sich damit über den Kopf und kletterte dann auf meinen Schoß.

„Das freut mich zu hören."

„Ja", sagte sie mit einem schweren Seufzer und ließ sich dann nach echter Katzenmanier auf die Seite fallen. „Aber dafür ist mir jetzt langweilig. Würdest du mir die Geschichte über Octavius weitererzählen?"

Ich lachte über ihre weit aufgerissenen, leuchtenden Augen, als sie diese Bitte äußerte. „Dir gefällt die Story?"

„O ja, sehr sogar." Dabei nickte sie zustimmend mit dem Kopf, und ich konnte es kaum glauben, dass sie nach so kurzer Bekanntschaft bereits menschliche Gesten angenommen hatte.

Dann kam mir eine großartige Idee. „Möchtest du ein Bild von ihm sehen?"

„Ja!“, quietschte sie erfreut, sprang auf und blickte sich verwirrt im Zimmer um. „Wo ist es denn?“

„Auf meinem Telefon, eine Sekunde.“ Ich holte mein Handy heraus, scrollte durch die Galerie und entschied mich für ein Foto von Octocat und Grizabella, das ich an meinem Hochzeitstag von ihnen geschossen hatte, der ja irgendwie auch zu ihrem Hochzeitstag geworden war. Darauf sahen die beiden besonders schick aus – er mit einer eleganten rosafarbenen Fliege, sie mit einer Schleife und einem zarten Spitzenschleier.

„Wow, so eine Katze habe ich noch nie gesehen.“ Charlenes Blick haftete auf der Himalaya-Katze, die ein ehemaliges Model und wirklich eine wahre Schönheit war.

„Das ist Grizabella, seine Gefährtin“, erklärte ich und deutete dann auf ihn. „Und das hier ist Octavius.“

Sie schaute nur kurz auf ihn und wandte sich dann wieder Grizz zu. „Lebt sie auch bei dir?“

„Nein“, antwortete ich mit einem traurigen Lächeln. Natürlich musste sich mein Kater ausgerechnet in jemanden verlieben, der am anderen Ende des Kontinents wohnte. Warum einfach, wenn es auch kompliziert ging. „Leider sehr weit von uns weg.“

„Ich wette, er vermisst sie, wenn sie nicht bei ihm ist, so wie ich meine Mami vermisse.“

„Damit hast du sicherlich recht. Soll ich dir noch weitere Fotos zeigen?“, fragte ich, denn wie bei jedem Katzenbesitzer war auch mein Handy randvoll mit Bildern und Schnappschüssen meines tierischen Mitbewohners.

„Ja bitte, ich möchte sie alle sehen!“, rief sie und entlockte mir mit ihrer Reaktion ein fröhliches Lachen.

Und während wir die Alben durchstöberten, löcherte sie mich nur so mit Fragen über meine verwöhnte Fellnase. Irgendwann jedoch kniff sie die Augen zusammen und beklagte sich, das Licht tue ihr wieder weh. „Aber wir können doch später weiterschauen, oder?“

„Wir können ihn sogar anrufen, wenn du ihn kennenlernen möchtest. Wenn es deinen Augen besser geht.“

„Das würde ich sehr gerne. Jetzt jedoch bin ich müde.“ Und ohne weitere Zeit zu verschwenden, rollte sie sich zu einem kleinen Ball zusammen.

„Gute Nacht, Charlene“, sagte ich und drückte ihr einen sanften Kuss zwischen die Ohren.

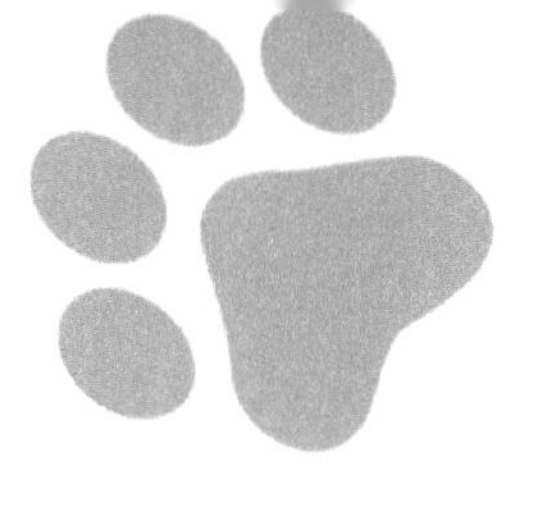

13

Charles blieb eine beunruhigend lange Zeit im Bad. Irgendwann ging ich sogar hinüber, um nachzusehen, ob man ihn womöglich wieder eingeschlossen hatte, aber er versicherte mir durch eine lediglich von innen verriegelte Tür, dass es ihm gut ginge und er bald herauskäme.

Sorgen machte ich mir trotzdem, denn das war ein merkwürdiges Verhalten, was mein frischgebackener Ehemann da an den Tag legte. Erst nach einer weiteren Stunde kehrte er ins Zimmer zurück und sah absolut erschöpft aus.

„Ich glaube, jemand hat mich vergiftet“, flüsterte er vorsichtig.

„*Vergiftet!*“, kreischte ich auf.

„Psst“, warnte er und legte einen Finger an die Lippen. „Wir wissen nicht, wer zuhört. Und Gift könnte ein zu hartes Wort sein, aber ich vermute, dass jemand ein starkes Abführmittel unter die Kartoffeln gemischt hat. Dir geht es ja gut, oder?"

„Ich bin fit wie ein Turnschuh." Zur Bekräftigung wirbelte ich herum und hob die Arme, damit er mich von allen Seiten betrachten konnte, runzelte dann jedoch die Stirn. „Denkst du wirklich, jemand hat es mit Absicht getan? Das wäre ja ungeheuerlich."

Er hielt sich den Bauch und ließ sich am Fuße des Bettes nieder, um Charlene nicht zu stören, die am Kopfende friedlich schlief. „Ja", stöhnte er. „Irgendwer hat es definitiv auf mich abgesehen."

Ich legte mich quer aufs Bett zwischen die beiden und wandte mich ihm zu. So allmählich keimte in mir ein Verdacht auf.

„Vielleicht nicht einmal speziell auf dich", sagte ich und hielt kurz inne, damit er meine Worte sacken lassen konnte. „Wenn sie etwas unter den Kartoffelsalat gemischt haben, wollten sie damit uns beide erwischen. Das Gleiche gilt für die Treppe. Sie konnten ja nicht wissen, wer von uns beiden morgens als Erster nach unten gehen würde. Und was das Zimmer betrifft, hätte genauso gut ich – oder sogar wir beide – drin sein können."

Charles dachte einen Moment lang darüber nach. „Also will diese Person eigentlich uns beiden Schaden zufügen, erwischt aber immer nur mich. Aber warum eigentlich? Wir sind doch erst gestern Abend hier angekommen, und niemand kennt uns."

„Deine Vermutung ist so gut wie meine, und ich habe überhaupt keine. Zumindest hält sich die Zahl der Verdächtigen in Grenzen."

"Madame Blue, Billy, das Mädchen mit den Regenbogenhaaren ..."

„Blaire", ergänzte ich.

„Richtig, Blaire, und das ältere Paar, das uns die Suite weggeschnappt hat." Seine Miene verdüsterte sich. „Also ich tippe auf die beiden."

„Die Mackenzies sind ziemlich unangenehm, das gebe ich zu, aber unser Täter könnte wirklich jeder hier sein. Blaire hat ebenfalls keinen Hehl daraus gemacht, dass sie mich nicht leiden kann. Dennoch sind es Billy und Madame Blue, die Zugang zu allem haben. Nehmen wir mal an, das mit der Treppe war tatsächlich ein Unfall, dann bleiben immer noch die anderen Sachen übrig: Jemand muss dich absichtlich eingeschlossen und ein Abführmittel in den Kartoffelsalat gemischt haben."

In Charles Augen machte sich Verständnis breit. „Also ist die Alte unsere Hauptverdächtige, denn immerhin hat sie das Essen vorbereitet."

„Vielleicht, vielleicht aber auch nicht. Als gestern während der Mahlzeit die Lichter ausgingen, rief sie nach Billy, der ihr Kerzen holen sollte. Der jedoch war urplötzlich verschwunden." Erst jetzt wurde mir klar, dass er bei diesem unglückseligen Dinner ja nicht dabei gewesen war und daher nicht über dieselben Informationen verfügte wie ich. Und gestern hatte ich überhaupt nicht daran gedacht, dieses Detail zu erwähnen, weil ich es für unbedeutend hielt. Jetzt allerdings könnte es unser wichtigster Hinweis sein.

„Du glaubst also, er war für den Stromausfall verantwortlich?", fasste Charles meine Ausführungen zusammen.

„Ehrlich gesagt, ich weiß nicht mehr, was ich glauben soll. Das Einzige, was ich sicher weiß, ist, dass hier an jeder Ecke Gefahr lauert." Ein Schauer jagte mir über den Rücken und ich wollte mir gar nicht vorstellen, was als Nächstes passieren könnte. Der arme Charles hatte doch wirklich schon genug durchmachen müssen.

„Wie auch immer, wir sitzen hier fest, bis wir Charlenes Mutter gefunden haben", warf er ein.

Gleichzeitig blickten wir beide liebevoll auf das dösende Kätzchen.

„Das einzig Gute ist, dass wir jetzt den Schlüssel zu unserem Zimmer haben." Grinsend zog ich ihn aus meiner Tasche. „So können wir es zumindest absperren, wenn wir den Großteil des Tages draußen im Garten mit der Suche nach Mama Katze verbringen."

Er nahm mir den Schlüssel ab und betrachtete ihn einen Moment lang, bevor er ihn einsteckte. „Stimmt, und ich kann gegen Abend ja auch nochmals in die Stadt fahren, Essen zum Mitnehmen besorgen und unsere Lebensmittelvorräte aufstocken."

Bei dem Gedanken, ihn erneut allein losziehen zu lassen, runzelte ich die Stirn. Eigentlich hatten wir uns doch vorgenommen, uns während unserer Flitterwochen keine Sekunde zu trennen. „Es tut mir leid, wie sich das alles entwickelt hat."

Charles griff nach mir und zog mich zu sich heran. „Aber,

Liebste, wir haben noch den ganzen Rest unseres gemeinsamen Lebens vor uns. Sicherlich werden sich noch eine Million weitere Gelegenheiten für eine große, romantische Urlaubsreise ergeben."

Ich zwang mich zu einem Lächeln. Natürlich hatte er recht, allerdings war dieser Trip genau das Gegenteil von dem, was ich mir erhofft hatte. „Zumindest wird diese uns für immer in Erinnerung bleiben." Und dass wir beide so blendend miteinander klarkamen, war ja auch wichtig.

Er nickte zustimmend. „Eines Tages werden wir darüber lachen."

„Vorausgesetzt, wir kommen jemals lebend hier raus", fügte ich hinzu.

„Das werden wir, Angie." Charles strich mir mit dem Daumen über die Wange. „Bis vorhin sind wir ja von Missgeschicken oder Pannen ausgegangen, aber jetzt befinden wir uns in höchster Alarmbereitschaft. Und wir haben einen Plan."

Ja, den hatten wir allerdings. Blieb nur abzuwarten, ob er funktionierte.

14

Wir schlossen die Tür hinter uns ab, Charles steckte den Schlüssel wieder ein, und ich trug Charlene, in den Falten meines Ersatzpullis versteckt, hinaus in den Garten. Zum Glück trieben sich keine anderen Gäste dort herum, und so allmählich fragte ich mich wirklich, wo sie sich tagsüber aufhielten.

„Ich denke, wir sollten mit den Bienen anfangen, sie fragen, ob ihnen noch andere, besorgniserregende Dinge aufgefallen sind … irgendwelche Vorkommnisse, die mit der Serie von Unglücksfällen zusammenhängen könnten, die dir seit unserer Ankunft widerfahren sind“, schlug ich vor, nachdem ich mich erneut vergewissert hatte, dass niemand sonst in der Nähe war.

Charles kramte in seiner Hosentasche und holte ein leuchtend gelbes Röhrchen mit einer orangefarbenen Kappe heraus.

„Nur zu, ich habe meinen EpiPen bei mir, aber lass mich dir zeigen, wie man ihn benutzt … nur für den Fall der Fälle."

Ich schwieg und runzelte die Stirn, während er mir erklärte, wie ich ihm bei einem Worst-Case-Szenario – einem schweren allergischen Schock – damit das Leben retten konnte. „Ganz ehrlich, allein die Vorstellung, dich zu verlieren, macht mir Angst. Und wenn ich an all die *Unfälle* der letzten Tage denke …"

Er drückte mir einen Kuss auf den Scheitel. „Das wirst du nicht. Ich ziehe mich mit Charlene in den hinteren Teil des Gartens zurück, während du mit den Bienen sprichst. Oh, und könntest du sie eventuell bitten, nicht unbedingt mich zu stechen?"

„Das werde ich." Und so begab er sich zusammen mit dem kleinen Kätzchen zur hinteren Grenze des Grundstücks, während ich mich erneut dem Beet mit den gelben Rosen näherte, in dessen Nähe ich den Bienenstock vermutete „Aldrin? Lightyear?", rief ich. „Hallo, ihr Bienen? Ich würde gerne nochmals kurz mit euch reden."

Als niemand antwortete, begann ich, die Sträucher und Büsche nach einem Hinweis auf ihr Haus zu durchsuchen, wobei ich mich immer weiter von den prächtigen gelben Blumen entfernte. Schließlich entdeckte ich eine weiße Holzkiste, versteckt unter hängenden Zweigen, nicht weit entfernt von dem übelriechenden Stinktierkohl. „Aldrin? Lightyear?", versuchte ich es erneut, wobei ich mir die Nase zuhielt. Der Kohl roch heute zwar nicht annähernd so schlimm wie am vorherigen Abend, trotzdem wollte ich kein Risiko eingehen.

„Sei gegrüßt. Wie können mein Volk und ich dir helfen, Mensch?“ Ich drehte mich um und sah eine enorm dicke Brumme auf einer schwarzäugigen Susanne sitzen. Angesichts ihres Umfangs und der Tatsache, dass es sich um ein Weibchen handelte, musste dies die Königin sein.

Da ich nicht das Geringste über die Umgangsformen der Bienen wusste, machte ich vorsichtshalber mal einen Knicks. „Eure Majestät.“

„Bitte nenne mich einfach bei meinem Namen, das ist völlig ausreichend.“

„Gerne, Eure Maj … äh, wie heißt du denn?“

„Ich bin Bey.“ *Königin Bey* natürlich.

„Hallo, Bey. Mein Name ist Angie. „Was machst du denn hier draußen, so weit außerhalb deines sicheren Zuhauses?“ Behutsam ließ ich mich vor ihr auf dem Boden nieder und beugte mich vor, so dass ich mich mit ihr auf Augenhöhe befand.

Sie rieb ihre Vorderbeine zusammen, was ich nun unschwer erkennen konnte, und setzte zu einer Erklärung an: „Meine Arbeiterdrohnen sind auf der Suche nach einem neuen Standort für unseren Bienenstock, weil wir die Nähe zu dieser elenden Pflanze nicht mehr ertragen können.“

Beide blickten wir in Richtung des Stinktierkohls. „Das kann ich euch nicht verdenken. Braucht ihr Hilfe beim Umzug?“

„Nein, wir haben beschlossen, einen eigenen Stock zu bauen, damit die Menschen uns nicht länger sämtlichen Honig stehlen können. Somit schlagen wir zwei Fliegen mit einer Klappe.“

Schon wieder dieses Sprichwort, das ich als Tierfreundin so

sehr hasste. Daher beschloss ich, einen Ausdruck zu verwenden, der mir angebrachter erschien. „Ihr löst also beide Probleme in einem Aufwasch“, verkündete ich.

Bey blickte verwirrt auf ihre prallen Vorderbeine hinab. „Tut mir leid, aber das verstehe ich nicht.“

Ich grinste. „Alles gut. Es ist nur ein alberner menschlicher Spruch.“

Sie gab ein scharfes, summendes Geräusch von sich, das ich für einen Seufzer hielt – es könnte aber auch ein Aufschrei gewesen sein. „Du magst albern sein, Angie, aber viele andere Personen sind in letzter Zeit zur Gefahr für uns geworden.“

„Ja, Aldrin und Lightyear haben mir bereits davon berichtet. Sie rotten euren natürlichen Lebensraum aus und bereichern sich an eurem Honig, so dass für euch selbst nichts mehr übrig bleibt“, wiederholte ich die Worte, die mir von dem Gespräch mit den beiden anderen in Erinnerung geblieben waren.

Bey kreiste langsam um die Blume, bevor sie sich wieder darauf niederließ. „Ganz genau, und am liebsten würden wir diesen Ort für immer verlassen, wäre da nicht eine gewisse Tradition. Schon meine Mutter und ihre Mutter haben hier gelebt.“

„Also hat dieser Garten einen gewissen sentimentalen Wert für dich. Das kann ich nur zu gut nachvollziehen. Gibt es etwas, das ich tun kann, um euch zu helfen?“ Denn helfen wollte ich ihnen unbedingt. Ich hatte mich zwar bisher noch nie großartig mit dem Thema Bienen befasst, wusste aber aus den Nachrichten, dass ihre Population gefährdet und ihr Überleben wichtig für unseren Planeten war. Von daher würde ich alles in meiner

Macht Stehende tun, um zumindest dieses Völkchen hier zu retten.

„Halte andere Menschen von uns fern“, bat Bey mit eindringlicher Stimme. „Ich möchte auf keinen Fall noch weitere Mitglieder meiner Kolonie opfern, die sie uns durch Stiche vom Leib fernhalten müssen und dafür mit ihrem Leben bezahlen. Allerdings befürchte ich, wir haben keine andere Wahl.“

„Ach ja, da fällt mir ein ... bitte stürzt euch nicht auf meinen Mann. Er ist einer der Guten und hochgradig allergisch.“

Bey gab erneut einen seltsamen schrillen Summton von sich. „Leider kann ich, was Menschen anbelangt, den einen nicht von dem anderen unterscheiden. Wahrscheinlich würde ich nicht einmal dich wiedererkennen, sollten wir uns noch einmal begegnen.“

Ich nickte kaum merklich, denn ich wollte keine übertriebenen Bewegungen machen, wenn ich mit einem solch kleinen Lebewesen sprach. „Da ich dich aber schon einmal hier bei mir habe, hätte ich noch eine Frage: Sind dir weitere seltsame Dinge in diesem Garten oder in dem Haus aufgefallen?“

„Was meinst du mit seltsam?“ Beys Stimme wurde schwächer, sie schien erschöpft zu sein. Mit Sicherheit war es nicht gut für sie, sich so lange außerhalb ihres geschützten Nestes aufzuhalten. Ich würde mich mit meinen Fragen beeilen, musste sie trotzdem zuerst über all die Dinge aufklären, die Charles und mir seit unserer Ankunft widerfahren waren.

Sie saß regungslos auf der Blume und hörte mir aufmerksam

zu. „Ihr Menschen seid eine Gefahr für euch selbst, mehr noch als für uns."

Ich seufzte. „Damit hast du leider recht."

„Ich kann dir nicht helfen, dir lediglich verraten, dass sich während meiner Regentschaft so einiges zum Negativen verändert hat. Einst erweckten diese Gärten den Neid sämtlicher Anwohner, aber ihre Pracht schwindet mehr und mehr ... Jedoch nicht aufgrund von Vernachlässigung, sondern durch mutwillige und vorsätzliche Zerstörung."

„Indem jemand die schlechten Pflanzen hier ansiedelt", fasste ich zusammen.

„Ganz genau. Dadurch gehen die guten zugrunde, und da sie uns auch noch unseren kompletten Honig stehlen, stehen wir kurz vor einer großen Hungersnot."

Bei diesen Worten brach mir das Herz. „Wie furchtbar. All das tut mir so leid."

„Keine Sorge. Wir sind nicht umsonst ein Paradebeispiel für harte Arbeit. Meine Arbeiterinnen sind bereits dabei, einen neuen Bienenstock zu errichten, und gemeinsam werden wir eine neue Ära des Wohlstands einläuten. Und bis dahin werde ich hier ausharren und meiner Kolonie als Vorbild dienen."

„Du bist eine gute Anführerin", versicherte ich ihr.

„So wie alle Königinnen es sein sollten. Und du bist zwar ein seltsamer Mensch, aber ein gütiger. Hoffentlich bekommst du all deine Probleme gelöst."

„Und ihr die euren. Ich werde mit der Eigentümerin des Hauses sprechen und sehen, ob sie helfen kann."

„Da mache ich mir zwar keine allzu großen Hoffnungen, weiß deine Bemühungen aber dennoch zu schätzen. Lebe wohl, Angie.“ Da Königin Bey ihren Platz in der Mitte der dunklen Blume beibehielt, war es offensichtlich, dass sie die Audienz als beendet betrachtete.

Also machte ich mich auf, meinen Mann und unser temporäres Adoptivkätzchen zu finden, um ihnen zu erzählen, was ich in Erfahrung bringen konnte. Vielleicht hatte Charles ja irgendeine Idee, wie wir der Bienenkolonie helfen konnten, solange wir noch hier waren, in diesem alten Herrenhaus, dessen Mauern und Gärten so viele Geheimnisse bargen.

15

Wir beschlossen, Charlene für eine Weile auf eigene Faust umherstreifen zu lassen, in der Hoffnung, dies könnte ihre Mama ermutigen, Kontakt zu ihr aufzunehmen. Dennoch behielten wir sie genauestens im Auge, um sicherzustellen, dass weder Madame Blue noch die anderen Gäste sie entdeckten.

Während sie also auf Erkundungstour ging, zeigte ich Charles das Beet mit dem Stinktierkraut und erzählte ihm von den Plänen der Bienen, aus ihrem aktuellen Haus aus- und in einen neuen, selbst erbauten Bienenstock umzuziehen. „Heute riecht es hier nicht mehr ganz so schlimm wie gestern, aber bestimmt noch schrecklich genug für die kleinen Brummer", stellte ich fest.

„Lass mich mal sehen." Charles beugte sich hinunter und untersuchte eines der dicken Blätter. „Jemand ist erst kürzlich darauf herumgetrampelt, was den üblen Gestank gestern verursacht haben dürfte."

Scham überkam mich. „Hoffentlich war ich das nicht gewesen. Es wäre ja furchtbar, wenn ich Bey und ihrem Völkchen so viel Ärger bereitet hätte."

„Das glaube ich eher nicht. Schau mal hier." Er deutete mit dem Kinn auf einen anderen Teil des Kohlfeldes. „Es wurde nur an einigen Stellen, und zwar an den Rändern plattgedrückt. Wenn jemand versehentlich darüber gelaufen wäre, hätte derjenige eine wesentlich deutlichere Spur hinterlassen."

„Du glaubst also, es war Absicht?"

„Meiner Meinung nach ja. Die Person hat dieses Kraut vorsätzlich hier angepflanzt." Er stand auf und wischte sich die Hände an einem Taschentuch ab.

„Dann lass uns weiterschauen, ob wir sonst noch etwas Ungewöhnliches entdecken."

„Wir können Fotos machen und eine umgekehrte Bildersuche durchführen, um die Identität jeder Blume und Pflanze herauszufinden", schlug Charles vor und hatte auch schon sein Handy gezückt, bereit, sich auf ihm unbekanntes Terrain zu begeben. „Das ist vielleicht aussagekräftiger, als nach visuellen Hinweisen zu suchen."

„Großartige Idee!" Ich zog ebenfalls mein Handy hervor. Wir beide liebten intellektuelle Herausforderungen, und das hier war ein echter Knüller. „Es gibt doch diese App, mit der man Blumen erkennen kann. Ich lade sie schnell mal herunter."

So schossen wir in der nächsten Stunde Fotos von jeder

Pflanze, die wir auf dem Grundstück fanden, und versuchten, nicht aufzufallen, während wir den Garten katalogisierten.

„Verdammt schwierig“, sagte ich, nachdem unser letztes Bild im Kasten war. „Es gibt so viele verschiedene Unterarten. Das hier zum Beispiel – Ist das ein Shasta-Gänseblümchen oder ein Ochsenauge?“ Seufzend fuhr ich mit der Fingerspitze über die zarte weiße Blüte.

Charles hingegen war noch immer in Hochstimmung. Mit konzentrierter Miene tippte er auf seinem Handy herum und scrollte durch diverse Artikel. „Also meiner Meinung nach ein Ochsenauge.“

„Und wie kommst du darauf?“ Interessiert beugte ich mich zu ihm hinüber, um zu sehen, was sein Bildschirm anzeigte.

Er reichte mir das Telefon und setzte zu einer Erklärung an. „Es handelt sich um eine invasive Spezies. Auf den ersten Blick sieht sie aus wie eine Blume, ist aber in Wirklichkeit ein Unkraut und dafür bekannt, die Arbeit unerfahrener Gärtner in vielen Klimazonen zu zerstören. So auch in dieser Region.“

„Aber Madame Blue ist nicht unerfahren“, wandte ich ein. „Als meine Eltern hier ihre Flitterwochen verbrachten, war der Garten perfekt, und ich vermute mal, dass sie schon damals die Verwalterin war.“

„Dann scheint es fast so, als hätte jemand die Pflanzen absichtlich ausgetauscht, um die Anlage von innen heraus zu zerstören.“

„Aber wer sollte so etwas tun, und warum?“

Charles zuckte mit den Schultern und seufzte tief auf. „Wer

profitiert davon, indem er mich in unserem Zimmer einsperrt oder den Kartoffelsalat manipuliert?“

„All das gefällt mir ganz und gar nicht.“ Ich ließ den Kopf hängen, und mit jedem weiteren Hinweis, auf den wir stießen, wuchs meine Verwirrung.

„Mir auch nicht, aber ich hätte da eine Idee, wie du dich schlagartig besser fühlen könntest.“

Ich schaute zu ihm auf, gespannt auf das, was er vorschlagen würde.

Mein Ehemann bedachte mich mit einem liebevollen Lächeln. „Wie wäre es mit einem Anruf zu Hause? Ich weiß doch, dass du sie alle schrecklich vermisst. Ein Gespräch mit unseren Lieben wird dich sicherlich aufmuntern.“

„Aber diese Woche wollten wir uns doch nur auf uns konzentrieren“, argumentierte ich, schüttelte den Kopf und ergriff seine Hand.

Er drückte die meine, ließ sie dann aber direkt wieder los. „Wenn ich etwas verstanden habe, dann das, wie wichtig deine Großmutter dir ist. Außerdem haben wir noch ein ganzes Leben vor uns, das wir miteinander verbringen werden, nur wir beide.“

„Okay“, überlegte ich und biss mir auf die Unterlippe. „Überredet. Rufen wir sie an.“

„Nein, das machst du. Ich begebe mich in der Zwischenzeit auf die Suche nach Charlene.“ Er warf mir einen Handkuss zu und stürmte davon.

Ich verschwendete keine weitere Sekunde und tippte direkt Grandmas Nummer ein. Wie recht er doch hatte … ich vermisste sie wirklich sehr. Solange ich denken konnte, war sie meine engste Freundin gewesen, und selbst ein paar wenige Tage ihr liebes Gesicht nicht zu sehen, fühlte sich seltsam an.

Nach nur wenigen Klingelzeichen nahm sie meinen Face-Time-Anruf an. Viel erkennen konnte ich nicht, aber sie schien, bekleidet mit einem pinkfarbenen Seidenpyjama, im Bett zu liegen. Als sie mich erblickte, machte sich ein riesiges Lächeln auf ihrem Gesicht breit.

„Angie, Liebling!“, rief sie erfreut aus. „Wie läuft das Eheleben?“

„Großartig, aber was den Rest anbelangt, bin ich mir noch nicht so sicher“, gestand ich ihr und versuchte, ihr zuliebe fröhlich dreinzublicken.

„Ich bin gleich wieder da, Grant“, flüsterte sie und verschwand kurzzeitig vom Bildschirm, bevor sie wieder auftauchte.

„Schieß los“, forderte sie mich auf, während sie, das Telefon in der Hand, durchs Haus in die Küche wanderte. „Ich setze nur schnell Tee auf.“

Und so erzählte ich ihr alles und schloss mit den Worten: „Aber bitte sag Mom und Dad nichts davon. Sie waren so glücklich über ihr ganz spezielles Geschenk, und ich möchte auf keinen Fall, dass sie erfahren, wie viel Ärger wir hier haben, vor allem, da sie so schöne Erinnerungen mit dem Haus verbinden.“

„O je, all das klingt ja schrecklich“, sagte Großmutter und versenkte ihren Teebeutel in einer Tasse mit heißem Wasser.

„Allerdings. Ich hoffe, eure Flitterwochen verlaufen besser als unsere?" Bei meinen letzten Worten schwang eine gewisse Angst mit, dass dem nicht so sein könnte.

„Die starten erst nächste Woche, wenn du zurück bist. Stell dir vor, Grant hat eine Überraschungskreuzfahrt nach Alaska für uns gebucht!", schwärmte sie und fuhr sich mit der Hand durchs Haar. Selbst nach all den Jahrzehnten und obwohl längst pensioniert, konnte sie ihre schauspielerischen Wurzeln nicht verleugnen. „Wie bitte? Wieso in aller Welt hast du dich auf einen Trip an solch einen kalten Ort eingelassen?", verlangte ich zu wissen, aber dieses Mal war mein Lächeln echt. Wann immer ich mit ihr sprach, fühlte ich mich immer gleich so viel besser, ganz egal, was sonst so in unserem Leben passierte.

„Oh, *na ja.*" Sie verzog verächtlich die Lippen, was mich so richtig zum Kichern brachte. „Grant meint, die Winter sind heftig, die Sommer dafür einzigartig. Allerdings haben wir auch hier eine schöne Zeit. Wer hätte das gedacht, dass ich nach dem Verlust deines Großvaters noch einmal heiraten würde. Aber ich bin so froh, ihn an meiner Seite zu haben, jetzt, wo du endgültig erwachsen bist und im Begriff stehst, deine eigene Familie zu gründen."

„Darüber bin ich auch mehr als glücklich, aber Charles und ich haben das mit der Familienplanung erst einmal nach hinten verschoben."

Sie machte eine abwehrende Handbewegung. „Du weißt doch genau, wie ich das meine, Liebes."

„Ja, schon klar. Aber tatsächlich habe ich diese Woche unerwartete Erfahrungen mit der Mutterschaft gemacht." Ich erzählte ihr noch alles über Charlene und fügte hinzu: „Du hast so viel verpasst, Grandma."

„Das scheint mir auch so. Lauter Dinge, gute wie auch schlechte, die es wert sind, sie im Herzen zu behalten und nie zu vergessen, würde ich wetten." In ihren Augen lag ein verständnisvolles Funkeln. Sie und ich wussten beide, dass einige meiner schlimmsten Erfahrungen zu meinen besten Entscheidungen geführt hatten. Wie etwa die Begegnung mit Octocat nach meiner traumatischen Nahtoderfahrung durch eine defekte Kaffeemaschine.

„Da fällt mir gerade ein …", unterbrach ich sie aufgeregt, „Ist Octocat in der Nähe? Charlene ist ein großer Fan von ihm und möchte ihn unbedingt kennenlernen."

„O bitte nein." Grandma wurde blass. „Weißt du nicht mehr, was das letzte Mal passiert ist, als ein bekennender Fan in sein Leben trat? Ich sage nur: Pringle."

„So schlimm ist der kleine Kerl doch gar nicht", entgegnete ich lächelnd und dachte wieder an diesen ganz besonderen Moment mit ihm während meiner Hochzeitsfeierlichkeiten zurück.

„Also gut. Warte mal kurz." Der Bildschirm wurde dunkel, aber noch immer hörte ich sie laut und deutlich. „Paisley, könntest du bitte deinen Bruder suchen gehen?", bat sie das kleine Hündchen mit hoher Babystimme.

Nur Augenblicke später ertönte am anderen Ende der Leitung ein lautes Bellen. „Anscheinend war sie erfolgreich", kicherte Grandma und ging nicht nur einen, sondern gleich zwei Treppenabsätze nach oben in mein Turmzimmer. Charles und ich hatten bereits überlegt, jetzt, da er bei mir wohnen würde, nach unten ins Hauptschlafzimmer umzuziehen, aber ich hatte mich einfach schon so sehr an meinen Turm gewöhnt, und Octocat offensichtlich ebenfalls. Obwohl er sein eigenes Reich besaß, mit einem Aquarium und allem, was sich eine verwöhnte Katze nur wünschen konnte, hielt er sich immer dann, wenn ich nicht zu Hause war, in meinen Räumlichkeiten auf.

Während Großmutter sich ihm näherte, gab ich meinem Mann ein Zeichen, dass ich mich kurz nach drinnen verziehen würde. Dann eilte ich in unsere Abstellkammerunterkunft.

Kaum dass ich die Tür hinter mir geschlossen hatte, hielt sie auch schon die Kamera vor das pelzige kleine Gesicht, das mir bereits jetzt schon so sehr fehlte.

„Hey, Kumpel, was machst du denn auf meinem Bett? Vermisst du mich etwa?", neckte ich ihn, gleichwohl erfreut über sein Verhalten.

Er legte die Ohren an. „Sei nicht so ..."

„Ich dich ebenfalls", unterbrach ich ihn, um ihn direkt wissen zu lassen, dass das Gefühl auf Gegenseitigkeit beruhte. „Und es ist auch völlig okay, zuzugeben, dass du mich liebst, auch wenn nichts Schlimmes passiert ist."

„Was meinst du mit nichts Schlimmes? *Alles* ist im Moment eine einzige Katastrophe. Meine Grizabella musste nach Hause zurückkehren, und ich vermisse sie schrecklich", knurrte er, als ob es meine Schuld wäre. Fairerweise musste ich zugeben, dass dies eigentlich auch ihre Flitterwochen waren, die sie nun getrennt voneinander verbrachten. Trotz all unseres Unglücks hatten Charles und ich wenigstens noch uns.

„Das tut mir wirklich leid", sagte ich, und meinte es auch so. „Sobald ich zurück bin, planen wir einen Trip nach Colorado, um sie zu besuchen, okay?"

„Bleibt mir eine andere Wahl? Wir können nichts dagegen tun, wenn uns jemand das Herz stiehlt, und dieses süße Kätzchen hat sich nicht nur mein Herz, sondern auch meine Seele geschnappt." Bei diesen Worten seufzte er tief auf und ließ sich auf die Seite fallen.

Diese aufrichtige Liebeserklärung brach mir beinahe das Herz. Wenn Fellnasen ihre Liebe zeigten, wurde die Auserkorene zur Königin des gesamten Universums.

Während ich noch grübelte, was ich darauf erwidern sollte, schwang die Tür zu unserem Zimmer auf und Charles kam herein.

Ich deutete ihm an, sich zu mir aufs Bett zu setzen. „Apropos Kätzchen, hier ist jemand, der dich gerne kennenlernen möchte", sagte ich und positionierte den Bildschirm vor unserem kleinen schwarzen Findelkind.

„Also habt ihr in diesen paar Tagen bereits Ersatz für mich gefunden", sagte er, schnaubte dann jedoch leise auf, was mir verriet, dass es nur scherzhaft gemeint war.

„Hallo, Mr Octavius. Ich mag deine Bilder und deine Geschichte." Charlene kam mir irgendwie unsicher vor, als sie meinen Kater mit Komplimenten überschüttete.

Für ihn jedoch waren sie Balsam auf seine Wunden. „Mein

Mensch hat also mit mir geprahlt, was? Na ja, ich kann es ihr nicht verdenken."

„Ja, und sie liebt dich sehr. Und deine Gefährtin ist die schönste Katze, die ich je in meinem Leben gesehen habe." Ja, Charlene verstand es, sich bei ihm einzuschmeicheln.

Er lächelte auch prompt breit und zeigte seine scharfen Zähne. „Ja, Kleines, damit hast du absolut recht. Hey, Angie, könnte ich dich mal kurz unter vier Augen sprechen?"

„Klar. Bin gleich wieder da", versicherte ich Charles, begab mich in die Gemeinschaftstoilette und schloss mich darin ein.

„Dieses Kätzchen ist kaum alt genug, um von seiner Mutter getrennt zu werden. Wieso bitte ist es bei dir?", fragte er, und Besorgnis spiegelte sich in seinen bernsteinfarbenen Augen wider.

„Seine Mutter ist verschwunden", erklärte ich leise. „Wir suchen seit Tage ununterbrochen nach ihr, bisher jedoch ohne Erfolg."

„Wenn ihr sie bis jetzt nicht gefunden habt, besteht kaum noch die Chance, dass sie zurückkommt", erwiderte er mit gesenktem Blick, der mir verriet, dass er nicht unbedingt derjenige sein wollte, der mir diese schlechte Nachricht überbrachte.

„Ich weiß, aber wir müssen es zumindest versuchen."

Dann viel Glück. Ich hoffe, dass sich für sie noch alles zum Guten wendet. Sie scheint ein süßes Kind zu sein."

„Das hoffe ich auch", sagte ich und beendete den Anruf.

16

Als ich in unser Zimmer zurückkehrte, fand ich Charlene auf der Matratze auf und ab hüpfend vor, während Charles ihre entzückenden Possen filmte. „Hey, das macht richtig Spaß", jubelte sie.

Eigentlich sollten wir wieder nach draußen gehen, aber so allmählich wurde die Suche nach ihrer Mutter immer aussichtsloser. Und gerade im Moment machte die Kleine einen so glücklichen Eindruck, dass ich sie mit diesem abrupten Themenwechsel nicht erneut an ihren Verlust erinnern wollte. Also setzte ich mich zu Charles und sah ihr ebenfalls zu.

Irgendwann überkam sie die Müdigkeit, und so kuschelten wir uns zusammen und schauten gemeinsam einen Film auf meinem iPad. Danach machte Charles sich auf den Weg in die Stadt, um Essen und neue Vorräte zu organisieren, während ich gemeinsam mit Charlene weitere Webseiten von lokalen Tierrettungsorganisationen durchging, noch immer hoffend, eine Spur ihrer verlorenen Mommy zu finden.

Später am Abend aßen wir gemeinsam im Bett und genossen einfach die Gesellschaft des jeweils anderen. Anschließend verbrachten wir noch etwas Zeit im Freien und suchten weiter nach der Katzenmama, waren aber wieder erfolglos.

Also gingen wir schlafen, froh darüber, dass der Tag wesentlich besser geendet als begonnen hatte, was natürlich in erster Linie unserer Vorsicht zu verdanken war. Doch selbst wenn wir die restliche Woche in der Villa ohne größeren Schaden überstehen sollten, tickte die Uhr unaufhörlich. Uns blieb nicht mehr viel Zeit, um das Kätzchen mit seiner Mutter zusammenzubringen. Und da Charles und ich ja bereits unser Happy End bekommen hatten, wünschte ich mir das für unsere Kleine ebenfalls von ganzem Herzen.

* * *

Irgendwann in der Nacht wurde ich wach, als ich schwere Schritte vor unserer Tür vernahm.

Charles neben mir schien tief und fest zu schlafen, und seine leisen Atemzüge machten deutlich, dass ihn die Geräusche nicht im Geringsten gestört hatten. Somit musste ich wohl oder übel der Sache allein auf den Grund gehen, wenn ich nicht tatenlos zusehen wollte, wie jemand eine neue Falle aufstellte, in die wir am nächsten Tag ahnungslos tappen würden. Zudem hatte der

Arme schon mehr als genug durchgemacht und brauchte seine Ruhe.

Also schlüpfte ich in meinen Bademantel, ging hinüber in die dunkle Küche und schaltete das Licht ein.

Ein Schopf regenbogenfarbener Haare begrüßte mich.

„Blaire, was hast du denn hier unten zu suchen?" Ich warf einen schnellen Blick auf die digitale Uhr über dem Herd. „Es ist zwei Uhr morgens!"

„Ich weiß, wie spät es ist", erwiderte sie schnippisch und schlug die Kühlschranktür zu, nicht jedoch, ohne vorher ein Milchkännchen herausgenommen zu haben.

„Ich dachte, die Küche sei für Gäste tabu", sagte ich frech, zu müde, um höflich zu jemandem zu sein, der mich ebenso schlecht behandelte.

Sie verdrehte die Augen. „Genau aus dem Grund bin ich ja auch mitten in der Nacht hier."

„Und nicht zum ersten Mal, stimmt's?", fragte ich, während ich beobachtete, wie sie zu einem der Schränkchen ging und ein Glas herausholte. Sie schien ganz genau zu wissen, wo sich was befand. „Wahrscheinlich warst auch du es, die beim Mittagessen das Abführmittel in den Kartoffelsalat gemischt hat."

Blaire versuchte gar nicht erst, ihren Lachanfall zu unterdrücken.

„Das ist nicht lustig!", fauchte ich und entriss ihr das Glas Milch, bevor sie es an die Lippen führen konnte. „Du hast die Kartoffeln vergiftet, Charles in seinem Zimmer eingesperrt und die Treppe sabotiert. Findest du nicht, es reicht langsam?"

Ihre Augen weiteten sich, als sie mit den Fingern über den Griff des Kännchens fuhr. „Beruhige dich wieder, okay? Ich habe nichts von alledem getan. Dein Mann und du, ihr seid mir so was von egal, dass ich keine Sekunde an euch verschwenden würde."

Nervös zupfte ich an der Haut meines Ellbogens herum. Hatte ich Blaire zu Unrecht beschuldigt, oder leugnete sie jetzt lediglich ihre Missetaten, weil sie erwischt worden war?

Sie stellte die Milch zurück in den Kühlschrank und fragte: „Glaubst du wirklich, jemand hat die Treppe mit Absicht manipuliert?"

Ich nickte nachdrücklich. „Ja, und Charles hätte sich schwer verletzen können. Es grenzt schon beinahe an ein Wunder, dass ihm nichts weiter passiert ist."

Sie runzelte die Stirn und zeigte zum ersten Mal ein klein wenig Anteilnahme am Schicksal anderer Menschen. „Das sind ernstzunehmende Vorwürfe. Vielleicht solltest du mit Mademoiselle Blue reden, oder wie auch immer ihr Name ist."

„Was aber, wenn sie dahintersteckt?", entgegnete ich flüsternd.

Blaire runzelte erneut die Stirn und schüttelte den Kopf. „Warum sollte sie?"

„Warum sollte überhaupt irgendjemand all das tun? Wir kennen hier absolut niemanden. Das alles ergibt keinen Sinn." Ich seufzte und wurde immer frustrierter, je länger ich darüber nachdachte, was sich seit unserer Ankunft so zugetragen hatte.

„Wieso denkst du überhaupt, ich könnte es gewesen sein?",

fragte sie, und unsere Blicke trafen sich kurz, bevor sie sich wieder dem Tresen zuwandte.

„Zum einen treibst du dich mitten in der Nacht hier herum, direkt neben unserem Zimmer. Zum anderen hast du dich köstlich amüsiert, sowohl über den Unfall auf der Treppe als auch über die Geschichte mit dem Abführmittel."

„Weil solche Dinge immer lustig sind, wenn sie jemand anderem passieren", sagte sie und verdrehte erneut die Augen.

„Ich fand das alles andere als lustig!" Wütend versetzte ich dem Glas Milch einen Stoß und verschränkte dann die Arme vor der Brust. „Ehrlich gesagt, weiß ich immer noch nicht, ob ich dich von der Liste der Verdächtigen streichen kann. Was hast du um diese Uhrzeit hier zu suchen?"

Jetzt senkte Blair ihre Stimme zu einem Flüstern. „Es ist nicht so, wie du denkst, okay?" Ihr übliches ironisches Grinsen wich einem flehenden Ausdruck.

„Wie dann?", verlangte ich zu wissen und zog fragend eine Augenbraue hoch. Entweder sie machte hier und jetzt den Mund auf oder sie konnte sich direkt auf ein zunehmend unangenehmer werdendes Verhör einstellen, auch wenn ich nicht vorhatte, Madame Blue da mit einzubeziehen.

Blaire musste das gespürt haben, denn sie hob genervt die Hände und grummelte: „Du bist so was von ätzend, weißt du das?"

Ich hielt ihrem Blick mit starrer Miene stand und wartete einfach ab.

„Also gut, komm mit. Ich werde dir zeigen, was ich versteckt halte."

Ich folgte ihr nach oben in den ersten Stock, in ein Schlafzimmer, das mindestens dreimal so groß war wie das, in das sie Charles und mich gesteckt hatten.

Nachdem sie das Licht angeschaltet hatte, wandte sie sich in Richtung Badezimmer. „Folge mir."

Ich beobachtete, wie sie sich vor dem Waschbecken bückte und ihr Glas Milch in eine Porzellanschale goss. Eine blitzartige Bewegung aus dem Schlafzimmer ließ mich aufmerken, und ich drehte mich gerade noch rechtzeitig um, um eine schwarze Katze auf uns zurennen zu sehen.

Nein, nicht schwarz. *Schildpattfarben.*

„Charlenes Mami!", rief ich erstaunt aus. „Du hattest sie die ganze Zeit über bei dir."

Die Katze drehte sich mit großen Augen zu mir um. „Du hast mein Baby gefunden?"

Gleichzeitig fragte Blaire: „Äh, was? Wer ist Charlene?"

„Ach, wir haben im Garten ein verlassenes Kätzchen gefunden und sie Charlene getauft. Seitdem sind wir auf der Suche nach ihrer Mutter", antworte ich leichthin und bemüht, meinen Fehler zu vertuschen.

„Was macht dich so sicher, dass dies hier die Mutter der Kleinen ist?", fragte Blaire herausfordernd und beäugte mich misstrauisch.

„Das bin ich! Ich bin ihre Mami! Bringst du sie zu mir?",

flehte die Samtpfote, kam zu mir herüber und rieb ihren Kopf an meinem Knie.

Natürlich konnte ich schlecht zugeben, was das Baby mir erzählt und ihre Mommy soeben auch noch bestätigt hatte. Spätestens dann würde sie mich für komplett durchgeknallt halten. Also beschloss ich, zum Gegenangriff überzugehen. „Ganz ehrlich, wie hoch sind die Chancen, dass du ein Muttertier und wir ein Kitten auf demselben Anwesen finden?"

„Woher weißt du, dass ich sie gefunden habe? Es wäre doch durchaus möglich, dass ich sie von zu Hause mitgebracht habe, oder?" Blaire war nicht bereit, mich vom Haken zu lassen.

Ich musste ihrem überzogenen Selbstbewusstsein einfach mit einer gewissen Angeberei begegnen. „Hast du das?"

„Nein, aber darum geht es auch gar nicht. Du stellst hier jede Menge Vermutungen an ... erst in Bezug auf die Missgeschicke deines Mannes, und jetzt in Bezug auf die Katze."

„Okay, damit magst du wohl recht haben, aber irgendwie bin ich mir sicher, dass das die Mutter des Kätzchens ist. Beide sind überwiegend schwarz, falls das etwas beweist. Dürfte ich die Kleine mal holen? An ihrem Verhalten sollten wir ja erkennen können, ob sie zusammengehören."

„Ja, ja, bitte, ich möchte meine Charlene sehen!", rief die schildplattfarbene Katze und fing an, vor Begeisterung an meinem Knie zu knabbern. „Ich habe sie so sehr vermisst!"

Blaire zuckte nur mit den Schultern, völlig unbeeindruckt von den Bitten ihrer neuen Katzenfreundin. „Gut möglich. Wenn ich mir dich damit von Hals halten kann“, erwiderte sie schroff, und ich stürmte davon, bevor sie ihre Meinung wieder änderte.

17

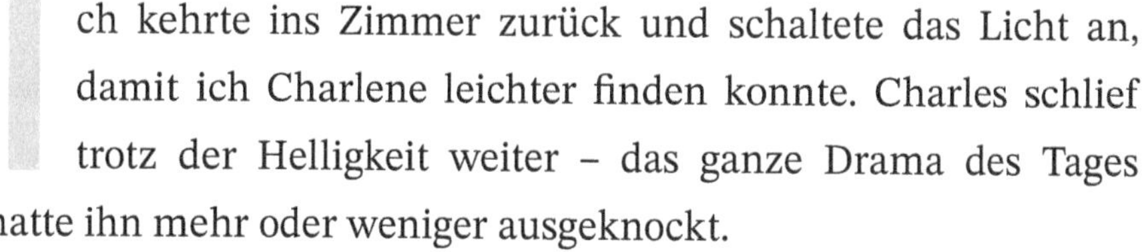

Ich kehrte ins Zimmer zurück und schaltete das Licht an, damit ich Charlene leichter finden konnte. Charles schlief trotz der Helligkeit weiter – das ganze Drama des Tages hatte ihn mehr oder weniger ausgeknockt.

„Charlene", flüsterte ich, als ich sie nicht sofort entdecken konnte. „Wir haben deine Mutter gefunden. Komm mit."

Die Kleine kam unter meinem verlassenen Kissen hervorgekrochen. „Was? Wirklich? Lass uns zu ihr gehen!", drängte sie fröhlich quietschend.

„Komm mit." Ich nahm sie hoch, löschte das Licht und joggte erneut hinauf ins Obergeschoss in Blaires Zimmer.

Kaum dass ich eingetreten war, kam auch schon die Katzenmutter angerannt, und noch bevor ich die Kleine auf dem Boden absetzen konnte, zerrte sie an meinen Beinen und rief: „Mein Baby! Mein kleines Baby!"

„Mami!", miaute Charlene in ähnlich aufgeregtem Ton. „Du bist es wirklich!"

Blaire beobachtete die glückliche Wiedervereinigung von der Badezimmertür aus. „Okay, die Zwei gehören wohl tatsächlich zusammen", gab sie zu. „Das ist okay, auch wenn ich ursprünglich nicht vorhatte, zwei Katzen zu mir zu nehmen."

„Du willst Charlenes Mutter behalten?", fragte ich überrascht, obwohl mir das längst hätte klar sein müssen.

„Ich habe sie Socks getauft", teilte Blaire mir mit und kam zu mir herüber.

„Das ist zwar nicht mein Name", sagte die Mutter, während sie ihr Baby eifrig mit ihrer Sandpapierzunge säuberte, „aber ich habe nichts dagegen, wenn sie mich so nennt."

„Warum ausgerechnet Socks?", wollte ich wissen. Schon klar, dass die meisten Haustiere nach der Adoption von ihrem neuen Menschen umbenannt wurden, aber das hier ergab keinen Sinn. „Sie hat doch gar keine. Ihre Füße sind gänzlich schwarz."

Blaire grinste. „Das genau ist ja der springende Punkt. Es ist sarkastisch gemeint." *Aha.*

„Na dann, hallo Socks." Ich fuhr mit der Hand über den Rücken der schildpattfarbenen Katze, und sie hob freudig den Schwanz.

„Charlene gefällt mir auch nicht wirklich. Für sie lasse ich mir auch noch was anderes einfallen", verkündete Blaire nur wenige Sekunden später.

Keine der beiden Samtpfoten beachtete sie großartig, während sie laut eine Liste mit möglichen ironischen Namen durchging. „Ich denke, Snowball wäre passend“, verkündete sie kurz darauf ihre Entscheidung. „Und untersteh dich, mich darauf hinzuweisen, dass sie nicht weiß ist. Genau darum geht es ja.“

Abgesehen von den blöden Namen schien Blaire das katzenartige Mutter-Tochter-Duo wirklich zu mögen. Trotzdem nagte etwas an mir. „Du wirst dich doch gut um sie kümmern, oder?“

Meine als harmlos gedachte Frage schien sie zu kränken. „Natürlich werde ich das“, knurrte sie mich an.

Ich sagte nichts darauf, sondern schaute zu Charlene hinunter. Es war an der Zeit, Abschied zu nehmen, und ich konnte in Blaires Beisein nicht einmal mehr mit ihr reden. Mit Sicherheit würde ich das kleine Kuschelbällchen ganz arg vermissen, aber sie bekam ja das, was sie sich die ganze Zeit über gewünscht hatte, und ein Zuhause noch obendrein.

„Ich schätze, ich sollte euch dann alle mal wieder schlafen lassen.“ Trotz dieser Worte zögerte ich noch. „Wir haben noch einige Vorräte für Charl – ähm, Snowball – in unserem Zimmer. Die bringe ich dir morgen früh vorbei. Sag mir bis dahin Bescheid, ob du sonst noch etwas brauchst, okay? Charles und ich werden im Laufe des Vormittags auschecken und uns ein Hotel in der Stadt suchen.“

Interessiert starrte sie mich an. „Weil jemand versucht hat, deinen Mann umzubringen?“

„Ich weiß nicht, ob man ihn umbringen wollte, aber ja. Ganz ehrlich, wir fühlen uns hier nicht sicher.“

„Wenigstens hast du einen Ort, wo du hin kannst. Ich habe zwei Katzen und kein Zuhause mehr.“ Ihre Augen schimmerten feucht, ein unerwarteter Gefühlsausbruch bei dem ansonsten so stoischen Mädchen. „Dylan und ich haben uns heute getrennt. Ich bleibe halt einfach so lange hier, bis die alte Dame merkt, dass ich nicht zahlen kann und mich rauswirft.“

Sie tat mir in der Seele leid, zumal es bei mir genau umgekehrt war … ich befand mich in den Flitterwochen. „Brauchst du Geld, Blaire?“, bot ich ihr freundlich an.

Sie schnaubte. „Was ich brauche, ist ein Job. Da Dylan und ich in derselben Firma arbeiten, habe ich dort natürlich direkt gekündigt. Den Gedanken, ihn jeden Tag sehen zu müssen, würde ich nicht ertragen. Das wäre zu peinlich.“

„Ich bin mir sicher, du wirst etwas finden.“ Mein Optimismus kam bei ihr leider nicht gut an.

„Na klar, Boomer“, fuhr sie mich an. „Ich latsche einfach in ein Büro und ergattere direkt meinen Traumjob, ohne auch nur ein einziges Vorstellungsgespräch führen zu müssen. Und dann bekomme ich eine Hypothek auf mein Traumhaus mit drei Zimmern, einfach nur, indem ich mit den Wimpern klimpere und verspreche, mit den Zinsen nicht in Verzug zu geraten. Dann fehlt nur noch ein weißer Lattenzaun rund um mein Grundstück herum, und ich lebe glücklich bis ans Ende meiner Tage. Vielen Dank, ich scheiß auf die ganze Prinz-Charming-Fassade.“

Oha, die Reaktion war heftig.

„Ich bin nicht annähernd alt genug, um ein Boomer zu sein.“ Ich bemühte mich, nicht zu verärgert zu klingen, da das

Mädchen eh schon viel durchmachen musste. „Dennoch habe ich ein gutes Gefühl, was deine Zukunft anbelangt, auch wenn du da anderer Meinung bist."

Mit diesen Worten machte ich auf dem Absatz kehrt und ging.

Charlene war so in das Wiedersehen mit ihrer Mutter vertieft, dass sie es nicht einmal mitbekam. Nun ja ... das war wahrscheinlich das Beste. Und selbst wenn Blaire sonst nichts mehr hatte, dann doch zumindest die Liebe zweier ganz besonderer Katzen.

Langsam schlich ich zurück zur Treppe und versuchte, mir darüber klar zu werden, wie ich mich in diesem Moment fühlte. Die letzten anderthalb Tage hatten Charles und ich uns fast ausschließlich darauf konzentriert, die vermisste Mutterkatze zu finden, und jetzt, wo es uns endlich gelungen war ... würde ich die Kleine ganz schrecklich vermissen.

Vielleicht war ich doch schon mehr bereit, Mama zu werden, als ich ursprünglich angenommen hatte. Oder vielleicht mochte ich einfach nur Katzen.

Wer wusste das schon?

Ich jedenfalls nicht.

Kurz hielt ich inne, um vom Fenster der Nebentreppe aus in den Garten zu schauen und erschrak, als ich draußen eine Bewegung ausmachen konnte. Leider waren aufgrund der Dunkelheit nur Umrisse zu erkennen.

Was hatte das zu bedeuten? Nach Mitternacht war definitiv keine Zeit, um im Garten zu arbeiten. Könnte das, was da draußen vor sich ging, irgendwie mit all dem Ärger zusammenhängen, mit dem Charles und ich seit unserer Ankunft konfrontiert waren? Handelte es sich bei der Person womöglich um den Schuldigen, der bereits die nächste Sabotage vorbereitete?

Ich musste mir das unter allen Umständen genauer ansehen.

18

Diesmal musste ich Charles leider wecken. Es bedurfte einiger Anstrengung, aber irgendwann schlug er die Augen auf.

„Wie spät ist es?“, stöhnte er und hob die Hände vors Gesicht, um sich vor dem grellen Licht zu schützen.

„Spät“, gestand ich mit einem entschuldigenden Schulterzucken. „Tut mir echt leid. Es ist nur so … ich habe Charlenes Mutter gefunden, und draußen im Garten geht irgendetwas Merkwürdiges vor sich. Ich würde mich sicherer fühlen, wenn du mit mir mitkommen würdest.“

Er kämpfte darum, sich im Bett aufzusetzen. „Du hast ihre Mutter gefunden?“, fragte er erstaunt, keuchte aber direkt schmerzverzerrt auf.

„Oh, Liebling.“ Ich streckte die Hand aus und streichelte ihm über die Schulter, und er lehnte sich gegen mich. „Ich schätze, der Sturz war doch heftiger, als ursprünglich angenommen. Lass mich nur schnell eine Paracetamol einwerfen, und dann ..."

„Nein, ist schon gut, du solltest hierbleiben und dich ausruhen." Ich hätte ihn besser gar nicht erst geweckt. Natürlich hatte er nach dem schrecklichen Unfall erst einmal gute Miene zum bösen Spiel gemacht, um mich nicht zu beunruhigen. Und jetzt hatte ich durch meine unbedachte Aktion alles nur noch schlimmer gemacht, indem ich ihn störte, obwohl er dringend Ruhe brauchte.

Er tat meine Bedenken mit einer Handbewegung ab und sprang praktisch aus dem Bett, als wollte er mir beweisen, wie fit er war. „Und die Show verpassen? Kommt nicht in Frage."

Schnell schluckte er eine Kapsel, sogar ohne etwas nachzutrinken, und klatschte dann in die Hände, um zu signalisieren, dass er bereit war. „Dann lass uns mal nachsehen, was da draußen vor sich geht. Und danach musst du mir unbedingt erzählen, wie und wo du Charlenes Mutter entdeckt hast."

„Das werde ich. Ich kann dich sogar morgen früh zu ihr bringen. Jetzt jedoch sollten wir uns sputen ... wer weiß, wie lange die Person sich noch draußen rumtreibt."

Charles schloss die Tür hinter uns und warf mir einen besorgten Blick zu. „Ein Mensch? Und was macht er oder sie?"

„Das konnte ich nicht erkennen, würde es aber zu gerne herausfinden."

„Unbedingt", war das Letzte, was wir zueinander sagten. Dann schlichen wir auf Zehenspitzen durchs Haus und hinaus in die Gärten.

Uns an den Händen haltend, bewegten wir uns auf die dunkle Gestalt zu, um einen besseren Blick erhaschen zu können. Das Geräusch einer Schaufel, die den Boden bearbeitete, hallte durch die nächtliche Stille.

„Was war das denn? Glaubst du, jemand vergräbt eine Leiche?“, flüsterte ich, während mir ein eiskalter Schauer über den Rücken jagte.

„Ich glaube …“ Charles beugte sich zu mir herunter, um mir etwas ins Ohr flüstern zu können, „dass meine Frau aufhören sollte, sich so viele Dokumentationen über wahre Verbrechen reinzuziehen.“

„Wer ist da?“, durchbrach die Stimme eines Mannes die kühle Nacht. Anscheinend waren wir nicht leise genug gewesen. Offensichtlich war unsere extreme Müdigkeit dafür verantwortlich, dass unsere verdeckte Spionageaktion fast unmittelbar aufgeflogen war.

Charles ließ meine Hand los und stellte sich vor mich, um mir Schutz vor wem auch immer zu bieten. „Wir wollten nur etwas frische Luft schnappen“, verkündete er und ging weiter vorwärts, mit mir im Schlepptau.

„Wer sind Sie, und was machen Sie hier?“, rief ich mit zitternder Stimme.

Der Mann knipste eine Taschenlampe an und leuchtete damit unter sein Gesicht, was einen schaurigen Effekt erzeugte. „Ich bin es, Bill.“

„Arbeiten Sie immer nachts im Garten?“, erkundigte sich Charles unverbindlich, in fast schon plauderndem Tonfall. Kein

Wunder, immerhin war er Experte, was das Befragen von Zeugen und Verdächtigen anging.

„Normalerweise nicht, aber heute hatte ich tagsüber, nach dem Fiasko mit der Treppe und dem Zimmerwechsel, keine Zeit mehr dafür. Und da morgen wieder ein anstrengender Tag zu werden verspricht, dachte ich mir, ich erledige das jetzt, bevor die alte Dame merkt, dass ich mit meinen Aufgaben im Rückstand bin.“ Er trat einen Schritt zurück, und ein vertrauter, übler Geruch stieg mir in die Nase.

„Ist das Stinktierkohl?“, fragte ich und schlug mir die Hand vors Gesicht.

Billy ließ den Strahl seiner Taschenlampe über das frisch gepflanzte Kraut wandern. Etwa die Hälfte der prächtigen gelben Rosen war ausgegraben worden, um Platz für ihren höchst unerwünschten Nachfolger zu schaffen, und das machte mich richtig traurig. Die Bienen liebten diese Rosen und hatten wahrscheinlich vorgehabt, ihren neuen Bienenstock in deren Nähe zu errichten. Jetzt würde die gleiche Pflanze, die sie bereits aus ihrem aktuellen Nest vertrieben hatte, auch diese Alternative zunichtemachen.

„Warum in aller Welt reißt man Blumen heraus und pflanzt an ihrer statt dieses eklige Kohlgewächs?“, fragte Charles, der lediglich neugierig klang. Ich jedoch kannte ihn inzwischen gut genug, um zu wissen, dass er kurz davor stand zu explodieren.

„Wegen dieser verdammten Bienen“, beschwerte sich Billy, hob die Hand und wischte sich den Schweiß von der Stirn. „Sie verschrecken die Gäste. Madame Blue vermutet, dass sie schuld am Rückgang unserer Buchungen sind. Und da sie das Geld braucht, will sie die Insekten hier raus haben. Natürlich können wir sie nicht umbringen, also versuche ich, sie mit natürlicheren Mitteln zu vertreiben."

„Aber dadurch zerstören Sie diese wundervollen Grünanlagen", wandte ich ein und ließ meinen Blick über den Ort wandern, an dem wir die letzten Tage so viel Zeit verbracht hatten und an den meine Eltern sich auch nach Jahrzehnten noch so gerne zurückerinnerten.

Er schwenkte seine Taschenlampe auf die entwurzelten Rosen. „Meinen Sie die hier? „Nein. keine Sorge. Die kommen vorläufig in Töpfe und werden wieder eingesetzt, sobald die pelzigen Biester verschwunden sind. Es entsteht also kein Schaden."

Außer für die Bienen. Man zwang sie dazu, ihren angestammten Lebensraum zu verlassen, nur weil Madame Blue nicht erkannte, dass die wahren Gründe für ausbleibende Gäste einzig und allein der rüde Umgangston des Personals und das heruntergekommene Haus waren.

Charles und ich jedenfalls konnten es kaum erwarten, von hier wegzukommen.

19

Am nächsten Morgen waren Charles und ich trotz unseres seltsamen nächtlichen Ausflugs früh auf den Beinen. Er wollte unbedingt Charlene und ihrer Mutter noch einen Besuch abstatten, um sich zu verabschieden, bevor wir zusammenpackten und uns ein durchschnittliches, langweiliges Hotel in der Stadt suchten. Nur zu gerne war ich bereit, das in Kauf zu nehmen, solange es meinen Mann vor weiterem Unglück bewahrte.

Das einzige Problem war, dass wir keine Ahnung hatten, wann Blaire normalerweise aufstand, und ich wollte keinesfalls diejenige sein, die die launische junge Frau aus dem Schlaf riss. Also entschieden wir uns, den Plan umzuwerfen, erst einmal in dem Gemeinschaftsbad zu duschen und direkt danach unsere Siebensachen zusammenzusuchen. Als das erledigt war, verschlangen wir ein paar der Proteinriegel, die Charles bei seinem letzten Einkauf mitgenommen hatte.

„Danach gibt es für den Rest der Woche aber nur noch feinste Südstaatenkost", versprach er mir und zog mich an sich.

„Und frei von Abführmitteln, richtig?", scherzte ich, bevor ich ihm einen Kuss auf die Wange drückte. Einerseits brauchte er dringend eine Rasur, andererseits gefiel mir auch diese neue, entspannte Seite meines Mannes. Und das Gestrüpp rund um sein Kinn ließ ihn noch attraktiver erscheinen. Vielleicht sollte ich ihn überreden, sich grundsätzlich einen Bart stehen zu lassen?

In Erinnerung an den gestrigen Tag presste er eine Hand auf seinen Magen. „Das hoffe ich doch sehr."

Ich zog die Brauen hoch. „Haben wir uns zu früh gefreut?"

„Nein, es ist nur …" Urplötzlich schwieg er. „Hast du das auch gehört?"

Unisono richteten wir den Blick auf die geschlossene Tür, von wo aus ein leises, aber anhaltendes Kratzen an unsere Ohre drang und dann plötzlich verstummte.

„Meinst du, es könnte Charlene sein?", fragte ich, und diese Vorstellung erfüllte mich mit Freude. Eigentlich hatte ich angenommen, wir müssten noch mindestens ein paar Stunden warten, bevor wir Blair und die Katzen zu Gesicht bekamen, aber offensichtlich hatte ich mich geirrt.

Charles grinste ebenfalls. „Es gibt nur einen Weg, das herauszufinden."

Schnell liefen wir auf die Tür zu, und er öffnete sie. Als wir jedoch nach unten blickten, war da nichts zu sehen.

„Was ist das denn?“, hörten wir just in diesem Moment Madame Blue kreischen, die unser Kätzchen am Genick in die Luft hielt.

Charlene drehte und wandte sich, schaffte es jedoch nicht, sich aus ihrem festen Griff zu befreien. Erbost stapfte ich zu ihnen hinüber und entriss die Kleine den Klauen der schrecklichen Alten. „Wieso sind Sie so gemein?“, brüllte ich sie an.

„Sie kannten die Regeln“, fauchte sie zurück. „Haustiere sind hier nicht erlaubt!“

„Sie ist kein Haustier, sondern lediglich ein armes, verlorenes Kätzchen, das von ihrer Mutter getrennt wurde.“

Noch bevor Madame Blue etwas darauf erwidern konnte, näherten sich stampfende Schritte, und eine ziemlich atemlose Blaire kam auf uns zugestürmt.

„Da bist du ja, Snowball!“, rief sie erleichtert.

„Gehört diese Katze Ihnen?“, verlangte die Verwalterin zu wissen.

„Ja“, entgegnet sie und reckte trotzig das Kinn in die Höhe.

„Noch einmal, keine Haustiere auf diesem Anwesen!“, rief Madame und wurde ganz rot im Gesicht.

„Ach so“, war alles, was Blaire darauf erwiderte, bevor sie mir das Kätzchen aus den Armen nahm.

Madame Blue schnaubte auf, offenbar verunsichert, wie sie auf die Gleichgültigkeit der jungen Frau reagieren sollte.

Indessen wandte Charlene sich in deren Armen und drehte

sich zu Charles und mir um. „Bitte entschuldigt, falls ich euch Ärger gemacht habe. Ich habe nur nach euch gesucht, euch vermisst!“, wimmerte sie mit leiser, trauriger Stimme.

Wieder einmal wurde mir das Herz schwer, gleichzeitig war ich aber auch noch unglaublich wütend.

„Und?“, hakte Blaire nach, während sie der Kleinen liebevoll über den Rücken strich. „Hat es Ihnen endlich mal die Sprache verschlagen?“

„Junge Dame, ich lasse mich in meinem eigenen Haus nicht beleidigen“, wetterte die Verwalterin.

„Ach so, das dürfen nur Sie, ja? Sich Ihren Gästen gegenüber respektlos benehmen. Deshalb reisen wir auch ab“, mischte ich mich ein, die Hände kampfeslustig in die Hüften gestemmt. „Seit unserer Ankunft jagte ein Problem das andere, aber Ihnen war es piepegal, dass mein Mann durch die Treppe brach, und das nur deshalb, weil Sie es nicht schaffen, Ihr Haus in Ordnung zu halten. Sie zwangen uns, das Zimmer zu wechseln, sperrten ihn im Schlafzimmer ein und schütteten ihm ein Abführmittel in den Kartoffelsalat. Und zu allem Überfluss hassen Sie auch noch Tiere, in erster Linie die hilfreichen Bienen, und jetzt auch noch dieses süße, unschuldige Kätzchen.“

Die alte Frau blinzelte mehrmals heftig. „Was für absurde Anschuldigungen. Nichts davon trifft zu.“

„Ist dem so? Dann sollten Sie sich vielleicht uns gegenüber erklären“, meinte Charles. Seine Stimme klang so viel ruhiger als meine, was mich in diesem ganzen irren Szenario mal wieder als die Böse dastehen ließ.

Madame Blue lehnte sich an die Theke. Auch sie zitterte vor Wut, was exakt meiner Stimmung entsprach.

„Ich lasse das Haus alle fünf Jahre überprüfen, damit nichts verkommt. Bei der letzten Inspektion vor zwei Jahren war die Treppe völlig in Ordnung, so dass der Unfall ganz gewiss nicht auf Fahrlässigkeit meinerseits zurückzuführen ist. Ich habe mich praktisch selbst in den Ruin getrieben, um die Villa vorschriftsmäßig zu unterhalten und die historische Gesellschaft zu besänftigen. Und was das Einschließen im Zimmer anbelangt: Alte Türen klemmen eben manchmal. Es sind schließlich noch Originale, und habe ich Ihnen nicht sofort nach meiner Rückkehr geholfen? Und zum Thema Essen ... wie können Sie es wagen, meine Kochkünste zu beleidigen und mich zu beschuldigen, etwas in die Kartoffeln getan zu haben? Wir haben schließlich alle davon gegessen, und niemandem außer Ihnen ging es schlecht hinterher. Vielleicht haben Sie sich einen Virus eingefangen, keine Ahnung, aber an meinem Mahl lag es mit Sicherheit nicht. Warum Haustiere nicht erlaubt sind, habe ich Ihnen allen bereits erklärt. Dies hier ist mein Unternehmen, und ich habe das Recht, die Regeln festzusetzen. Was, wenn ein Gast hochgradig allergisch auf sie reagieren würde?"

„Und was ist mit den Bienen?", fragte ich herausfordernd, da sie auf diese Anschuldigung bisher noch gar nicht eingegangen war. „Warum tun Sie alles, um sie vom Grundstück zu vertreiben?"

Auf diese Bemerkung reagierte sie ziemlich verdattert. Sie trat sogar einen Schritt zurück, als hätte man ihr eine Ohrfeige verpasst. „Wie kommen Sie denn darauf? Ich liebe die Bienen, verwende ihren Honig jeden Morgen in meinem Tee und hatte sogar vor, die rückläufigen Buchungszahlen des Hotels dadurch aufzufangen, indem ich ihren Honig auf dem örtlichen Bauernmarkt verkaufe. Exakt aus diesem Grund war ich gestern auch erneut bei der Bank, um einen Kredit zu beantragen. Sie haben recht, ich hasse es, mich mit undankbaren, selbstgefälligen Gästen abgeben zu müssen, aber meine Bienen sind mein ein und alles."

„Warum pflanzen Sie dann Stinktierkraut und Ochsenschwanz-Gänseblümchen und andere Dinge, die die Blütenpracht ersticken?", hakte Charles nach. Ich bewunderte es, wie ruhig er dabei blieb. Wahrscheinlich lag es nur an ihm, dass Madame Blue sich überhaupt zu dieser Unterhaltung herabließ.

„Ich tue nichts dergleichen! Die Gärten sind mein ganzer Stolz, aber seit meinem Sturz letzten Winter kann ich mich nicht mehr so gut bewegen wie früher. Also habe ich diese Aufgabe Billy übertragen."

„Dem sind wir heute Nacht um kurz vor drei draußen begegnet", verriet Charles ihr. „Er grub sämtliche Rosen aus und ersetzte sie durch diese stinkenden Kohlgewächse, angeblich auf Ihre Anordnung hin, weil die Bienen die Gäste verschrecken würden."

Blues Reaktion war ein echter Schock.

„Unmöglich, das kann er nicht gesagt haben!", beharrte sie und schüttelte nachdrücklich den Kopf.

Charles seufzte. „Vielleicht sollten Sie besser mal selbst einen Blick in Ihren Garten werfen."

Gemeinsam marschierten wir nach draußen, Blaire und Charlene im Schlepptau, und zeigten ihr all die Stellen, an denen das Stinkekraut sowohl gepflanzt als auch systematisch zertrampelt worden war, und die Beete, wo Gänseblümchen gegen eine ähnlich invasive Spezies getauscht wurden.

„Ich kann das alles noch gar nicht fassen", sagte Madame Blue mit brüchiger, leiser Stimme. Es war das erste Mal seit unserer Ankunft vor zwei Tagen, dass sie nicht brüllte.

„Sieht so aus, als hätte der gute Billy Einiges zu erklären", sagte Blaire grinsend, zückte ihr Handy und startete die Videoaufnahme. Das Mädchen schien für Dramen zu leben.

Und ich? Ich wünschte mir nichts mehr als eine glückliche Lösung für alle Beteiligten, vor allem natürlich für die Bienen.

Und natürlich konnte ich es kaum erwarten zu hören, was Billy zu alledem zu sagen hatte.

20

Gemeinsam begaben wir uns hinauf in den zweiten Stock des alten Steinhauses.

„Billy! Komm auf der Stelle raus!", brüllte Madame Blue durch die geschlossene Tür.

Er grummelte etwas, das nicht zu verstehen war, tauchte jedoch gleich danach auf, wobei er vergessen zu haben schien, sich etwas überzuziehen. „Was ist denn los? Sie wissen ganz genau, dass mein Dienst erst in einer Stunde anfängt", beschwerte er sich. Dann riss er erstaunt die Augen auf, als er das Gefolge erblickte, das sich seiner Arbeitgeberin angeschlossen hatte – mich, Charles, Charlene, Blaire und natürlich Blaires Handy, das bereits aufzeichnete.

„Moment, ich schlüpfe nur schnell in ein Hemd", murmelte er und warf die Tür vor unserer Nase zu.

Wir warteten schweigend, bis sie sich wieder öffnete und er

uns hereinbat. Sein Zimmer war ähnlich winzig wie das im Erdgeschoss, in das man uns verlegt hatte, und mit uns Fünfen darin konnte man sich kaum noch bewegen. Allerdings wollte auch niemand sich seine Erklärung entgehen lassen.

„Und?", verlangte Billy mit einem abfälligen Gesichtsausdruck zu wissen. „Was ist so wichtig, dass es keine weitere Stunde mehr warten konnte?"

Die alte Dame quetsche sich zu ihm durch und stieß ihm mit dem Finger in die Brust. „Was ist mir da über den Stinktierkohl und die Bienen zu Ohren gekommen?"

„Was denn?", erwiderte Billy mit sanfter Stimme. „Sie haben mich doch selbst gebeten, einen Weg zu finden, die Bienen loszuwerden, und so habe ich mich für eine natürliche Methode entschieden."

„Bist du verrückt? Das habe ich niemals getan!" Frustriert stampfte sie mit dem Fuß auf. „Wir wissen doch beide, wie viel sie mir bedeuten."

Ihr Gehilfe kniff die Augen zusammen. „Aber natürlich haben Sie das angeordnet, Mrs Bluebell. Warum hätte ich sonst all diese Arbeit auf mich nehmen sollen?"

„Du elender Lügner!", zischte sie.

„Ich lüge nicht", widersprach er ruhig. „Geben Sie mir kurz Zeit, mich anzuziehen, dann fahre ich Sie in die Stadt zu Ihrem Arzt. Wir wussten doch beide, dass dieser Tag kommen würde."

„Wenn du damit anzudeuten versuchst, ich sei senil, musst du dir schon etwas anderes einfallen lassen. Meine Hüften mögen schlecht sein, und auch mein Gehör ist nicht mehr das, was es einmal war, aber mein Gedächtnis ist noch völlig in Ordnung. Also komm mir jetzt nicht so. Du hast in eigener Regie gehandelt!“

Beide klangen so überzeugend, dass es schwer zu sagen war, wer von ihnen log.

„Klopf, klopf“, ertönte plötzlich vom Flur aus eine Stimme, und noch bevor jemand antworten konnte, betrat Madeline Mackenzie den Raum. Wie immer trug sie ein Hawaiihemd, jedoch schon wieder ein anderes. Wie viele dieser Teile mochte sie wohl noch in ihrem Kleiderschrank haben?

„Ich habe Schreie gehört und wollte mich nur vergewissern, dass alles in Ordnung ist.“ Sie warf Billy einen vielsagenden Blick zu, und in diesem Moment machte es bei mir Klick.

„Sie!“, rief ich, trat an sie heran und deutete mit dem Finger anklagend in ihre Richtung. „Sie sind diejenige, die all diese Unfälle arrangiert und meinen Mann in unserem Zimmer eingesperrt hat. Und ich könnte wetten, Sie waren es auch, die an der Treppe herumgebastelt hat.“

„Das ist doch lächerlich!“

„Das Spiel ist aus, Madeline“, warf Billy ein, und eine mehr als offensichtliche Erleichterung machte sich auf seinen Zügen breit. „Gib es doch einfach zu.“

Alle warteten darauf, dass irgendjemand etwas gestand, aber niemand machte den Mund auf.

„Sie wollten das Haus für sich allein haben“, fuhr ich fort, „und dafür waren Sie bereit, alles zu tun, selbst wenn andere Gäste dadurch Schaden nahmen.“

„Was für dumme und beleidigende Anschuldigungen!", ereiferte Mrs Mackenzie sich lautstark.

Ich näherte mich ihr noch weiter und stieß ihr den Finger in die Brust, so wie Blue es bei Billy getan hatte. „Und dennoch wahr!" Nun brüllten wir beide.

„Ich habe nichts dergleichen getan", wetterte sie und verschränkte die Arme vor der Brust.

„Können Sie das beweisen?", mischte Charles sich mit ruhiger Stimme ein.

Als Antwort knurrte sie nur.

„Ich vielleicht", sagte Blaire, kam mit dem Telefon in der Hand nach vorne und reichte es mir.

„Wie du ja weißt, schleiche ich nachts öfters durch die Gegend, um mir Sachen aus der Küche zu holen. Eigentlich hätte ich vorhin schon zwei und zwei zusammenzählen sollen, aber egal ... Schau dir das mal an." Sie drückte auf *Play*, und meine Augen wurden groß aufgrund der Szene, die sich mir bot. Da standen doch tatsächlich Mrs Mackenzie und Billy am Fuß der kaputten Treppe, allerdings zu einem Zeitpunkt, als sie noch ganz war.

„Die beiden haben mich nicht gesehen, und ich dachte, es wäre eine Art mitternächtliches Rendezvous zwischen zwei Liebenden, trotz des offensichtlich enormen Altersunterschiedes."

„Warum hast du das aufgenommen?"

Sie zuckte lediglich mit den Schultern. „Ich filme grundsätzlich alles. In dem Fall hatte ich die Hoffnung, es könnte entweder lustig oder eben schmuddelig werden und mir für eine Erpressung dienen. Da ich ja kein Geld habe, um meine Unterkunft zu bezahlen, dachte ich, ich könnte es gegebenenfalls dafür hernehmen, um einen von beiden dazu zu bewegen, die Rechnung für mich zu begleichen ... sozusagen als Gegenleistung für meine Diskretion. Allerdings habe ich diesen Tiefpunkt bisher noch nicht erreicht."

Ich konzentrierte mich auf die Aufnahme, sah, wie die beiden sich eine Weile unterhielten und immer wieder auf die Treppe deuteten, sich dann umarmten und in verschiedene Richtungen davongingen.

„Worüber haben sie gesprochen?", fragte ich, verwirrt, gleichzeitig jedoch auch glücklich über diesen Beweis.

„Nur irgendetwas über Pläne, und dass sie bereit seien. Wie gesagt, ich hielt es ursprünglich für eine Affäre, aber womöglich ging es um etwas gänzlich anderes. Vielleicht waren sie Komplizen, die daran arbeiteten, euren Aufenthalt zu sabotieren."

Weder Billy noch Mrs Mackenzie äußerten sich zu dieser Anschuldigung. In diesem Moment stieß Mr Mackenzie zu unserem kleinen Kreis.

„Was soll dieses Gerede über eine mögliche Liebelei?", fragte er gutmütig, da er diese Theorie offensichtlich für vollkommen abwegig hielt.

„Wir glauben ..." fing ich an, aber Blaire fiel mir ins Wort.

„Tut mir leid, Ihnen das so direkt sagen zu müssen, aber Ihre Frau betrügt Sie mit diesem Kerl da." Sie deutete auf Billy.

Mackenzies Blick wanderte zwischen seiner Frau und dem

jungen Mann hin und her, und dann brach er in schallendes Gelächter aus. „Niemals. Das ist unser Sohn. Wussten Sie das nicht?“

„Wie war das?“, brüllte Madame Blue. „Wieso hat mir das niemand gesagt?“

„Das haben wir anscheinend vergessen“, sagte Mrs Mackenzie und schaute verlegen drein.

„Vielleicht wollten Sie ja auch einfach nicht, dass sie es weiß?“, schlug ich vor, unbeeindruckt von der schockierenden Wendung, die dieser ganze Vorfall nahm. So allmählich schienen sich die Puzzleteile zusammenzufügen. „Wann genau haben Sie Billy als Hilfe eingestellt?“, fragte ich die alte Verwalterin.

„Vor ungefähr zwei Jahren. Warum?“

„Also nach der letzten Generalinspektion des Gebäudes, richtig?“

„Nur ein paar Monate später, ja. Das Ausmaß der erforderlichen Reparaturen, die sie mir auferlegten, machte mir klar, dass ich das nicht mehr allein stemmen konnte.“

Madame Blue, mit Ihrem Gedächtnis ist alles in Ordnung. Man hat Sie reingelegt“, verkündete ich dramatisch.

„Dass ich noch klar im Kopf bin, weiß ich selbst auch, aber was meinen Sie mit reingelegt?“

„Diese beiden“ – ich deutete auf Mutter und Sohn – „haben gemeinsam versucht, Ihr Geschäft zu sabotieren. Mrs Mackenzie liebt diese Villa über alles und würde sie am liebsten selbst besitzen, kommt aber da nicht ran, solange Sie sie nicht zum Verkauf anbieten. Also schleuste sie ihren Sohn Billy hier ein, sozusagen als Maulwurf. Sein Job war es, heimlich Dinge zu beschädigen, die Gärten zu zerstören und die Gäste zu ermutigen, im Internet negative Kritiken zu posten", fügte ich hinzu, als mir wieder einfiel, was er beim Zimmerwechsel geäußert hatte. Er war sogar so weit gegangen, uns vorzuschlagen, negative Rezensionen im Internet zu hinterlassen. „Das Verscheuchen der Bienen sollte wohl die letzte Aktion sein, um Sie dazu zu bringen, die Villa aufzugeben."

Mr Mackenzie zog irritiert eine Augenbraue hoch. „Das sind sehr ernste Anschuldigungen, die Sie da vorbringen."

„Und doch sind sie wahr."

„Sie können mir überhaupt nichts beweisen", sagte Billy schnippisch.

„Tja, Freundchen, Sie haben sich mit den falschen Gästen angelegt", entgegnete ich schmunzelnd. „Mein Mann ist Anwalt, und ich bin Privatdetektivin."

„Und ich nehme fast alles, was sich so ereignet, mit dem Handy auf", fügte Blaire hinzu.

„Ich bin mir sicher, dass wir mit ein wenig Nachforschungen eine Zeitleiste der Ereignisse zusammenstellen können und Quittungen für Reparaturen finden, die nie stattgefunden haben ... und womöglich sogar ein Attest von Madame Blues Arzt bekommen, das beweist, dass ihr Gedächtnis völlig in Ordnung ist."

„Vielleicht sollten wir auch noch einen Inspektor hinzuziehen, der die Treppe überprüft und uns bestätigt, dass sie vorsätzlich manipuliert wurde."

„Das ist nicht nötig", schnaubte Mrs Mackenzie. „Wir werden

gehen, und Sie bekommen Ihre Suite zurück. Das ist es doch, was Sie beide in erster Linie wollten, oder?“

„Es geht hier um so viel mehr als nur ein Zimmer, Madeline.“

„Habt ihr wirklich all das getan, wessen sie euch beschuldigen? Billy?“, fragte Mr Mackenzie mit ernster Miene. „Natürlich wollten wir alle diese Villa haben, aber waren wir uns nicht einig, dass wir warten würden, bis die alte Frau gestorben ist? Gott weiß, dass das bald genug geschehen könnte.“

„Billy, du bist gefeuert“, knurrte Madame Blue. „Verschwinde von meinem Grundstück.“

„Moment noch. Bevor Sie abreisen ...“ Charles trat mit einer Visitenkarte in der Hand vor. „Ich vertrete Madame Blue in einer Klage auf Schadensersatz wegen mutwilliger Zerstörung von Eigentum. Sie hören in Kürze von mir.“

EPILOG

VIER TAGE SPÄTER …

„Mmm“, seufzte ich, als ich mir die cremige Köstlichkeit auf der Zunge zergehen ließ. „Das Warten hat sich definitiv gelohnt.”

„Ein Hoch auf dieses Mahl“, sagte Charles und stieß mit seiner Gabel gegen die meine, während die Sonne über dem Garten aufging.

„Bereit für eine weitere Runde?“, fragte Madame Blue und trat mit einer halb gefüllten Pyrex-Schüssel, in der sich noch mehr der leckeren hausgemachten Käsebrötchen mit Hacksauce befanden, an unseren Tisch.

„Wir sollten aber auch etwas für Blaire aufheben“, schlug ich vor und wischte mir mit der Serviette über den Mund. „Sie wird hungrig sein, wenn sie mit dem Umpflanzen der Rosen fertig ist.“

Es war der letzte Tag unseres Aufenthaltes in der alten Steinvilla, die meine Eltern so sehr liebten, und jetzt, wo Billy und seine Eltern weg waren, war sie der absolut perfekte Ort für einen Urlaub. Gestern war der Inspektor vorbeigekommen, um Haus und Grundstück zu checken. Zwar warteten wir noch auf einen offiziellen Bericht, aber er hatte bereits angedeutet, dass seit der letzten Begutachtung Schäden im Wert von mindestens sechzigtausend Dollar entstanden waren.

Charles hatte keine Zeit verschwendet und die Mackenzies direkt wissen lassen, dass sie für alle Schäden in doppelter Höhe würden aufkommen müssen – oder er würde wegen des Unfalls, den er auf der manipulierten Treppe erlitten hatte, ebenfalls Klage einreichen, die er mit Sicherheit gewinnen würde.

Madame Blue brauchte natürlich noch immer Hilfe, und da Blaire nach wie vor ohne Bleibe war, beschlossen die beiden, sich zusammenzutun. Blaire hatte bereits begonnen, ihrer neuen Arbeitgeberin beizubringen, wie sie mit Hilfe der sozialen Medien mehr Buchungen generieren konnte. Sie hatten sogar ein Inserat bei AirBnB eingestellt, und die ersten Gäste wurden für Ende des Monats erwartet.

Die beiden schienen perfekt zu harmonieren.

Blaires einzige Bedingung war, dass Socks trotz des Haustierverbots bleiben durfte.

Allerdings nur Socks ... Charlene würde mit uns nach Hause kommen.

Aufgrund unserer gemeinsam verbrachten Zeit hatten wir sie richtig lieb gewonnen, und auch die Kleine hing so sehr an uns, weshalb sie sich auch aus Blaires Zimmer geschlichen hatte, um nach uns zu suchen.

„Ich liebe meine Mami, aber jetzt bin ich alt genug, um mein eigenes Leben führen zu können, und nur zu gerne würde ich bei euch bleiben“, erklärte sie, als sie uns bat, ihre neue Familie zu werden.

Auch Socks war einverstanden. „Das ist ganz normal für Katzen, und es ist die größte Freude einer Mutter, zu wissen, dass ihr Kind sein Glück gefunden hat. Danke dafür, dass ihr meinem süßen Baby ein neues Zuhause schenkt.“

So war es also beschlossen.

„Eigentlich war von Anfang an klar, dass wir zusammengehören. Ihr Name, der meinem so ähnlich ist, war ein Zeichen“, sagte Charles.

Auch ich freute mich unheimlich über den neuen Familienzuwachs, konnte allerdings nur hoffen, dass Octocat, Jacques und Jillianne das neue Baby akzeptieren würden. Somit hatten wir jetzt meinen Kater, Charles‘ Katzen und ein Fellknäuel, das uns beiden gehörte. Aber wie ich aus Erfahrung wusste, würde es einige Zeit dauern, bis die vier sich zusammengerauft hatten ... Katzen eben.

„Bereit für eine Pause?“, brüllte Madame Blue durch den Garten.

Blaire stand auf und streifte die übergroßen Gartenhandschuhe ab. „Ich bin am Verhungern“, gab sie zu, als sie zu uns herüberkam.

„Du hättest doch nicht so früh aufstehen und direkt mit der Arbeit beginnen müssen“, sagte ich.

„Wahrscheinlich nicht, aber ich wollte sicherstellen, dass ich euch vor eurer Abreise noch sehe“, erwiderte sie lächelnd. Ja, mittlerweile war unser Verhältnis schon fast freundschaftlich zu nennen, ein weiterer großer Erfolg in dieser Woche.

„Wann kommt der Imker wieder vorbei?“, wollte Madame Blue wissen. Dank der hohen Summe, die die Mackenzies ihr würden zahlen müssen, hatte sie jetzt genug Geld, um ihren Traum von einer eigenen Honigproduktion in die Tat umzusetzen. Der Imker würde sie bezüglich des Baus eines neuen Bienenhauses beraten und das derzeitige Völkchen inspizieren, und sie würden gemeinsam überlegen, wie sie am besten noch mehr Bienen in die Anlage integrieren könnten.

Die Regentschaft von Königin Bey würde in die Annalen eingehen … na ja, wenn Bienen denn solche hätten.

„Hattest du eine gute Woche?“, fragte Charles, als wir ins Auto einstiegen, um, mit Charlene im Schlepptau, nach Maine zurückzukehren.

„Die beste überhaupt“, antwortete ich und gab ihm einen liebevollen Kuss. „Jetzt kann ich auch nachvollziehen, warum es Mom und Dad hier so gut gefällt.“

„Ich ebenso.“ Er lächelte und stieß einen wehmütigen Seufzer aus. „Was hältst du davon, wenn wir unseren ersten Hochzeitstag auch wieder hier verbringen? Bis dahin sind es gerade mal noch elf Monate.“

„Ich kann es kaum erwarten“, antwortete ich mit einem

letzten Blick auf das bezaubernde steinerne Herrenhaus. Es gab so viele Erinnerungen, die wir von hier mitnehmen würden.

„Auf Wiedersehen, Mommy“, rief Charlene ihrer Mutter fröhlich zu, und dann war es an der Zeit, zu unserem nächsten Abenteuer aufzubrechen.

DETEKTIVISCHES DILEMMA

Jetzt ist es passiert. Jemand hat mein Geheimnis gelüftet.

Was als harmlose Online-Belästigung beginnt, wird schnell wesentlich bedenklicher, als mein Erpresser unwiderlegbare Beweise für meine Fähigkeit, mit Tieren sprechen zu können, vorlegt und damit droht, mich vor aller Welt bloßzustellen.

Wenn sich das mit meiner geheimen Superkraft herumsprechen sollte, wird nichts mehr so sein wie vorher – weder für mich noch für all diejenigen, die ich liebe.

. . .

Da mehr auf dem Spiel steht als je zuvor, beschließen Octocat und ich, diesen letzten Fall zu übernehmen ... die Identität des anonymen Schurken aufzudecken. Und anschließend müssen wir uns die schwierigste aller Fragen stellen: Wie geht es jetzt weiter?

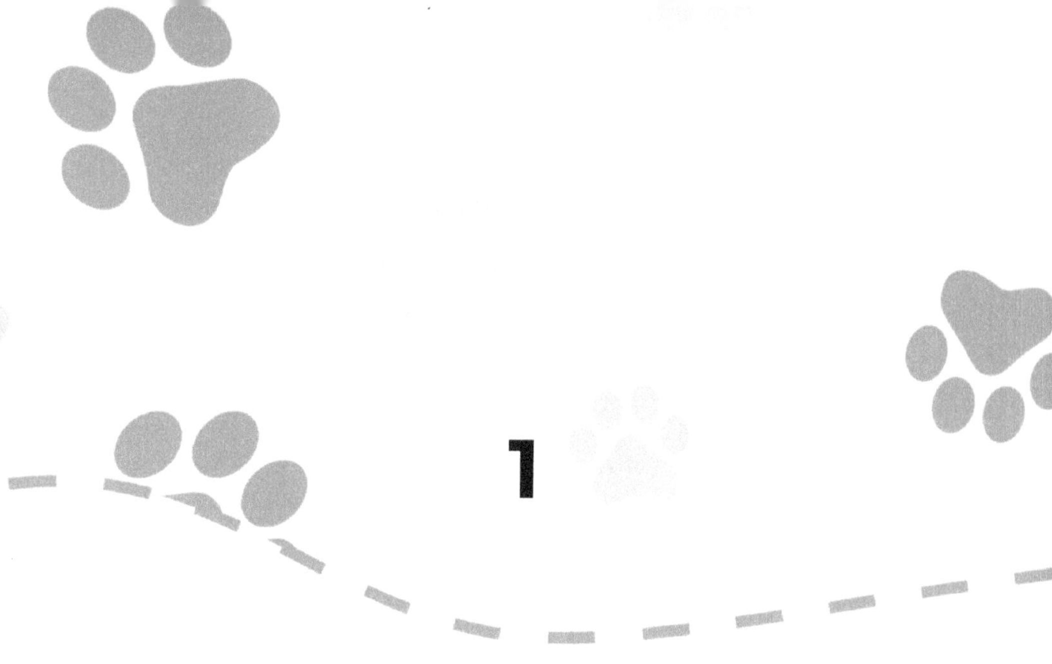

1

Mein Name ist Angie Russo, und alles in allem habe ich ein ziemlich erfülltes Leben. Lange Zeit hatte ich Schwierigkeiten, meinen Weg zu finden und einen Abschluss nach dem anderen erworben, ohne zu wissen, was genau ich eigentlich werden wollte.

Nie hätte ich damit gerechnet, dass mein mieser Job als Anwaltsgehilfin in der hiesigen Kanzlei mir nicht nur Charles, den weltbesten Ehemann, sondern auch noch meine sehr spezielle, *sehr geheime* Fähigkeit bescheren würde.

Also, ja, ich kann mit Tieren sprechen, und diese Tatsache ist es, die meinen Alltag mehr oder weniger bestimmt.

Alles begann damit, dass mir während einer Testamentseröffnung eine defekte alte Kaffeemaschine einen Stromschlag verpasste und ich das Bewusstsein verlor. Als ich wieder zu mir kam, hockte ein Kater auf mir, der zufälligerweise der Alleinerbe sämtlicher Besitztümer der Verblichenen war. Mit seinem abscheulich nach Thunfisch stinkenden Atem teilte er mir mit, dass seine alte Dame keines natürlichen Todes gestorben sei und es nun an mir läge, ihm zu helfen, den Fall aufzuklären und den Mörder zu überführen.

Anfangs konnte ich nur mit ihm sprechen – mit Octocat, wie ich den Guten ab dato nannte. Inzwischen jedoch unterhalte ich mich mit so ziemlich jedem Tier, das dazu bereit ist. Zu meinem festen Gefolge gehören neben meinem Kater auch die beiden haarlosen Katzen meines Mannes, Jacques und Jillianne, unser neu adoptiertes Kätzchen Charlene und Pringle, der Waschbär, der sich in ein schickes Baumhaus in unserem Garten einquartiert hat.

Paisley, die kleine Chihuahua-Hündin, die meine Großmutter aus dem Tierheim geholt hatte, ist bei ihr geblieben, als sie mit ihrem frisch angetrauten Ehemann Grant in ein eigenes Haus zog. Es ist ungewohnt, die Kleine nicht mehr ständig um mich zu haben und ich vermisse sie schrecklich, obwohl ich sie immer noch fast jeden Tag sehe. Zumindest hat sie einen Spielgefährten an ihrer Seite – Grants gerettetes Häschen namens Nini.

Obwohl es seltsam ist, so ohne Grandma, muss ich gestehen, dass mir das Eheleben ausgesprochen gut gefällt, auch wenn Charles mittlerweile zum Seniorpartner dieser zuvor erwähnten Anwaltskanzlei avanciert ist und sehr viel arbeitet. Ich hingegen habe kaum etwas zu tun, da es meiner Privatdetektei wie üblich an Kunden mangelt.

Also fasste Großmutter den Entschluss, diesen Umstand zu

nutzen und mich in die Geheimnisse eines perfekt organisierten Haushalts einzuführen. Putzen kann ich mittlerweile schon recht gut. Meine Kochkünste jedoch lassen nach wie vor sehr zu wünschen übrig. Aber da ich ja jede Menge Zeit habe, wird auch das noch werden.

Um meine Tage zumindest halbwegs sinnvoll zu gestalten, lese ich inzwischen mehrere Bücher pro Woche. Das ist einerseits zwar traumhaft, andererseits langweilt es mich so allmählich.

Bitte versteht mich nicht falsch … Mir gefällt es natürlich, in die Abenteuer anderer einzutauchen. Aber noch lieber würde ich meine eigenen erleben und nicht nur Zuschauer sein. Da tut sich aber leider in letzter Zeit nicht allzu viel.

Schon eigenartig, wie öde es sein kann, wenn alle Wünsche in Erfüllung gegangen sind. Fast fühlt es sich so an, als hätte man nichts mehr, wonach man streben könnte. Als hätte man bereits alles erreicht – und noch viel mehr.

Mit Charles‘ großzügigem Gehaltsscheck und Octocats Treuhandfonds sind wir zwar finanziell mehr als gut aufgestellt. Trotzdem wäre ich wesentlich zufriedener, wenn mein eigenes Business besser laufen würde.

Dagegen sprechen vorrangig zwei Gründe. Erstens haben Großmutter und Mom sich von Anfang an eingemischt und das Gewerbe bei der staatlichen Behörde zwar auf meinen Namen, aber als Pet Whisperer P.I. angemeldet. Aus der Nummer komme ich nicht mehr raus. Zweitens bin ich nicht die alleinige Inhaberin. Octocat ist mein Partner. Und mit ihm zusammenzuarbeiten, ist nicht immer einfach.

Eigentlich will er überhaupt nicht arbeiten. Und schon gar nicht mehr, seit er meine Hochzeit zum Anlass genommen hat, seine langjährige Fernbeziehung zu Grizabella, einer ehemaligen Showkatze, zu legitimieren. Und nachdem Charles und ich die kleine Charlene aus den Flitterwochen mitgebracht hatten, blühte unser Octavius in seiner neuen Rolle als Vollzeit-Papa so richtig auf und kritisiert mich permanent. So allmählich habe ich die Hoffnung aufgegeben, dass er sich je ändern wird.

„Sitz doch mal gerade", knurrte Octocat, kaum dass er unser gemeinsam genutztes Büro betreten hatte.

Ich stieß einen langen, frustrierten Seufzer aus, richtete mich auf und klappte meinen Laptop zu. Dann drehte ich mich auf meinem Schreibtischstuhl zu meinem vierbeinigen Partner um. „Wo ist Charlene?", erkundigte ich mich und zog fragend eine Augenbraue hoch.

Er hockte sich vor mich hin und leckte sich träge eine Pfote. „Die Nackedeis haben sie sich geschnappt und erteilen ihr Unterricht in was weiß ich."

Ich stöhnte auf. „Kannst du nicht endlich damit aufhören, so respektlos von deinen neuen Geschwistern zu reden?" Trotzdem fand ich es entzückend, dass alle drei unseren Neuankömmling so liebevoll aufgenommen hatten und sich sogar dazu herabließen, sie zu unterrichten. Und auch wenn ich wenig bis keine Ahnung hatte, was sie ihr in diesen Stunden beibrachten, schienen alle mit dem Ergebnis mehr oder weniger zufrieden zu sein. Also fragte ich nicht weiter nach.

Er ließ seine Pfote auf den Boden plumpsen und starrte mich mit großen, bernsteinfarbenen Augen an. „Würde es dir besser gefallen, wenn ich sie wieder als Eindringlinge tituliere?"

„Aber ihr kommt mittlerweile doch alle bestens miteinander klar", argumentierte ich und trommelte mit den Fingern auf meinem Knie herum, während ich verzweifelt überlegte, wie ich das Gespräch in eine andere Richtung lenken konnte, bevor mein Katzenpartner wieder aggressiv wurde.

Er legte den Kopf schief. „Deshalb ja der neue Spitzname. Du kannst ja wohl kaum abstreiten, dass sie splitterfasernackt sind, Angela. Wenn sie an dieser Tatsache etwas ändern wollten, hätten sie sich längst ein Fell wachsen lassen."

Ich beschloss, diese Feststellung lediglich mit einem Augenrollen zu quittieren.

Sein Blick wanderte zum Schreibtisch, dann zurück zu mir. Glücklicherweise war er es, der das Thema wechselte, auch wenn mir das, was er jetzt zu sagen hatte, nicht viel besser gefiel. „Bist du schon wieder fertig mit deiner Arbeit? Du hast doch gerade erst gefrühstückt."

„Ich komme einfach nicht richtig vorwärts und finde es nicht gut, Charles' sauer verdientes Geld für die ganzen Anzeigen auszugeben, die doch offensichtlich nichts bringen."

„Wann immer du mein Geld zum Fenster hinausgeworfen hast, hattest du nie ein schlechtes Gewissen", erwiderte er überheblich.

Hitze stieg mir in die Wangen. „Das war etwas völlig anders", druckste ich herum und blickte verlegen auf die Hände in meinem Schoss, bevor ich mich wieder ihm zuwandte.

„Ach so?" Er neigte erneut den Kopf zur Seite und musterte mich neugierig. „Da bin ich jetzt aber gespannt. Schieß los."

„Na ja, du bist mein Geschäftspartner, und es ist ja nicht so, als würdest du wirklich für dein Gehalt etwas tun", murmelte ich irgendwie kleinlaut. Leider konnte ich ihm in Sachen Selbstbewusstsein nie das Wasser reichen.

„Wie bitte? Ich arbeite nichts?", erwiderte er höhnisch. „Ich glaube es nicht. Der Meinung bist du also? Dann lass dir mal gesagt sein, dass ich gewissermaßen Tag und Nacht schufte, um dich im Auge zu behalten."

Ich presste beide Handflächen auf meine Oberschenkel und erhob mich. „Hör zu, ich will wirklich keinen Streit mit dir anfangen oder so. Momentan bin ich einfach frustriert, das ist alles."

„Den Grund dafür habe ich dir schon lang und breit erklärt. Du hast deine Dienste einfach zu oft umsonst angeboten, und jetzt will niemand mehr etwas dafür bezahlen."

Ich seufzte. Octocat war zweifellos ein guter Detektiv, allerdings ein lausiger Geschäftsmann. Okay, ich war auch nicht besser, aber immerhin hatte ich erkannt, dass ich noch viel lernen musste. Er hingegen schien sich in allen Dingen für unfehlbar zu halten.

An der Tür hielt ich inne und drehte mich nochmals zu ihm um. „Es ist ja nicht so, dass …"

„Ganz zu schweigen davon, dass du das einzige Mal, als du einen gutsituierten Kunden hattest, ihm das Verbrechen anhängen musstest“, fuhr er mit immer lauter werdender Stimme fort, als wäre dieses das Dümmste, was ihm je untergekommen war.

„Er war ja auch schuldig“, gab ich zurück. Ehrlich gesagt reichte es mir schon wieder, aber aus Erfahrung wusste ich, dass mein Kater nicht eher lockerlassen würde, bis er mir alles an den Kopf geworfen hatte, was es dazu zu sagen gab. Und das konnte dauern. „Ich hätte also deiner Meinung nach ein Auge zudrücken sollen, nur weil er bereit war, uns zu bezahlen?“

Er zuckte mit den Schultern. „Alles, was ich damit anzudeuten versuche, ist, dass es aus unternehmerischer Sicht keine clevere Entscheidung war.“

Hmm ... hatte er recht damit? War ich, was unser Business anbelangte, ein hoffnungsloser Fall? Welche Option blieb mir? Losziehen und mich von einer anderen Detektei anstellen lassen? Nein, das kam nicht in Frage! Ich wollte mein eigener Herr bleiben, also sollte ich mich anstrengen, auch den bürokratischen Teil auf die Reihe zu bekommen. *Uff!* Oder war es an der Zeit, mir meine Niederlage einzugestehen? Alle anderen Träume waren wahr geworden. Warum also klammerte ich mich wie eine Besessene an den letzten, der sich nicht erfüllen wollte?

„Vielleicht sollte ich Charles um einen Job als Anwaltsgehilfin bitten“, seufzte ich. „Darin war ich gar nicht schlecht. Dann hätte ich endlich wieder etwas zu tun und würde mich nicht so nutzlos fühlen.“

Als Antwort darauf knurrte er mich an. „Untersteh dich, mich hier den ganzen Tag allein zu lassen. Was, wenn ich frisches Wasser benötige? Oder wenn jemand an der Tür klingelt?“

Ich ignorierte ihn und ging den Flur hinunter zur großen Treppe. Vielleicht würde ich mich bezüglich dieser Sache der gescheiterten Geschäftsfrau besser fühlen, wenn ich etwas zu Mittag gegessen hatte.

War zehn Uhr morgens zu früh für die zweite Mahlzeit des Tages?

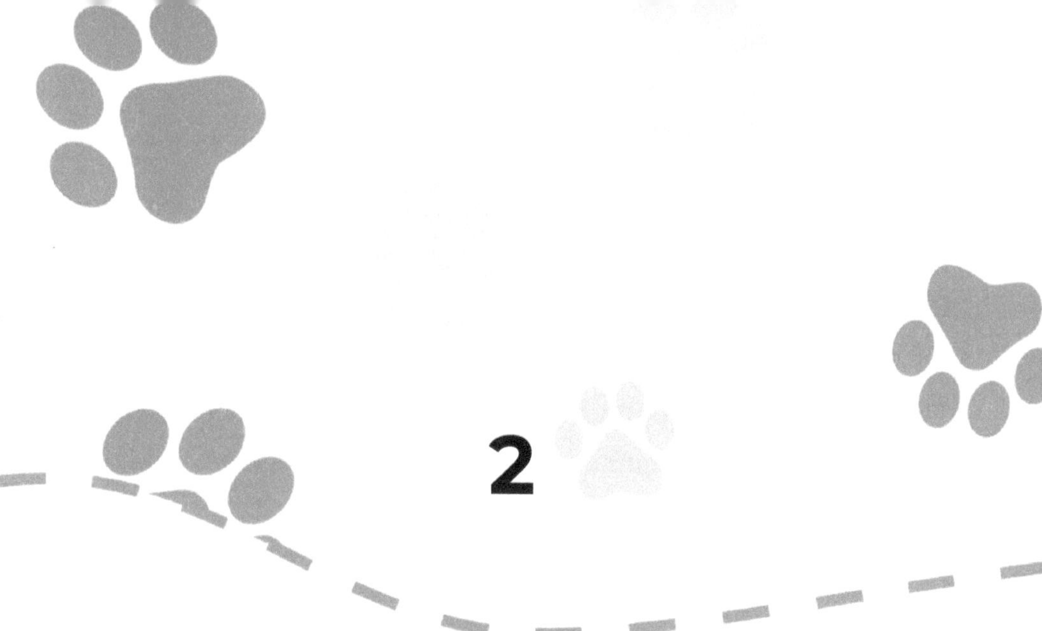

2

Nachdem ich ein paar gefrorene Waffeln aufgetaut und sie, mit Butter und Blaubeersirup bestrichen, verspeist hatte, fühlte ich mich tatsächlich etwas besser ... Zumindest kurzzeitig, bis leichte Bauchschmerzen einsetzten.

Memo für die Zukunft: *Zehn ist wahrlich zu früh fürs Mittagessen. Und wenn ich nicht innerhalb weniger Wochen wie eine dieser Frauen auf den Gemälden von Rubens aussehen will, ist das zweite Frühstück hiermit gestrichen.*

Da Octocat sich mittlerweile in einem Sonnenstrahl zusammengerollt hatte und zu dösen schien, und Jacques und Jillianne nach wie vor mit Charlene beschäftigt waren, hatte ich wieder einmal Zeit für mich. Aber was damit anfangen? Meine aktuelle Lektüre hatte ich am Vorabend ausgelesen, und nach etwas Neuem stand mir nicht der Sinn. Also beschloss ich, mich erneut der Schreibtischarbeit zu widmen. Schließlich hatte ich die vorhin nur deshalb unterbrochen, weil mein Kater aufgetaucht war.

Nach einem kurzen Stoßgebet gen Himmel hob ich den Deckel meines Laptops an und tat das, was ich immer tue, wenn ich eine Sitzung beginne – ich überprüfte meinen E-Mail-Eingang auf neue Kundenanfragen.

In meinem Postfach sah es aus wie immer … gähnende Leere.

Seufzend wandte ich mich meinem Newsfeed zu und scrollte durch die Schlagzeilen. Ich hatte erst kürzlich ein neues Unternehmensprofil erstellt und darauf geachtet, dass ich dort nur anderen Privatdetektiven folgte. Zu sehen, was für sie funktionierte, sollte mich eigentlich inspirieren und motivieren. Stattdessen fühlte ich mich schon bald nur noch hoffnungsloser, was meine eigene Firma anbelangte, die mehr oder weniger vor sich hin dümpelte.

Ich las gerade einen Artikel über ein Privatdetektiv-Duo im Mittleren Westen, das sein Repertoire um Krimi-Dinnerpartys erweitert hatte, um das Geschäft zu beleben, als eine kleine rote Benachrichtigung auf meinem Bildschirm aufpoppte.

Aufregung durchfuhr mich.

War das womöglich ein neuer Klient, mit dem sich endlich alles zum Guten wenden würde?

Ich klickte eifrig auf den Link und wartete ungeduldig darauf, dass sich die entsprechende Social-Media-Seite aufbaute. Jemand hatte doch tatsächlich einen Kommentar hinterlassen.

Eigentlich waren sämtliche wichtigen Informationen sowie

meine Verfügbarkeit in einer separaten Zeile oben auf meiner Seite aufgeführt, aber vielleicht war diese Person so verzweifelt auf der Suche nach Hilfe, dass sie sich entschieden hatte, direkt Kontakt mit mir aufzunehmen.

Wenn das nicht perfekt war. Meine Dienste wurden nicht nur gebraucht, sie waren jetzt sogar gefragt.

Unruhig rutschte ich auf meinem Stuhl hin und her und konnte es kaum erwarten, die Nachricht meines brandneuen Kunden und vielleicht größten Fans zu lesen.

Der Benutzername war Charm – kein Nachname – lediglich Charm, und der Kommentar lautete: *Ich weiß, wer du bist und kenne dein Geheimnis ... Und schon bald werden auch alle anderen Bescheid wissen.*

Mein Magen krampfte sich zusammen. Wer war dieser Typ und warum versuchte er, sich mit mir anzulegen? Sicherlich war das Ganze nur ein dummer Zufall. Zugegeben, ich war nicht immer so vorsichtig gewesen, wie ich es hätte sein sollen, wenn es darum ging, meine außergewöhnliche Fähigkeit zu verbergen, dennoch ...

Nein, auf keinen Fall!

Ich klickte auf Charms Namen, um sein Profil zu öffnen, aber es zeigte lediglich einen Ausschnitt vom Meer, der mir nichts sagte.

Mit zitternden Händen ging ich zurück zu meiner Anzeige. Vielleicht sollte ich den Kommentar einfach löschen, den Kerl blockieren und diesen Vorfall aus meinem Kopf verbannen.

Aber das konnte ich nicht.

Ich musste mehr über ihn in Erfahrung bringen.

Wer sind Sie? Ich tippte diesen kurzen Satz, wartete einen Moment und fügte dann noch hinzu: *Und wovon reden Sie eigentlich?*

Die Antwort kam prompt: *Du kennst mich nicht, aber du weißt, wovon ich rede.*

Ich biss mir auf die Unterlippe und lehnte mich in meinem Stuhl zurück. Wie groß war die Wahrscheinlichkeit, dass Charm sich das alles nur ausgedacht hatte? Wie konnte er über mein Geheimnis Bescheid wissen, und woher kannte er mich?

Und vor allem: Was in aller Welt sollte ich jetzt tun?

Ein drittes Frühstück schien mir keine gute Idee zu sein, und da Charles wahrscheinlich wie immer schwer beschäftigt war, atmete ich erst einmal tief durch und beschloss dann, Großmutter anzurufen.

„Jemand im Internet bedroht dich?“, fragte sie, und ich sah in der FaceTime-App, wie sie die Stirn runzelte.

Ich nickte nachdrücklich. „Ja, und ich habe keine Ahnung, wer und warum.“

Ihr Gesichtsausdruck wurde weicher, nicht unbedingt, weil sie sentimental wurde, sondern vor allem, weil sie angefangen hatte, an den Beauty-Filtern der App herumzuspielen. „Darüber würde ich mir keine allzu großen Sorgen machen, Liebes. Wahrscheinlich hat die Person dich lediglich mit jemandem verwechselt“, versuchte sie, mich zu beruhigen, während plötzlich regenbogenfarbige Einhörner über ihrem Kopf herumtanzten.

„Vielleicht", stimmte ich zu, zupfte jedoch nervös an der Haut meines Ellbogens herum.

„Entspann dich einfach ein wenig und genieße deinen Tag", schlug sie vor und lugte jetzt unter einem Himmel aus funkelnden rosa Sternen hervor. „Grant und ich müssen in Kürze los zu einer Matinee, aber wollen wir uns danach zum Tee treffen?"

„Klar, warum nicht?" Meine Kehle war wie ausgetrocknet und meine Stimme klang schrecklich, aber es half ja nichts. Ich war eine erwachsene Frau und sollte es allmählich mal schaffen, meine Probleme allein zu lösen.

Und das war das Paradebeispiel eines Problems.

Charm könnte entweder ein Spinner sein, der sich einen Spaß mit mir erlaubte, oder aber wirklich ein Feind, der mich ruinieren wollte. Im Zuge meiner Ermittlungen hatte ich mehr als eine Person hinter Gitter gebracht. Vielleicht war eine von ihnen inzwischen wieder auf freiem Fuß und sann auf Rache. Es konnte nicht schaden, ein paar Nachforschungen über ihren aktuellen Aufenthaltsort anzustellen.

Ich holte einen Block mit Haftnotizen aus der obersten Schublade meines Schreibtisches und schrieb den Namen des ersten Bösewichts auf, bei dessen Ergreifung ich mitgewirkt hatte – meine ehemalige Freundin Diane Fulton. Als ich damals in der Kanzlei arbeitete, hatten wir ein ziemlich gutes Verhältnis. Das hielt sie jedoch nicht davon ab, zu versuchen, mich umzubringen, als ich die Wahrheit über das Ableben von Octocats früherer Besitzerin herausfand und sie als die Schuldige entlarvte.

Ich riss den Zettel ab, klebte ihn auf die Schreibtischplatte und widmete mich meinem nächsten Verdächtigen. Feind Nummer zwei war eine Maklerin aus Misty Harbor namens Sandra Lyn. Sie war verantwortlich für einen Doppelmord und hätte es beinahe geschafft, dass ein unschuldiger Mann an ihrer statt lebenslänglich eingebuchtet worden wäre. Eigentlich schien es unwahrscheinlich, dass sie schon wieder draußen war, oder Zugang zu den sozialen Medien hatte. Aber das musste ich nochmals genauer überprüfen, bevor ich sie von meiner Liste streichen konnte. Ich setzte also ihren Namen neben den von Diane.

Der nächste Widersacher war Richard Thompson, mein früherer Boss. Er hatte meinen ehemaligen Nachbarn auf dem Gewissen, einen allseits beliebten Senator mit einem Faible für den Umweltschutz. Und zu allem Überfluss hatte auch noch Octocat auf ihn gepinkelt, während er, am Boden liegend, von der Polizei dingfest gemacht wurde.

Auch diesen Klebezettel fügte ich der stetig wachsenden Sammlung auf meinem Tisch hinzu. *O Mann!* Dafür, dass ich die meiste Zeit meiner Karriere als Privatdetektivin arbeitslos gewesen war, hatte sich eine ganz schöne Menge an Feinden angesammelt – und ich war mit meiner Liste noch lange nicht fertig.

Kurz hielt ich inne, um mein Handgelenk auszuschütteln und überlegte dann weiter. In Anbetracht der Tatsache, dass meine Anzeigen geografisch gestaffelt waren, sollte ich wohl gezielt nach jemandem suchen, der sich noch in der Gegend um Blueberry Bay aufhielt, oder?

Nein. Besser erst einmal niemanden ausschließen. Je schneller ich Charms geheime Identität aufdeckte, desto eher konnte ich mich wieder meiner beruflichen Routine widmen … also der gähnenden Leere meines Terminkalenders.

Seufz.

Nun, wenigstens hatte ich jetzt etwas, das mich beschäftigte.

Danke vielmals, Charm.

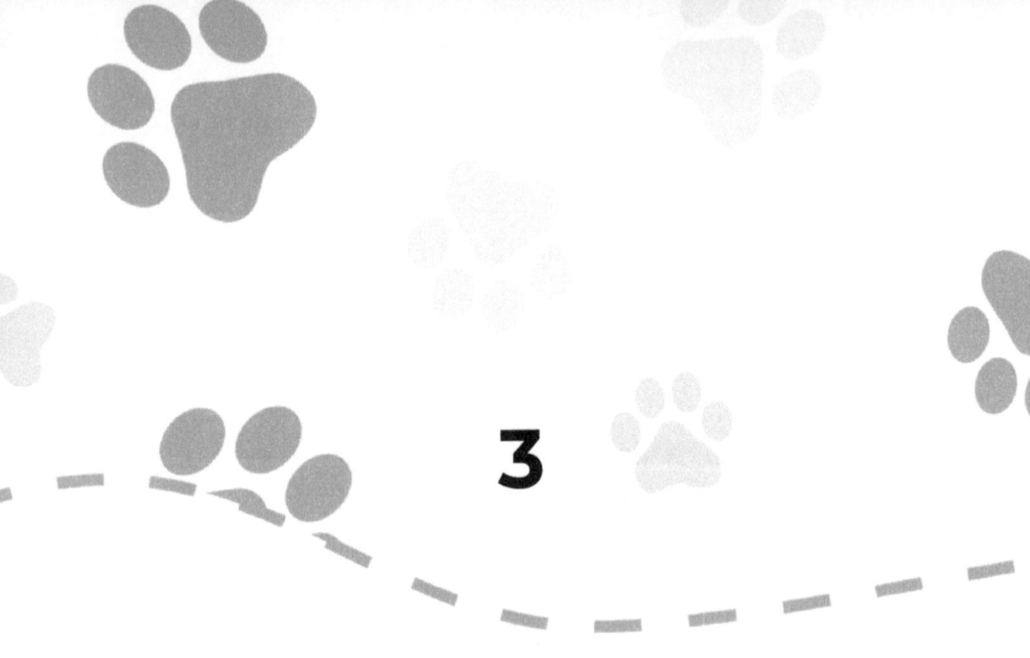

3

„Was machst du da?“ Charlene, unser kleines schwarzes Kätzchen, sprang auf meinen Schreibtisch und blickte sich interessiert um. Inzwischen hatte ich so viele Haftnotizen vollgekritzelt, dass die Platte nicht mehr ausreichte und ich sogar auf die Wand ausweichen musste.

„Ich erstelle eine Liste von Verdächtigen“, antwortete ich abwesend, während ich auf den nächsten Zettel *Sara Stevens* schrieb.

Sie verdrehte das Köpfchen und versuchte, die Worte zu lesen. „Suh“, sagte sie gedehnt, dann „ah“, „ruh“ und ein weiteres „ah“ wie in *Apfel*.

„Sara“, ergänzte ich bereitwillig und sah sie dann mit großen Augen an. „Warte mal, lernst du etwa lesen?“

Sie ließ sich mit dem Hintern auf den Schreibtisch plumpsen

und reckte das Kinn stolz in die Höhe. „Ja. Papa Octocat bringt es mir bei. Er findet, ich sei eine sehr kluge junge Dame."

Ich streckte die Hand aus und streichelte ihr über das Fell, was sie mit einem tiefen, zufriedenen Schnurren quittierte. „Charlene, das ist fantastisch."

„Wenn ich groß bin, möchte ich ein ebensolches Genie sein wie er, und so schön wie Mama Grizz", ließ sie mich wissen, und ich musste lachen. War ja klar, dass mein Kater sich selbst als *Genie* bezeichnete. *Klug* war deutlich unter seinem Niveau. „Du scheinst auf einem guten Weg zu sein. Was aber ist mit deiner Tante und deinem Onkel? Möchtest du auch so werden wie sie?" Damit bezog ich mich auf die beiden Sphynx-Katzen, die Charlene ebenso sehr zu lieben schienen wie ihre Adoptiveltern.

„Tante J und Onkel J sind mega lustig", schwärmte die Kleine und nickte dabei mit dem Kopf.

Lustig wäre jetzt nicht unbedingt das Wort, das ich im Zusammenhang mit den beiden haarlosen Samtpfoten benutzt hätte. Immerhin hatten sie sich nach langem Zögern und Octocats Drohungen endlich mit mir arrangiert.

„Und was bringen sie dir in ihren Unterrichtsstunden bei?", fragte ich, inzwischen noch neugieriger als anfangs, als ich von diesem ominösen Homeschooling erfahren hatte.

Das schwarze Kätzchen schüttelte den Kopf. „Das darf ich dir leider nicht sagen. Dieser spezielle Unterricht ist nur für uns Vierbeiner gedacht."

„Aber du hast mir doch auch verraten, dass du lesen lernst?", erinnerte ich sie.

Sie verzog das Gesicht und schien einen Moment lang zu überlegen, bevor sie erleichtert lächelte und sagte: „Das ist ein außerschulisches Angebot, und von daher ist es okay, dass du davon weißt."

„Also sozusagen extracurricular, mehr oder weniger ein Freizeitvergnügen?", sagte ich kichernd. „Etwas, das nichts mit der Schule zu tun hat?"

„Genau. Extra-circul-cular."

Erneut strich ich ihr über den Rücken. Natürlich war mir klar, dass Charlene erwachsen werden musste, aber insgeheim hoffte ich, sie würde sich nie ändern. Ihre pure Lebensfreude und ihre Begeisterung für alles halfen auch mir oft, die Welt mit anderen Augen zu sehen. Selbst jetzt fühlte ich mich nur aufgrund ihrer Anwesenheit bei meiner Suche nach dem Online-Tyrannen schon viel besser.

Netterweise blieb sie bei mir, leistete mir beim Vervollständigen meiner Liste Gesellschaft und versuchte, jeden einzelnen Namen, den ich hinzufügte, zu entziffern.

„Du hast eine sehr schlampige, kaum leserliche Handschrift", tadelte sie mich irgendwann. Hier hatten wir einen weiterer Beweis dafür, dass Octocat ihr Lehrer war und sich bemühte, ihr sämtliche schrulligen Eigenschaften beizubringen, die auch er sein Eigen nannte.

Anstatt jedoch mit ihr zu schimpfen oder mich zu verteidigen, ließ ich die Bemerkung an mir abprallen und betete im Stillen, dass es sich um eine einmalige Kritik handeln mochte.

Außerdem war ich zu sehr auf die anstehende Aufgabe konzentriert, um jetzt das Thema zu wechseln.

Als ich fertig war, hatte ich insgesamt vierzehn Klebezettel mit vierzehn Namen vor mir – und keine Ahnung, wo ich anfangen sollte.

Glücklicherweise kündigte just in diesem Moment die Türklingel Großmutters Ankunft an.

„Ich komme!“, brüllte ich, nahm Charlene auf den Arm, schloss die Bürotür hinter mir und stürmte davon.

Als ich den oberen Treppenabsatz erreichte, hatte Großmutter sich bereits selbst hereingelassen und war gerade dabei, sich aus ihrer leichten Windjacke zu schälen.

„Hattest du eine schöne Zeit mit Grant?“, erkundigte ich mich, und sofort überzog ein tiefes Rosa ihre Wangen.

„Ich liebe es einfach, verheiratet zu sein“, gab sie zu, warf einen kurzen Blick in den Spiegel und richtete mit den Fingern ihre Frisur. Inzwischen war ich unten angekommen, setzte das Kätzchen auf dem Boden ab und ließ mich von ihr in die Arme nehmen. Charlene stob umgehend davon und verschwand in der Küche, vermutlich auf der Suche nach ihren tierischen Verwandten.

„Wo ist denn Paisley?“, fragte ich erstaunt und ließ meinen Blick durch den Flur wandern. Irgendwie war es merkwürdig, so gänzlich ohne Tiere dazustehen.

„Ich komme direkt aus dem Kino“, informierte sie mich und schien sich an der Abwesenheit der pelzigen Mitbewohner nicht im Geringsten zu stören. „Grant hat mich nur schnell hier abgesetzt, weil du vorhin bei deinem Anruf so verzweifelt geklungen hast."

„Verzweifelt ist noch milde ausgedrückt", gab ich zu und begann, an meiner Unterlippe zu kauen, als mir die erste Nachricht wieder in den Sinn kam.

„Lass mich gleich mal Teewasser aufsetzen. Dann kannst du mir alles in Ruhe erzählen." Grandma schwebte in Richtung Küche davon, während ich nochmals nach oben lief, um meinen Laptop zu holen.

„Siehst du?", sagte ich und deutete auf den Bildschirm, nachdem ich die Anzeige und die weiteren Kommentare aufgerufen hatte.

„Du kennst mich nicht, aber du weißt, wovon ich rede", las Großmutter laut vor und schüttelte dann ungehalten den Kopf. „Was für ein unhöflicher Mensch dieser Charm doch ist. Irgendwie ironisch, diese Namenswahl, findest du nicht auch?"

Ich verspürte keine Lust, darüber zu diskutieren, ob der Benutzername zum Charakter des Schreibers passte. Vorrangig wollte ich herausfinden, wer auf der anderen Seite des Bildschirms saß. „Glaubst du, er kennt tatsächlich mein Geheimnis? Oder weiß über meine Fähigkeit Bescheid?"

„Woher sollte er das? Das ist wahrscheinlich nur so ein Spinner, der dich provozieren will. Du weißt doch selbst, das Internet ist voll von solchen Leuten." Erneut schüttelte sie den Kopf, sagte aber nichts weiter dazu. Ich fühlte mich den Tränen nahe. Warum wollte sie nicht verstehen, dass das eine große Sache sein könnte? Wenn ich nicht schnell etwas unternahm, würde der Kerl womöglich mein ganzes Leben ruinieren.

„Leider war ich nicht immer so vorsichtig, wie ich es hätte sein sollen“, argumentierte ich und senkte den Blick zu Boden. Es schmerzte beinahe körperlich, wenn ich an all die Male und Gelegenheiten zurückdachte, wo ich so leichtfertig mit meinen Fähigkeiten umgegangen war. Diese Zeiten übertrafen die Anzahl meiner Feinde um ein Vielfaches.

Und was, wenn Charm überhaupt keiner derjenigen war, die ich überführt hatte, sondern einfach eine willkürliche Person, die etwas davon mitbekommen hatte und nun versuchte, aus diesem Wissen Kapital zu schlagen?

„Was glaubst du, will er oder sie von mir?“, fragte ich Grandma und schaute vom Bildschirm zurück zu ihr.

Sie nahm mir den Laptop aus der Hand. „Warum fragen wir ihn nicht einfach?“

In Zeitlupe und nur mit einem Finger tippte sie ihre Nachricht: *Was wollen Sie?*

Im Gegensatz zu der Ewigkeit, die sie für die paar Worte gebraucht hatte, kam sofort etwas zurück. *Ich will, dass die Wahrheit ans Licht kommt.*

„Tja, das klingt nicht gut“, sagte sie, während ich ihr über die Schulter starrte und den bedrohlichen Kommentar ebenfalls las. „Gar nicht gut. Aber auch nicht unbedingt schlecht.“

„Wie bitte?“

„Meiner Meinung nach weiß dieser Charm überhaupt nichts und versucht lediglich, dich zu verunsichern.“

„Und was, wenn er mein Geheimnis doch kennt?“, konterte ich, griff nach dem Laptop, klappte ihn zu und drückte ihn an meine Brust.

„Was wäre denn so schlimm daran, wenn es herauskäme? Dass du mit Tieren sprechen kannst, ist ein wichtiger Teil deiner Persönlichkeit. Warum willst du diese Fähigkeit so verzweifelt verstecken?“ Sie zuckte mit den Schultern, als wäre das die normalste Sache der Welt und würde nicht mein komplettes Leben auf den Kopf stellen.

„Hast du vergessen, wie es Oma Lyn ergangen ist, nachdem sie sich dazu bekannte?“, fragte ich herausfordernd und zog die Augenbrauen hoch.

Erneut zuckte sie lediglich mit den Schultern. „Natürlich nicht, aber heutzutage sind die Menschen wesentlich offener.“

„Ich will mich aber nicht zur Witzfigur machen, sondern einfach nur ein ganz normales Leben führen“, jammerte ich. Normalerweise war ich nicht so nörgelig und quengelig, aber in Anbetracht der aktuellen Notlage konnte ich einfach nicht anders.

Grandma starrte mich aus großen Augen an, dann jedoch machte sich ein verschmitztes Lächeln auf ihren Zügen breit. „Meine liebe süße Angela, wann war dein Leben jemals normal?“

4

Ob Octocat nun noch etwas mit dem Detektivgeschäft zu tun haben wollte oder nicht, er war nach wie vor der Miteigentümer von Pet Whisperer P.I. – und gerade im Moment brauchte ich seine Hilfe mehr denn je.

Nachdem Grandma wieder weg war, durchsuchte ich das Haus und fand ihn schließlich in seinem Schlafzimmer, wo er mit Argusaugen die Fische in seinem überdimensionalen Aquarium beobachtete.

„Yummy sieht heute besonders mopsig aus", merkte er an, als ich eintrat. „Vielleicht sollte ich mal an ihm knabbern."

Natürlich hatte er all seinen Süßwasserbewohnern einen Namen gegeben, der auf die eine oder andere Art das Wort *lecker* widerspiegelte. Und natürlich sagte er das immer nur, um mich zu ärgern, denn eines wusste er ganz genau: Jedes Mal, wenn er andeutete, eines seiner Haustiere verspeisen zu wollen, beeilte ich mich, ihm frische Shrimps oder seine geliebten Hummerbrötchen aus dem Little Dog Diner zu besorgen.

„Nicht heute“, warnte ich in strengem Tonfall.

Das erregte seine Aufmerksamkeit, dennoch fuhr er mich an: „Würdest du bitte deine Stimme senken? Das Kind schläft.“ Er deutete mit der Schnauze auf sein rotes Seidenkatzenbett, wo Charlene unter einem Kissen döste, das fast so groß war wie die Schlafstatt selbst.

„Können wir irgendwo hingehen, wo wir in Ruhe reden können?“, flüsterte ich und kniete mich neben ihn, damit ich ihm direkt in die Augen sehen konnte. Dann fuhr ich fort und legte so viel Leidenschaft wie möglich in meine nächsten Worte: *„Es ist wichtig.“*

Abrupt wandte er sich von mir ab, sprach mich aber über die Schulter an. „Dein Ton heute gefällt mir ganz und gar nicht, Angela“, beschwerte er sich. „Vielleicht werde ich mich zu einem Gespräch bereiterklären, sobald du weniger emotional auftrittst.“

„Ich bin nicht emotional“, schrie ich lauter als beabsichtigt. „Lediglich in Panik wegen einer großen, sehr realen Bedrohung. Und ich würde mich besser fühlen, wenn ich einfach mit dir darüber reden könnte.“

Am anderen Ende des Raumes ertönte ein leises Miauen, und Charlenes Schnäuzchen lugte unter dem Kissen hervor. Upps. Ich sollte ja leise sein. Vielleicht war ich wirklich ein bisschen zu emotional wegen alledem, was da gerade auf mich einstürmte. Aber um diesen Zustand in den Griff zu bekommen, sollte mein

Geschäftspartner und angeblich bester Freund mir eben einfach zuhören.

„Jetzt hast du es doch tatsächlich geschafft", knurrte er, eilte an die Seite seiner Adoptivtochter und leckte ihr beruhigend über das Köpfchen. „Ganz ruhig, meine Süße. Dein Daddy ist da. Und die böse alte Dame wollte eh gerade gehen."

Was für eine bodenlose Frechheit von ihm, mich als *alt* zu bezeichnen, und so richtig böse hatte er mich ebenfalls noch nicht erlebt … was aber nicht mehr lange dauern konnte, wenn er so weitermachte.

„Was ist denn los?", erkundigte sich Charlene mit sanfter Stimme und riss ihre großen goldenen Augen weit auf, während Octocat sich weiterhin beschützerisch an sie schmiegte.

Einen Moment lang überlegte ich, wie viel ich vor dem jüngsten Mitglied unseres Haushalts preisgeben sollte. Einerseits wollte ich sie nicht verängstigen, andererseits ihr aber auch keine wichtigen Fakten vorenthalten.

Schließlich entschied ich mich, alles zu erzählen, aber die Dinge wenn irgend möglich etwas zu beschönigen. Also atmete ich erst einmal tief durch und setzte zu meiner leicht zensierten Berichterstattung an. „Jemand schickt mir online Nachrichten, in denen er behauptet, er wisse, dass ich mit Tieren sprechen kann, und dass er dieses Geheimnis vor aller Welt lüften würde."

So formuliert klang es nicht annähernd so schlimm, wie es sich für mich anfühlte.

Octocat starrte mich an, während er mit dem Schwanz auf den Boden klopfte, und schien angestrengt zu überlegen …

zumindest hoffte ich das, da ich unbedingt seine Sichtweise auf die Dinge erfahren wollte.

Charlene hingegen sprach sofort. „Wer steckt hinter diesen Nachrichten?“

Ich zwang mich zu einem lässigen Schulterzucken. „Keine Ahnung. Das ist nach wie vor ein Rätsel.“

Sie erhob und streckte sich ausgiebig, bemüht, die kontinuierlich einengenden Gesten ihres Vaters abzuwehren. „Aber das ist doch genau das, was du am besten kannst, oder? Rätsel lösen. Du hast meine vermisste Mutter gefunden und ebenso herausgefunden, wer deinem Mann etwas angetan hat, weißt du nicht mehr?“

Natürlich erinnere ich mich, was für eine Frage! War das alles doch erst vor ein paar Wochen passiert. Dennoch verkniff ich mir eine schnippische Antwort, da die Kleine ja nur zu helfen versuchte.

„Du warst einfach nicht vorsichtig genug“, entschied Octocat, und ein tiefes Grollen entwich seiner Kehle, das irgendwo zwischen einem Knurren und einem Schnurren anzusiedeln war.

„Du hast recht, ich hätte nicht so leichtsinnig sein dürfen“, gab ich zu. „Aber es ist nun mal geschehen und ich kann ja wohl kaum in die Vergangenheit zurückreisen und die Dinge richten. Also müssen wir das im Hier und Jetzt in Ordnung bringen – aber wie?“

„Wir sollten eine Zeitmaschine bauen!“, kreischte Charlene und machte einen Satz in die Luft. „Dann könnten wir sämtliche Fehler beheben“, fügte sie hinzu, nachdem sie wieder auf allen Vieren gelandet war.

„Das mit den Zeitmaschinen ist leider ein Märchen“, sagte ich und streichelte ihr liebevoll übers Fell.

„Aber Papa Octocat hat doch …“

Dieser legte seiner Tochter geschwind eine Pfote aufs Mäulchen. „Manches Wissen hat unter uns zu bleiben. Du darfst das, was du in deinem Katzenunterricht lernst, niemals mit Außenstehenden teilen“, sagte er ernst.

„Nicht mal mit Angie?“, quiekte die Kleine.

„Schon gar nicht mit Angela. Sie weiß ohnehin schon viel zu viel.“

„Ähm, hallo … ich bin auch noch da“, mischte ich mich ein, um ihre Aufmerksamkeit wieder auf mich zu lenken. Aber eigentlich wollte ich gar nicht wissen, worüber sie da laberten. Zeitmaschinen? Was für ein Quatsch!

„Könnten wir uns bitte wieder auf das eigentliche Problem konzentrieren?“

„Aber ich war …“ begann Charlene erneut, brach jedoch abrupt ab, als Octocat den Kopf schüttelte.

„Bitte fahre fort“, sagte er und deutete mit der Pfote in meine Richtung.

„Also gut. Die Person, die mich bedroht, hat sich im Internet den Namen Charm zugelegt. Natürlich könnte es jeder sein, aber ich dachte mir, wir sollten damit beginnen, eine Liste von Verdächtigen durchzugehen, die ich ausgearbeitet habe.“

„Die hübschen bunten Zettel mit Worten?“, rief Charlene, für die sich so allmählich die Puzzleteile zusammenzufügen schienen. „All diese Menschen sind Verdächtige?“

„Ja, das sind lauter Kriminelle, deren ruchlose Pläne wir im Laufe der Jahre vereitelt haben. Leider nicht gerade wenige."

„Und was soll ich in diesem Fall tun?", fragte mein Kater und schnippte erneut mit dem Schwanz.

Mir rutschte das Herz in die Hosentasche. Zumindest er sollte doch verstehen, wie wichtig mir die Wahrung meines Geheimnisses war. War es ihm wirklich egal? „Mir helfen", sagte ich leise, bevor ich hinzufügte, „Du bist schließlich mein Partner."

Er seufzte und schüttelte den Kopf. „Angela, ich habe dir doch klar zu verstehen gegeben, dass ich mich lieber auf meine Familie konzentrieren möchte und nicht mehr vorhabe, mich auf wilde Verfolgungsjagden einzulassen. Schon gleich gar nicht auf solche, die gefährlich werden könnten."

„Aber Octavius, das ist nicht einfach ein X-beliebiger Fall. Hier geht es um mein Leben." Flehentlich faltete ich die Hände und betete, dass mein hochmütiger Kater sich meiner erbarmen möge und dazu bereiterklärte, mir mit seinem scharfen Verstand zur Seite zu stehen. *„Bitte, Octocat, ich brauche dich!"*

Er schwieg verbissen, aber zumindest eine der Fellnasen schien mein Appell erreicht zu haben.

„Wir können sie das nicht allein durchstehen lassen, Papa", beharrte Charlene, kam zu mir herüber und rieb ihren Körper an meinem Arm. Dann tapste sie zurück zu ihrem Adoptivvater und schmiegte sich an ihn. „Sie hat mir geholfen, als ich verängstigt und verloren war, und sieh nur, wie traurig sie jetzt selbst ist."

Ich schob die Unterlippe vor und riss die Augen extra weit auf, um ihre Aussage zu unterstreichen.

Dann starrten wir beide auf den sturen Kater, denn nun war es an ihm, sich zu äußern.

Nach einigen Momenten, in denen die Anspannung fast greifbar war, stieß er schließlich einen langen Seufzer aus: „Also gut, aber das ist das letzte Mal, dass ich mich zu so etwas überreden lasse." Sein eisiger Blick fixierte mich. „Das allerletzte Mal, verstanden? Und das ist mein voller Ernst."

„Danke", murmelte ich und fühlte mich unendlich erleichtert.

Sollte ich es nicht schaffen, unser Business endlich zum Laufen zu bringen, hätte sich das mit der Detektei eh erledigt. Und sollte tatsächlich ein Wunder geschehen und ich uns retten können, konnte ich mir immer noch Gedanken darüber machen, wie ich ihn zu einer weiteren Zusammenarbeit überreden würde.

Vorrangig jedoch musste ich dieser Charm-Sache auf den Grund gehen, bevor der Typ sowohl meine Firma wie auch mein Leben in Schutt und Asche legte.

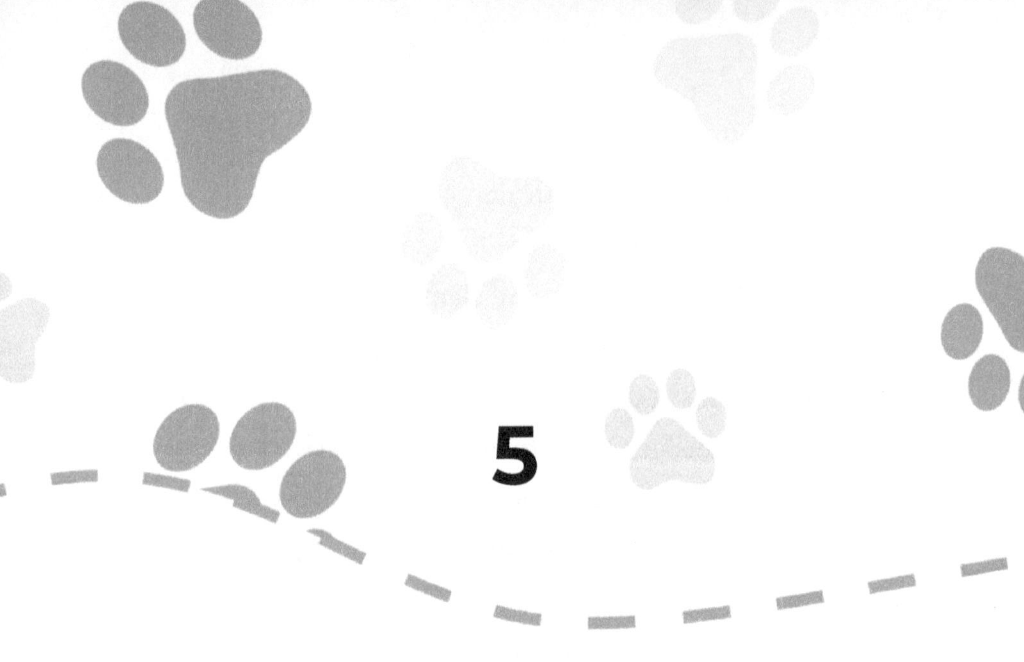

5

„Wir gehen also davon aus, dass Charm ein Mensch ist, richtig?“, fragte Octocat, nachdem er meine hastig bekritzelten Post-it-Zettel mit den Verdächtigen studiert hatte. Gutes Argument! Bis dato hatte ich noch gar nicht in Betracht gezogen, dass es ein Tier sein könnte, das sich mit mir anzulegen versuchte. Aber nein. Wäre ein solches überhaupt in der Lage, derartige Nachrichten zu schreiben – und so schnell zu tippen? Andererseits könnte ich dessen wahre Identität übersehen haben, nur weil ich solche pauschalen Vermutungen anstellte.

„Äh ...“ Ich wusste nicht wirklich, was ich darauf antworten sollte, aber glücklicherweise hatte mein Kater noch mehr zu diesem Thema zu sagen.

„Eine Katze steht über solchen Dingen“, erklärte er nüchtern. „Und ein Hund wäre nicht clever genug. Wilde Tiere hätten keinen Zugang zum Internet – bleibt also nur noch der Mensch übrig."

„Stimmt", gab ich mit einem Nicken zu. So einfach war es also. Versteht ihr mich jetzt? Genau deshalb brauchte ich ihn.

„Außerdem bin ich der Ansicht, du kannst die Mörder von deiner Liste streichen." Er starrte auf den Zettel, auf dem Diane Fultons Name stand, und rümpfte angewidert die Nase. „Warum sollten sie sich zu leeren Drohungen herablassen, wenn sie schon einmal jemanden getötet haben? Wenn die wirklich auf Rache aus wären, würden sie einfach kurzen Prozess mit dir machen, Angela."

„Das ist … nicht unbedingt ein beruhigender Gedanke." Mein Herz begann zu galoppieren, und meine Kehle war wie zugeschnürt. Aber womöglich hatte mein Kater ja recht. Vielleicht war Charm gar kein Killer. Wer aber war das da draußen, der meinen Untergang plante?

Octocat zog die Nase kraus und war sich anscheinend nicht bewusst, zu welchem Gefühlschaos seine Offenheit führte.

„Glaubst du, dass Charm jemand ist, mit dem wir es in letzter Zeit zu tun hatten?", fragte ich. Je eher wir unsere Liste einzuschränken vermochten, desto schneller konnten wir uns daran machen, jeder Spur nachzugehen. „Ich meine, warum sollte beispielsweise Anne Fulton gerade jetzt aus der Versenkung auftauchen?"

Octocat erschauderte. „Sprich diesen Namen in meiner Gegenwart nie wieder laut aus!" Verständlich. Immerhin war sie diejenige gewesen, die ihn entführt und festgehalten hatte, als letzten Versuch, das Testament und seine alleinige Erbschaft anzufechten. Von daher hatte er natürlich keine guten Erinnerungen an sie. Andererseits ... mir ging es praktisch bei jedem Namen so, den ich notiert hatte.

„Ich weiß es nicht wirklich", gestand mein Stubentiger und setzte sich wieder auf den Schreibtisch. Charlene hatte er mittlerweile zu den beiden Sphynx-Katzen gebracht, die auf sie aufpassen sollten, während wir an unserem neuesten Rätsel arbeiteten. Es war ihm jedoch deutlich anzumerken, dass er gerne schnellstmöglich zu seinem Schützling zurückkehren wollte. „Es könnte genauso gut jemand sein, an den du noch nicht einmal gedacht hast."

Ich seufzte und lehnte mich in meinem Stuhl zurück. „Genau das ist meine Befürchtung. Solange ich nicht herausgefunden habe, wer Charm ist, kann ich niemandem wirklich trauen."

Er grinste mich spöttisch an. „Mit solchen allgemeinen Aussagen wäre ich vorsichtig. Du kannst mir vertrauen, Charlene, Charles, Großmutter ..."

Interessiert zog ich eine Augenbraue hoch. „Bei deiner Aufzählung fehlen Jacques und Jillianne."

„Weil ich diesen beiden Exhibitionisten immer noch nicht verziehen habe, welches Chaos sie auf unserer Hochzeit angerichtet haben." Bei der Erinnerung daran entfuhr ihm ein gefährliches Knurren.

„Trotzdem würde ich ausschließen, dass sie dahinter stecken", sagte ich leise und betete, dass diese Bemerkung kein neuerliches Drama nach sich ziehen mochte. „In letzter Zeit kommen wir doch alle ganz gut miteinander klar. Und ich bin wirklich überzeugt, dass es sich hier um einen Menschen handelt."

Er nickte zustimmend, jedoch leicht herablassend.

„Vielleicht sollten wir eine zweite Liste erstellen, mit wirklich allen, die mein Geheimnis kennen?" Stöhnend griff ich nach dem nächsten Block mit Haftnotizen. „Zumindest dürfte die kürzer werden als die aktuelle Feindesliste."

„Erinnerst du dich noch an diese seltsame Autorin, die wir auf unserer Reise in den Westen kennengelernt haben? Melissa irgendwas?" Er hatte die Augen fest zusammengekniffen, während er nachdachte. „Sie beispielsweise wusste es, weil Großmutter sich im Internet ihren Freunden gegenüber verplappert hatte."

Mein Magen krampfte sich zusammen. „Richtig. Und wer weiß, wie viele andere Personen auf diese Weise davon erfahren haben. Aber das war vor mehr als einem Jahr. Wir hatten danach ein ernstes Gespräch und sie hat diese Tratscherei in den Online-Foren direkt eingestellt, sogar sämtliche ihrer früheren Beiträge gelöscht."

„Und?", fragte er, öffnete die Augen wieder und starrte mich mit einem kalten Blick an.

„Wo ist da der Sinn, dass sich einer dieser Leute jetzt mit mir anlegt? Nach der langen Zeit?" Das stimmte doch ... oder etwa nicht?

„Was, wenn diese Person plötzlich in Geldnot geraten ist und sich durch diese Drohung einen Vorteil erhofft?" Er zog beide seiner schnurrbärtigen Augenbrauen hoch. „Bisher hatte sie es vielleicht einfach nicht nötig, aber so etwas kann sich schnell einmal ändern."

„Also sollten wir unsere Auflistung der potenziellen Verdächtigen um sämtliche Leute im Internet erweitern?" Panisch linste ich auf meinen Schreibtisch. Für so etwas hatte ich nicht einmal annähernd genug Post-it-Zettel, geschweige denn Platz.

Octocat verzog die Lippen, wobei einer seiner Reißzähne hervorlugte und ihm ein komisches Aussehen verlieh. Seine nächsten Worte hingegen waren alles andere als komisch. „Na ja, wie du selbst schon sagtest, es ist lange her. Aber selbst Menschen ohne Zugang zum Netz könnten auf die ein oder andere Weise davon erfahren haben."

„Was anders gesagt bedeutet, jeder auf der ganzen Welt ist verdächtig?" Gott stehe mir bei, dafür hatte ich nicht die Kraft.

Er nickte. „Theoretisch jeder."

Ich stöhnte und feuerte den Block auf den Schreibtisch. „All das, was du da gerade von dir gegeben hast, ist nicht wirklich hilfreich."

„Du bist doch diejenige, die mich mehr oder weniger dazu gezwungen hat, dich hierbei zu unterstützen", konterte er.

„Gut, dann geh doch einfach wieder", fauchte ich ihn an und bemühte mich verzweifelt, die Tränen zurückzuhalten, die mir in den Augen brannten.

Octocat erhob sich tatsächlich, hielt dann jedoch nochmals inne und musterte mich. „Mach dir nicht zu viele Sorgen, Angela", sagte er beinahe tröstlich zum Abschied. „Auf die eine oder andere Weise wird sich alles von selbst regeln. Aber wenn dieser

Charm nicht will, dass wir seine Identität kennen, sehe ich nicht, wie wir das herausfinden können. Vielleicht solltest du aufhören, dir den Kopf darüber zu zerbrechen, wer er ist und dich stattdessen darauf konzentrieren, wie du reagieren wirst, wenn dein Geheimnis tatsächlich ans Licht kommt."

„Bitte lass mich allein", presste ich zwischen zusammengebissenen Zähnen hervor. Er ging einfach davon aus, dass ich scheitern würde. Weder brauchte ich das, noch konnte ich es ertragen.

Mit gesenktem Kopf versuchte ich, meiner Gefühle Herr zu werden, und als ich ihn endlich wieder hob und mich im Zimmer umsah, war mein Kater verschwunden. In Momenten wie diesen vermisste ich Paisley und ihren ewigen Optimismus extrem. Schon klar, Octocat war ein Realist, aber ich war noch nicht bereit, meine geheime Fantasiewelt zu verlassen – und doch musste ich damit rechnen, dass dieser Charm mir jeden Moment den Boden unter den Füßen wegzog.

Wenn er mir nicht helfen wollte und Grandma sich weigerte, das Problem zu sehen, sollte ich schnellstmöglich jemand anderen finden, dem ich mich anvertrauen konnte. Vielleicht sollte ich mich an Oma Lyn wenden. Auch sie konnte mit Tieren sprechen, aber als sie damals versucht hatte, ihren Mann an ihrem Geheimnis teilhaben zu lassen, hatte er sie nicht nur verlassen, sondern ihr auch ihr Baby weggenommen. Ihre Ehrlichkeit hatte ihr Leben ruiniert.

Sicher, die Zeiten hatten sich geändert und mein Mann kannte und akzeptierte mich so, wie ich war, selbst mit dieser merkwürdigen Fähigkeit. Was aber, wenn nach Charms Verrat doch noch etwas Schreckliches passierte?

Mein Kater war der Ansicht, dass, wollte der Typ nicht gefunden werden, uns das auch nicht gelingen würde. Aber mit etwas Glück war er ein Amateur, was die sozialen Medien anbelangte, ebenso wie ich.

Außerdem hatte ich noch ein Ass im Ärmel, kannte ich doch eine Person, die nicht nur mit sämtlichen komplizierten Abläufen im Internet vertraut war, sondern auch noch ihren Lebensunterhalt damit verdiente.

Ja. Ich beschloss, meine Cousine Mags anzurufen. Sie würde wissen, was zu tun ist.

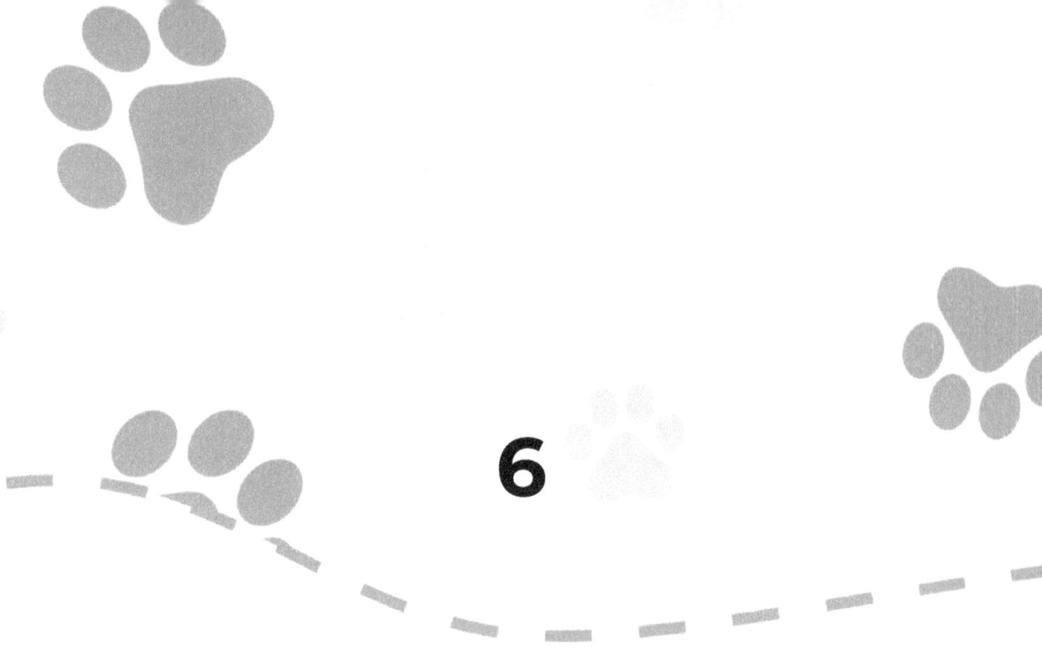

6

Ich schnappte mir meinen Laptop und ging die Treppe hinauf in das Turmzimmer, das Charles und ich uns mittlerweile teilten. Dort setzte ich mich aufs Bett, kreuzte die Beine, klappte das Teil auf und schickte Mags eine äußerst knappe Nachricht: *SOS*.

Kaum dass ich auf *Senden* gedrückt hatte, vibrierte auch schon mein Handy. „Hallo?", meldete ich mich.

„Um welchen Notfall handelt es sich? Wie kann ich helfen?", vernahm ich die atemlose Stimme meiner Cousine, so dass ich mich fragte, ob ich sie geradewegs aus dem Training geholt haben mochte.

Da sie sich jedoch nicht mit langen Vorreden aufhielt, kam ich ebenfalls direkt zur Sache. „Jemand im Internet bedroht mich und ich hatte die Hoffnung, du könntest mir helfen, herauszufinden, wer diese Person ist."

So langsam schien sie wieder zu Atem zu kommen. „Oha, also ist mein digitaler Spürsinn gefragt? Ich bin dabei, denn es gefällt mir gar nicht, dass jemand auf dir herumtrampelt. Wie schlimm ist es?"

Ich schloss die Augen, um zu verhindern, dass mir die Tränen über die Wangen liefen. „Der Typ behauptet, er wüsste, was ich kann und würde es allen erzählen."

Mags am anderen Ende der Leitung atmete erst einmal tief durch. „Okay, aber das kann alles Mögliche bedeuten."

„Grundsätzlich ja, aber wir wissen beide, *worauf* er anspielt. Bist du in der Nähe eines Computers? Ich könnte meinen Bildschirm freigeben, dann kannst du es selbst lesen."

„Gib mir nur fünf Minuten, dann können wir loslegen", versicherte meine Cousine mir. „Soll ich in der Leitung bleiben?"

„Ja, bitte." Allein ihre Stimme zu hören, zauberte mir ein dringend nötiges Lächeln ins Gesicht, dass ich nicht wieder aufzugeben bereit war, nicht einmal für eine einzige Sekunde.

Während sie anscheinend im Stechschritt nach Hause eilte, informierte ich sie über die Details, die ich bis jetzt hatte, und über einige meiner Vermutungen, wer hinter Charms Nachrichten stecken könnte.

„Okay, ich bin da und muss nur noch kurz meinen PC hochfahren. Schick mir im Messenger einen Zoom-Link."

Ich tat, wie mir geheißen und wartete darauf, dass sie den Besprechungsraum betrat. Dann legten wir beide auf und wechselten zu diesem alternativen Kommunikationsmittel.

Nur Sekunden später tauchte ihr rosiges Gesicht vor mir auf.

Sie hatte ihr Haar zu einem lockeren Pferdeschwanz im Nacken zusammengefasst.

„Tut mir leid, dass ich dich beim Training stören musste", entschuldigte ich mich, und wieder einmal wurde mir bewusst, wie wenig ich selbst in letzter Zeit für meinen Körper tat.

Mags machte eine abwehrende Handbewegung. „Ich bin froh, dass du mich angerufen hast. Das ist eine Sache, die nicht warten kann. Also, zeig mir mal die Nachrichten."

Ich teilte meinen Bildschirm mit ihr und navigierte zu der Anzeige.

„Hmm", war erst einmal alles, was sie von sich gab.

„Ist das ein gutes oder ein schlechtes hmm?"

„Aktuell nur ein neugieriges. Klick doch bitte mal auf das Profil dieser Person."

Wieder tat ich, wie mir befohlen, und beobachtete, wie sie sich nach vorne lehnte und die Augen zusammenkniff. An Charms Profil hatte sich nichts geändert. Aufgrund der verschärften Privatsphäre-Einstellungen kam man nicht an ihn ran.

Als auch Mags das entdeckte, stöhnte sie auf. „Der gibt wirklich nichts von sich preis, nicht einmal den Standort."

„Ich denke, es ist jemand aus der Gegend, denn sonst hätte er meine Anzeige nicht gelesen. Die habe ich nämlich auf einen Umkreis von knapp fünfzig Kilometer beschränkt." Nach wie vor war ich extrem stolz auf mich, dass ich das mit den Inseraten ganz allein hinbekommen hatte. Nicht, dass sie mir neue Kunden gebracht hätten, aber immerhin.

„Eigentlich …“ Jetzt teilte Mags ihren Bildschirm mit mir, was wiederum meinen minimierte. Ich beobachtete gespannt, wie sie auf meiner Seite herumklickte und letztendlich zu der Anzeige zurückgelangte, zu der Charm seine bösartigen Kommentare hinterlassen hatte. „Siehst du, jeder kann sie finden, wenn er weiß, wo er suchen muss.“

„Damit wären wir wieder bei meiner Liste von Verdächtigen angelangt, die im Grunde jeden auf diesem Planeten mit einbezieht“, stellte ich niedergeschlagen fest.

Sie zog irritiert die blonden Augenbrauen hoch. „Was?“

Ich machte eine wegwerfende Handbewegung. „Ich habe nur eine von Octocats Aussagen wiederholt.“

„Ach so …“ Mags beendete das Screensharing, und erneut füllte ihr gerötetes Gesicht den Bildschirm. „Du hast also eine Liste all deiner Feinde erstellt, richtig?“

Ich nickte.

„Und eine weitere mit den Namen sämtlicher Personen, die dein Geheimnis kennen?“

„Damit hatte ich angefangen, bis mein Kater mich darauf hinwies, dass Grandma vor circa einem Jahr diese Information sehr freizügig im Internet teilte. Mittlerweile hat sie die Beiträge gelöscht, aber zuvor hätte jeder sie lesen können.“

Mags schüttelte den Kopf und sagte: „Hmm. Das ist übrigens ein *Ich-fühle-mit-dir*-hmm.“

„Danke.“ Das war alles, was ich herausbrachte. Zumindest ihr Mitgefühl war mir sicher.

Ein paar Minuten lang saßen wir uns schweigend gegenüber,

dann jedoch schien sie eine Idee zu haben, denn ihre Miene hellte sich auf. „Okay, wir machen Folgendes. Bis jetzt haben wir uns darauf konzentriert, herauszufinden, wen du kennst, wer anhand einer früheren Begegnung Bescheid wissen könnte. Aber in der Vergangenheit zu graben, ist der falsche Ansatz."

Das verwirrte mich zugegebenermaßen. „Ist er das?" Als Privatdetektivin war ich damit immer gut gefahren, um meine Fälle gelöst zu bekommen.

Mags jedoch blieb hartnäckig bei ihrer Meinung. „Ja, denn wir müssen uns auf das Hier und Jetzt fokussieren. Leider haben wir ja nicht viel über diesen Kerl, aber zumindest einen kleinen Hinweis."

„Ich bin ganz Ohr." Nervös knetete ich meine Finger und wartete gespannt auf ihre Erklärung.

„Geh noch mal zurück zu Charms Seite und vergrößere sein Profilbild", wies sie mich an.

Ich gehorchte, und gleich darauf starrten wir beide auf das Foto, das einen Ausschnitt eines spiegelglatten Ozeans zeigte. Ich für meinen Teil hatte allerdings keine Idee, wie uns das weiterhelfen sollte.

„Okay, also ich habe gerade eine schnelle umgekehrte Bildsuche durchgeführt, aber es hat mir nichts angezeigt ... oder besser gesagt, es kamen viel zu viele Ergebnisse. Das Foto ist zu allgemein, um es zuordnen zu können, also könnte es so ziemlich jedes Meer sein", gab sie bedrückt zu und ließ die Schultern hängen. Bedeutete das, dass sie genau wie Octocat ihre Niederlage eingestand?

„Glaubst du, dass dieser Charm am Meer lebt?“, hakte ich nach, noch nicht bereit aufzugeben.

„Keine Ahnung. Ich hatte gehofft, etwas zu finden, aber leider war dem nicht so.“ Sie schüttelte den Kopf, fuhr dann jedoch fort. „Aber es gibt noch mehr, auf was wir unser Augenmerk richten könnten. Seine Kommentare – was er schreibt und wie er es schreibt.“

„Mir ist daran bisher nichts Außergewöhnliches aufgefallen.“

„Mir zwar auch nicht, aber vielleicht können wir ihn dazu bringen, sich selbst zu verraten.“

„Soll ich ihm noch weitere Fragen stellen?“ Erwartungsvoll hob ich die Hände und ließ die Finger über der Tastatur schweben.

„Ich überlege gerade, wie wir es am besten formulieren sollten. Da das Profil auf *Privat* gesetzt ist, bleibt dir leider keine andere Wahl, als über die öffentliche Anzeige zu gehen. Also sollten wir bei unserer Wortwahl vorsichtig vorgehen.“

Ich blinzelte heftig. Alles an dieser Sache machte mich extrem nervös, aber welche andere Wahl blieb mir denn? Zumindest war Mags bereit und in der Lage zu helfen.

Sie setzte sich aufrecht hin, und ihr Gesicht glühte aufgrund der neuen Idee. „Okay, ich hab’s. Schreib ihm Folgendes.

Ich tippte ihren Satz Wort für Wort ab: *Wir sollten uns treffen, um das zu besprechen. Wie wäre es heute Abend um siebzehn Uhr im Little Dog Diner?*

„Guter Vorschlag“, lobte ich sie, und eine Welle der Erleichterung durchflutete mich. „So können wir vielleicht auch herausfinden, ob er von hier ist und vor hat, seinen schriftlichen Drohungen auch Taten folgen zu lassen“, fügte ich hinzu.

Eine Weile plauderten wir noch über Allgemeines, während wir auf eine Antwort warteten, die aber leider nicht kam. Ich warf einen Blick auf die Uhr in der Ecke meines Bildschirms und seufzte.

„Noch immer nichts, aber ich mache mich vorsichtshalber mal auf den Weg. Danke für all deine Hilfe, Mags.“

„Halte mich auf dem Laufenden“, bat meine Cousine noch, bevor ihr Gesicht vom Bildschirm verschwand und ich völlig allein zurückblieb.

Jetzt, da der Moment nahte, verließ mich beinahe wieder der Mut. Wollte ich mich wirklich mit meinem Ankläger treffen? Würde es mir gelingen, die Sache aus der Welt zu schaffen, bevor mein Mann von der Arbeit nach Hause kam?

Ach, wie sehr wünschte ich mir das.

7

Ich schickte Charles eine kurze Nachricht, in der ich ihm mitteilte, ich würde fürs Abendessen Hummerbrötchen besorgen. Dann setzte ich mich hinter das Lenkrad meines Wagens und machte mich auf den Weg in das doch ein gutes Stück entfernte Misty Harbor.

Als ich so durch die Straßen der kleinen Stadt fuhr, die ich mein Leben lang mein Zuhause genannt hatte, fragte ich mich erneut, wieso einer der freundlichen Einwohner mich zugrunde richten wollte. Klar, wir hatten einen fairen Anteil an Mördern und anderen Betrügern, die jetzt ihr Dasein hinter Gittern fristeten, aber ich hatte doch immer nur versucht, den Menschen zu helfen, Gutes zu tun.

Und jetzt drohte jemand damit, dem ein für alle Mal ein Ende zu setzen.

Brachte ich mich in Gefahr, indem ich dieser Person gegenüberzutreten beabsichtigte? Indem ich um ein Gespräch bat, gab ich doch mehr oder weniger zu, dass, was immer sie vermutete, der Wahrheit entsprach, oder? Wie hoch war die Wahrscheinlichkeit, dass sie auf etwas anderes anspielte als auf meine Fähigkeit, mit Tieren kommunizieren zu können? Oder aber nahm sie noch Schlimmeres an?

O Mann, diese Situation gefiel mir überhaupt nicht.

Zumindest Mags nahm meine Sorge ernst, aber es tat weh, dass Großmutter und Octocat so unbeeindruckt davon waren. Und ja, ich hätte es längst Charles erzählen sollen, aber er war in letzter Zeit so beschäftigt. Immerhin musste er die Zeit, die er sich für unsere Flitterwochen freigenommen hatte, wieder reinarbeiten.

Ich würde ihn heute Abend ins Bild setzen, bei unserem Lieblingsessen aus unserem Lieblingsrestaurant, um den Schock ein wenig zu mildern.

Diese und ähnliche Gedanken, gepaart mit Angst, Selbstzweifel und Unentschlossenheit, wirbelten mir den gesamten Weg über durch den Kopf.

Ich hatte mein geliebtes Diner kaum betreten, als auch schon die diensthabende Kellnerin auf mich zugeeilt kam. „Vier Hummerbrötchen zum Mitnehmen, Süße?“, fragte sie mit einem breiten Lächeln, während sie mit einem feuchten Tuch über die laminierten Speisekarten wischte. Sie war neu und ich konnte mich nicht mehr an ihren Namen erinnern. Sie hingegen schien mich sofort wiedererkannt zu haben.

„Eigentlich ...“ Ich hüstelte in meine Faust und war plötzlich sehr nervös. Was, wenn Charm bereits hier war und mich beobachtete? Verstohlen ließ ich meinen Blick durchs Lokal huschen, während mir mein rasender Puls in den Ohren pochte.

„Eigentlich?“, hakte die Kellnerin nach, als ich nicht direkt weitersprach, und nickte mir beruhigend zu.

Ich schaute zurück zu ihr und vergrub beide Hände in meinen Taschen, um das Zittern zu verbergen. „Ich würde gerne eine Weile hierbleiben, bevor ich die Brötchen zum Mitnehmen bestelle. Könnte ich einen Tisch bekommen, und eine Diät-Cola?“

„Natürlich, Babe. Setz dich hin, wo du möchtest. Bin gleich mit deinem Getränk zurück.“ Sie schien erleichtert, unserem irgendwie peinlichen Gespräch zu entkommen oder es zumindest für den Moment auf Eis legen zu können.

So nahm ich erst einmal Platz und sah mich ein weiteres Mal unter den Gästen um. Fast alle waren eher in Großmutters Alter. Glaubte ich wirklich, dass der süße alte Mann mit der dicken Hornbrille und den gepunkteten Hosenträgern zu einem solch abscheulichen Verhalten fähig wäre?

Die Kellnerin brachte mir meine Coke und ich nippte daran, während ich weiterhin die Anwesenden kategorisierte. Niemand schenkte mir Beachtung, außer einem höflichen Lächeln oder einem kurzen Nicken.

Keiner von ihnen war Charm, dessen war ich mir sicher.

„Kommt bei dir noch jemand?“ Die Kellnerin, die gerade am Nachbartisch Vorspeisen serviert hatte, wandte sich erneut freundlich lächelnd an mich.

„Ja“, sagte ich, und meine Stimme klang plötzlich heiser.

„Okay, wenn sie demnächst eintrudeln, kann ich ja schon mal die Bestellung aufnehmen“, bot sie grinsend an. „Oder soll ich zumindest deine Cola nochmals auffüllen?“

Wie lange wollte ich eigentlich auf jemanden warten, der womöglich überhaupt nicht aufkreuzen würde und bei dem ich mir immer weniger sicher war, ob ich ihn überhaupt kennenlernen wollte?

„Ich weiß leider nicht ganz genau, bis wann sie hier sein können. Moment, ich schaue mal schnell auf mein Handy.“ Ich lächelte sie unbeholfen an, während sie, das Tablett in Händen haltend, wartend neben mir stehen blieb. Mit zitternden Fingern scrollte ich zu der Anzeige, in der alle meine Interaktionen mit Charm stattgefunden hatten.

Nach wie vor nichts.

Wie dumm ich doch wieder einmal gewesen war, anzunehmen, er würde tatsächlich kommen. Warum war ich nicht einfach zu Hause geblieben, anstatt diesen langen Weg auf mich zu nehmen? Ganz einfach: Ich war verzweifelt und wollte diese Sache aus der Welt schaffen.

Tja, wir kriegen eben nicht immer das, was wir uns wünschen.

„Alles in Ordnung?“, fragte die Kellnerin, legte den Kopf schief und ließ ihr Tablett sinken.

„Ja, Ich würde dann die Hummerbrötchen zum Mitnehmen bestellen“, presste ich hervor.

„Bin gleich wieder da“, versicherte sie mir, bevor sie in Richtung Küche verschwand.

Ich nickte, konnte jedoch den Blick nicht von dem winzigen Handy-Display lösen, und obwohl ich es besser wusste, tippte ich erneut eine Nachricht: *Sie sind nicht hier.*

Dieses Mal reagierte Charm prompt: *Ich habe auch nie gesagt, dass ich kommen würde. Da scheint ja jemand ziemlich verzweifelt zu sein.*

Seinen Worten folgten drei Totenkopf-Emojis.

Was bitte hatte *das* jetzt wieder zu bedeuten?

Ich beschloss, einen Screenshot zu machen, diesen an Mags zu schicken und sie zu fragen.

Tot war ihre umgehende Antwort. *Also sozusagen zu Tode lachen. Er macht sich lustig über dich.*

Ich wurde stutzig. War das womöglich alles nur ein schlechter Scherz? Dennoch war ich noch keinen Schritt weiter gekommen, wer hinter dem mysteriösen Schreiber steckte oder was er wirklich wollte. Und mein Tag war ruiniert.

Ein paar Minuten später stellte die Kellnerin eine weiße Papiertüte vor mir ab. „Tada, vier Hummerbrötchen zum Mitnehmen, wie immer!“

O nein, auch das noch! Jetzt hatte ich doch komplett vergessen, meine übliche Bestellung abzuändern und auch die neueren Mitglieder unseres Haushalts zu berücksichtigen. Allerdings wusste ich auch nicht, ob Charlene, Jacques und Jillianne diese Speise überhaupt mögen würden. Es war schon seltsam genug, dass Octocat so versessen darauf war.

Ich reichte der Kellnerin ein Bündel Banknoten, bedankte mich für ihre Hilfe und verschwand nach draußen. Auch wenn niemand mein merkwürdiges Verhalten mitbekommen hatte, schämte ich mich dafür.

Die ganze Sache fühlte sich so hoffnungslos an.

Ich fühlte mich hoffnungslos.

Kaum dass ich wieder in meinem Wagen saß, klingelte mein Telefon. Ich stelle den Anruf auf Lautsprecher, und Charles' Stimme hüllte mich ein wie eine warme Decke.

„Ich bin zu Hause, aber wo ist mein geliebtes Eheweib?", neckte er mich.

„In etwa dreißig Minuten ebenfalls da", versicherte ich ihm, nachdem ich mein Navi bezüglich der ungefähren Ankunftszeit befragt hatte. Zwar kannte ich die Gegend wie meine Westentasche, aber manchmal war ich so in Gedanken, dass ich einfach eine Abzweigung verpasste, wenn ich nicht daran erinnert wurde.

„Du klingst …", begann mein Mann, hielt dann jedoch abrupt inne. „Alles okay mit dir?"

„Nein, es war nicht unbedingt mein Tag", gab ich seufzend zu, „aber damit will ich dich jetzt nicht belästigen." Warum bitte sagte ich so etwas? Es war doch überhaupt nicht wahr. Ich brauchte dringend jemanden an meiner Seite, eine Person, die nicht so weit weg war wie Mags.

„Hey, ich wusste, worauf ich mich einließ, als wir uns das Jawort gaben. Deine Probleme sind jetzt auch die meinen, also schieß los. Möglicherweise kann ich helfen."

Das war der Moment, in dem ich die Tränen nicht mehr zurückhalten konnte. Ich heulte dermaßen heftig, dass ich sogar am Straßenrand anhalten und mich erst wieder sammeln musste, bevor ich meine Fahrt fortsetzen konnte. Und ich erzählte Charles alles, von der ersten Begegnung mit Charm bis hin zu den Totenkopf-Emojis, und sämtliche Details dazwischen.

„Beruhige dich Schatz, es wird alles gut“, sagte er. „Wir werden gemeinsam eine Lösung finden. Notfalls werde ich eine Unterlassungsklage einreichen, um jegliche zukünftigen Kontaktaufnahmen zu unterbinden. Das schreckt die Leute normalerweise schon genug ab.“

Ich atmete zittrig aus. „Ja, okay.“

„Ich wünschte, du hättest mich direkt angerufen, als du darauf gestoßen bist.“

„Aber ich weiß doch, wie beschäftigt du bist, und wollte dich nicht von Wichtigem ablenken“, argumentierte ich und bedauerte gleichzeitig, dass ich es nicht getan hatte. Charles wusste immer einen Rat, ganz gleich, wie schwerwiegend das Problem auch sein mochte.

„Arbeit ist Arbeit, Angie, du jedoch bist mein Leben.“

„Ich liebe dich“, sagte ich, und erneut entrang sich ein Schluchzen meiner Kehle.

„Ich liebe dich auch, aber ...“ Seine Stimme nahm einen strengen Ton an. „Das war nicht clever, dass du versucht hast, diese Person allein zu stellen. Die Sache hätte böse ausgehen können.“

„Ich weiß“, gab ich geknickt zu. „Aber ich war einfach so verzweifelt und wollte nur, dass es vorbei ist.“

„Überlasse alles Weitere mir“, sagte er entschlossen. „Ist es okay für dich, dass ich deinen Laptop benutze? Ich würde diesem Charm gerne ein paar Fragen stellen.“

„Nur zu“, erwiderte ich und schnäuzte mich lautstark in ein Taschentuch.

„Fahr bitte vorsichtig“, war das Letzte, was er sagte, bevor er auflegte. Und dann war ich wieder allein.

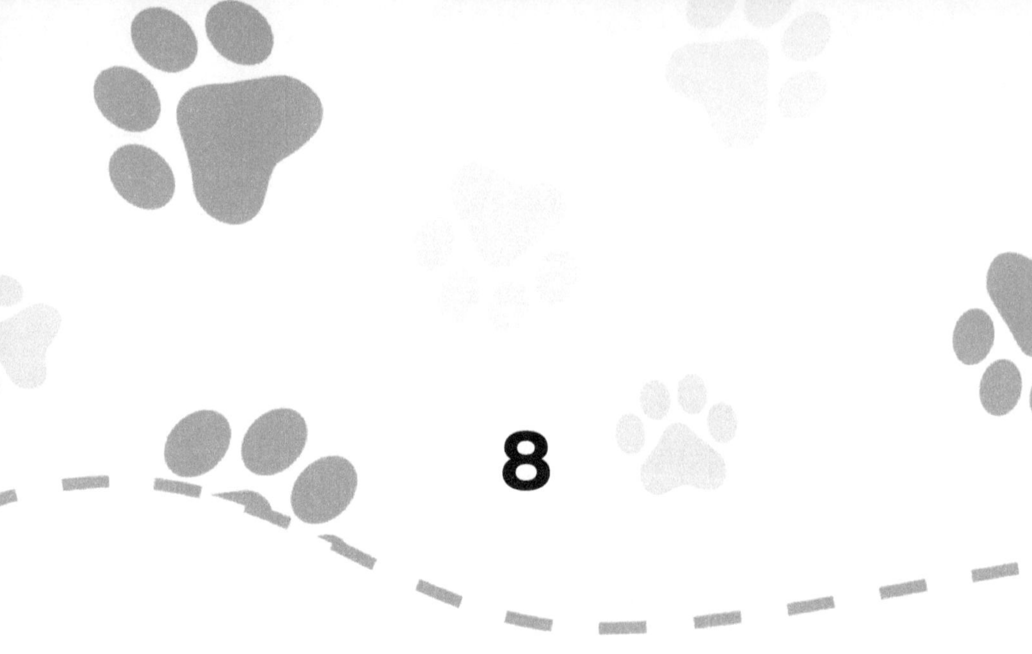

8

Dreißig Minuten später marschierte ich durch die Haustür, die Hummerbrötchen wie eine Art heilige Opfergabe vor der Brust haltend.

„Na endlich“, murrte mein Kater, sprang von der unteren Stufe der großen Treppe herab und trottete zügig in Richtung Esszimmer.

„Was meinst du mit *Na endlich*? Du wusstest doch nicht einmal, dass ich weggefahren bin“, raunzte ich ihn an.

Die einzige Antwort darauf war ein munteres Wedeln seines Schwanzes, als er sich entfernte.

„Ist das meine Frau?“ ertönte Charles Stimme von oben.

Ich drehte mich wieder zur Treppe und beobachtete ihn, wie er die Stufen heruntergeeilt kam, meinen Laptop fest umklammert.

Beinahe wagte ich nicht zu fragen: „Hattest du Erfolg?“

Seine Mundwinkel wanderten nach oben, als er mir verriet: „Es ist Blaire."

„Welche Blaire?", stammelte ich verwirrt, bis bei mir der Groschen fiel. „Doch nicht etwa die aus der alten Villa? Wie in aller Welt hast du das herausgefunden?"

„Genau die. Das war nicht weiter schwierig. Sie hat sich zu erkennen gegeben, nachdem ich ihr die Folgen ihres Handelns aufzeigte. Aber komm, sieh dir das an." Charles deutete mir an, am Tisch Platz zu nehmen, stellte den Laptop vor uns ab und drückte auf *Play*. Es öffnete sich ein Video, das ich zuvor noch nicht gesehen hatte.

Darin stand ich in einem wunderschönen Garten und unterhielt mich mit einer Bienenkönigin namens Bey. Die Szene hatte sich irgendwann vor zwei bis drei Wochen während unserer Flitterwochen in Virginia abgespielt. In der Aufnahme war nur meine Stimme zu hören, schätzungsweise war Beys Summen zu leise gewesen, als dass das Handy sie hätte einfangen können.

„Ja, Aldrin und Lightyear haben mir bereits davon berichtet. Sie rotten euren natürlichen Lebensraum aus und bereichern sich an eurem Honig, so dass für euch selbst nichts mehr übrig bleibt." Die Kamera war nicht besonders nah dran, dennoch konnte man meine mitfühlende Miene deutlich erkennen.

Mein Video-Konterfei hielt inne, während Bey anscheinend etwas darauf antwortete und die Filmerin versuchte, näher an die Bienenkönigin heranzuzoomen. Die jedoch hockte auf einer Blüte, was nur ich wusste, weil ich eben vor ihr gestanden hatte. Für den unbedarften Betrachter war sie nicht zu erkennen.

„Also hat dieser Garten einen gewissen sentimentalen Wert für dich“, fuhr mein auf Film gebanntes Ich fort. „Das kann ich nur zu gut nachvollziehen. Gibt es etwas, das ich tun kann, um euch zu helfen?“

Die Kamera schwenkte umher, und dann war ich wieder im Bild.

„Ach ja, da fällt mir ein … bitte stürzt euch nicht auf meinen Mann. Er ist einer der Guten und hochgradig allergisch.“

Eine weitere lange Pause.

„Da ich dich aber schon einmal hier bei mir habe, hätte ich noch eine Frage: Sind dir weitere seltsame Dinge in diesem Garten oder in dem Haus aufgefallen?“

Dann endete das Video abrupt, obwohl ich wusste, dass das Gespräch noch einige Zeit weitergegangen war.

„Na ja, so schlimm ist das ja nicht, oder? Man kann ja nicht mal feststellen, mit wem ich überhaupt spreche, von daher wird niemand das als echten Beweis akzeptieren“, argumentierte ich und wartete darauf, dass mein Mann mir zustimmte.

Was er allerdings nicht tat.

„Wenn es nicht noch eine weitere Aufnahme gäbe“, sagte er und klickte auf ein zweites Video, während ich noch nicht einmal dieses verarbeitet hatte. Ich erinnerte mich noch ganz genau an jene Momente. Es war unser letzter Tag in Virginia gewesen, bevor wir uns mit Charlene auf den Heimweg machten. Ich saß im Schneidersitz auf dem Boden und unterhielt mich mit der Katzenmama, die wir während unseres Aufenthalts so verzweifelt gesucht hatten. Da ich unbedingt in Erfahrung bringen wollte, ob sie damit einverstanden war, dass wir ihr Baby mitnahmen, bat ich Blaire um etwas Privatsphäre. Die junge Frau mit den regenbogenfarbigen Haaren hatte nämlich die Mutterkatze adoptiert und ihr den Namen Socks verpasst, was so gar nicht passte, da ihre Füßchen genauso dunkel waren wie der restliche Körper.

Blaire kam meiner Bitte nach, musste aber irgendwo eine versteckte Kamera installiert haben, die unsere Verabschiedung aufzeichnete. Ihr war ja offensichtlich bereits klar, wozu ich fähig war, da das Gespräch mit Bey am Vortag stattgefunden hatte.

Ich hätte es wissen müssen. Sie schien alles zu filmen, sei es Charles' Sturz durch die Treppe oder das geheime mitternächtliche Treffen zwischen Mrs McKenzie und Billy, die, wie sich später herausstellte, für all das verantwortlich waren, was in der Pension schiefgelaufen war. Sie hatte stets ihr Telefon in der Hand und hielt alles in Bild und Ton fest. So natürlich auch mich. Und dennoch …

Ich stieß einen tiefen Seufzer aus. „Ich verstehe das nicht. Wir haben dem Mädchen geholfen, ihr Arbeit und eine Unterkunft verschafft. Warum erpresst sie mich?"

„Frag sie doch direkt", schlug Charles vor und drehte den Laptop zu mir um. „Ich habe sie übrigens gebeten, ihre Einstellungen auf privat zu setzen. Soviel ich weiß, wurde keines der Videos bisher öffentlich gepostet."

Das war zumindest eine Erleichterung, wenn auch nur eine kleine. Jetzt, da ich Charms Identität kannte, fühlte ich mich noch schlechter. Welchen Grund hatte sie, mir auf diese Weise zu drohen? Ich hatte ihr nie etwas getan.

Meine Finger schwebten über der Tastatur, während ich überlegte, was ich schreiben sollte. Ich beschloss, sie direkt darauf anzusprechen:

Blaire, warum tust du das?

Ihre Antwort traf mich ziemlich unerwartet. *Willst du denn nicht berühmt sein?*

„Nein!“, brüllte ich den Computer an, was Charles dazu veranlasste, mir beruhigend einen Arm um die Schultern zu legen. „Das Ganze ist einfach nur lächerlich.“

„Schreib weiter mit ihr. Das ist die beste Chance, all dem ein Ende zu setzen.“

Alles, was ich will, ist, ein ganz normales Leben zu führen. Was muss ich tun, damit du deine Videos löschst und mich in Ruhe lässt?

„Selbst wenn sie sich damit einverstanden erklären sollte, sind sie wahrscheinlich immer noch in der Cloud gespeichert", erinnerte mich Charles sanft daran, dass ich niemals sicher sein würde, selbst wenn ich Blaire zum Schweigen bringen könnte.

Ihre nächste Nachricht schien darauf hinzudeuten, dass wir komplett aneinander vorbeiredeten.

Stell dir doch mal vor ... Werbedeals. Reality-Shows. Du könntest sogar TikTok-Influencerin werden. Und ich manage dich, natürlich gegen einen entsprechenden Anteil.

Diese letzte Aussage wurde von drei Emojis mit weit aufgerissenen Augen begleitet. Die Schädel-Emojis hätten mich eigentlich bereits vorwarnen müssen, dass meine Peinigerin der Z-Gen angehörte. Jemand wie ich aus der Millennial-Generation hätte in so einem Fall wahrscheinlich eher ein weinendes Smiley eingefügt.

All das will ich aber nicht, tippte ich wütend zurück und beobachtete, wie Charms Profilbild mit dem Meeresausschnitt auf und ab hüpfte, während sie antwortete. *Hör zu, ich biete dir die einmalige Chance, von Anfang an dabei zu sein. Da ich das Filmmaterial bereits habe, werde ich die Sache durchziehen, mit oder ohne dich.*

„Lass mich mal", sagte Charles und drängte mich zur Seite.

„Tatsächlich", sprach er jedes Wort laut aus, das er es in den Chat eintippte, „ist das Teilen dieser Videos ohne Angies Zustimmung illegal. Im günstigsten Fall stellt es lediglich einen Eingriff in ihre Privatsphäre dar. Im schlimmsten Fall verletzt du, wenn du sie dazu hernimmst, um Werbeverträge an Land zu ziehen oder auch nur, um deinen Feed zu monetarisieren, ihre Persönlichkeitsrechte, was wesentlich heftigere Konsequenzen nach sich ziehen wird. Ist deine Adresse immer noch dieselbe? Ich muss wissen, wohin ich die Abmahnung und Unterlassungsaufforderung schicken soll."

Ich gab ihm einen aufgeregten High Five. Es war einfach nur klasse, mit einem Anwalt verheiratet zu sein. Er wusste immer ganz genau, wie man Menschen mit Regeln und Vorschriften abschrecken konnte.

Es entstand eine längere Pause, bevor Blaire darauf antwortete: *Ah, du musst der „Ehemann" sein. Nun gut, richte deiner*

Süßen aus, dass ich lediglich versucht habe, ihr zu helfen. Wenn sie ein Spielverderber sein will, ist das ihre Sache. Dann bleibt von mir aus arm.

Ich stöhnte frustriert auf. „Aber wir sind nicht …“

Charles legt mir eine Hand auf die Schulter und drückte sie leicht. „Darauf antworten wir jetzt nicht mehr. Das sollte gereicht haben, damit sie dich zukünftig in Ruhe lässt. Für alle Fälle machen wir aber Screenshots von dieser Unterhaltung und ihren Kommentaren auf die Anzeige.“

Er hatte natürlich recht. Blaire wusste ganz genau, dass er sich auf sein Handwerk verstand. Immerhin war er es gewesen, der das Hotel in Virginia gerettet und ihr überhaupt erst den Job verschafft hatte. Von daher konnte ich es immer noch nicht glauben, dass sie all das auf Spiel setzte, indem sie versuchte, mir eine Art perversen Prominentenstatus aufzuzwingen. Und all das nur, um sich ein Nebeneinkommen zu sichern. *Widerlich!*

Ich klappte den Laptop zu und wandte mich an meinen wunderbaren Mann. „Und was jetzt?“, fragte ich. So allmählich fand mein Herzschlag zu einem normalen Rhythmus zurück, und auch das Atmen fiel mir wieder leichter.

Aber nicht jeder war in diesem Moment so glücklich wie ich.

„Um alles in der Welt, was flauschig ist“, brüllte Octocat aus der Küche zu uns herüber. „Würde mich jetzt bitte endlich mal jemand füttern?“

Ich lachte, als ich für jeden von uns ein Hummerbrötchen auspackte.

Und der erste Biss? Er schmeckte dekadent, fast wie ein Sieg.

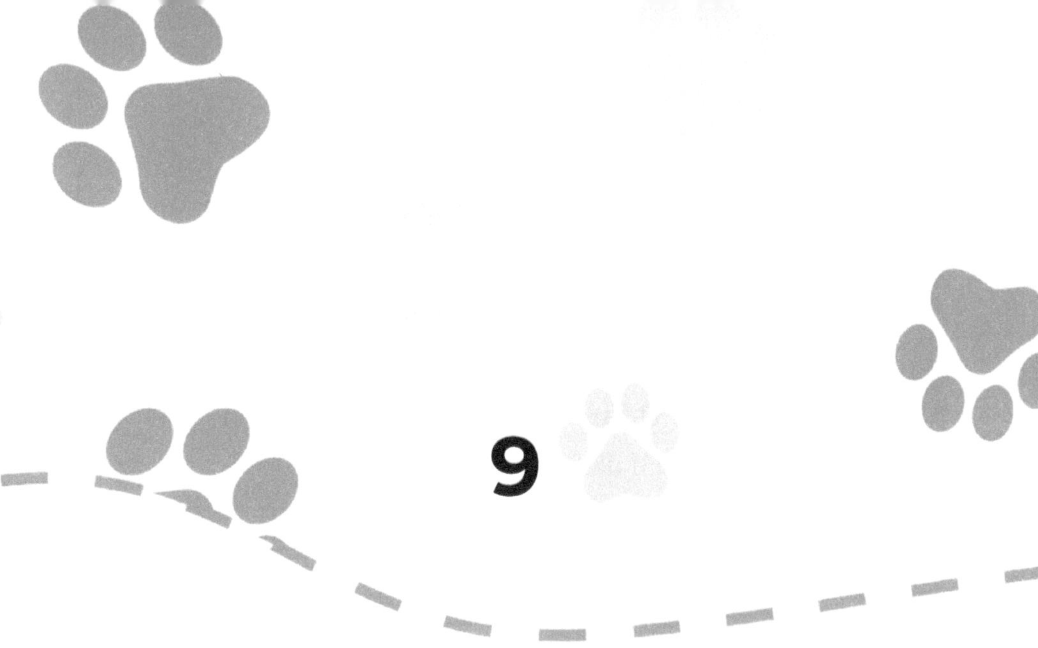

9

Charles und ich verbrachten einen gemütlichen Abend miteinander, kuschelten mit den Katzen und arbeiteten uns durch unsere Netflix-Favoritenliste. Ich fühlte mich immer so viel besser, wenn er hier bei mir war.

„Es tut mir leid, dass ich momentan kaum zu Hause bin", murmelte er, als wir uns fürs Bett fertig machten. „In letzter Zeit krachen die Fälle nur so rein, aber noch bin ich skeptisch, ob ich einen weiteren Anwalt einstellen sollte. In Kleinstädten weiß man einfach nie, was man bekommt. Man hat entweder zu viel oder zu wenig Arbeit."

Ehrlich gesagt konnte ich mich nicht erinnern, dass sein Arbeitspensum jemals unter die Rubrik *zu wenig* gefallen wäre. In letzter Zeit jedoch hatte es ganz neue Ausmaße angenommen. Natürlich war ich unglaublich stolz auf meinen Mann und seine Erfolge, aber manchmal wünschte ich mir einfach, ihn vor dem

Rest der Welt zu verstecken, damit er allein mir gehörte, und sei es auch nur für ein paar Stunden.

Ich beendete das Zähneputzen, spuckte den Schaum der Zahnpasta ins Waschbecken und gab ihm einen Kuss auf die Wange. „Ist schon in Ordnung. Ich verstehe das völlig. Aber hin und wieder vermisse ich dich schrecklich."

Er beugte sich kurz zu mir herunter, um mich ebenfalls zu küssen, bevor er sich wieder seiner nächtlichen Pflegeroutine widmete. „Ich dich ebenfalls, Liebling. Und so sehr ich meinen Job auch liebe, wünschte ich, ich müsste nicht so viel arbeiten. Immer habe ich das Gefühl, zu Hause etwas zu verpassen. Wie gerade diese ganze Sache mit Blaire ..." Er schüttelte den Kopf. „Ich hätte bei dir sein müssen."

„Bitte mach dir keine Gedanken darüber. Heute war alles andere als ein normaler Tag. Ansonsten passiert nicht viel."

Charles blickte hoch, um mein Antlitz im Badezimmerspiegel zu studieren. „Sicher, dass es dir gut geht?"

„Ja, oder zumindest wird dem bald so sein. Es waren einfach eine Menge Veränderungen. Gute natürlich, aber dennoch sind sie gewöhnungsbedürftig, verstehst du?" Ich zuckte mit den Schultern und trug etwas Feuchtigkeitscreme auf mein Gesicht auf. Normalerweise tat ich das am Abend nicht, aber ich musste während dieser Unterhaltung meine Hände und meinen Geist beschäftigt halten.

Ebenso wie er fehlte mir auch meine Großmutter. Natürlich sah ich beide jeden Tag, aber das war einfach nicht genug. Ich hasste es, allein zu sein, und viel zu oft war das so. Sogar Octocat war kaum mehr um mich herum, musste er sich jetzt doch um seine Tochter kümmern. Und auch er ging mir ab.

Wer hätte gedacht, dass mir einmal die permanente Kritik meines verschrobenen Katers fehlen würde. So allmählich kam es mir vor, als würde ich durchdrehen.

Ich musste mein Leben wieder auf die Reihe bekommen – und zwar schleunigst.

Da es mir nicht gelang, meine Gedanken abzuschalten, lag ich also die ganze Nacht über wach, während Charles neben mir selig schlummerte. Vielleicht könnte ich mich auf die Suche nach Rätseln oder neuen Fällen machen, die es zu lösen galt. Es wäre zwar genial, wenn ich damit auch mein Geschäft wieder ankurbeln könnte, aber in erster Linie brauchte ich etwas, das mich beschäftigte und die frühere Leidenschaft wieder zu entfachen vermochte.

Einigermaßen zufrieden mit meinem Plan, am nächsten Tag die Innenstadt zu durchstreifen, fiel ich schließlich doch noch in einen kurzen, unruhigen Schlaf. Als ich am Morgen erwachte, war Charles bereits weg.

Und wieder war mir so langweilig, dennoch fehlte mir die Energie, mich fertig zu machen und meinen Hintern in die Stadt zu bewegen. Eigentlich war es doch völlig egal, ob ich den ganzen Tag im Schlafanzug herumlief oder ob ich mir die Haare bürstete, oder?

Schon komisch, dass nichts zu tun zu haben, mich irgendwie dazu verleitete, noch weniger aus mir selbst zu machen. Aber es war ja eh niemand da, von daher völlig egal.

Eine Weile hing ich vor dem Computer herum, wobei ich hauptsächlich Spiele spielte, anstatt etwas Sinnvolles zu tun. Hmm. Vielleicht sollte ich wieder aufs College gehen, einen weiteren Abschluss machen, oder sogar in einem der früher belegten Fächer den Bachelor anstreben? Schule hatte ich immer gemocht und deshalb ja auch jahrelang einen Studiengang nach dem anderen in Angriff genommen.

Oder ich könnte mich ja in Charlenes Katzenunterrichtsstunde schleichen. Das wäre zumindest eine Art von Beschäftigung, und ich wäre den Tag über nicht so einsam.

Entschlossen schaltete ich meinen Laptop aus und schlenderte dann langsam durchs Haus auf der Suche nach meinen tierischen Mitbewohnern. Es dauerte nicht lange, bis ich entdeckte, dass die Sphynx-Katzen Grandmas altes Schlafzimmer für sich beansprucht und dort ein provisorisches Klassenzimmer für ihre Schülerin eingerichtet hatten.

Ich öffnete die Tür einen Spalt und lauschte. „Wenn man zwei tote Mäuse hat, aber nur eine davon wirklich tot ist, während die andere noch zuckt ... Wie sollte man dann mit diesen beiden Leckereien verfahren? Welche Maus sollte man vorerst aufbewahren, wenn man verhindern möchte, dass man schlaff und übergewichtig wird?“, fragte Jillianne in einem rhythmischen, trällernden Tonfall, der so ganz und gar nicht dem glich, den sie mir gegenüber stets anzuschlagen pflegte.

„Das ist eine Fangfrage“, rief das kleine Kätzchen aufgeregt. „Man muss nichts reduzieren. Außerdem bewege ich mich bei der Mäusejagd ausreichend.“

„Sehr gut!“, lobte ihre Lehrerin sie. „Wenn du jetzt aber …“

Plötzlich entdeckte sie mich und verstummte augenblicklich. „Kann ich dir helfen?“

Verflixt! Ich hatte ihren seltsamen Kauderwelsch aus Ernährung und Algebra zwar nicht verstanden, den Unterricht jedoch recht unterhaltsam gefunden. „Entschuldigung“, platzte ich heraus, öffnete die Tür noch ein Stück weiter und betrat den Raum. Sofort stach mir eine seltsame Ansammlung von Gegenständen ins Auge, die sich zwischen den Katzen auf dem Bett befanden: vermisste Socken, Müll, Pflanzen aus dem Garten und eine Art pelziger Kadaver.

„Hier sind keine Menschen erlaubt“, rief Jacques, die kleinere der beiden haarlosen Samtpfoten, marschierte direkt auf mich zu und versetzte mir einen Schlag auf den Knöchel. „Dieser spezielle Unterricht ist nur für uns Katzen. Raus mit dir, husch, husch!“

„Mir macht es nichts aus, wenn sie bleibt“, argumentierte Charlene, wurde aber schnell von den beiden Älteren überstimmt.

„Was in der Katzenschule passiert, muss auch in dieser bleiben“, ordnete Jillianne an, während ihr Bruder mich zurück in den Flur drängte.

Tja, so viel zu dieser glorreichen Idee.

Nach diesem missglückten Versuch, ein wenig mehr über die Gepflogenheiten des Katzendaseins in Erfahrung zu bringen, beschloss ich, nach draußen zu gehen und einen Spaziergang über das Grundstück zu machen.

Ich hatte kaum den ersten Schritt von der Veranda herunter gemacht, als Pringle mich auch schon entdeckte und zu mir herübergeeilt kam.

„Findet unsere Vorlesestunde heute früher statt?“, erkundigte er sich und rieb sich die Hände wie ein pelziger Drogensüchtiger. „Ich kann es kaum erwarten zu hören, wie Merlin dieses alte Gespenst besiegt.“

Und weil ich diese Vorstellung ebenso gut fand wie jede andere, nickte ich. „Klar, lass uns ein wenig Zeit mit Merlin, Gracie und der Gang verbringen.“

Der Waschbär machte vor Freude einen Luftsprung. Seit unserem ersten Aufeinandertreffen hatte er sich prächtig entwickelt, was mir aber erst vor kurzem so richtig bewusst geworden war. Sollte Octocat tatsächlich beabsichtigen, sich aus der Detektei zurückzuziehen, wusste ich, wer seinen Platz nur zu gerne einnähme.

Aber wollte ich das auch?

Darüber wie auch über das Geheimnis meines Lebens konnte ich mir später noch den Kopf zerbrechen. Für den Moment würde ich mich einfach in den magischen Geschehnissen unserer Lieblingsbuchreihe verlieren.

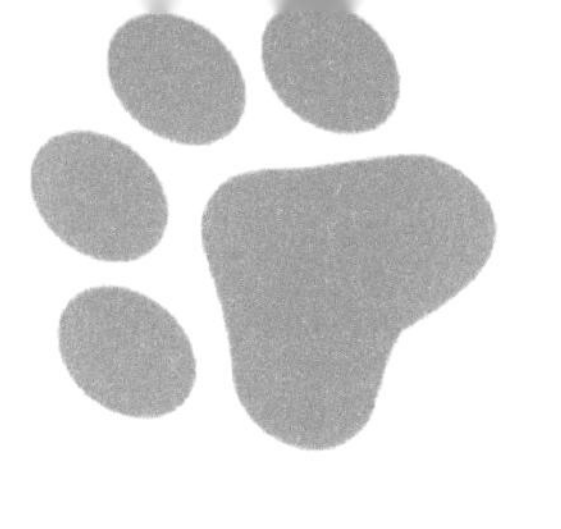

10

Als Großmutter und Paisley zum Mittagessen vorbeikamen, war ich vor Langeweile und Frustration völlig niedergeschlagen. Irgendwann war auch noch Octocat aufgetaucht, um mir in ungehaltenem Tonfall einen Vortrag über mein Eindringen in Charlenes Katzenunterricht zu halten. Er war sogar so weit gegangen, zu behaupten, meine unschuldige Neugierde hätte das Universum gehörig aus dem Gleichgewicht gebracht.

Na klar. Manchmal ging mir sein übertriebenes Ego wirklich auf die Nerven. Dann war ich wieder froh und dankbar, dass er mit Charlenes Erziehung beschäftigt war, anstatt ständig an mir herumzunörgeln.

Wenigstens waren da Grandma und ihr kleiner Chihuahua, die fast jeden Tag für ein paar Stunden die Monotonie meines neuen Lebens durchbrachen.

„Ich habe dich so sehr vermisst!", rief Paisley und wedelte nicht nur mit dem Schwanz, sondern bebte am ganzen Körper, während sie mich mit Küssen überhäufte. Was für ein Unterschied zu dem ekelhaften Verhalten, das mein Kater recht häufig an den Tag legte. Und auch wenn ich das herzige Hündchen erst gestern gesehen hatte, hatte sie mir sehr gefehlt.

Ich kraulte die Kleine hinter den Ohren und lächelte. „Ich dich auch, meine Süße." Dann blickte ich zu meiner Großmutter auf: „Wie war dein Morgen, Grandma?"

Sie stürmte schnurstracks in Richtung Küche, zwei sehr voll aussehende Einkaufstüten in den Armen haltend, und rief mir im Vorbeigehen zu: „Grant und ich haben uns einer Gruppe Senioren angeschlossen, die im Park in der Innenstadt regelmäßig Tai-Chi praktizieren. Als heute Morgen die Sonne aufging, hatten wir bereits die Hälfte unseres Trainings absolviert. Es war großartig."

Für mich hörte sich das eher nach Folter an.

Sie streckte den Kopf durch die Küchentür und lächelte mich an. „Vielleicht solltest du auch mal mitkommen."

„Grandma, ich wäre mindestens vierzig Jahre jünger als der Rest der Truppe." Stöhnend trabte ich ihr hinterher, dicht gefolgt von Paisley.

„Und was wäre daran so schlimm?"

Es stimmte zwar, dass ich meinen Platz finden musste, aber ich bezweifelte, dass mir das in einer Gruppe gesundheitsfanatischer Achtzigjähriger gelingen würde. Und dann auch noch mitten in der Nacht. Es mochte ihr Ding sein, meines jedenfalls nicht. Ich brauchte etwas, mit dem ich mich identifizieren konnte, ein weiterer Grund, warum ich die Detektei so verzweifelt zu retten versuchte.

So schnitt ich lediglich eine missmutige Grimasse und sie wandte sich ihren Backutensilien zu. „Ich dachte mir, ich könnte dir heute beibringen, wie ich meine berühmten Blaubeer-Scones mache“ erklärte sie munter, während sie erst den einen und dann den anderen Beutel auspackte. Anscheinend hatte sie ihr halbes Gewürzregal mitgebracht.

Da ich bereits wusste, dass ich eine hoffnungslose Bäckerin war und noch dazu im Moment jede Menge geistigen Ballast mit mir herumschleppte, verspürte ich nicht die geringste Lust, ihren Ausführungen zu folgen. „Ich habe mir überlegt, ob ich nicht vielleicht wieder studieren sollte“, murmelte ich und wartete gespannt, wie diese Idee bei ihr ankam.

Großmutter hielt in ihren Vorbereitungen inne und drehte sich langsam zu mir um. „Aber du bist doch so gerne Detektivin, und auch gut darin.“

Ich zuckte mit den Schultern und versuchte, lässig zu wirken. „Ich bekomme aber keine Aufträge und Octocat will sowieso aussteigen. Und dann ist da ja noch die Sache mit Blaire.“

„Ich kann immer noch nicht glauben, dass dieses Mädchen, für die du so viel getan hast, dir so übel mitspielt.“ Ihr Gesicht lief rot an, und sie zitterte vor Wut.

„Sie hat nur versucht zu helfen – aber in erster Linie sich selbst.“

„Einfach nur schrecklich, so ein Verhalten“, sagte Großmutter und wandte sich wieder ihren Zutaten zu.

„Ja, der gestrige Tag war ziemlich stressig, aber zumindest hatte ich endlich mal wieder etwas zu tun. In letzter Zeit bin ich ziemlich plan- und ziellos.“

„Vielleicht leidest du an dem Post-Ehe-Blues?“, sinnierte sie. „Der kommt gar nicht so selten vor, wie man meinen sollte. Dein Leben verändert sich gerade extrem. Da ist es ganz normal, dass man sich irgendwie unausgeglichen fühlt.“

„Aber ich liebe Charles doch und bedauere diesen Schritt nicht. Leider hat er momentan sehr viel Arbeit und ist kaum zu Hause. Auch die Katzen schotten sich immer mehr ab. Und da Paisley und du nicht mehr hier seid, bin ich einfach …“ Wieder einmal kämpfte ich mit den Tränen. „Deshalb dachte ich, es wäre vielleicht eine gute Idee, wieder aufs College zu gehen.“

Großmutter nickte, während sie die verschiedenen Gläser mit Gewürzen in einer geraden Reihe aufstellte. „Jetzt verstehe ich. Hast du bereits eine Vorstellung davon, was du studieren möchtest?“

Meine Mundwinkel wanderten nach unten. „Ehrlich gesagt, nein. Am liebsten löse ich ja Geheimnisse und Rätsel auf und würde das auch weiterhin gerne tun.“

„Das könntest du ja auch weiterhin nebenbei machen. Wie wäre es denn mit einer Ausbildung zur Polizistin?“

„Vielleicht“, erwiderte ich zögerlich, denn der Gedanke, regelmäßig eine Waffe tragen zu müssen, jagte mir einen Schauer über den Rücken. Ich war schon zu oft bedroht worden, als dass ich mich mit dieser Art von Macht in Händen wohl gefühlt hätte.

Großmutter legte eine Hand auf meinen Oberarm und wartete, bis ich ihr in die Augen sah, bevor sie weitersprach. „Du bist seit fast drei Jahren jemand, der mit Tieren sprechen kann und diese Gabe nutzt, um Kriminelle zu überführen. Noch nie zuvor hast du dich so lange mit etwas beschäftigt. Meiner Meinung nach ist das deine wahre Berufung. Du bist etwas Besonderes."

Ich seufzte schwer. Natürlich hatte sie recht, aber irgendwie reichte mir das nicht mehr. „Alle guten Dinge müssen irgendwann ein Ende haben."

„Papperlapapp! So kann nur jemand reden, der unglücklich ist."

„Eben ...und zwar ich. Natürlich bin ich im Großen und Ganzen mit meinem Leben zufrieden, aber irgendetwas scheint mir zu fehlen. Ergibt das einen Sinn für dich?"

Sie drückte mir einen Kuss auf die Wange. „Du warst schon immer zu Größerem bestimmt, Angie, und dafür liebe ich dich. Zudem bin ich überzeugt, dass du herausfinden wirst, was dir fehlt – und zwar schon bald. Aber jetzt lass uns erst mal ein paar Scones backen. Würdest du bitte den Ofen für mich vorheizen?"

So sehr ich meine Großmutter auch liebte, da sie immer meine engste Bezugsperson gewesen war, glaubte ich doch, dass sie den Kern meines Problems nicht erkannte. Sie hatte doppelt so lange ein abenteuerliches Leben geführt wie ich mein vergleichsweise banales, und jetzt waren sie und ihr Mann beide im Ruhestand und wollten nur noch die ihnen verbleibende Zeit mit wunderbaren gemeinsamen Unternehmungen auszufüllen.

Ganz extrem war es mir am Vortag aufgefallen, als sie meine Sorge bezüglich der Charm-Situation nicht nachvollziehen konnte, und ich begann mich zu fragen, ob unsere Bindung womöglich allmählich etwas auszuleiern drohte.

Klar, wir sahen uns zwar noch immer fast jeden Tag, aber da wir nicht mehr gemeinsam unter einem Dach lebten, war alles irgendwie anders. Vor allem war ich nicht mehr die wichtigste Person in ihrem Leben – ihr neuer Ehemann Grant hatte mich ein wenig ins Abseits gedrängt.

Vielleicht war es an der Zeit, dass ich mich endlich abnabelte, aber das war ein langwieriger Prozess und ich stand nach wie vor auf ziemlich wackeligen Beinen.

Da ich für den Rest des Nachmittags, nachdem sie gegangen war, nichts anderes mehr zu tun hatte, beschloss ich, Oma Lyn anzurufen und mich zu erkundigen, wie es ihr so ergangen war. Jetzt, da sich die Sache mit Charm geklärt hatte, wollte ich nochmals von ihr hören, wie sie es geschafft hatte, mit dem Gespött umzugehen, nachdem ihr Geheimnis gelüftet wurde ... ein Geheimnis, das ich ja mit ihr teilte.

„Und sie hat tatsächlich gedroht, dich zu entlarven?“, keuchte sie, als ich sie über sämtliche Details ins Bild gesetzt hatte.

„Ja. Angeblich wollte sie mir zu Ruhm und Ehre verhelfen. Ist das nicht lächerlich?“

„Na ja, Dr. Doolittle war ein sehr beliebter Film. Das Original, meine ich, nicht diese miese computergenerierte Neuauflage mit diesem Ironman-Typen."

Als ich mir ihr Gesicht bei dieser Feststellung vorstellte, konnte ich mir ein Lächeln nicht verkneifen. Man musste ihr schon einen ganz schönen Brocken hinknallen, damit ihre sonst so sanfte Stimme eine dermaßen heftige Abscheu widerspiegelte.

„Glaubst du, dass die Leute heutzutage eher bereit sind, das zu akzeptieren?", fragte ich nervös und zupfte an der Haut meines Ellbogens herum.

Oma Lyn schien einen Moment zu überlegen. „Die Welt hat sich in den letzten Jahren sehr verändert, aber ich weiß es nicht, Angie. Schwer abzuschätzen, was passieren würde, wenn andere es herausfinden."

„Bisher haben es alle, die davon erfuhren, akzeptiert. Niemand hat jemals schlecht über mich gesprochen, bis eben jetzt Blaire. Aber selbst ihr geht es ja in erster Linie darum, aus meiner Fähigkeit Kapital zu schlagen, und nicht darum, mich bloßzustellen."

Einen Moment schwiegen wir beide. Wovon wollte ich meine Oma überzeugen? War es etwas, das ich bereits für mich selbst entschieden hatte? So weit war ich in meinem Gespräch mit Grandma noch nicht gekommen, und so sehr ich mich auch bemühte, ihr meinen Standpunkt klarzumachen, würde sie es doch nicht verstehen ... Zumindest nicht auf die Weise wie jemand, der über dieselbe Gabe verfügte.

„Hast du je bereut, was damals passiert ist, als Mom noch ein Baby war?", fragte ich vorsichtig. Auf diese Antwort war ich schon immer neugierig, hatte jedoch nie den Mut aufgebracht, sie direkt darauf anzusprechen. Bis jetzt.

Oma Lyn zögerte keine Sekunde. „Jeden einzelnen Tag. Wie oft hatte ich mir gewünscht, die Vergangenheit wäre anders verlaufen. Dennoch bin ich sehr glücklich über das, was ich jetzt habe. Wenn deine Mutter nicht erwachsen geworden wäre, hätte sie deinen Vater nie kennengelernt und der Welt nicht diesen größten Schatz schenken können – dich."

Und schon wieder musste ich heulen.

Großartig.

11

An diesem Abend war ich allein, weil Charles ein wichtiges Geschäftsessen mit einem Kunden hatte. Zum Glück waren noch jede Menge von Grandmas berühmten Blaubeer-Scones übrig, mit denen ich mir die einsamen Stunden versüßen konnte. Diejenigen, die ich selbst gebacken hatte, mussten wir direkt danach entsorgen. Irgendwie hatte ich nämlich vergessen, das Salz hinzuzufügen, was das fertige Produkt viel mehr verdarb als man annehmen könnte.

Inzwischen hatten auch die Katzen ihren Unterricht für heute beendet, was bedeutete, dass sich alle dicht an mich kuschelten – ein kleines, anspruchsvolles, bunt zusammengewürfeltes Rudel Samtpfoten.

Wir beschlossen, gemeinsam den *Zauberer von Oz* anzuschauen, da Charlene den Film noch nicht kannte, und waren gerade bei der Stelle angelangt, wo Dorothy auf den feigen Löwen traf, als mein Handy, das auf dem Couchtisch lag, eine eingehende Nachricht ankündigte. Ich griff danach und zuckte zusammen, als ich den Absender erkannte.

Octocat bemerkte sofort, wie ich mich verspannte. „Was ist los?“, fragte er, machte einen Satz über die anderen hinweg und kletterte auf meinen Schoß, wo er dem Telefon einen Schlag verpasste. „Was hast du bekommen?“

„Es ist eine weitere Nach …“

„Angela, halte bitte zuerst den Film an“, rief er dermaßen entschlossen und laut aus, dass ich mich unwillkürlich auf meinem Platz aufrichtete. Dann schnappte ich mir die Fernbedienung, drückte auf die Stopptaste und verriet: „Charm hat sich erneut gemeldet.“

Mein Kater rümpfte die Nase, als hinge ein übler Geruch in der Luft. „Deine Peinigerin? Aber ich dachte, ihr hättet sie entlarvt und Kotzbrocken sie dazu gebracht, mit dem Mist aufzuhören. Was will sie denn jetzt schon wieder?“ Seit wir aus den Flitterwochen zurückgekehrt waren, hatte Octocat es sich angewöhnt, meinen Mann wieder mit diesem schrecklichen Spitznamen zu betiteln. Angeblich wollte er damit nur einer Verwechslung zwischen Charles und Charlene vorbeugen, aber ich wusste es besser. Er war manchmal einfach gehässig.

„Ist es wirklich diese nette Blaire, die dahintersteckt? Die Frau, die meine Mama adoptiert hat?“, wimmerte Charlene traurig.

„Bedauerlicherweise ja.“ Es tat mir so leid, das zugeben zu müssen. Die Kleine war noch viel zu jung, um sich mit solchen

Problemen auseinanderzusetzen, um zu erfahren, wie viel Schlechtes es auf dieser Welt gab.

„Mir ist noch nie ein Mensch mit so massiven Problemen untergekommen, wie du sie hast“, sagte Jacques und streckte sich, wobei er seine haarlosen Pfoten mit Schwimmhäuten überdeutlich zur Schau stellte.

„Und unsere erste Besitzerin wurde sogar ermordet“, fügte seine Schwester mit gruseliger Stimme hinzu.

„Vielen Dank für das Kompliment.“ Wann immer möglich, vermied ich es, mich auf Diskussionen mit den beiden Sphynx-Katzen einzulassen. Sie fanden einfach kein Ende, und ich hatte weder die Lust noch die Energie, mich mit ihnen zu streiten.

„Komm, lies die Nachricht endlich vor“, forderte Octocat mich auf und rieb sein Gesicht ungeduldig an meinem Telefon.

„Ja okay, Moment.“ Ich wischte über das Display, um die Social-Media-App zu öffnen, und hielt den Atem an, während meine Augen über den Text flogen. Dann jedoch stieß ich einen langen, glücklichen Seufzer aus.

„Das ist jetzt aber nicht cool, dass du sie für dich behältst. Immerhin stecken wir mittlerweile alle in dieser Sache drinnen“, brummte Jillianne und fuhr sich mit der Zunge über die Falten in ihrer Achselhöhle. Ihr Bruder und sie taten immer so, als würden sie sich putzen, mir jedoch kam es stets so vor, als wären sie dadurch noch schmutziger, als sie eh schon waren. Deshalb mussten sie auch zweimal wöchentlich gebadet werden, eine Aufgabe, die Charles glücklicherweise selbst übernahm.

Ich drehte das Telefon, damit Octocat die neue Nachricht von

Charm lesen konnte. Für die übrigen gab ich sie in einfachen Worten wieder. „Sie schreibt, es würde ihr leidtun und sie wollte sich nur noch einmal rückversichern, dass ich sie nicht verklage."

„Genau das *sollten* wir aber tun", sagte mein Kater, und seine bernsteinfarbenen Augen blitzten angriffslustig. „Mit dem Geld, das wir damit verdienen würden, könnten wir uns Aktien am Little Dog Diner kaufen."

„Kommt überhaupt nicht in Frage, dass du an der Börse spekulierst", warnte ich sofort. „Das werde ich zu verhindern wissen."

Er legte die Ohren an. „Wie wäre es dann zumindest mit ein paar Hummerbrötchen?"

Ich verdrehte genervt die Augen. „Die hatten wir doch erst gestern."

„Tja, was soll ich tun. Ein Katzenmagen braucht eben, was er braucht."

„Ich glaube nicht, dass der Spruch so lautet", entgegnete ich mit einem finsteren Blick.

„Können wir jetzt bitte den Film weiterschauen?" Jacques schnaubte, leckte sich dann jedoch genüsslich über seinen fleischigen Oberschenkel und fügte hinzu: „Das ist nämlich meine Lieblingsstelle."

„Ja, das werden wir ... gleich." Ich kaute auf meiner Unterlippe, während ich mich durch die Gedankenflut arbeitete, die gerade mein Gehirn überschwemmte. „Aber können wir zuerst noch ganz kurz über etwas reden?"

Charlene sprang auf die Rückenlehne der Couch, krabbelte dort entlang und ließ sich neben meiner Schulter nieder. Octocat machte es sich auf meinem Schoss bequem. Die Nacktkatzen blickten irritiert drein, fingen aber zumindest keine Diskussion an.

„Diese ganze Sache mit Charm ... Blaire ... hat mich zum Nachdenken gebracht." Ich hielt kurz inne, nur für den Fall, dass eine der Fellnasen vorhatte, sich zu beschweren, einen Kommentar abzugeben oder meinen üblichen Mangel an Weitsicht zu kritisieren.

Als glücklicherweise alle still blieben, fuhr ich mit meiner Bitte um Rat fort. „Als ich erfahren musste, dass irgendein geheimnisvoller Fremder im Internet mein Geheimnis herausgefunden hatte und aufdecken würde, war ich völlig panisch. Gut, Blaire scheint einen Rückzieher gemacht zu haben, aber was, wenn sich diese Sache mit einer anderen Person wiederholt? Bei der Nachricht vorhin wäre mir vor Angst beinahe das Herz stehengeblieben. Vielleicht könnte ich derartige Sachen in Zukunft vermeiden, indem ich ..."

„Du willst der Welt dein Geheimnis verraten, das ist es doch, oder?", unterbrach Octocat mich, der nach wie vor auf meinen Knien lag. „Solange sich mein Leben dadurch nicht verändert, habe ich nichts dagegen."

„Mir gefällt es, dass du mit uns reden kannst", meldete sich Charlene mit ihrer niedlichen Quietschstimme zu Wort.

„Und uns ist völlig egal, was du tust", erklärte Jillianne stellvertretend für sich und ihren Bruder. „Solange du uns außen vor lässt und dafür sorgst, dass *unser* Mensch nicht zu Schaden kommt."

Tja ... Die zwei Nackedeis und ich würden wahrscheinlich immer ein eher laues Verhältnis zueinander haben. Aber auch zwischen Octocat und Charles – oder Kotzbrocken, wie er ihn ja zu nennen pflegte – würde es nie die große Liebe werden. Was Charlene anbelangte, lag die Sache anders, da wir sie gemeinsam adoptiert hatten. Die anderen jedoch waren einfach zu sehr auf ihren ursprünglichen Besitzer fixiert. Das war eben ihre Natur und darüber konnte ich mich wohl kaum beschweren.

„Meint ihr, ich sollte mich selbst outen? Einfach, um die Kontrolle über die Dinge zu behalten?" Ich ließ den Blick von einem zu anderen wandern, in der Hoffnung, herauszufinden, ob sie die Idee brillant oder verrückt fanden, doch ihre Mienen verrieten nichts.

Jacques ergriff als Erster das Wort. „Noch einmal: Uns ist das völlig einerlei, solange all unsere Auflagen erfüllt werden. Könntest du jetzt bitte endlich den Film wieder einschalten?"

Ich seufzte und drückte auf der Fernbedienung auf *Play*, woraufhin der feige Löwe auf den Bildschirm zurückkehrte und singend seinen Tanz fortsetzte.

„Angela", sagte Octocat plötzlich und scharrte mit seiner Pfote über meinen Oberschenkel. „Könnte ich dich kurz in der Küche sprechen? *Allein.*"

Oha. Was das wohl bedeuten mochte? Womöglich hatte ich ihn unbewusst verärgert, weil ich zu sehr auf meine eigenen Probleme konzentriert war oder ...

„Tut mir leid, aber vor den anderen musste ich einfach auf cool machen. Du weißt ja, dass ich einen Ruf zu verlieren habe", flüsterte er mir zu, sobald wir unter uns waren, und hüpfte auf den Tresen. „Aber ich finde, du solltest das tun, was dir dein Herz rät. In letzter Zeit warst du alles andere als zufrieden und ausgeglichen, und das gefällt mir überhaupt nicht. Werde wieder die Angela, die sich nicht ständig Sorgen macht."

Ich beugte mich vor, um ihn zwischen den Ohren zu kraulen. „Aber was könnte passieren, wenn ich damit an die Öffentlichkeit gehe?"

„Diejenigen, auf die es ankommt, werden für dich da sein, so wie sie es immer waren. Alle anderen können dir den Buckel herunterrutschen."

Ich starrte ihn an. „Hast du etwa herausgefunden, wie man die Kindersicherung auf deinem iPad deaktiviert?"

„Und wenn schon … Darum geht es hier nicht. Der Punkt ist doch, dass Menschen im Vergleich zu uns Katzen ein sehr eingeschränktes und kompliziertes Leben führen. Wir haben keine Geheimnisse und machen uns auch keine Gedanken darüber, was andere von etwas halten könnten. Wir sind einfach, wer wir sind, und das macht uns zu den besseren Lebewesen auf diesem Planeten."

Ich biss mir auf die Lippe, um mir die Bemerkung zu verkneifen, dass auch er Jacques und Jillianne gegenüber Gleichgültigkeit vorgetäuscht hatte und seine wahren Gefühle erst jetzt offenbarte, wo er mit mir allein war. Dennoch ergab ein Großteil dessen, was er sagte, Sinn. Fast drei Jahre lang hatte ich mein

Geheimnis gehütet, und es war nicht leicht gewesen. Wie viel anders würde mein Leben verlaufen, wenn ich aufhören könnte, mir diesbezüglich Sorgen zu machen? Wenn alle über meine Gabe Bescheid wüssten? Dann wäre es an ihnen, zu entscheiden, wie sie darüber dachten. Die Last würde vollständig von meinen Schultern genommen werden. Ich könnte endlich zur Ruhe kommen.

„Nun …?“, hakte Octocat nach, leicht irritiert, weil ich auf seine ungewöhnlich herzlichen Worte noch immer nicht geantwortet hatte. „Wirst du es tun?“

„Weißt du was? Ich werde die ganze Sache nochmals überschlafen.“ Lächelnd strich ich ihm über sein gestreiftes Fell. „Aber danke für das, was du mir gesagt hast. Es bedeutet mir so viel, zu wissen, dass du immer nur das Beste für mich willst.“

„Du bist immerhin mein Mensch, und ich liebe dich.“ Er stieß ein grollendes Schnurren aus, verstummte dann jedoch abrupt. „Allerdings sollte dein Glück niemals auf Kosten meines eigenen gehen. Solange du das verstanden hast, wird alles gut.“

Ich lachte leise auf. „Du bist so ein Lieber. Das wird es bestimmt.“

Die Frage war nur, *ob es das nach meinem Entschluss tatsächlich sein würde.*

Morgen früh würde ich eine Entscheidung treffen.

12

Wie angekündigt, schlief ich erst einmal eine Nacht darüber, aber am nächsten Morgen hatte ich entschieden, was ich tun musste. Um meiner selbst willen – eigentlich um unser aller willen – würde ich der Welt von meiner seltsamen Fähigkeit erzählen.

An diesem Tag stand ich früh auf, um noch ein wenig Zeit mit Charles verbringen zu können, bevor er zur Arbeit ging, und er versprach mir, mich bei allem, was auch kommen würde, zu unterstützen. Das erinnerte mich einmal mehr an unser Ehegelübde –in guten wie in schlechten Zeiten.

Dann rief ich nacheinander sämtliche Leute an, die bereits Bescheid wussten oder denen ich mich persönlich anvertraut hatte. Großmutters Internetfreunde brauchten keine Vorwarnung über das, was auf sie zukam, meine Familie hingegen schon.

„Wie willst du es anstellen?“, fragte Mags, als ich ihr die Neuigkeit mitteilte.

So sehr dieser Plan mir auch im Kopf herumging, hatte ich noch nicht alle Einzelheiten ausgearbeitet. Das war ein weiterer Grund für die Telefonate mit all denen, die bereits eingeweiht waren ... Ich brauchte ihren Rat. „Ursprünglich hatte ich überlegt, einen Text zu verfassen, aber eigentlich würde ich lieber zu allen sprechen.“

„Nein, ich meine, *wie* genau soll es ablaufen?“ Ihre blassblauen Augen waren vor Neugier weit aufgerissen. „Willst du ein Video auf deiner Seite posten, die Reality-TV-Crew herbeordern, die deine Hochzeit gefilmt hat? Oh, ich könnte dich für meinen YouTube-Kanal interviewen. Die Kerzenmacherfans kennen und lieben dich bereits. Sicher würden sie dich nach Kräften unterstützen.“

Ich überlegte kurz. „Ich weiß nicht, ob ich mich vor deinen Millionen von Fans outen möchte, insbesondere, wenn sie dir alle nur wegen deiner coolen Kerzenvideos folgen“, gab ich zu. „Da kann ich mit meiner Story nicht mithalten. Auf der anderen Seite habe ich lediglich zehn Follower. Wenn ich die Geschichte also bei mir einstelle, wird niemand sie mitbekommen.“

„Also, dann doch lieber die Reality-Show-Typen?“, schlug meine Cousine mit einem Gesichtsausdruck vor, der mir genau sagte, was sie von dieser Idee hielt.

Ich schüttelte vehement den Kopf. „Nein. Die haben sich Sharon gegenüber so unfair verhalten, das möchte ich ihr nicht antun.“

„Wie denn dann?“, hakte Mags nochmals nach.

Das wüsste ich auch nur zu gerne. „Ich werde nochmals darüber nachdenken und melde mich wieder, wenn ich mich entschieden habe“, versprach ich.

„Alles klar, Frau Kommissar.“ Ein superbreites Grinsen machte sich auf ihrem Gesicht breit. „Das ist ein neuer Slogan, der mir so eingefallen ist. Was hältst du von ihm?“

Ich erwiderte ihr Lächeln, allerdings mit einem schelmischen Glitzern in den Augen. „Jedem das Seine.“

„Autsch! Das war deutlich. Ich liebe dich, Cousinchen.“

„Ich dich auch. Halt die Ohren steif.“

Als Nächstes wählte ich Oma Lyns Nummer. Zwar hatte ich für mich selbst schon längst entschieden, dass ich die Wahrheit preisgeben musste, aber das Gespräch mit all den Menschen, die mir so nahe standen, würde mir die Zuversicht geben, die ich brauchte, dass dies der richtige nächste Schritt in meinem Leben sein würde.

„Ich bin stolz auf dich, Angie“, lobte Oma Lyn mich, nachdem ich auch ihr von meinem Vorsatz erzählt hatte. „Sich selbst treu zu bleiben, obwohl man nicht weiß, wie die Welt auf diese Eröffnung reagieren wird, ist sehr mutig. Versprich mir nur eines.“

„Klar, was?“

Da sie kein FaceTime benutzte und ich somit ihr Gesicht nicht sehen konnte, hatte ich keinen visuellen Anhaltspunkt für das, was möglicherweise in ihrem Kopf vorging. „Suche dir jemanden, mit dem du reden kannst. Jemand, der direkt verfügbar und jederzeit für dich da ist, egal was auch passiert."

„Aber ich habe schon so viele Menschen, denen ich mich anvertrauen kann", argumentierte ich vorsichtig. „Du bist einer davon."

Diese Aussage entlockte ihr ein Kichern. „Klar, ich bin immer für dich da, aber ich meinte eher so etwas wie einen Profi."

„Willst du damit andeuten, ich wäre verrückt?", neckte ich sie, aber das kam bei ihr wohl anders an, denn sie seufzte tief auf. „Ich wünschte, ich hätte mich schon früher in eine Therapie begeben. Niemand sollte sich scheuen, so etwas in Anspruch zu nehmen. Und du mit deinem außergewöhnlichen Leben gleich zweimal nicht."

Ich versprach ihr, mich nach jemandem umzuschauen, der mich diesbezüglich unterstützen könnte, und rief anschließend Grandma an. Vor nicht allzu langer Zeit wäre sie noch die Erste gewesen, die von meinen Plänen erfahren hätte, aber die räumliche Distanz zwischen uns machte alles inzwischen etwas schwieriger.

Als ich ihr von meinem Vorhaben erzählte, war sie jedoch wie immer unglaublich hilfsbereit. Wie konnte ich nur je an ihr zweifeln?

„Ich denke, das ist die richtige Entscheidung, Angie. Wenn du ebenfalls dieser Meinung bist, dann zieh es durch", sagte sie liebevoll.

„Das werde ich auch", versicherte ich ihr. „Nur habe ich noch keine Ahnung, wie ich meine große Enthüllung vorbringen soll."

„Natürlich in der Nachrichtensendung deiner Eltern, wo sonst."

Aber klar!

Meine Eltern waren Co-Moderatoren einer lokalen Fernsehsendung, die hier in Blueberry Bay aufgezeichnet und ausgestrahlt wurde, aber selbst Gemeinden bis hinauf nach Massachusetts erreichte. Es wäre die perfekte Plattform für mein Outing.

Ich weinte beinahe vor Erleichterung. „Grandma, du bist ein Genie."

Sie schnalzte mit der Zunge. „Das wussten wir beide doch schon immer, oder, Liebes?"

„Heute haben wir eine ganz besondere Geschichte für unsere Zuschauer", verkündete mein Vater und blätterte durch die Papiere auf dem Tisch vor ihm.

An seiner Seite saß meine Mutter, perfekt gestylt und geschminkt wie immer, und starrte mit einem charismatischen Lächeln in den Teleprompter. „So ist es, Roman. Unser heutiger Gast im Studio ist jemand ganz Spezielles und niemand Geringeres als unsere Tochter, Angie Longfellow."

Die Kameras schwenkten in meine Richtung, und ich räusperte mich. Großmutter wollte mich in ein glitzerndes Outfit im Flapperstil stecken, aber ich hatte auf mein knielanges, getupftes Lieblingskleid bestanden. Sicher, darin sah ich ein wenig aus wie

Minnie Mouse, aber es verlieh mir das nötige Selbstvertrauen, ich selbst zu sein, mit all meinen Macken, Ecken und Kanten.

„Hallo Mom, hallo Dad“, antwortete ich mit einem breiten, lange einstudierten Grinsen. Das war der Rat meiner Eltern gewesen, bevor wir mit dem Beitrag starteten – *egal, was auch passiert, keep smiling.* Also tat ich, wie mir geheißen und verzog den Mund so weit, dass meine Wangen bereits jetzt schmerzten. Und diesen Zustand versuchte ich auch beizubehalten, als ich zu sprechen begann, was dazu führte, dass meine Worte etwas unverständlich klangen. „Ich freue mich, hier sein zu dürfen.“

„Angie, erzähl den Zuschauern doch bitte etwas über den Grund deiner heutigen Anwesenheit“, sagte mein Vater, übrigens wesentlich deutlicher als ich, und warf einen schnellen Blick auf das Textband, bevor er fortfuhr: „Du hast uns etwas mitzuteilen, ist das richtig?“

Ich nickte und bemühte mich, den Angstknoten, der sich in meiner Kehle gebildet hatte, hinunterzuschlucken. Natürlich wollte ich der Öffentlichkeit die Wahrheit über mich erzählen, dennoch war ich mega nervös.

Anscheinend hatte ich nicht schnell genug reagiert, da nun meine Mutter das Wort ergriff. „Und wie ich hörte, hast du uns auch jemanden mitgebracht?“

Das war das Stichwort, das es brauchte, um mich von meinen mentalen Fesseln zu befreien. „Ja!“, brüllte ich praktisch und vergaß für einen Moment zu lächeln. Dann griff ich unter den Tisch der Moderatoren und zog eine Transportbox hervor. Ich stellte sie vor mich hin, öffnete die Metalltür, und Octocat kam herausgeschlendert.

„Ja hallo, was bist du denn für ein Hübscher“, sagte Mom, obwohl sie ihn schon gefühlt eine Million Male gesehen hatte. „Wie heißt du denn, mein Kleiner?“

„Octavius Maxwell Ricardo Edmund Frederick Fulton Russo Longfellow“, stellte sich mein Kater mit seinem üblichen übertriebenen Gehabe vor.

Ich wiederholte den Namen für die Zuschauer zu Hause. „Sie können ihn natürlich nicht verstehen, ich hingegen schon. Mein Name ist Angie Longfellow, und ich kann mit Tieren sprechen.“

Eine Weile herrschte Schweigen, bevor ich hinzufügte: „Ich sollte Ihnen vielleicht erzählen, wie es dazu kam. Vor fast drei Jahren arbeitete ich in der Anwaltskanzlei Longfellow and Associates, die damals noch Fulton, Thompson and Associates hieß. Tja, und dann war da diese Kaffeemaschine …“

13

„Wie habe ich mich geschlagen?", fragte ich gespannt, nachdem wir den Beitrag aufgezeichnet hatten. Mom und Dad waren mittlerweile wieder live auf Sendung. Oma Lyn hatte mir zu verstehen gegeben, dass meine Enthüllung bei ihr zu viele schmerzhafte Erinnerungen wachrufen würde und sie deshalb nicht persönlich dabei sein könnte. Immerhin versprach sie, mir aus der Ferne die Daumen zu halten. Charles, Grant und Grandma hingegen hatten sich den Tag freigehalten und waren zu meiner Unterstützung mitgekommen. Alle hoben begeistert die Daumen, als ich mich hinter der Bühne wieder zu ihnen gesellte.

„Eigentlich war ich doch die Hauptattraktion" krähte Octocat, den ich in meinen Armen hielt, nachdem er sich geweigert hatte, zurück in seine Box zu steigen. „Ich meine, sieh mich doch nur mal an. Wer würde sich nicht mit mir unterhalten wollen?"

Lachend schüttelte ich den Kopf und erzählte den anderen, was er gerade wieder vom Stapel gelassen hatte … Das erste Mal in der Öffentlichkeit und vor fremden Menschen.

Das hatte ich bisher tunlichst vermieden, und es war ein tolles Gefühl, es jetzt tun zu dürfen.

„Wie wäre es, wenn wir nach Hause gehen, und ich mache uns ein paar Pfannkuchen?", schlug Großmutter vor, die allerdings erst laut in die Hände klatschen musste, um sich Gehör zu verschaffen. Alle waren von dieser Idee angetan, und so machten wir uns zu viert auf den Weg zurück zu dem alten Herrenhaus, um diesen Tag gebührend zu feiern.

Tja, ich schätze, das war es dann.

Erledigt.

Irgendwie hatte ich erwartet, dass ich mich anders fühlen würde, besser – aber ehrlich gesagt war dem nicht so. Und wer wusste denn schon, wie viele Leute meinem kurzen, fünfminütigen Beitrag überhaupt Beachtung schenken würden … und wie viele von denen mir tatsächlich glaubten?

Manche könnten mich für eine Komikerin halten, andere wiederum für eine Betrügerin, die nur aufs Geld aus war. Egal, sie würden die Wahrheit über meine Fähigkeiten erfahren, ob sie sie nun hören wollten oder nicht.

„Dieser Beitrag ist doch gleichzeitig eine wunderbare Werbung für deine Detektei", sagte Grandma ein wenig später, als wir alle mit einem großen Stapel Pfannkuchen vor uns zusammensaßen. „Du könntest auf deiner Website noch den Slogan *Wie auf Kanal 7 gesendet* einfügen."

„Eigentlich habe ich gar keine Business-Website mehr“, gab ich zu. Nachdem ich schon vor Monaten aufgehört hatte, die empfohlenen Updates durchzuführen, war sie mir vor ein paar Wochen nach einem neuerlichen Versuch, mich einzuloggen, komplett abgestürzt.

Sie tat meine Aussage mit einem Achselzucken ab. „Dann eben auf deiner privaten Seite.“

„Glaubst du allen Ernstes, dass mich nach alledem, was ich preisgegeben habe, noch jemand anheuern wird?“, fragte ich ungläubig.

„Also ich kann dich wärmstens weiterempfehlen. Damals auf dem Weihnachtsmarkt warst du mir eine große Hilfe“, sagte Grant und schnappte sich eine der dampfenden Köstlichkeiten.

„Das wäre gar keine schlechte Idee“, griff Charles den Faden auf und spann ihn weiter. „Du solltest dir von so vielen ehemaligen Kunden wie möglich Referenzen einholen.“

„Da gibt es leider nur ein Problem. Niemand war ein wirklich echter, zahlender Kunde, außer der ehemalige Bürgermeister, und dass er mich positiv beurteilt, wage ich zu bezweifeln.“ Alle Augen richteten sich auf mich, und mir stieg die Hitze in die Wangen.

„Dennoch gibt es immer noch genügend Leute, denen du geholfen hast, und ich bin überzeugt, dass so ziemlich jeder von ihnen nur Gutes über dich zu sagen hätte“, mischte Großmutter sich erneut ein.

„Über all diese Sachen habe ich bisher noch gar nicht nachgedacht, sollte es aber vielleicht mal tun.“ Ich schob mir einen großen Bissen meines Pfannkuchens in den Mund und kaute, bevor ich fortfuhr: „Denn jetzt ist mein Geheimnis raus, und es gibt kein Zurück mehr."

„Und wie fühlst du dich?", fragt Charles.

„Genau wie zuvor", gab ich zu, nachdem ich den köstlichen, zuckrigen, buttrigen Brei heruntergeschluckt hatte.

Großmutter griff über den Tisch nach dem Sirup. „Na ja, du hast dich ja auch nicht verändert, Liebes. Ich bin sehr stolz auf dich."

Charles schob seinen Stuhl so nah an meinen heran, dass sich unsere Hüften berührten. „Ich ebenso, Schatz", versicherte er mir.

„Und ich bin ein stolzer Stiefgroßvater", fügte Grant grinsend hinzu.

Plötzlich meldete sich das Telefon in meiner Tasche. „Oh", rief ich und legte Gabel und Messer zur Seite, um es herauszuziehen. „Ich habe eine neue Nachricht auf meiner Seite."

Grants buschige Augenbrauen schossen in die Höhe. „Schon? Das ging aber flott."

„Mich überrascht das nicht im Geringsten", erklärte Grandma triumphierend.

Da ich von meinen größten Fans umgeben war, beschloss ich, die Nachricht lauf vorzulesen. „Ich habe dich in den Nachrichten gesehen. Du bist sehr hübsch." Ich stockte kurz, nicht sicher, ob ich fortfahren sollte, denn das, was da stand, gefiel mir ganz und gar nicht. „Ich wäre gerne dein …" An dieser Stelle brach ich endgültig ab.

„Dein was, Angie?“, drängte Charles.

Meine Wangen brannten vor Verlegenheit. „Dein Sugar Daddy“, flüsterte ich und drückte sofort die entsprechende Taste, um den Schreiber zu blockieren.

„Was ist ein Sugar Daddy?“, ertönte prompt Charlenes Stimme unter dem Tisch.

„Das ist ein Mann, der leckere Kekse für seine Familie backt“, antwortete Octocat voller Überzeugung.

Gott steh mir bei!

Und schon kündigte sich die nächste Nachricht an. Dieses Mal las ich sie erst selbst und überlegte, ob ich sie mit den anderen teilen sollte. *Sie sind doch diejenige, die mit Tieren sprechen kann, nicht wahr? Könnten Sie meinen Hund dazu bringen, aufzuhören, seine eigene Kacke zu fressen?*

Äh, das ist eigentlich nicht das, was ich normalerweise tue, tippte ich zurück. *Probieren Sie es doch besser einmal bei einem Hundetrainer.*

„Ist alles in Ordnung?“, fragte mein Mann und verrenkte sich den Hals, um einen Blick auf mein Display zu erhaschen.

Ich reichte ihm mein Handy und seufzte.

„Nun, es ist doch ganz normal, dass eine derartige Enthüllung auch ein paar Verrückte anlockt“, meinte er und gab mir das Telefon zurück. „Der Punkt ist, dass du jetzt Aufmerksamkeit erregst, und irgendwann werden dich die richtigen Leute finden.“

* * *

Normalerweise hatte Charles mit fast allem recht, aber dieses Mal lag er sehr, sehr falsch.

Immer mehr Anfragen trudelten ein, die so gar nichts mit meinem eigentlichen Geschäft oder meiner Fähigkeit zu tun hatten. Das Schlimmste waren die Nachrichten mit Fotoanhängen, die – ähm – ziemlich unangemessen und völlig unerwünscht waren.

So sehr ich es auch verabscheute, wenn man auf mir herumhackte, konnte ich doch damit umgehen. Ein absolutes No-Go jedoch war, wie viele Leute nun auch Charles in der Kanzlei belästigten. Jeden Tag tauchten neue Fremde in seinem Büro auf, in der Hoffnung, mehr über mich herauszufinden oder zumindest einen Blick auf die magische Kaffeemaschine zu erhaschen, die mir meine außergewöhnlichen Kräfte verliehen hatte.

Nicht wenige buchten sogar einen Termin bei ihm, nur um sich persönlich einen Eindruck von dem Ort zu verschaffen, wo all das passiert war.

Das Resultat war, dass er noch beschäftigter war als je zuvor. Und auch wenn er sich bemühte, gute Miene zum bösen Spiel zu machen, merkte ich ihm an, wie sehr ihn diese ganze negative Publicity nervte.

Und das waren nur die Verrückten.

Bald danach tauchten die Rüpel auf, und – Junge – die haben es uns erst gegeben. Innerhalb kürzester Zeit avancierte mein Mann vom angesehensten Anwalt der ganzen Region zum Ehegatten dieser Verrückten, die glaubte, sie könne mit Tieren sprechen.

Denn die Wahrheit war, dass mir trotz dieser herzlichen Präsentation in der Nachrichtensendung meiner Eltern nur sehr wenige Leute glaubten.

Irgendwann machte sogar ein Meme von meinem Interview die Runde und ich war fast an einem Punkt angelangt, dass ich Blaire/Charm kontaktiert hätte und auf ihr ursprüngliches Angebot eingegangen wäre. Der einzige Grund, warum ich diesem Drang widerstand, war, dass mir mittlerweile völlig klar geworden war, dass sich mit dieser bahnbrechenden Nachricht kein Geld verdienen ließ – am allerwenigsten für mich.

Trotzdem scrollte ich jeden Tag pflichtbewusst durch meinen Posteingang und betete, dass sich unter den Dutzenden von Anfragen wenigstens eine ernstgemeinte befinden möge.

Können Sie mir helfen, zu meinem toten Meerschweinchen Kontakt aufzunehmen? fragte beispielsweise eine Frau. Inzwischen hatte ich eine Reihe von Standardantworten verfasst, die ich, je nach Thema, rausschickte. In diesem speziellen Fall entschied ich mich für die folgende: *Pet Whisperer P.I. bietet die von Ihnen geforderte Dienstleistung leider nicht an, aber wir wünschen Ihnen alles Gute!*

In der nächsten Mitteilung beschuldigte man mich, ich sei eine Gefahr für mich selbst und die Gesellschaft und gehöre in die psychiatrische Anstalt. Das war bereits die fünfte in dieser Woche. *Reizend.*

Weiter unten teilte mir eine örtliche Rettungsorganisation mit, dass sie Octavius gerne in einen stabileren Haushalt vermitteln würden, während ich mich mit meinen eigenen Problemen auseinandersetzte.

Die waren doch tatsächlich der Meinung, dass die verwöhnteste Katze der Welt gerettet oder zumindest aus meiner Obhut genommen werden müsste.

Und das war der Tropfen, der das Fass zum Überlaufen brachte!

Ich konnte diese ganze Negativität nicht mehr ertragen. Was immer ich mir von der Offenbarung meiner Fähigkeiten erwartet hatte ... das mit Sicherheit nicht.

In einem Anfall von Wut löschte ich meine komplette Social-Media-Präsenz und knallte meinen Laptop zu.

So, jetzt konnte sich niemand mehr über mich lustig machen oder mir auf die Nerven gehen. Wie konnte ich mich nur jemals über Langeweile beschweren?

Das, was jetzt geschah, war so viel schlimmer.

Wieder einmal hatte ich versagt – und dieses Mal tat es mehr weh denn je.

14

Mein Kopf ruhte in Großmutters Schoss, während ich mir die Augen aus dem Kopf heulte.

„Na, na", sagte sie liebevoll und streichelte mir beruhigend übers Haar.

Ich drehte mich ein wenig und hob mein nasses Gesicht. „Warum passiert immer mir so etwas?" Seit meinem großen Outing waren fast zwei Wochen vergangen, was in der Konsequenz dazu führte, dass ich meine Social-Media-Seite gelöscht hatte und untergetaucht war.

Charles wollte sich eigentlich beurlauben lassen, um an meiner Seite sein zu können, aber Grandma hatte ihm versichert, dass sie dieser Aufgabe gewachsen war. Vorsichtig wischte sie mir die Tränen ab. „Die ganze Welt ist eine Bühne, und sie haben gerade erst erkannt, dass du ein Star bist", erklärte sie mir weise.

„Ich fühle mich aber nicht wie ein Star", erwiderte ich schniefend, „sondern wie ein Monster, das von der Meute mit gespitzten Mistgabeln und brennenden Fackeln gejagt wird."

„Du hast keine Angst, anders und du selbst zu sein. Dadurch fühlen sich viele Menschen wahrscheinlich bedroht."

Ich setzte mich auf und fuhr mir mit dem Handrücken über die Augen. „Damit liegst du völlig falsch. Ich habe sogar eine Heidenangst."

„Mit der Zeit wird es leichter werden", versicherte Grandma mir und erhob sich. „Lass mich kurz Wasser aufsetzen."

Normalerweise folgte ich ihr in die Küche, während sie Tee zubereitete, aber heute hatte ich einfach nicht die Kraft dafür. Paisley trottete ihr hinterher, um ihr Gesellschaft zu leisten, und somit war ich wieder allein.

Der kleine Chihuahua hatte sich nach Kräften bemüht, mich aufzuheitern, aber meine ständige Niedergeschlagenheit schien sie zu entmutigen. Das konnte ich ihr nicht verdenken. Mein emotionales Level hatte einen nie gekannten Tiefpunkt erreicht, und jeder neue Tag fühlte sich schwerer und unüberwindbarer an. Würde ich je wieder zu mir selbst finden? So allmählich begann ich, ernsthaft daran zu zweifeln.

Ein Klopfen am Fenster hinter mir erregte meine Aufmerksamkeit. Als ich mich umdrehte, blickte ich in ein vertrautes, maskiertes Fellgesicht.

Ich gab Pringle ein Zeichen, sich zur Haustür zu begeben und machte mich ebenfalls auf den Weg dorthin. Im Laufen schnappte ich mir schnell noch ein Taschentuch aus der Box auf dem kleinen Beistelltisch.

Der Waschbär stand auf den Hinterbeinen, wobei er seinen Schwanz in den Pfoten hielt und nervös darüberstrich. „Bitte entschuldige, dass ich dich zu Hause störe“, sagte er mit ehrfürchtig gesenktem Kopf.

Ich schenkte ihm ein kleines Lächeln und bat ihn herein. „Du störst überhaupt nicht. Komm rein.“

Mein Müllpanda schüttelte den Kopf. „Nein, ich darf die Villa doch nicht betreten.“

„Es sei denn, du bist eingeladen. Erinnerst du dich an diese neue Regel?“

Pringle blickte verlegen auf, und ich nickte ihm aufmunternd zu. Zu mehr fehlte mir im Moment die Kraft. Er holte tief Luft und setzte vorsichtig einen Fuß über die Schwelle, wobei er sich nach wie vor an seinem geringelten Schwanz festhielt wie an einem Schutzschild. Dann stieß er den angehaltenen Atem aus und zog den anderen Fuß nach.

Als er mich mit glänzenden schwarzen Augen ansah, nickte ich erneut und deutete in Richtung Wohnzimmer. „Komm mit. Grandma und ich wollten gerade einen Tee trinken.“

„Wer ist da, Liebes?“, ertönte Großmutters extra fröhliche Stimme aus der Küche. Offensichtlich war sie bemüht, meine Melancholie zu vertreiben.

„Es ist Pringle“, rief ich zurück. „Könntest du noch ein paar Snacks mitbringen, damit er gemeinsam mit uns etwas essen kann?“

Dessen Augen wurden riesengroß, und wieder griff er nach seinem Schwanz. „Echt jetzt?“

„Echt jetzt. Also, dann erzähl mal, was du auf dem Herzen hast." Ich klopfte neben mich auf die Couch, und dieses Mal zögerte er nur Sekunden, bevor er meiner Aufforderung nachkam. „Ich wollte einfach mal nach dir sehen, weil ich mir Sorgen gemacht habe. Du bist gestern und vorgestern nicht zum Lesen rübergekommen, und ich musste einfach sicherstellen, dass es dir gut geht."

Mir schwoll das Herz in der Brust. Genau das, wofür ich verspottet wurde, war auch mein ganzes Glück, hatte es mir doch so nette und fürsorgliche Freunde wie ihn beschert.

„Es tut mir so leid. Ich verspreche hiermit hoch und heilig, dass wir Merlins Abenteuer bald beenden werden, okay?"

Er schüttelte den Kopf und faltete die Hände in seinen Schoß. „So habe ich das nicht gemeint. Du verpasst unsere Lesestunde nun mal sonst nie, und das hat mich stutzig gemacht."

„Es geht mir gut, Pringle, ganz ehrlich." Ich hielt seinem Blick stand und forderte ihn mehr oder weniger auf, weiter zu fragen.

„Entschuldige bitte, dass ich so offen bin, aber du siehst nicht wirklich gut aus."

Der Versuch eines Lächelns ging in einer erneuten Tränenwelle unter. „Du magst doch Geheimnisse so sehr, oder? Und schaust dir im Reality-TV unheimlich gerne Leute an, die verrückte Dinge tun, stimmt's?"

Er nickte zustimmend.

Ich weiß gar nicht, warum ich Pringle das nicht alles schon längst erzählt hatte. Eine unserer früheren Lesestunden hätte sich dafür angeboten. Dann jedoch verpasste ich Pet Whisperer

P.I. offiziell den Gnadenstoß und war danach zu deprimiert gewesen, um das Haus zu verlassen. Nicht einmal in den Garten hatte ich es geschafft. Eigentlich wollte ich unsere kleine Welt voller magischer Katzen, in der immer die Guten siegten, nicht auch noch verlieren. Sie bot mir eine der letzten Fluchtmöglichkeiten aus der tristen Realität.

Da sich der Waschbär so liebevoll nach meinem Befinden erkundigte, beschloss ich, auch ihm endlich die Wahrheit zu sagen. „Nun, ich bin ins Fernsehen gegangen und habe allen mein Geheimnis verraten, und die Reaktion darauf war – lass es mich so ausdrücken – nicht unbedingt positiv."

Er schnappte hörbar nach Luft. „Schlechte Einschaltquoten?"

Ich nickte unmerklich. „So was in der Art."

„Es tut mir so leid, dass den Leuten dein Geheimnis nicht gefallen hat. Welches war es denn, das du ihnen verraten hast?"

„Was meinst du mit *welches*? Es gibt nur eines."

„Hast du den Zuschauern gebeichtet, dass du mit Tieren sprechen kannst, oder hast du ihnen von dem Baby erzählt?"

„Von was bitte?", schrie ich auf, und er machte erschrocken einen Satz rückwärts.

„Pringle, ich bin doch nicht ..." Ich wusste nicht, wie ich diesen Satz beenden sollte. Wie kam er nur auf diese unglaubliche Idee? Hatte ich dermaßen an Gewicht zugelegt?

Natürlich wählte Octocat genau diesen Moment, um aus seinem Nickerchen zu erwachen, und gesellte sich zu uns. „Was bist du nicht?", fragte er misstrauisch, und seine Schnurrhaare zuckten.

Ich konnte das Wort kaum sprechen. Charles und ich hatten nicht direkt versucht, ein Baby zu bekommen, aber auch nichts dagegen unternommen. „Schwanger", presste ich erstickt hervor.

Mein Kater wirkte beinahe gelangweilt. „Ach so das? Nein, ja, natürlich bist du schwanger."

„Was?!", brüllte ich. „Du wusstest es die ganze Zeit und hast es mir nicht gesagt?"

Er gähnte, als ob ihn diese Unterhaltung nicht weiter interessieren würde. „Ich dachte, du wolltest einfach den passenden Moment abwarten, um es im großen Rahmen zu verkünden. Mir war nicht klar, dass du selbst keine Ahnung hattest."

„Darf ich?", fragte Pringle, bevor er mir vorsichtig eine Hand auf den Bauch legte.

Just in diesem Moment kam Großmutter mit dem Tee und einem Tablett mit verschiedenen Snacks aus der Speisekammer zurück ins Wohnzimmer. Paisley sprang neben ihr her, und beim Anblick des Waschbären knurrte sie so tief, dass sich sämtliches Fell auf ihrem Rücken aufstellte. Er war eben nicht immer nett zu ihr gewesen, und auch, wenn sie ihm seine vergangenen Streiche verziehen hatte … vergessen konnte sie die nicht. Die Kleine wog kaum mehr als zwei Kilogramm und musste stets wachsam bleiben, um sicher zu sein.

„Habe ich etwas verpasst?", fragte Grandma und starrte Pringle irritiert an. Ich glaube, sie hatte noch nie erlebt, dass ich ihn freiwillig ins Haus ließ, und so war sie von seinem Anblick auf der Couch ziemlich überrascht.

„Nein, nichts“, rief ich etwas zu laut, und fügte dann mit leiserer Stimme hinzu: „Zumindest nichts Wichtiges.“

Zum Glück bohrte sie nicht weiter nach. Ich wollte ihre keine Hoffnungen machen, solange ich keinen handfesten Beweis dafür hatte.

Es kostete mich meine letzte verbliebene Kraft, um mich so normal wie möglich zu verhalten, während wir unseren Tee tranken und die Snacks aßen. Zumindest waren meine Tränen versiegt. Das Problem mit dem verlorenen Ruf war in den Hintergrund getreten. Dafür hatte ich jetzt ein neues, dessen ich mich annehmen musste ... Nein, Problem war das falsche Wort dafür. Eine gravierende Veränderung, und die fühlte sich noch gewaltiger an als die Enthüllung meiner verborgenen Fähigkeit oder meine Geschäftsaufgabe.

War ich überhaupt schon bereit dafür, Mutter zu werden?

Diese Frage konnte ich getrost noch einige Monate zurückstellen, aber was dann? Wenn es soweit war ... Wie würde ich die ganze Arbeit schaffen, die ein Neugeborenes mit sich brachte, während mein Ehemann praktisch eine Hundert-Stunden-Woche in der Kanzlei hatte? Und würde es bei einem Kind bleiben? Oder würden weitere folgen, bis mein Leben aus nichts anderem mehr bestand als dem Mamadasein? Was natürlich auch keine schlechte Sache wäre, aber eben komplett anders.

Und auch sehr, sehr beängstigend.

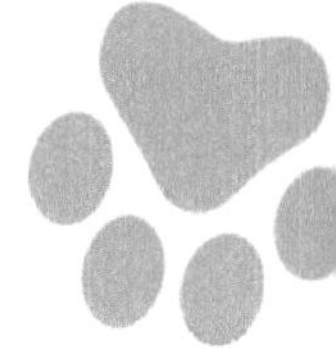

15

Nachdem Großmutter und Paisley gegen Abend nach Hause zurückgekehrt waren, schlüpfte ich in meine Flip-Flops und machte mich auf den Weg zur nächsten Drogerie.

Um einen Schwangerschaftstest zu kaufen.

Für mich.

Das Herz schlug mir bis zum Hals und drohte, mir die Luft abzuschnüren. Charles und ich hatten beschlossen, unsere Familienplanung dem Schicksal zu überlassen. Das war uns bei der ursprünglichen Diskussion nicht als eine so große Sache erschienen.

Was aber jetzt, wo ich arbeitslos war? Dazu noch meilenweit davon entfernt, einen Haushalt führen zu können, eher sogar kurz davor, alles hinzuschmeißen. Und ohne Job durfte ich wohl kaum Forderungen stellen, wie beispielsweise eine Hilfe zu engagieren. Abgesehen davon, dass ich mich dadurch in meinem eh schon katastrophal verlaufenden Leben noch nutzloser fühlen würde, konnte ich mich ja schlecht damit rechtfertigen, dass ich als Vollzeit-Katzenmama einfach zu viel um die Ohren hatte. Sogar meine Samtpfoten beschäftigten sich mittlerweile mehr mit sich selbst als mit mir.

Wo also blieb ich, und was wollte ich eigentlich? Ein Kind, gerade jetzt, wo meine Welt eh Kopf stand?

Na ja, auf die ein oder andere Weise würde ich es gebacken bekommen. Dennoch fühlte ich mich bereits jetzt absolut überfordert, als ich die rosa-weiße Schachtel aus dem Regal nahm und sie in meinem Einkaufswagen unter einem ordentlichen Berg Süßigkeiten versteckte, an denen ich es nicht geschafft hatte vorbeizugehen.

Blöderweise gab es in diesem Geschäft keine Selbstzahlerkasse, was bedeutete, dass ich mich mit der Kassiererin auseinandersetzen musste. Blieb nur zu hoffen, dass sie sich nicht zu dem Schwangerschaftstest äußern und mir Fragen stellen würde, auf die ich nicht vorbereitet war.

Um dem zu entgehen, zückte ich mein Handy und tat so, als würde ich einen wichtigen Anruf entgegennehmen. Klar, solch ein Verhalten war unhöflich, aber es waren nun mal schwierige Zeiten und ungewöhnliche Umstände.

Stellen Sie sich meinen Schock und meine Verlegenheit vor, als mein Telefon plötzlich tatsächlich klingelte. Mit glühenden Wangen nahm ich ab.

„Hallo?“, murmelte ich und vermied den Blickkontakt mit der Dame an der Kasse.

„Angie“, rief mein Mann schon fast erleichtert aus. „Könntest du in einer Stunde ausgehbereit sein? Ich komme vorbei und hole dich ab. Und bitte zieh dir etwas Schickes an, wir gehen zu Fernando’s.“

Allein bei der Nennung dieses Namens lief mir das Wasser im Mund zusammen. Fernando’s war das eleganteste Restaurant in der ganzen Bucht, eines, das zu besuchen wir viel zu selten die Gelegenheit hatten. Wusste Charles etwa, dass ich heute extra viel Zuwendung brauchte? In jedem Fall wäre es die perfekte Umgebung, um ihm von dem Baby zu erzählen – falls es denn ein Baby gäbe.

Ich lächelte und reichte der Kassiererin meine Kreditkarte. „Das schaffe ich“, ließ ich ihn wissen.

„Entschuldige, dass ich dich so kurzfristig informiere“, fuhr er fort. „Eigentlich hatte ich dieses Treffen seit Wochen geplant, aber jetzt besteht er darauf, dass du ebenfalls mitkommst.“

„Moment mal … Es sind nicht nur wir beide?“ Kurz fühlte ich mich, als müsste ich mich jeden Moment übergeben.

„Upps, tut mir leid, nein. Ich dachte, du wüsstest, dass ich heute Abend das Essen mit Richard Fulton geplant hatte. Er lebt ja mittlerweile in Florida, ist aber diese Woche hier und hat angefragt, ob wir etwas Geschäftliches bereden könnten. Eigentlich hatten wir das Ganze schon auf unserer Hochzeit ins Auge gefasst. Der Termin steht auch in unserem gemeinsamen Kalender.“

Ich nahm meine Karte wieder von der Kassiererin entgegen und schnappte mir meine überfüllte Einkaufstasche, bevor ich zurück zum Parkplatz eilte. „Sorry“, murmelte ich. „Ich hatte in letzter Zeit einfach zu viel um die Ohren, und du warst so beschäftigt ... Aber ja, in einer Stunde bin ich bereit. Bis gleich. Ich liebe dich.“

* * *

Kurz überlegte ich, ob ich mit dem Test bis nach dem Abendessen warten sollte, entschied mich dann aber ziemlich schnell dagegen. Immerhin konnte ich es kaum erwarten, das Ergebnis zu sehen.

Also pinkelte ich auf das Stäbchen und ...

Tatsächlich, schwanger!

Auch wenn es beruflich alles andere als rosig aussah, an der Familienfront ging es zügig vorwärts. Es würde mir unglaublich schwerfallen, während des heutigen Abendessens den Mund zu halten, aber das musste ich einfach. Immerhin handelte es sich um die Art von Neuigkeit, die eine Frau ihrem Mann unter vier Augen mitteilte.

Ich könnte es ihm vielleicht sagen, wenn wir uns bettfertig machten, direkt vor unserem riesigen Badezimmerspiegel, während wir uns Seite an Seite die Zähne putzten. Charles würde ausflippen vor Freude, daran bestand kein Zweifel.

Und seine Begeisterung würde mit Sicherheit dazu beitragen, dass auch ich mich mehr auf unser Kind freuen konnte. Ich war ich ja nicht unglücklich über diese unerwartete Wende, lediglich leicht schockiert. Und ein neues Leben in diese Welt zu holen, setzte auch mir in gewisser Weise die Pistole auf die Brust, endlich mein eigenes auf die Reihe zu bekommen.

Eine gefühlte Ewigkeit saß ich einfach nur regungslos auf dem Rand der Badewanne und versuchte, meine Gedanken zu ordnen. Dann kündigte mein Handy eine eingehende Nachricht von Charles an, in der stand, dass Fulton und er die Kanzlei jetzt verlassen hätten. Das bedeutete, dass mir nur noch etwa fünfzehn Minuten blieben, um mich zu sammeln und in Schale zu werfen.

„Du schaffst das", flüsterte ich meinem Spiegelbild zu, während ich meine Lippen mit einem korallenroten Lippenstift nachzog. „Du wirst eine fantastische Mutter sein. Ich meine, schau dir Octocat an. Er wurde sozusagen ins kalte Wasser geworfen, als wir Charlene mit nach Hause brachten, und jetzt ist er ein solch hingebungsvoller Vater. Geradezu aufopfernd, wie er sich kümmert. Das wird dir ebenfalls gelingen. Natürlich nicht als Vater, sondern als Mutter. Die verdammt beste Mama aller Zeiten."

„Freut mich, dass ich dich inspirieren konnte, Angela", ertönte in diesem Moment die Stimme meines Katers von der Tür her. Ich hatte ihn nicht einmal kommen hören. „Und du bist ja nicht allein. Gerne gebe ich dir Unterricht in korrekter Erziehung."

„Ich dachte, Katzenunterricht gilt nicht für Menschen."

„Teile davon kann man ohne Weiteres auf menschliche Situationen übertragen. Sag einfach Ja und sei dankbar. Man würde auch Mozart keinen Korb geben, wenn er sich anbietet, einem Klavierspielen beizubringen, oder?“

Bei dieser Bemerkung wäre mir beinahe die Kinnlade heruntergeklappt, obwohl mich die Analogie eigentlich nicht weiter hätte überraschen dürfen. Octocat hatte schon immer eine sehr hohe Meinung von sich gehabt, mehr noch als alle anderen Katzen, die ich kannte. Wenn ich doch nur einen Bruchteil seines Selbstbewusstseins besäße!

„Ich würde gerne Unterricht bei dir nehmen“ antwortete ich, ließ ihn dann jedoch stehen und ging nach unten. Charles würde jede Minute hier sein, und ich war bereit.

* * *

Ich war so was von nicht bereit!

Geheimnisse für mich zu bewahren, war mir von jeher schwergefallen, und jetzt musste ich auch noch zwei Stunden mit belanglosem Smalltalk zubringen, obwohl gerade mein komplettes Leben Kopf stand.

Unter dem Tisch griff Charles immer wieder nach meiner Hand und drückte sie beruhigend. Natürlich merkte er, dass ich aufgeregt war, nahm aber mit Sicherheit an, es ginge um das, was mich jetzt schon seit Wochen beschäftigte – dass ich zum Gespött der Leute geworden war. Erschwerend kam hinzu, dass mich sowohl das Personal als auch die anderen Gäste permanent mehr oder minder augenfällig musterten und leise tuschelten. Was ich von ihren gemurmelten Worten aufschnappen konnten, nannten sie mich verrückt oder eine Betrügerin. Eine Person kam sogar mit diesem Meme, das jemand von meinem Interview gemacht hatte, an unseren Tisch und bat mich um ein Autogramm.

Klar, darüber war ich nach wie vor ziemlich unglücklich, aber mittlerweile war diese Angst von etwas noch Größerem in den Hintergrund gedrängt worden. Ich hatte gerade so viel riskiert, um ein Geheimnis loszuwerden, und schon tat sich ein brandneues auf.

„Ist es tatsächlich wahr?", fragte Fulton, während wir uns dem Salat widmeten. „Können Sie wirklich ...?" Er senkte die Stimme und beugte sich verschwörerisch vor. „Mit Tieren sprechen?"

Ich knetete die Stoffserviette, die auf meinem Schoß lag, und nickte knapp.

Fulton nahm einen Schluck von seinem Wasser und hakte weiter nach: „War das der Grund, warum Sie unbedingt Ethels Kater adoptieren wollten? Weil Sie mit ihm reden konnten?"

Ein erneutes Nicken meinerseits. „Von ihm wusste ich überhaupt erst, dass Ihre Tante ermordet wurde." Es war einfacher zuzustimmen, als den langen und beschwerlichen Weg zu erklären, den Octocat und ich gegangen waren, bis wir endlich Freunde wurden. Um das Vertrauen einer Katze zu verdienen, brauchte es Arbeit, und davon jede Menge.

Mein ehemaliger Chef lehnte sich in seinem Stuhl zurück. „Ich komme mir richtig dumm vor, weil ich nie etwas davon bemerkt habe. Aber gut, inzwischen ist es ja kein Geheimnis mehr."

Ich blickte auf und sah, dass er mich prüfend musterte. „Sie glauben mir also?“, fragte ich und hielt den Atem an, während ich auf seine Antwort wartete.

„Natürlich tue ich das, Angie, Ich kenne Sie von jeher als ehrliche, freundliche und äußerst intelligente Person. Warum um alles in der Welt sollten Sie sich so etwas ausdenken?“

Ich stieß ein ersticktes, erleichtertes Lachen aus. Zumindest gab es eine Person, die nicht anders über mich dachte, nachdem sie von meiner Gabe erfahren hatte. Vielleicht war es ja doch nicht schlecht gewesen, dass ich heute mitgekommen war.

„Jetzt, da wir dieses Thema abgehakt haben, möchte ich gerne auf den eigentlichen Grund unseres Treffens heute Abend zu sprechen kommen.“ Fulton tauschte sein Wasser- gegen ein Weinglas aus und prostete meinem Mann zu. „Charles, Sie sind der brillanteste junge Anwalt, mit dem ich je das Privileg hatte, zusammenarbeiten zu dürfen, und ich möchte Ihnen einen Job anbieten. Wie würden Ihnen weniger Arbeitsstunden bei besserem Gehalt gefallen?“

Charles verspannte sich merklich, was Fulton jedoch nicht zu bemerken schien, und presste hervor: „Das klingt fantastisch.“

Unser ehemaliger Chef nickte begeistert mit dem Kopf. „Auf diese Reaktion hatte ich gehofft. Man hat mich gebeten, als Teilhaber in der sehr erfolgreichen Kanzlei eines Freundes einzusteigen, und ich habe zugestimmt, allerdings unter der Bedingung, dass ich einen Juniorpartner mitbringen darf. Laut der offiziellen Stellenbezeichnung ist es eine geringfügige Degradierung, aber tatsächlich ist die Position wesentlich besser als die, die Sie jetzt bekleiden. Man hält sich dort strikt an die 40-Stunden-Woche. Das würde bedeuten, Sie hätten endlich wieder ein Privatleben. Klingt das nicht verlockend?“

Keine Ahnung, was Charles in diesem Moment durch den Kopf ging, aber ich konnte mir dieses neue Leben bestens vorstellen. Und das Geld spielte eine eher untergeordnete Rolle. Wir hatten eigentlich genug, dank der Genialität meines Mannes und dem Treuhandfonds meines Katers. Was uns fehlte, war gemeinsame Zeit. Wenn das klappen sollte, ginge mein größter Traum in Erfüllung. Und dazu genau jetzt, wo das Baby unterwegs war. Ich wusste natürlich, dass er stolz auf das war, was er sich in seiner Kanzlei erschaffen hatte, hoffte aber, er könnte einen Wechsel zumindest in Erwägung ziehen. Ich würde auf jeden Fall alles tun, um ihn zu diesem Schritt zu ermutigen.

Alles klang perfekt, bis Fulton mit dem letzten Detail herausrückte. „Es gibt nur einen Haken. Der Job wäre in einem anderen Bundesstaat. Sie müssten also von hier wegziehen.“

16

„Ich werde diese Stelle keinesfalls annehmen“, sagte Charles zu mir, als wir Fulton in seinem Hotel abgesetzt hatten und uns auf den Heimweg machten. „Dein ganzes Leben spielt sich hier ab. Deine Familie, deine Freunde leben an diesem Ort. Ich kann und werde nicht von dir verlangen, dass du das alles aufgibst.“

Die Tatsache, dass sich diese neue, traumhafte Chance in einem anderen Bundesstaat auftat, versetzte meinem Enthusiasmus einen gewaltigen Dämpfer. Fulton hatte uns nicht einmal verraten, in welchem, weil er der Meinung war, dass man sich noch früh genug über Einzelheiten unterhalten könnte. Erst einmal musste mein Mann sich darüber klar werden, ob er generell zu einem Umzug bereit wäre. Sobald Charles ihn wissen ließ, dass er der Idee offen gegenüberstand, würde er ein offizielles Angebot für ihn ausarbeiten.

Allerdings schien er jetzt schon strikt dagegen zu sein. Ich selbst war ebenfalls hin- und hergerissen, aber zumindest der Meinung, dass es sich lohnen könnte, darüber nachzudenken ... spätestens, nachdem ich Charles ein sehr wichtiges Puzzleteil geliefert hatte, das ihm bisher noch nicht vorlag.

„Es stimmt schon ... Wenn wir umziehen, werde ich Grandma, Grant, Mom und Dad furchtbar vermissen, und natürlich auch Paisley“, gab ich leise zu. „Aber im Moment bist hauptsächlich du es, der mir fehlt. Und auf Dauer sind diese vielen Überstunden auch nicht gut für deine Gesundheit.“

Er schüttelte den Kopf und hielt die Augen stur auf die Straße gerichtet. „Ich werde einen weiteren Partner ins Boot holen, die Arbeitslast aufteilen.“

„Was sich proportional auf dein Gehalt auswirken wird, was zu einem echten Problem werden könnte, da ich ja momentan auch nichts verdiene“, gab ich zu bedenken. Aber das waren alles sehr allgemeine Argumente, Dinge, die Charles wahrscheinlich selbst wusste. Ich musste es ihm sagen, jetzt auf der Stelle.

„Fulton ist ein klasse Typ. Ich mag ihn wirklich sehr. Aber dein Glück steht an erster Stelle, Angie.“ Er langte zu mir herüber und nahm meine Hand in die seine. „Es gibt nichts Wichtigeres für mich.“

„Eher an zweiter Stelle“, flüsterte ich, sah meine Chance gekommen und ergriff sie mit beiden Händen.

„Wie meinst du das? Natürlich überlege ich bei allem, was ich tue, zuallererst, wie es dir damit geht. Ich ...“

„Ich bin schwanger", platzte ich heraus. „Also denke ich, dass das Wohl unseres Babys Priorität hat."

Charles trat versehentlich auf die Bremse, woraufhin das Auto hinter uns ein wütendes Hupkonzert anstimmte. Er sagte kein Wort, lenkte den Wagen jedoch auf den Parkplatz eines Einkaufszentrums und stellte den Motor ab.

„Charles? Ist alles in Ordnung?", fragte ich und lehnte mich vor, um sein Gesicht sehen zu können. Er hatte beide Hände auf das Lenkrad gelegt und die Stirn darauf gestützt. Seine Schultern bebten, aber er gab keinen Laut von sich.

„Charles?", versuchte ich es erneut. Das war nicht die Reaktion, mit der ich gerechnet hätte. War er verärgert? Überwältigt? Ergriffen?

Schließlich hob er den Kopf, und seine Augen waren gerötet. „Angie", flüsterte er mit brüchiger Stimme. „Schatz, ich liebe dich so sehr. Das ist die beste Nachricht meines Lebens."

Dann beugte er sich zu mir herüber und küsste mich.

„Wenn du es möchtest, nehme ich diesen Job an", sagte er, nachdem er sich wieder von mir gelöst hatte. „Oder irgendeinen anderen. Ich könnte auch komplett zu arbeiten aufhören, wir mieten uns ein Wohnmobil und fahren kreuz und quer durchs Land." Kurz lachte er über seine eigene verrückte Idee und fuhr dann fort: „Anscheinend weiß ich nicht mehr, was ich da rede, aber eines weiß ich ganz genau, nämlich, dass ich dich so sehr liebe. Und unser Baby liebe ich jetzt auch schon wie verrückt. Ich werde alles tun, was in meiner Macht steht, um sicherzustellen, dass ihr beide das beste Leben habt."

„Du wirst ein fantastischer Vater sein." Ich streckte die Hand aus und strich ihm eine verirrte Haarsträhne hinters Ohr. Aufgrund der vielen Arbeit hatte er es seit Wochen nicht mehr zum Frisör geschafft, aber mir gefiel dieser zottelige Look an ihm. „Bitten wir Fulton, das Paket zusammenzustellen, damit wir alle Informationen haben, die wir brauchen. Und dann nehmen wir uns ein paar Tage Zeit, um darüber zu reden und zu überlegen, was das Beste für die Zukunft unserer kleinen Familie wäre. Wir werden die richtige Entscheidung treffen, davon bin ich überzeugt."

* * *

Erst jetzt fiel mir auf, dass wir uns auf dem Parkplatz des Einkaufszentrums befanden, das sich ganz in der Nähe meines Lieblingsgeschäfts für Tierbedarf, Frank n' Beans, befand. Und da wir schon mal da waren, fragte ich Charles, ob es okay für ihn wäre, wenn ich schnell ein paar Sachen für die Katzen besorgen würde.

Eigentlich war ich immer noch sauer auf Octocat, weil er über meine Schwangerschaft Bescheid gewusst und mir nichts gesagt hatte. Aber Tiere sind nun mal anders als Menschen – vor allem Katzen. Ich hatte den Verdacht, dass er mir damit auf irgendeine schwer nachvollziehbare Art und Weise nur einen Gefallen tun wollte. Ha.

Heute Abend würden wir es den anderen erzählen, vorausgesetzt, sie wussten es nicht ebenfalls schon, und eine kleine Feier veranstalten – nur ich, Charles und unsere vier geliebten Felltiger.

Während Octocat seine Leckerbissen in Form von gegrillten Garnelen und Hummerröllchen bevorzugte, liebten die Sphynx-Katzen Lachscreme, vor allem, wenn sie sie direkt aus einer Tube anstatt von einem kalten Teller lecken konnten. Da ich es heute nicht mehr nach Misty Harbor schaffen würde, bevor das Diner schloss, entschied ich mich für ein Sortiment neuer Leckereien und füllte meinen Einkaufskorb bis zum Rand. Es sollte für jeden etwas Passendes dabei sein.

„Bitte bringen Sie Ihre letzten Einkäufe an die Kasse, wir schließen gleich“, rief Frank über die Schulter nach hinten. Ich hatte ihn beim Betreten des Geschäfts gar nicht gesehen. Wahrscheinlich war er wieder irgendwo im Lager gewesen, um sich um den Warenbestand zu kümmern.

Mit einem Lächeln näherte ich mich dem Verkaufstresen. „Hallo, Frank“, sagte ich und stellte meinen Korb zwischen uns ab.

„Ach, Angie, hi.” Er begann sofort mit dem Scannen meiner Sachen, unterhielt sich jedoch weiterhin mit mir. „Lange her, seit ich dich das letzte Mal gesehen habe. Schön, dass du mal wieder vorbeischaust.“

„Tut mir leid, es war etwas hektisch in letzter Zeit“, murmelte ich. So gut ich Frank auch leiden mochte, war ich doch begierig darauf, zu Charles zurückzukehren, nach Hause zu kommen und die Neuigkeit mit dem Rest unseres Haushalts zu teilen. Von daher beschränkte sich meine Toleranz für müßiges Geplauder auf ein Minimum.

„Ich habe dein Interview gesehen. Wirklich cool." Er fummelte an einer Tüte mit Leckerlis herum, sah dann jedoch fragend zu mir auf. „Ist das alles wahr? Also die Sache mit deiner Fähigkeit?"

Ich nickte und wandte den Blick ab. „Ja, leider."

„Wieso leider? Wenn *ich* mir eine Superkraft aussuchen könnte, würde ich mich genau dafür entscheiden."

„Es ist nicht wirklich eine Superkraft", sagte ich, obwohl ich diese Gabe selbst schon unzählige Male als solche angesehen hatte.

„Also für mich schon", schwärmte Frank, als er meinen umfangreichen Einkauf abrechnete. Dann jedoch schwieg er abrupt, und selbst der riesige Darth-Vader-Helm auf seinem T-Shirt schien den Atem anzuhalten. „Ich hoffe, das ist jetzt nicht zu frech, aber dürfte ich dich vielleicht um einen Gefallen bitten? Natürlich würde ich dich auch dafür bezahlen. Ich bin nur gerade ziemlich verzweifelt wegen Beans. Er isst nichts mehr und meidet mich, wo immer er kann. Ich mache mir große Sorgen um ihn."

„Das klingt nach einer Sache, die du mit deinem Tierarzt besprechen solltest", antwortete ich schnell und hoffte, dass ich nicht zu kühl rüberkam.

„Habe ich bereits. Aus körperlicher Sicht ist alles okay mit ihm. Wenn ich nur verstehen könnte, was in seinem flauschigen kleinen Köpfchen vor sich geht …" Frank hielt inne und seufzte.

„Aber entschuldige, ich wollte dich nicht aufhalten und hätte auch nicht gefragt, wenn es mir nicht so wichtig wäre."

Meine Finger wanderten zu meinem Ellbogen und zupften und zwirbelten an der Haut herum, eine unangenehme nervöse Angewohnheit von mir. „Die Sache ist die ... Ich mache das nicht mehr", versuchte ich ihm leise, jedoch bestimmt zu erklären. „Ich habe mein Geschäft vor ein paar Tagen aufgegeben."

Seine Miene drückte Bestürzung aus und er schien kurz davor, in Tränen auszubrechen.

„Aber da es sich um Beans handelt, helfe ich natürlich gerne ", fügte ich schnell hinzu. Hatte ich eine andere Wahl? Der gute Frank zog im Gegensatz zu manch anderen meine Gabe nicht ins Lächerliche, sondern brauchte wirklich meinen Rat. Was wäre ich für eine Freundin, wenn ich seine Bitte ablehnte? „Ist er jetzt auch hier?"

Ein Strahlen machte sich auf seinem Gesicht breit, wie ich es noch nie zuvor bei ihm gesehen hatte. „Ganz bestimmt versteckt er sich irgendwo in der Nähe. Vielleicht kommt er ja raus, wenn er mitbekommt, dass du hier bist."

Schon wollte er sich in Bewegung setzen, um nach seinem Katzenpartner zu suchen, als mein Blick auf die gläserne Eingangstür fiel. „Würde es dir etwas ausmachen, abzusperren, damit wir ungestört sind? Ich bin immer noch etwas zurückhaltend, wenn es darum geht, meine Fähigkeiten zu demonstrieren, vor allem angesichts der Reaktionen, die die Preisgabe meines Geheimnisses hervorgerufen hat."

Pflichtbewusst eilte er zur Tür und legte den Riegel vor, und wandte sich dann mit dem breitesten Grinsen, das ich je an einem Menschen gesehen hatte, wieder mir zu. „Wenn du mir in dieser Sache helfen kannst, geht deine Bestellung aufs Haus."

Bei diesem Angebot schnappte ich nach Luft. „Ich bitte dich, das sind Katzenleckerlis im Wert von zweihundert Dollar."

Er jedoch schüttelte nur den Kopf und lächelte weiter wie jemand, für den gerade sein letzter Lebenstraum in Erfüllung gegangen war. „Du hast dich gerade bereiterklärt, das Leben meines Katers zu retten.", beharrte er auf seinem Angebot. „Da ist doch das Mindeste, was ich tun kann, die deinen ein wenig zu verwöhnen."

17

Es dauerte nur fünf Minuten, um herauszufinden, dass Beans seinem Besitzer aus Protest aus dem Weg ging. Frank war überzeugter Veganer. Obwohl ihm das biologische Bedürfnis seinem Kater nach Fleisch nicht wirklich gefiel, hatte er doch irgendwo Verständnis dafür und gestand ihm von daher Mahlzeiten auf Basis von Meeresfrüchten zu … die Beans wie die Pest hasste.

Als ich Beans zum ersten Mal traf, musste ich ihn direkt bestechen. Im Gegenzug für Informationen, die ich zur Lösung eines Falles brauchte, der sich in meiner unmittelbaren Nachbarschaft abgespielt hatte, hatte ich ihm ein fettes rohes Steak besorgt. Auf meiner Hochzeit ein paar Wochen später mopste und verschlang er dann einen weiteren Berg roten Fleisches, woraufhin er sein *Fischfutter* nur noch vehementer ablehnte. Und so beschloss er, in einen Streik zu treten.

Als ich Frank darüber informierte, marschierte dieser direkt zu dem Regal mit dem Premium-Nassfutter und holte eine Dose mit saftigster Rinderpastete, die Beans mit Begeisterung verschlang und sich im Anschluss überschwänglich bei uns beiden bedankte. Nach getaner Arbeit bestand ich erneut darauf, für meine vielen Leckereien zu bezahlen, stieß damit bei Frank jedoch nach wie vor auf taube Ohren. Mein Einkauf ging also tatsächlich aufs Haus.

Wieder zurück in unseren eigenen vier Wänden half Charles mir, einzelne Behälter mit den tierischen Köstlichkeiten zu öffnen und aus jedem ein paar Stücke auf dem Küchenboden zu verteilen, damit unser eifriges Team von Geschmackstestern sie probieren konnte.

„Heute Abend feiern wir den Neuzugang in unserer Familie", verkündete ich, als alle Katzen sich versammelt hatten.

„Es wurde auch langsam Zeit, dass du Charlene einen speziellen Empfang bereitest", meldete Jillianne sich zu Wort, bevor sie den Kopf senkte und sich den tierischen Naschereien mit Lachsgeschmack widmete.

„Nein, nicht Charlene." Ich legte eine Hand auf meinen Bauch. Wuchs hier drin wirklich ein kleines Lebewesen heran? Daran würde ich mich erst noch gewöhnen müssen. „Charles und ich erwarten ein Baby."

„Ich dachte, *ich* wäre dein Baby", jammerte unsere jüngste Fellnase, wobei ihr die Kinnlade nach unten klappte und etliche der erst teilweise zerkauten Leckereien wieder auf den Boden fielen.

„Unser menschliches Baby“, korrigierte ich mich mit einem gelassenen Lächeln. „Aber wir können für Charlene natürlich auch eine Party schmeißen!“

„Nicht nötig, ist schon okay“, antwortete diese mit einem Achselzucken, das mehr als deutlich machte, dass es das für sie nicht war. „Außerdem wussten wir bereits davon, aber Papa Octocat hat uns zu verstehen gegeben, dass wir nichts sagen dürfen“, fuhr sie fort, bevor sie sich ein Katzenminze-Knusperstück schnappte und fröhlich vor sich hin mampfte.

Jacques rümpfte ob der Auswahl an Snacks nur die Nase. Für ihn würde ich wohl oder übel eine Tube mit Lachscreme aufmachen müssen, aber erst, nachdem wir unser Gespräch beendet hatten. „Ich für meinen Teil verstehe nicht, warum wir jetzt schon feiern. Sollten wir nicht besser warten, bis dein Wurf auf der Welt ist?“

„Um Gottes Willen, kein Wurf! Es wird nur eines!“, rief ich, bevor dieses Schreckensszenario mich übermannen konnte. „Das ist auch mehr als genug.“

„Ich mag diese Leckereien nicht“, meldete sich Octocat zu Wort. „Könnte ich ein Hummerbrötchen haben?“ Er hielt einen Moment inne und fügte dann ein irgendwie abfällig klingendes *Bitte* hinzu.

Bevor ich antworten konnte, klingelte das Handy in meiner Tasche. Ich schnappte es mir und ging in ein anderes Zimmer, um ein wenig Privatsphäre oder eine kurze Pause von den Katzen zu haben … sucht es euch aus.

„Christine? Was ist los?“, fragte ich, kaum dass ich ihren

Namen auf dem Display gelesen hatte. Sie war Grizabellas Besitzerin, was uns sozusagen zu Schwiegereltern machte. Aber noch hatte sie ja keine Ahnung davon, dass unsere beiden Fellnasen den Bund der Ehe eingegangen waren.

„Stimmt das?“, fragte sie scharf, ohne sich mit einer Begrüßung aufzuhalten. „Du kannst mit Tieren sprechen?“

Nicht schon wieder! Jedes Mal, wenn ich versuchte, zu etwas anderem überzugehen, holte mich das Chaos ein, das ich mir durch die Preisgabe meines Geheimnisses selbst eingebrockt hatte.

„Es tut mir leid, dass ich es dir nicht schon früher gesagt habe, Christine, aber es war ein ganz kurzfristiger Entschluss und …“

„Und wie lange geht das schon so? Konntest du es schon damals, als wir uns zum ersten Mal trafen?“

„Ja“, gab ich zu. „Noch einmal, bitte entschuldige, dass ich …“

Ein munteres Kichern drang an mein Ohr, das mich direkt wieder beruhigte. „Keine Sorge, ich bin dir nicht böse. Eigentlich hatte ich schon lange einen gewissen Verdacht, redete mir aber stets ein, dass so etwas nicht möglich sei und du einfach eine hingebungsvolle Katzenmama wärst. Was bin ich froh, dass ich nicht verrückt bin.“

„Bist du nicht, aber manchmal denke ich, ich könnte es sein.“ Ich hielt kurz inne, bevor ich die Konfettibombe platzen ließ. „Wusstest du, dass unsere beiden Fellnasen verheiratet sind?“

Christine ließ erneut einen schallenden Lacher vom Stapel.

Und was hatte ich mir für Sorgen gemacht, als ich diesen Anruf annahm. „Damit sind wir jetzt ja wohl eine Familie."

„Sag mal, wie hast du eigentlich davon erfahren? War es dieses schreckliche Meme?" Bei dem Gedanken an das wenig schmeichelhafte Bild von mir, das das örtliche Internet im Sturm erobert hatte, drehte sich mir fast der Magen um.

Allerdings beruhigte die Freundin mich sofort – oder machte alles noch viel schlimmer, wie man es sehen wollte. „Nein. Ich habe einen Artikel darüber auf Buzzfeed entdeckt und dich direkt angerufen."

Buzzfeed? Großartig. Das bedeutete, dass ich jetzt nationale, vielleicht sogar internationale Aufmerksamkeit erregte. „Tja, ich schätze, damit ist mein Geheimnis endgültig gelüftet."

Und dabei hatte ich bis vor kurzem noch gehofft, durch einen Umzug in einen anderen Teil der USA könnte ich den Spott, den ich hier vor Ort erfahren musste, hinter mir lassen. Anscheinend nicht.

„Der Artikel war, ehrlich gesagt, hauptsächlich ein Klick-Köder", erklärte Christine schnell. „Er enthielt nur ein paar Sätze über dich, der Rest war eher eine Aufzählung der zehn wichtigsten Fragen, die die Mitarbeiter nur zu gerne ihren Katzen stellen würden."

Ich atmete zittrig aus. „Stand auch irgendetwas Gutes darin?"

Sie zögerte. „Ich schicke dir den Link", versprach sie.

Es folgte eine peinliche Pause, die mich dazu veranlasste zu fragen: „Also ist es dir wirklich egal, dass ich mit Tieren reden kann? Oder dass du es auf diese Weise herausfinden musstest?"

„Angie, ich weiß, dass es in deiner kleinen Stadt, wo jeder jeden kennt, anders abläuft als bei uns. Hier wohnen viel zu viele Menschen, um den Überblick darüber behalten zu können, wer was getan hat. Vom Rest der Welt ganz zu schweigen."

„Aber die Leute glauben mir nicht." Das war das Einzige, worüber ich nicht hinwegkam. Dass man mich für dumm hielt, daran war ich gewöhnt, aber für eine Lügnerin? Und definitiv für eine unfähige Katzenmutter.

„Was soll's, wenn sie dir nicht glauben", sagte die praktisch veranlagte Christine. „Im schlimmsten Fall halten sie dich für einen charismatischen Hohlkopf, oder? Die Menschen werden es vergessen, sobald der nächste Hammer die Runde macht. Frau aus Maine denkt, sie kann mit Tieren sprechen ... wie süß. Mann aus Florida ringt im Zuge einer Mutprobe mit einem Alligator und verliert drei Finger ... das ist ja mal verrückt."

Diese Vorstellung entlockte mir ein Lachen und ich fragte mich, wie es wohl wäre, sich mit einem Alligator zu unterhalten. Welche Geschichten der zu erzählen hätte? „Du hast wirklich ein Talent, einen aufzumuntern. Wie geht es dir, Grizz und dem Rest der Truppe?"

„Uns geht es gut, aber um dich mache ich mir Sorgen." Christines Stimme wurde weicher. „Wie kommst du mit den Reaktionen auf dein Outing klar?"

„Die letzten Wochen waren hart", gestand ich und biss mir auf die Unterlippe.

„Vielleicht solltet ihr uns mal wieder besuchen kommen?", schlug sie vor. O ja. Grandma, Octocat, Paisley und ich hatten unseren letzten Roadtrip zu Grizabella und ihr sehr genossen, und ich hatte mir geschworen, Charles beim nächsten Mal mitzunehmen, aber im Moment gab es einfach hier zu viel zu tun. Und so gerne ich mich ihr, was meine Schwangerschaft anbelangte, auch direkt anvertraut hätte, wusste ich, dass es Unglück brachte, wenn man ganz am Anfang schon darüber sprach. Und natürlich durfte ich in Hörweite der Katzen auch nichts über einen möglichen Umzug erwähnen.

„Wir würden uns ebenfalls freuen, euch alle hier zu haben!“, sagte ich stattdessen. „Aktuell habe ich viel um die Ohren, aber ich melde mich in Kürze.“

„Das solltest du besser!“, zwitscherte Christine mir ins Ohr, bevor sie sich verabschiedete.

„Ist alles in Ordnung?“, erkundigte sich Charles, als ich in die Küche zurückkehrte. Octocat und Jacques hatten sich mittlerweile aus dem Staub gemacht, weil sie offensichtlich mit der Auswahl der angebotenen Leckereien nicht zufrieden waren. Unsere beiden Mädels hingegen knabberten noch fröhlich vor sich hin.

„Ja, das war nur Christine. Sie hat einen Artikel im Internet entdeckt und wollte nachfragen, was es damit auf sich hat“, erklärte ich.

„Es spricht sich wirklich herum, was? Geht es dir gut damit?“

„Es wird schon“, erwiderte ich tapfer, und er zog mich in seine Arme.

Mein Kater kam so schnell zurück in die Küche, dass er schon mehr flog als lief. „Hast du gerade Christines Namen genannt? Wie geht es meiner anbetungswürdigen Grizz?"

„Großartig", versicherte ich ihm, ohne zu zögern. Besser, ich gestand ihm nicht, dass Christine und ich nicht einmal über sie gesprochen hatten.

Mein Kater ließ sich dramatisch auf die Seite fallen. „Ah, meine liebliche Gattin. Süße, süße Grizz. Unsere Tochter sieht ihr von Tag zu Tag ähnlicher."

Hä? Charlene war eine tiefschwarze Streunerin, Grizabella hingegen eine reinrassige weiße Himalayakatze … Aber gut, wenn es ihn glücklich machte …

„Glückwunsch übrigens zum Baby. Was für ein Segen für dich, dass Charles nicht kastriert wurde, so wie ich."

Ich verschluckte mich praktisch an meinem eigenen Speichel und begann zu husten.

„Angie, alles okay mit dir?", erkundigte mein Mann sich und klopfte mir auf den Rücken. „Was hat er denn jetzt wieder gesagt?"

„Lass uns einfach zu Bett gehen. Es war ein langer Tag!", erwiderte ich und machte mich auf zur Treppe, wobei ich betete, dass nicht noch weitere unangenehme Fragen folgen mochten.

So war das Leben mit Katzen eben. Es wurde nie langweilig.

18

Es dauerte zwei volle Tage, bis wir das offizielle Stellenangebot von Fulton erhielten, und als Charles es mir zeigte, quollen mir beinahe die Augen aus dem Kopf. „Soll das ein Witz sein?"

Er lachte. „Klar, er hatte von einem höheren Gehalt gesprochen, aber damit hätte ich nie gerechnet."

„Ich spreche nicht einmal von dem Geld, sondern von dem Standort", erwiderte ich und deutete auf dem Bildschirm auf den entsprechenden Absatz. „Das muss ein Zeichen sein, glaubst du nicht auch?" Dann nahm ich seine Hände in die meinen, denn diese neu gewonnene Gewissheit erfüllte mich mit freudiger Erleichterung. „Liebling, du musst es annehmen."

Offensichtlich war mein Mann noch nicht so überzeugt wie ich. „Was ist mit Grandma? Deinen Eltern? Deinem Leben hier?"

„Dafür wurden Flugzeuge und Videocalls erfunden." Ich

grinste ihn dümmlich an, aber er wirkte noch immer besorgt. Also musste ich einen anderen Ansatz wählen.

Ich stellte mich hinter ihn und begann, ihm die Schultern zu massieren, wobei ich mich bemühte, gleichzeitig sanft und bestimmt zu sprechen. „Nur weil wir wegziehen, heißt das doch nicht, dass wir keinen Kontakt mehr haben werden. Und dieses Angebot ist einfach unglaublich, vor allem, da wir bald eine Familie sein werden."

Charles drehte sich um und küsste mich auf die Wange. „Bist du dir ganz sicher?"

„Wenn du es nicht annimmst, werde ich es tun", scherzte ich. „Denkst du, Fulton würde sich daran stören, dass ich keinen Abschluss in Rechtswissenschaften habe?"

Endlich hellte sich auch seine Miene auf, und er lachte. „Wenn es etwas gibt, dass ich schon früh über dich gelernt habe, meine süße Angie, dann das: Du schaffst alles, wenn du es nur fest genug willst."

Er gab mir einen weiteren schnellen Kuss, bevor er aufstand, um Fulton anzurufen und dessen Angebot zu akzeptieren, was mich für eine kurze Weile mit meinen Gedanken allein zurückließ. Ich setzte mich auf die Couch und ging im Geist seine letzten Worte noch einmal durch.

Ich würde alles schaffen, wenn ich es nur fest genug wollte. Was bedeutete das im Hinblick auf meine Firma? Hatte ich die sozusagen schon abgeschrieben? Hatte der Job seinen Reiz für mich verloren, nachdem Octocat sich zurückzog, um sich seiner neuen Katzenfamilie zu widmen? Hatte ein kleiner Teil von mir womöglich das neue Leben, das in mir heranwuchs, bereits gespürt?

Keine dieser Fragen konnte ich mit Bestimmtheit beantworten, begann jedoch zu erahnen, dass ich diesen Einbruch gebraucht hatte, um mein Leben neu zu gestalten. Ich musste Altes beenden, um bereit zu sein für all die erstaunlichen Abenteuer, die die Zukunft mit sich bringen würde.

Vielleicht hatte ich den Titel der Tierflüsterin abgegeben, dafür aber einen ebenso faszinierenden neuen angeboten bekommen: den Titel der Ehefrau und Mutter. Etwas Gutes ging zu Ende und machte Platz für etwas noch Besseres – etwas absolut Fantastisches.

Charles kehrte zurück und setzte sich vorsichtig neben mich auf das Sofa. Unser Baby hatte bisher kaum die Größe einer Haselnuss, aber seit er Bescheid wusste, war er in meiner Nähe extrem achtsam.

„Er gibt mir einen Monat Zeit, um alles hier zu regeln und hat sogar angeboten, beim Verkauf des Hauses behilflich zu sein. Wie er mir erst jetzt gestand, gab es nach dem Tod seiner Tante jede Menge Interessenten, aber als er erfuhr, dass du es haben wolltest, wimmelte er alle ab."

„Wie nett von ihm." Bestimmt hatte Richard Fulton keine Ahnung, wie sehr er mein Dasein mit dieser Entscheidung zum Besseren veränderte. Er hatte mir den Weg geebnet, dass ich sowohl Octocat als auch Charles kennenlernen durfte, unbestreitbar die beiden wichtigsten Männer in meinem Leben.

Apropos Octocat … „Ich schätze, damit bleibt nur noch eine Sache, die wir hinter uns bringen müssen."

„Ja, wir müssen es allen erzählen", stimmte er mir zu. „Wie glaubst du, wird Grandma es aufnehmen?"

„Da mache ich mir keine Sorgen. Sie wird es verstehen. Ich denke da eher an Jacques und Jillianne. Die beiden wurden in den letzten Jahren so oft entwurzelt und in ein anderes Umfeld gezwungen, und jetzt steht ihnen das erneut bevor."

„Was ist mit uns?", zischten die beiden Nacktkatzen unisono, als sie ins Wohnzimmer geschlendert kamen und sich zu uns gesellten.

„Wenn man vom Teufel spricht …", sagte Charles lachend.

„Dann lass es uns doch gleich allen beichten", entschied ich, mehr als bereit, diese Sache hinter mich zu bringen. Ich hatte ja eine ziemlich genaue Vorstellung davon, wie Octavius reagieren würde, aber er fand oft neue und irritierende Wege, mich zu überraschen. „Octocat! Charlene!"

„Was wollt ihr uns sagen?", schnarrte Jillianne und setzte sich wie selbstverständlich auf Charles' Schoss.

„Immer langsam mit den jungen Tigern! Ich komme ja schon!", hörte ich nun auch meinen Kater irgendwo oben maulen. Ich beschloss, ihn nicht darauf hinzuweisen, wie sehr er dieses Sprichwort verhunzt hatte, und wartete stattdessen geduldig, bis alle eingetrudelt waren.

Charles und ich saßen Seite an Seite, Hand in Hand, und präsentierten uns als geeinte Front.

„Leute", begann ich vorsichtig und wusste noch immer nicht

wirklich, wie ich ihnen diese lebensverändernde Neuigkeit am besten beibringen sollte. „Heute ist etwas Wichtiges passiert. Charles hat einen neuen Job angenommen."

Octocat gähnte gelangweilt. „Wie schnell du immer wieder vergisst, Angela. So etwas interessiert uns nicht, solange es nicht uns betrifft."

O Mann!

„Das genau ist aber der springende Punkt." Ich bemühte mich redlich, mir meine Nervosität nicht anmerken zu lassen. Das waren große Veränderungen, aber auch gute. Sicherlich würden sie das erkennen, sobald ich ihnen alles erklärt hatte, oder? Kurz räusperte ich mich, dann fuhr ich fort. „Dieses Mal betrifft es aber euch alle, sogar in großem Ausmaß."

Charlene legte die kleinen Ohren an. „Was ist los? Ich habe Angst."

„Das brauchst du nicht. Es ist nichts Schlimmes, versprochen. Allerdings bedeutet es ein wenig Umgewöhnung für uns alle."

Charles drückte meine Hand. „Was haben sie gesagt? Kann ich etwas tun, um zu helfen?"

Ich drückte die seine ebenfalls. „Nein, nicht nötig, ich habe alles im Griff."

Octocat begann, wie wild mit dem Schwanz zu klopfen. „Für mich hört sich deine Einleitung alles andere als gut an."

Es war an der Zeit, das schützende Pflaster mit einem Ruck abzureißen. „Der neue Job ist ziemlich weit weg. Wir müssen dieses Haus verkaufen und umziehen."

„Vergiss es!", brüllte mein Kater und plusterte sich auf wie ein

Papagei. „Ich weigere mich, mein Heim zu verlassen. Du weißt doch genau, was es mir bedeutet. Hier hat meine frühere Besitzerin gelebt, und hier ist sie auch gestorben. Wenn du mich zwingen solltest, es aufzugeben, werde ich …“

Ich hob die Hand, um ihn zum Schweigen zu bringen, und war überrascht, dass es tatsächlich funktionierte. „Octocat, du verstehst nicht. Die neue Kanzlei befindet sich in Boulder, Colorado, ganz in der Nähe von Grizabella.“

Ihm klappte der Kiefer herunter, und alle vier Samtpfoten starrten mich mit großen Augen an.

„Mir gefällt es hier eh nicht“, ergriff Jillianne, nach wie vor auf dem Schoss meines Mannes sitzend, als erste das Wort. „Viel zu zugig, dieses alte Gemäuer.“ Dann schüttelte sie sich, um ihren Standpunkt zu unterstreichen.

„Ja, uns ist es eigentlich egal, wo wir leben, solange wir einander haben – und Charles natürlich“, erklärte Jacques und machte es sich auf einem Stuhl bequem.

„Und Charlene! Die Kleine brauchen wir natürlich auch!“, fügte seine Schwester eifrig hinzu.

„Werden wir wirklich bei Mama Grizz wohnen?“ Das kleine schwarze Kätzchen begann zu weinen, obwohl seine Augen vor Glück strahlten.

„Nicht bei, aber ganz in der Nähe. Sobald wir uns eingerichtet haben, werden wir viel Zeit miteinander verbringen können.“

Octocat hatte seit dieser unglaublichen Enthüllung noch kein Wort gesprochen.

Ich senkte mein Gesicht, so dass es sich auf einer Höhe mit seinem befand, und fragte: „Also, was sagst du?“

Er öffnete sein Mäulchen und schloss es wieder, wie ein Fisch auf dem Trockenen, der nach Wasser lechzte. Als er endlich die ersten Worte hervorpresste, waren die natürlich wie immer eine Beschwerde. „Ich hätte beinahe einen Herzinfarkt erlitten, Angela. Du solltest wirklich an deinen rhetorischen Fähigkeiten arbeiten. Hättest du die Fakten einfach in einer logischeren und erfreulicheren Reihenfolge aufgezählt, wäre dir meine übertriebene Reaktion erspart geblieben.“

Ich entspannte mich und stieß einen tiefen Seufzer der Erleichterung aus. „Es tut mir leid“, entschuldigte ich mich, streckte die Hand aus und wollte ihm über den Kopf streicheln.

Er jedoch entzog sich mir, erhob sich auf alle viere und blickte mich mit offensichtlicher Aufregung an. „Und?“, rief er.

„Was *und?*“, fragte ich verwirrt.

„Wie schnell können wir umziehen?“ Und mit diesen Worten stürzte er los in Richtung Treppe. „Ich fange schon mal an zu packen.“

Tja, so wie es aussah, waren alle an Bord …

einschließlich des Babys.

19

Ich hatte mit mehr Protest gerechnet, aber tatsächlich freuten sich alle für Charles und mich über dieses neue Kapitel in unserem Leben, vor allem, als ich ihnen eröffnete, dass ich ein Baby erwartete.

„Plant besser gleich mal ein Zimmer für mich ein, denn ich werde euch ununterbrochen besuchen!“, erklärte Großmutter, kaum dass ich ihr die guten Neuigkeiten erzählt hatte. „Ich werde doch tatsächlich Urgroßmutter!“

Ich umarmte sie ganz fest.

Paisley war da schon etwas schwieriger zu überzeugen. „Aber du bist doch meine Mami, und ich werde dich so vermissen“, jammerte sie.

Ich nahm sie hoch, hielt sie wie ein Baby und streichelte sie sanft „Ich dich ebenfalls, meine Süße. Tatsächlich fehlst du mir schon jetzt sehr, seit du mit Grandma ausgezogen bist. Aber du weiß doch auch, dass sie deine wahre Hundemama ist, oder? Sie ist es, die dich aus dem Tierheim gerettet hat und dir seither ein so gutes Leben ermöglicht."

Die dreifarbige Chihuahuahündin wedelte eifrig mit dem Schwanz. „Ja, natürlich. Ich dachte eben immer, ich hätte zwei Mütter."

„Das wird sich auch nie ändern, mein kleiner Engel. Egal, wie weit voneinander entfernt wir auch wohnen, unsere Herzen werden auf immer verbunden sein." Dann beugte ich mich hinunter und drückte ihr einen Kuss zwischen ihre riesigen dreieckigen Ohren.

„Und du kommst mich auch ganz oft besuchen, oder?"

„So oft, bis du mich irgendwann nicht mehr sehen kannst", versprach ich und knutsche auch noch ihren rosigen Bauch. Und mehr brauchte es Gott sei Dank auch nicht, damit sie wieder ganz die alte, lustige, lebensfrohe Paisley war.

* * *

Am schwersten war es natürlich, Oma Lyn die Neuigkeiten beizubringen. Wir hatten gerade erst nach jahrzehntelanger Suche ihrerseits wieder zusammengefunden, und nun war ich schon bald wieder weg.

„Bist du böse?", fragte ich nach meiner großen Ankündigung.

„Nein, natürlich nicht, Als deine Großmutter will ich doch nur das Beste für dich, und du scheinst dich sehr darauf zu freuen."

Stimmt, ich bin mega aufgeregt, aber ich werde es auch sehr vermissen, dich in der Nähe zu haben."

Oma Lyn räusperte sich. „Wenn es okay für dich wäre, würde ich gerne mitkommen. Natürlich würde ich mir eine eigene Wohnung suchen, aber zumindest wären wir nicht tausende von Kilometern getrennt."

„Aber was ist denn mit Mom? Sie hat nicht vor, von hier wegzugehen", argumentierte ich, obwohl mir der Gedanke, Oma bei mir zu haben, sehr gefiel.

„Deine Mutter hatte schon den Großteil ihres Lebens hinter sich, bevor ich sie wiederfand", erklärte sie. „Und bei dir ist es ähnlich. Da möchte ich zumindest dein Kleines aufwachsen sehen. Das ist für mich wie eine neue Chance, als ob das Universum endlich alle Dinge in Ordnung bringen möchte."

„Diese Vorstellung gefällt mir und ich würde mich wahnsinnig freuen, wenn du mit uns kommst."

In den folgenden Tagen suchte ich viele Plätze auf, an denen ich in den letzten Jahren häufig gewesen war – kleine Geschäfte, die ich unterstützt hatte, Restaurants, die ich regelmäßig besuchte, Tatorte, über die ich mehr oder weniger gestolpert war. Mein ganzes Leben hatte sich hier in Blueberry Bay abgespielt, und obwohl klar war, dass ich immer wieder zurückkommen würde, verspürte ich das Verlangen, mich von den Orten ebenso zu verabschieden wie von den Menschen. Als ich ein wenig in der

Bucht umherwanderte, erntete ich diverse spitze Blicke, und neugieriges Geflüster drang an mein Ohr, aber es war auch offensichtlich, dass mein kleines Fernsehinterview eigentlich schon wieder Schnee von gestern war. Christine hatte absolut recht gehabt. Jetzt war ich nur noch eine Frau unter vielen, die für Schlagzeilen gesorgt hatte, und bald würden die Leute mich vergessen haben.

Jahrelang hatte ich mich darauf konzentriert, meine Fähigkeit vor jedermann zu verbergen, und diese Anstrengung war zu einem ebenso großen Teil meiner Persönlichkeit geworden wie das Geheimnis selbst. Dann jedoch fasste ich den Entschluss, die Wahrheit zu sagen, und für kurze Zeit hatte die kollektive Reaktion der Gemeinschaft meine Existenz bestimmt.

Und jetzt?

Nichts von alledem spielte mehr eine Rolle. Wie ich mein Leben gestaltete, oblag nun ganz allein mir, und natürlich all den Lebewesen, die mir lieb und teuer waren.

Als ich zum ersten Mal bemerkte, dass ich mit Tieren sprechen konnte, hatte ich mich für einen Freak gehalten und anschließend all meine Energie darauf verwandt, eine Detektivin mit Superkräften zu werden. Jetzt war mir klar, dass meine Gabe mir vor allen Dingen eines beschert hatte: mehr Freundschaften und Liebe, ein reicheres und erfüllteres Leben.

Und selbst ohne Titel konnte ich den kleinen und großen Kreaturen helfen wie sonst kein anderer, weiterhin Gutes tun und die Kommunikation zwischen Mensch und Tier fördern …

Und nebenbei womöglich das eine oder andere Rätsel lösen, dass sich mir in den Weg stellte.

Diese Fähigkeit, mit Tieren zu sprechen, war ein völlig unerwartetes Geschenk.

Es war nicht das Teilen meines Geheimnisses mit der Öffentlichkeit, sondern die Erkenntnis dieses letzten Aspekts, die mich schlussendlich befreite.

Ebenso wurde mir klar, dass es nicht Ziegel und Wände waren, die ein Zuhause ausmachten, sondern seine Bewohner. Ich mochte unser altes Herrenhaus, aber nicht auf dieselbe Weise wie Octocat es tat. Abgesehen von der kurzen Zeit, die er als Baby bei seiner Mutter verbracht hatte und den wenigen Monaten, in denen ich ihn zwang, mit mir in meiner ehemaligen Mietwohnung zu leben, war diese Villa stets sein Heim gewesen. Hier hatte er sich in Ethel Fulton, seine erste Besitzerin, verliebt. Genau diese Verbundenheit war es auch, die ihn darauf bestehen ließ, dass ich das Haus in seinem Namen kaufte.

Und jetzt zwang ich ihn, all das zurückzulassen.

Ich musste mir etwas Besonderes einfallen lassen, um unserer Zeit hier zu gedenken, um all das zu ehren, was dieses Haus für uns bedeutet und uns gegeben hatte.

Und direkt kam mir eine großartige Idee, wie ich das anstellen würde.

* * *

Charles hatte ich in den letzten Wochen kaum zu Gesicht bekommen, da er in der Kanzlei alles für die Übergabe vorbereiten musste. Auch hier hatte Fulton geholfen, dieses lästige Detail schnellstmöglich zu regeln. Seine Tochter Bethany, eine ehemalige Kollegin von uns, würde zurück an die Bucht ziehen und das zukünftige Peters & Associates übernehmen.

Ich konnte mir keine geeignetere Person dafür vorstellen.

Während Charles also fieberhaft daran arbeitete, Bethany auf den aktuellen Stand zu bringen, kümmerte ich mich um die Dinge an der Heimatfront. Ja, ich wollte immer noch eine eigene Karriere, würde aber nichts mehr erzwingen. Der richtige Job würde zur richtigen Zeit kommen, und bis dahin war ich mit dem Umzug und der Schwangerschaft mehr als gut beschäftigt.

Wir hatten geplant, das Haus möbliert zu verkaufen, was bedeutete, dass es nur wenig zu packen gab. Somit hatte ich auch kein Problem, das, was ich brauchte, im Gartenschuppen zu finden.

Eine Handschaufel.

Mit meiner Beute bewaffnet, ging in ans andere Ende des Anwesens, bis ich die richtige Stelle fand. *Hier.*

Dies war der Schauplatz einer meiner frühesten Erinnerungen an das Herrenhaus, also war es nur logisch, dass es auch eine meiner letzten sein würde.

Ich ließ mich auf die Knie sinken, beugte mich vor und begann zu graben. Es dauerte nicht lange, bis ich auf das stieß, wonach ich suchte, und ich keuchte auf vor Freude, als die Spitze meiner Schaufel auf ein kleines, sargartiges Gebildet traf.

Na ja, eigentlich eher auf einen Schuhkarton.

Ich klopfte mir die Erde von den Fingern und hob ihn heraus, äußerst bedacht darauf, den Deckel nicht zu beschädigen.

Natürlich war mir klar, was sich darin befand, aber es war nicht meine Aufgabe, den Inhalt herauszuholen.

Ehrfurchtsvoll trug ich die kleine Kiste ins Haus. Charlene war bereits im Unterricht bei den beiden Sphynx-Katzen, war mir sehr gelegen kam, denn ich wollte diesen besonderen Moment mit Octocat allein erleben.

Also betrat ich sein Schlafzimmer und schloss die Tür hinter mir, damit wir nicht gestört werden konnten.

Wie üblich saß mein Felltiger vor seinem Aquarium und beobachtete die Fische beim Schwimmen. Als er mich hörte, drehte er sich um. „Ich werde diese kleinen Kerle vermissen."

„Ich weiß." Mehr brachte ich im Moment nicht heraus. Aus logistischen Gründen war es uns leider nicht möglich, ein Aquarium mit einem Fassungsvermögen von über fünfhundert Litern quer durchs Land zu transportieren. Glücklicherweise hatte sich unser Freund Frank aus dem Zoogeschäft bereit erklärt, Yummy, Delicious und den anderen ein neues Zuhause zu geben.

Mit großen Augen musterte mein Kater die Box in meinen Händen. „Was ist das?"

„Ein Geschenk. Für dich."

Er rümpfte angewidert die Nase. „Das werde ich nicht annehmen, Angela. Es ist schmutzig."

„Du musst es auch nicht anfassen, ich wollte lediglich, dass du es bekommst." Ich nahm den Deckel ab und stellte die

Schachtel auf den Boden, damit er hineinschauen konnte. Darin befanden sich mehrere große Porzellanscherben mit Blumenmuster. Es war eine der Teetassen der verstorbenen Ethel Fulton. Sicher, Octocat hatte noch die übrigen, aber diese war seine Lieblingstasse gewesen. Deshalb hatten wir uns auch damals, als sie zerbrach, die Mühe mit einer groß angelegten Beerdigung gemacht, und deshalb wollte ich sie ihm auch jetzt zukommen lassen.

Zu jenem Zeitpunkt hatte ich über die Lächerlichkeit der Aktion die Augen verdreht, mittlerweile jedoch konnte ich mir nicht vorstellen, sie zurückzulassen. Dieses kaputte Behältnis stellte einen wichtigen Teil unserer Familiengeschichte dar, und deshalb musste sie mit uns kommen.

Octocat seufzte tief auf, blickte aber glücklich drein. „Mein lange verlorenes Evian-Trinkgefäß."

Ich lächelte, als ich sah, wie die Erinnerung zurückkam. „Ganz genau."

„Aber warum hast du seinen ewigen Schlaf gestört?"

„Weil ich dachte, du wolltest es vielleicht mitnehmen?"

„Es stimmt schon, dass ich Ethel sehr vermisse, aber jetzt bist du mein Mensch, Angela. Und durch deine Entscheidung darf ich zukünftig an der Seite meiner geliebten Grizabella leben, was das Größte ist, was eine Katze sich nur wünschen kann. Glaub mir, ich weiß deine Geste zu schätzen, aber ich brauche das Teil nicht mehr."

Ehrlich gesagt, war seine Antwort nicht die, die ich erwartet hätte, und ich wollte unter allen Umständen vermeiden, dass er seinen Entschluss irgendwann später bereute. „Bist du dir da ganz sicher?"

Er nickte nur mit dem Kopf. „Wir sollten schlafende Teetassen ruhen lassen. Warum Zeit damit vergeuden, in der Vergangenheit herumzuwühlen, wenn wir die Zukunft mit beiden Pfoten greifen können?"

Wow! Das hätte ich nicht besser ausdrücken können.

20

Eine Woche später flogen Charles und ich nach Colorado und zahlten einen gehörigen Aufschlag, um sämtliche Katzen in der Kabine mitnehmen zu dürfen. Glücklicherweise hatte Octocat zugestimmt, ein Medikament einzunehmen, was seine Nerven beruhigte, so dass der Flug für uns alle recht angenehm verlief.

Charles hatte bereits online ein Autohaus ausfindig gemacht und für jeden von uns ein neues Fahrzeug reserviert, da wir unsere alten bereits in Maine abgestoßen hatten. Somit brauchten wir nur noch ein Taxi, das uns vom Flughafen zu dem Händler brachte. Ich quietschte vor Freude, als der Verkäufer mir die Schlüssel meines brandneuen Mini Cooper in die Hand drückte. Charles war vernünftiger gewesen und hatte sich für einen Geländewagen entschieden, ich jedoch war noch nicht bereit für solch eine Familienkutsche.

Seit Jahren lagen sowohl Grandma als auch er mir in den Ohren, meine alte Schrottkarre gegen etwas Neues einzutauschen, und aufgrund des Umzugs und der bevorstehenden Mutterschaft hatte ich nun endlich auf sie gehört. Warum eigentlich nicht schon viel früher?

Ich schätze, ich wollte mir den Wagen selbst verdienen, anstatt es meiner Großmutter, meinem Mann oder meinem Kater zu überlassen, die Kosten dafür zu übernehmen. Charles überzeugte mich letztendlich davon, mir diesen kleinen Luxus zu gönnen und ihn als Belohnung für meinen neuen Job anzusehen.

Ja, stellt euch vor, ich hatte tatsächlich einen neuen Job, und an den war ich auf höchst ungewöhnliche Weise geraten. In Vorbereitung auf unseren Umzug hatte ich mein Social-Media-Profil wieder reaktiviert und begonnen, mich vor Ort in unserer neuen Heimat nach Unternehmen umzusehen, die ich irgendwie unterstützen konnte. Dazu änderte ich meinen Wohnort in Boulder, CO, und siehe da, ich bekam direkt lokale Werbung angezeigt.

In einer der Anzeigen poppte mein Meme zusammen mit folgenden Worten auf: *Auch Tiere sprechen. Es liegt an Ihnen, sich anzuhören, was sie zu sagen haben. Kommen Sie vorbei zu einem Vortrag der besonderen Art, mit der berühmten Tierverhaltensforscherin Meredith Greyson. Der Eintritt ist frei, aber Spenden für unser Tierheim sind natürlich mehr als willkommen.*

Ich beschloss, der Organisation, die diese Veranstaltung sponserte – eine Tierschutzgruppe – eine Nachricht zu schicken. Ich stellte mich ihnen vor und bat um eine Aufzeichnung der Veranstaltung, da ich zum Zeitpunkt des von Dr. Greyson geplanten Vortrags noch nicht vor Ort sein konnte.

Sie erkannten mich anhand meines Profilbildes, und von da an entwickelte sich alles rasend schnell. Bevor ich mich versah, war ich eingestellt – nein, nicht nur eingestellt, es wurde sogar extra für mich eine ganz neue Stelle geschaffen.

Zukünftig sollte ich helfen, die Bewohner des Tierheims an ihr perfektes neues Zuhause zu vermitteln. Ich würde meine Fähigkeit dafür nutzen, aussagekräftige Adoptionsprofile zu erstellen, in denen genau beschrieben wurde, was sich jedes der Tierchen von seiner neuen Familie erhoffte. Zudem würde ich bei allen Treffen mit den potenziellen Eltern anwesend sein, um sicherzustellen, dass beide Seiten zueinander passten.

Okay, der Job war vorerst nur ehrenamtlich, aber ehrlich gesagt brauchte ich das Geld auch nicht. Ich wollte einfach wieder eine Aufgabe, und diese schien wie für mich geschaffen.

Schon nächste Woche sollte es losgehen, aber zumindest bis dahin blieb Charles und mir etwas Zeit, um uns in unserem neuen Heim einzuleben. Wir mussten jede Menge Möbel einkaufen, um unser neues, neokoloniales Domizil gemütlich einzurichten. Okay, es war wesentlich kleiner als unser bisheriges Haus, aber wir hatten uns von Anfang an darin verliebt.

Die herrschaftliche Villa hatte sich stets so angefühlt, als wäre noch immer Ethel deren Besitzerin. Dieser Neubau hingegen gehörte ganz uns, und er lag in einem netten Viertel mit vielen anderen jungen Familien und jeder Menge Unterhaltungsmöglichkeiten für Erwachsene und Kinder. Direkt hinter der Siedlung gab es nichts als Natur pur, was mich irgendwie an Maine erinnerte. Und … wir nannten sogar einen kleinen Garten unser Eigen, nicht unähnlich dem des Gästehauses in Virginia, wo wir Charlene gefunden hatten.

Das Beste von allem war jedoch, dass wir bereits Freunde und Familie in der Nähe haben würden. Oma Lyn hatte einen Neubau auf der anderen Seite der Siedlung für sich reserviert und würde herziehen, sobald dieser fertiggestellt war. Christine und Grizabella hingegen waren bereits vor Ort. Uns trennte nicht nur eine kurze, achtminütige Autofahrt – nein, sie warteten bereits in der Einfahrt auf uns.

„Willkommen zu Hause, ihr Lieben!“, rief Christine fröhlich und kam auf uns zu geeilt, um mich zu umarmen.

„Lasst mich auf der Stelle hier raus! Ich muss meine Frau lecken“, brüllte Octocat aus seiner Box.

Ich drückte sie kurz, rannte dann jedoch los in Richtung Eingang. „Lass uns schnell die Katzen hineinbringen. Sie können es kaum noch erwarten, sich wiederzusehen.“

Charles drehte den Schlüssel im Schloss herum, drückte die Tür auf und gab den Blick frei auf ein geräumiges, offenes Erdgeschoss, das mir jetzt, wo ich es mit eigenen Augen sah, noch besser gefiel.

Ja, genau wie die Autos hatten wir auch unser neues Heim ungesehen gekauft, aber die Fotos des Bauunternehmens hatten eher untertrieben. Ich drehte mich mehrmals auf dem Absatz herum, um alles in mich aufzunehmen.

„Angela!“, grölte mein Kater erneut und warf sich mit seinem ganzen Gewicht gegen die Gitterstäbe der Tür. „Wenn du nicht sofort öffnest …"

Schnellen Schrittes ging ich zurück zum Wagen und öffnete ihm, und er überschlug sich beinahe, als er heraussprang.

„Ähm, Christine, du solltest Grizabella ebenfalls runterlassen, sonst kann ich für nichts garantieren."

„O ja, richtig." Ihre Himalaya-Katze steckte in einem weltraummäßig anmutenden Rucksack, den sie sich nun mit Leichtigkeit von den Schultern schob. Dann öffnete sie den Reißverschluss, und auch Grizz hüpfte umgehend heraus und rannte auf ihrem Ehemann zu. „Mein Liebling! Ich kann noch gar nicht glauben, dass du wirklich hier bist!"

„Tu es ruhig, Baby. Zukünftig kann uns nichts mehr trennen. Ich …"

„Octo-Papa?", meldete sich Charlene leise miauend zu Wort.

Sie befand sich in einem kleinen Nylonträger, den Charles noch immer in Händen hielt. Ich nahm ihm diesen ab, holte das schwarze Kätzchen vorsichtig heraus und setzte es ein paar Schritte von seinen Adoptiveltern entfernt auf den Boden.

„Oh, mein süßes Mädchen", rief Grizabella aus und schwebte auf sie zu, um ihre neu gewonnene Tochter mit Küssen zu überschütten. Beide Katzen schnurrten so laut, dass man kaum noch sein eigenes Wort verstehen konnte.

Bis Octocat auf mich zutrat und mich mit der Pfote anstupste. Ich ging in die Hocke, um ihn besser hören zu können. Charles und Christine begaben sich erneut nach draußen, um Jacques und Jillianne zu holen.

„Sieh dir doch nur die beiden an“, sagte er und betrachtete seine zwei Mädels mit offensichtlichem Stolz. „Das haben wir gut gemacht, Angela, richtig gut.“

Ich lächelte und kraulte ihn zwischen den Ohren. Mein Herz drohte vor Freude überzulaufen, dann jedoch fuhr er fort: „Ehrlich gesagt, mir war immer klar, dass es für mich irgendwann ein Happy End geben würde, allerdings wusste ich nicht, dass du ein Teil davon sein würdest. Was bin ich froh, dass dem so ist.“

Ich lachte, und mit Hilfe von Händen und Füßen stemmte ich mich wieder auf.

Inzwischen waren auch die beiden haarlosen Katzen aus ihren Gefängnissen befreit und rannten sofort nach oben, um sich zu verstecken.

„Wir müssen ihnen etwas Zeit geben, sich einzugewöhnen“, sagte ich und schwor mir, alles zu tun, um ihnen zu helfen, diesen Ort als ihr neues Zuhause zu akzeptieren.

Dann schlang ich meinen Mann beide Arme um den Hals und gab ihm einen liebevollen Kuss. „Willkommen zu Hause, Mr Longfellow.“

Er erwiderte ihn und wiederholte meine Worte: „Willkommen zu Hause, Mrs Longfellow.“

Ein leichtes Kratzen an der Tür ließ uns einen verwirrten Blick auszutauschen.

„Erwartet ihr noch jemanden?“, erkundigte Christine sich und wir schüttelten vehement den Kopf.

„Dann wollen wir doch mal sehen, wer es ist“, verkündete ich, ging zurück zur Tür und riss sie auf.

Ein vertrauter maskierter Bandit stand auf meiner neuen Veranda, streichelte seinen Schwanz und schenkte mir ein zähnefletschendes Lächeln. „Ihr habt doch nicht ernsthaft angenommen, ihr könntet euch ohne mich aus dem Staub machen, oder?“, verkündete er und drängte sich an uns vorbei nach drinnen.

„Aber Pringle, wie bist du ...?“

„Ich bin früher abgereist. Die Möwen haben mir geholfen, die Strecke auszuarbeiten, und unterwegs habe ich mich einfach auf die Ladefläche von alten Trucks geschlichen und bin ziemlich gut vorwärtsgekommen. Es ist erstaunlich, wie zuvorkommend Menschen sein können, wenn sie nicht wissen, dass du da bist.“

„Also ich freue mich riesig, dass du hier bist“, versicherte ich ihm. Der Müllpanda war nämlich bereits etliche Tage vor unserer Abreise spurlos verschwunden, und ich hatte schon befürchtet, ihn womöglich nie mehr wiederzusehen. Wie Octocat war ich froh, dass ich mich diesbezüglich ebenfalls geirrt hatte.

„Wir hätten dich ja im Flieger mitgenommen, aber ...“

„Ja, ja, ich weiß schon, es ist illegal, Wildtiere sein Eigen zu nennen. Hat irgendwas damit zu tun, dass man sie angeblich nicht zähmen kann. Die haben ja keine Ahnung!“

„Ich werde dir gerne ein Baumhaus bauen“, bot ich an, „aber hier drinnen kannst du nicht bleiben, das ist dir schon klar, oder?“

„Logo. Ich wollte mich nur kurz als dein neuer Nachbar vorstellen“, sagte er, winkte und begab sich wieder nach draußen. Bevor er jedoch endgültig verschwand, rief er noch kurz über die

Schulter zurück: „Lass mich wissen, sobald mein neues Domizil fertig ist."

Ich schloss die Tür hinter ihm, und fast gleichzeitig klingelte mein Handy.

„Hi, Grandma", begrüßte ich sie glücklich.

„Wie war euer Flug? Ist alles glattgegangen? Du hast vergessen, mich anzurufen."

„Oh, bitte entschuldige. Wir sind gerade erst angekommen, und Grandma, es ist wunderschön hier. Du wirst es lieben, wenn du und Grant nächsten Monat her kommt." Ja, wir hatten bereits Besuchstermine für ein komplettes Jahr ausgearbeitet, und selbst diese würden wahrscheinlich nicht ausreichen.

„Das freut mich, Liebes. Dann bitte entschuldige den Überfall, aber ich konnte es kaum erwarten, dir die Neuigkeiten zu erzählen." Sie senkte die Stimme zu einem verschwörerischen Flüstern, so dass ich sie kaum noch verstehen konnte. „Grant und ich sind an eurem alten Haus vorbeigefahren, und die neuen Besitzer ziehen bereits ein."

„Prima. Ich hoffe, es gefällt ihnen genauso gut wie uns."

„Nein, das sind nicht die wirklichen Neuigkeiten." Dramatisch, wie sie nun eben einmal war, hielt sie für einen Moment inne. „Irgendetwas stimmt nicht mit denen, dessen bin ich mir sicher."

„Inwiefern?" Ich biss mir auf die Unterlippe, um mir das Grinsen zu verkneifen.

Großmutter jedoch ließ sich nicht beirren. „Ich weiß es nicht, es ist einfach nur so ein Bauchgefühl. Angie, ich glaube, wir haben einen neuen Fall.“

Diese Aussage brachte mich endgültig zum Lachen. „Das glaube ich eher nicht. Ich bin raus aus dem Geschäft, schon vergessen? Inzwischen arbeite ich im örtlichen Tierheim als Spezialistin für die Vermittlung von Tieren in passende Familien.“

„Du magst ja raus sein, aber ich bin es nicht“, fuhr sie geheimnisvoll fort, und ich wünschte, es wäre ein FaceTime-Anruf gewesen und nicht nur ein normales Telefonat.

Was willst du damit sagen?“, fragte ich verwirrt.

„Wärst du verärgert, wenn ich Pet Whisperer P.I. wieder aufleben lassen würde?“

„Natürlich nicht, Grandma, aber dieses Business gehört der Vergangenheit an. Zudem“, erinnerte ich sie, „kannst du nicht mit Tieren sprechen.“

„Es geht doch nur um den Namen. Du wolltest doch auch nie, dass die Leute erfahren, wozu du eigentlich fähig bist, Liebes. Und, ob es dir gefällt oder nicht, du hast dir einen gewissen Ruf erarbeitet. Den kann man doch nicht einfach so ungenutzt lassen. Was hältst du von Pet Whisperer, Incorporated? Das wäre ein wenig anders als zuvor, aber die Idee dahinter bliebe dieselbe.“

Als ich merkte, dass sie es hundertprozentig ernst meinte, gab ich schließlich nach. „Ich finde, das hört sich gut an. Also, wenn du wirklich möchtest ... die Firma gehört dir.“

„Angie, Liebes, ich glaube nicht, dass ich eine Wahl habe", erwiderte sie.

Und so starb mein Business und erwachte kurz darauf unter einer neuen Besitzerin wieder zum Leben. Ich hatte aus all den Jahren als Tierflüsterin so einiges für mich mitgenommen … jetzt war ich gespannt, was meine verrückte Großmutter daraus machen würde.

MEHR BÜCHER ZUM LESEN

Mein Name ist Gracie Springs, und ich habe keine magischen Kräfte ... aber mein Kater allem Anschein nach schon! Ich hatte da zunächst so ein Gefühl, als ich sah, wie er einem Rotkehlchen in unserem Garten hinterherjagte und ungewöhnlich hoch in die Luft sprang. Als er dann auch noch mit mir sprach, gab es keinen Zweifel mehr!

Zu allererst hat er sich über den Namen beschwert, den ich ihm gegeben habe – dabei passt „Flauschi" einfach perfekt zu ihm und seinem Wuschelfell! Mittlerweile haben wir uns auf „Merlin, der magische Flausch" geeinigt. Seiner Ansicht nach spiegelt das zumindest seine ehrbare Abstammung ausreichend wider.

Anschließend hat er mir eröffnet, dass ich als seine Vertraute über seine geheimen Kräfte Stillschweigen bewahren muss, andernfalls würde ich für den Rest meines Lebens ins magische

Kittchen wandern. Hätte ich gewusst, dass ich ständig seine Spuren verwischen und mich aus ziemlich brenzligen Situationen herausflunkern muss, hätte ich nicht so leichtfertig eingewilligt.

Als schließlich auch noch mein Chef, der Besitzer des örtlichen Cafés, mausetot umfällt, wenden sich die Dinge von kompliziert zu unmöglich ... insbesondere, weil ich in aller Augen scheinbar die Tatverdächtige bin.

Hoffentlich hat mein magischer Kater noch einige Zaubertricks auf Lager, um uns aus dieser Situation zu retten, sonst stecke ich wirklich in der Klemme!

Hole dir noch heute dein persönliches Exemplar und fange direkt an zu lesen. Oder blättere einfach weiter und stürze dich direkt in das erste Kapitel.

Viel Spaß!

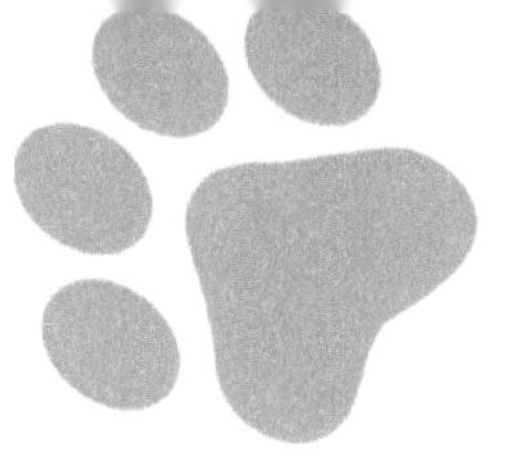
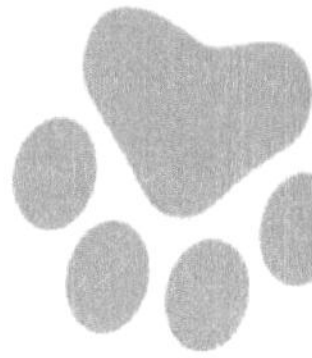

KURZE VORSCHAU

MERLIN FINDET EINE VERTRAUTE

Mein Name ist Gracie Springs und ich bin eine ganz gewöhnliche, junge Frau. Während ich für meinen Masterabschluss in Soziologie studiere, arbeite ich nebenher als Barista. Mit den Kursen bin ich so weit durch, allerdings fehlt mir noch die zündende Idee für ein gutes Thema, über das ich meine Masterarbeit schreiben möchte. Aber genau das brauche ich für meinen Abschluss.

Ups.

Ich wohne in Elderberry Heights, einer kleinen Stadt in Süd-Georgia, in der sonst nur Rentner ab siebzig aufwärts leben. Das Haus, in dem ich wohne, gehörte eigentlich meiner Großmutter Grace, die sich für ihren Lebensabend in ein spritziges Seniorenheim nach Florida zurückgezogen hat.

Also hat sie mir das Haus, in dem sie meinen Vater und meine Onkel großgezogen hat, als frühes Erbe vermacht, weil ich ja schon immer ihre Lieblingsenkelin gewesen sei – und nicht nur, weil wir den gleichen Namen haben.

Sie hat mir zudem ihre gesamte Einrichtung dagelassen, unter anderem mindestens drei Dutzend gehäkelte Zierdeckchen, braungeblümte Sofas und goldbraune Beistelltische aus Eiche. Ich bringe es einfach nicht übers Herz, irgendetwas zu verändern ... das kann ich mir auch gar nicht leisten.

Außerdem hat Oma Grace mir diesen zerzausten Kater hinterlassen, der wenige Tage vor ihrem Umzug und meinem Einzug einfach bei ihr aufgetaucht ist. Laut dem Tierarzt ist er eine Maine Coon. Meiner Meinung nach ist er viel größer als normale Katzen, mit den Massen an gestreiftem Fell, das ihn wie einen buchstäblichen Flauschball aussehen lässt.

Deswegen habe ich ihn auch Flauschi getauft.

Unfreiwillige Katzenbesitzerin zu werden, habe ich gern in Kauf genommen gegen ein kostenloses Dach über dem Kopf, und mittlerweile ist mir Flauschi auch ein wenig ans Herz gewachsen. Er ist jedoch nicht sonderlich verschmust. Jedes Mal, wenn ich ihn hochheben wollte, hat er die Krallen ausgefahren. Zweimal ist es ihm sogar gelungen, mich ordentlich blutig zu kratzen.

Also lasse ich ihn, wo er ist. Manchmal, wenn ich ganz still dasitze und so tue, als sei ich abgelenkt, legt er sich auf meinen Schoß. Einmal hat er sogar geschnurrt.

Flauschi ist ziemlich verfressen und bedient sich beim Abendessen oft an meinem Teller. Außerdem scheint es ihm einen Heidenspaß zu machen, mitten in der Nacht wie ein Wahnsinniger durch die Gänge zu rasen.

Eigentlich hatte ich nicht vorgehabt, ihn aus dem Haus zu lassen, aber er ist ein schlaues Kerlchen und findet immer einen Weg. Schließlich habe ich klein beigegeben und eine Katzenklappe angebracht, um mich nicht mehr länger damit herumschlagen zu müssen.

Und das bringt mich zu diesem Morgen …

Ich war spät dran, weil ich mich mit einem viel zu komplizierten Make-up-Tutorial auf YouTube abgeplagt habe. Letztendlich habe ich mir das Desaster wieder komplett vom Gesicht geschrubbt und mich für die vertraute Kombination aus Smokey Eye und dezentem Lippenstift entschieden. Es war definitiv keine gute Idee, etwas Neues kurz vor der Arbeit auszuprobieren.

Vor allem, weil mein fieser Chef nur nach einer Gelegenheit suchte, mir das Gehalt zu kürzen. Es wurmt ihn immer noch, dass vor Kurzem eine beliebte Cafékette ein paar Straßen weiter aufgemacht und ihm den Profit abgeluchst hat. Aber weil er ungeheuer stur ist und sich die Niederlage nicht eingestehen will, hat er sein ganzes Team behalten, teilt uns jedoch nur noch zu kurzen Schichten ein und versucht, an allen Ecken und Enden zu sparen.

Ein echt toller Kerl!

Da ich Flauschi seit dem Frühstück nicht mehr zu Gesicht bekommen hatte, wollte ich vor meiner Schicht noch einmal nach ihm sehen.

„Flauschi! Flauschi! Hier, Katerchen!“, rief ich und schnalzte mit der Zunge, aber er ließ sich nicht blicken. Das tut er nie. Es ist meine Aufgabe, ihn aufzuspüren.

Endlich entdeckte ich ihn im Garten, mit dem Hinterteil in die Höhe gestreckt, den Körper flach auf den Boden gedrückt, bereit zum Sprung. Ein paar Meter entfernt badete ein argloses Rotkehlchen in der steinernen Vogeltränke meiner Großmutter, worin sich noch ein paar letzte Tropfen befanden, die nicht in der Sommersonne verdampft waren.

Flauschis Hintern wackelte gebannt.

Dann sprang er los, aber das Rotkehlchen bemerkte ihn und flatterte davon.

Flauschi flatterte hinterher.

Es war nicht nur ein einfacher Katzensprung. Er wirkte wie ein samtpfotiger Basketball-Spieler, der den Ball im Korb versenken will. Höher und höher folgte er seinem gefiederten Opfer. Selbst nach zwei Metern schien er immer noch weiter Richtung Himmel zu gleiten.

Plötzlich drehte er den Kopf und bemerkte mich. Seine smaragdgrünen Augen hielten meinen Blick gefangen, und für einen Moment schien er reglos mitten im Sprung festzustecken.

Dann drehte er sich abrupt wieder um, durchbrach den eigenartigen Augenblick, landete auf dem Boden und lief davon. *Was zum Henker ist denn da gerade passiert?*

Ich machte den Schlafmangel und meine wilde Fantasie für die Szene mit dem fliegenden Flauschball verantwortlich und düste mit dem Auto los in Richtung Harolds Kaffeehaus.

Obwohl ich sowohl die erlaubte Höchstgeschwindigkeit als auch ein paar Stoppschilder missachtete, kam ich drei Minuten zu spät zu meiner Schicht. Mein Chef, der gute Harold höchstpersönlich, wartete bereits hinter der Eingangstür auf mich.

Er tippte sich auf das Handgelenk, an dem er überhaupt keine Uhr trug, und keifte: „Wann kapierst du es endlich? Drei Minuten bedeuten drei Dollar, und weil das schon dein zweites Mal diese Woche ist, verdopple ich den Betrag!"

Schnaubend drängte ich mich an ihm vorbei, um mich einzustempeln.

„Gracie! Hörst du mir überhaupt zu?", fragte er und watschelte mir wie ein knatschiges Küken hinterher.

„Ja, Sie ziehen mir sechs Dollar dafür ab, dass ich drei Minuten zu spät bin, obwohl der Laden leer ist und Sie uns ohnehin nur den Mindestlohn zahlen. Und das auch nur, weil Sie gesetzlich dazu verpflichtet sind. Bald muss ich Sie bestimmt für das Vergnügen bezahlen, mir hier die Beine in den Bauch zu stehen, während unsere Kunden um die Ecke bei Mermaid's Brew rumhängen. Stimmt das in etwa?"

Harold lief puterrot an. „Was für eine Frechheit!", schrie er. „Wenn es nicht so teuer wäre, jemand neues anzulernen, würdest du auf der Stelle hier rausfliegen. Hast du vielleicht ein Glück, dass ich ..."

Er stolperte einen Schritt zurück, schüttelte den Kopf, und setzte erneut an. „Hör gut zu, Gracie, du hast wirklich Glück, dass ..."

Erneut brach er ab, japste nach Luft und sank innerhalb von Sekunden zu Boden.

„Harold, Harold!“, rief ich, ließ mich neben ihm auf die Knie fallen und versuchte festzustellen, ob er atmete.

Das tat er nicht.

Ich ergriff sein Handgelenk und fühlte nach seinem Puls.

Nichts.

Oh-oh.

Hole dir noch heute dein persönliches Exemplar und fange direkt an zu lesen.

ÜBER MOLLY FITZ

Obwohl USA-Today-Bestsellerautorin Molly Fitz genau genommen nicht mit Tieren sprechen kann, führen sie und ihre drei tierischen Co-Autoren oft tiefgründige und lebhafte Gespräche, während sie den alltäglichen Dingen des Lebens nachgehen.

Molly lebt mit ihrem Kind und ihrem eigenen Privatzoo irgendwo in der Wildnis von Alaska. Gelegentlich wagt sie sich hinaus, um ein exquisites Essen zu genießen, einen guten Kaffee zu trinken oder neue Tierfreunde zu treffen.

Erfahre mehr über Molly und ihre deutschen Veröffentlichungen, indem du dich gleich für ihren Newsletter anmeldest:

www.katzengeheimnisse.com

MISS DOLITTLES GEHEIMNIS

Angie Russo hat sich gerade mit dem ersten sprechenden Katzendetektiv von Blueberry Bay zusammengetan. Gemeinsam mit seiner bunt zusammengewürfelten Schar menschlicher und tierischer Helfer ist Octocat fest entschlossen, jede Situation zu retten – solange sie nicht mit seinem persönlichen Zeitplan kollidiert.

Viel Spaß mit Band 1 – **Kommissar Katerchen**

MERLINS MAGISCHE ABENTEUER

Gracie Springs ist keine Hexe ... ihr Kater hingegen schon. Jetzt muss sie alles in ihrer Macht Stehende tun, um sein Geheimnis zu wahren, oder sie riskiert, den Rest ihres Lebens in einem magischen Gefängnis zu verbringen. Zu dumm, dass sie den Ärger geradezu magnetisch anzuziehen scheint!

Viel Spaß mit Band 1 – **Merlin findet eine Vertraute**

AGENTUR FÜR PARANORMALE ZEITARBEIT

Tawny Bigfords gewöhnlich zu nennendes Leben nimmt eine magische Wendung, als sie über die Leiche ihrer Vermieterin stolpert und von einer sprechenden schwarzen Katze rekrutiert wird, die Rolle der Verstorbenen als offizielle Stadthexe von Beech Grove, Georgia, zu übernehmen.

Viel Spaß mit Band 1 – **Eine Hexe für alle Gelegenheiten**

DAS GEISTERHAFTE GÄSTEHAUS (MIT TRIXIE SILVERTALE)

Sydney Coleman hat alles erreicht – und doch steht sie irgendwann vor dem Nichts. Gerade, als sie ihr neues Bed and Breakfast eröffnen will, stellt sich ihr ein Geistertrio auf Schritt und Tritt in den Weg. Die Geister bestehen darauf, dass sie den Mord an ihrer

Herrin aufklärt, aber Sydney braucht dringend Geld. Wenn nicht bald ein paar zahlende Gäste eintreffen, ist ihre Spukvilla dem Untergang geweiht.

Viel Spaß mit Band 1 – ***Mörderischer Mondschein***

VERBINDE DICH MIT MOLLY

Wenn du ebenfalls ein großer Fan von spannenden, schrägen Tierkrimis bist, sollten wir unbedingt Freunde werden.

Wie wäre es, wenn du direkt einmal meine Facebook-Seite besuchst, die ich speziell für meine treuen deutschen Leser eingerichtet habe? Hier der Link dazu:

Facebook.com/Katzengeheimnisse

Oder melde dich für meinen Newsletter an und sichere dir als Abonnent gratis ein digitales Geschenkpaket, einschließlich einer exklusiven Kurzgeschichte über Octocat:

Katzengeheimnisse.com/Abonnieren

www.ingramcontent.com/pod-product-compliance
Lightning Source LLC
Chambersburg PA
CBHW020716310726
48979CB00004B/945

* 9 7 8 1 6 4 4 5 1 5 6 4 8 *